М. ГОРЬКИЙ

高尔基文集

10

瓦莲卡·奥列索娃

三人

1898
|
1901

人民文学出版社

М. Горький

马克西姆·高尔基

目　次

瓦莲卡·奥列索娃 …………………………………………………… 1
三人 ………………………………………………………………… 101

瓦莲卡·奥列索娃

蒋望明 译

这部中篇小说描写一个自私虚伪的副教授和一个地主女儿之间的爱情纠葛。作品揭示了十九世纪九十年代俄国某些知识分子的思想生活和精神世界，以及腐朽没落的地主阶级社会，鞭挞了个人利己主义和虚伪的资产阶级自由主义。这个主题后来成为高尔基创作成熟期最重要的主题之一，并在他最后一部皇皇巨著《克里姆·萨姆金的一生》中得到了全面深刻的揭示。

　　本书最初发表于一八九八年《北方导报》杂志第三、四、五期。译自《高尔基三十卷集》第二卷。

一

……伊波利特·谢尔盖耶维奇·波尔卡诺夫被一所省立大学聘为副教授还没有过几天,就接到他妹妹从伏尔加河流域边远林区县她的庄园打来的一封电报。

电文简明扼要:

夫亡,务请速来相助。伊丽莎白

这封急电打乱了伊波利特的计划,破坏了他的情绪,使他心里乱糟糟的。本来,他已经决定要到乡下一位朋友家去度夏,在那里把讲义好好准备一下。可是现在却不得不离开彼得堡和他的任职地,到一千多俄里以外的地方去宽慰一个失去丈夫的女人。根据妹妹以往的来信判断,她和丈夫的生活过得并不怎么称心如意。

他最后一次见到妹妹差不多是在四年前,平素也难得和她书信来往。日久天长,他们之间已经完全变成了应名儿的兄妹关系。这在远隔两地、生活志趣不尽相同的亲族之间,是不足为怪的。电报不由得使他想起妹夫来。这是个喜欢吃吃喝喝的好好先生。他有一张布满红筋的圆脸盘,一双快活的小眼睛。他像戏弄人似的微微眯缝着左眼,用蹩脚透顶的法语笑眯眯地哼着:

Regardez par ci,regardez par la……①

伊波利特·谢尔盖耶维奇似乎不敢相信,这个快活人儿竟然死了。按说,这等庸夫俗子往往都是长命百岁的呀。

妹妹对此人的弱点抱有几分轻蔑的宽容态度。她可不是个傻女

---

① 法语:望望这边,望望那边。

3

人,她知道:"对石投箭,徒伤箭锋"。丈夫的死,未必会使她过分伤心。

然而,拒绝她的请求也不妥当。再说,在她那里同样可以做事情,也许还不比在别处差呢……

于是,伊波利特·谢尔盖耶维奇决定动身了。大约两周以后,在一个和暖的六月天的傍晚,他从轮船码头乘坐马车,颠簸四十俄里路程之后,便来到了乡村。他满面风尘,在面向庭园的露天阳台上同妹妹对桌而坐,喝着香茶。

阳台栏杆近旁,一丛丛丁香和刺槐郁郁葱葱。一抹斜晖透过茂密的叶丛,好似一缕缕纤细的金条在空中抖动。斑驳的树影落在摆满乡间菜肴的桌子上。空气里弥漫着椴树、丁香的清馨,散发着被太阳晒得热乎乎的湿润的泥土气息。园中小鸟儿唧唧喳喳,吵闹不休。有时,蜜蜂和黄蜂飞上阳台,在桌子上方穿梭盘旋,发出嗡嗡的声音。伊丽莎白·谢尔盖耶芙娜两手拿起餐巾,烦躁地在空中挥动,驱赶着蜜蜂和黄蜂。

不出波尔卡诺夫所料,他发觉妹妹没有因为丈夫的去世而格外悲伤。他还发现妹妹在用探索的目光望着他这个哥哥,一面和他攀谈着,同时又像有什么事情瞒着他。他原来以为,即将看到的妹妹定是个面容憔悴、心烦气躁而又疲惫不堪的女人。然而,此刻望着她那张晒得黝黑、容光焕发、泰然自若的瓜子脸儿以及脸上那一对清澈明慧、神采奕奕的眸子,他不由高兴地感到自己想错了。他仔细听着妹妹的言谈,竭力想从中探悉出她秘而不宣的隐情。

"对于这个,我是有思想准备的,"她用平静的女低音说,而在提高音调时,她的声带又发出悦耳的颤音。"他第二次中风以后,几乎天天都说心口痛,心律不齐,睡眠不好……去世的头天,他到奥列索夫家去串门,据说他在那儿大动肝火,又吵又闹。……那个奥列索夫是地主,退伍上校,酒鬼,还是个虚务主义派,患有严重的痛风病。顺便说说,他有个闺女,我告诉你吧,是个大美人儿!……待会儿你就能认识她了……"

"假如回避不了的话。"伊波利特·谢尔盖耶维奇面带笑容,瞥了瞥妹妹,插了一句。

"回避不了!她常来,往后还会来得更勤些呢。"妹妹也以微笑回答他道。

"她这是找对象吗?我可配不上这个角色。"

妹妹定睛看看他的脸。这是一张清瘦的瓜子脸,脸上长着一撮乌黑的山羊胡子和白净的宽前额。

"为什么配不上呢?当然,我并不是指这个奥列索娃而言,我只是一般地说说而已。等你见到她,就知道了。不过,我倒想问问你,难道你就不打算结婚吗?……"

"暂时还没有这个打算。"他从茶杯上抬起干冷的浅灰色眼睛,简单地回答了一句。

"嗯,"伊丽莎白·谢尔盖耶芙娜沉思道,"对于男人说来,三十岁迈出这一步又晚又不晚……"

妹妹不再念叨丈夫的死,这正合乎他的心愿。不过,她到底为什么这样急急巴巴地把他叫到这里来呢?

"应该在二十岁或者四十岁结婚,"妹妹思索着说,"这样就可以避免一些自误和误人的不幸……即使你真的误了别人,那么在前一种情况下,你总算用你的纯真的初恋报答了对方,而在后一种情况下……至少可以靠你的社会地位加以补偿,因为一个年满四十的男子一般来说都有了相当坚实可靠的社会地位。"

他觉得,妹妹与其说是在讲他,不如说是在讲自己。他默默地往圈椅靠背上一仰,饱吸着清香馥郁的空气。

"我刚才说了,他发病的头天在奥列索夫家里来着,肯定在那里喝了酒,所以出了事……"伊丽莎白·谢尔盖耶芙娜悲痛地摇摇头。"如今我……孤身一人……虽说自从我和他在一起生活的第三个年头起我就已感到精神上的孤独。可现在的处境,说来奇怪!我都二十八岁了,并没有过过真正的生活。我只不过是丈夫和孩子的附属品……孩子们一个个都夭折了。现在我算个什么呢?该怎么办、怎么生活呢？还不如把地产卖了,到国外去,可是他的兄弟在打着这笔遗产的主意,恐怕少不了要打一场官司。没有法律依据我不能把属于自己的财产让出去,再说,我不认为他兄弟的要求有多少法律依据。你对这个有什么想法呢?"

"你知道,我不是法学家,"伊波利特·谢尔盖耶维奇笑了笑说,"不过,你还是先把事情的原委给我讲一讲……咱们看看再说。那个兄弟,他写信给你了吗?"

"是的……可粗暴呐。他这个人好逸恶劳,自甘堕落,倾家荡产了……我丈夫生前就不喜欢他,尽管他们之间有许多相似的地方。"

"等等再说吧!"伊波利特·谢尔盖耶维奇得意地搓搓手说道。他好奇的是妹妹究竟为什么要他来这里。他心里搁不住一件迷惑不解、揣摩不透的事情。在他来说,要紧的是保持内心的平静。假如有什么疑团打破了这种平静,他就会感到坐立不安,迫不及待地要去解开疑团,并且按照自己的世界观去加以领会。

"说真的,"伊丽莎白·谢尔盖耶芙娜眼睛也没抬地小声对哥哥说,"他那个无理要求可把我吓坏了。我已经精疲力尽了,伊波利特,多想过几天安生日子呀,可现在又出了这一档子事。"

她端起哥哥的茶杯,长叹了一声,继续用那刺激着哥哥的神经的沮丧的声音往下说:

"我同死鬼丈夫这样的人共同生活了八年,我想,该过安生日子了。要是换个旁人,换个不安分的、缺乏责任感的女人,也许早已挣脱这具沉重的锁链了,可我还背着它,尽管被压得死去活来。至于孩子们的死……咳,伊波利特,你可不知道,自从失去他们以后,我是怎么苦熬苦撑过来的呀!"

伊波利特同情地望着妹妹的脸,然而她的诉苦却没有打动他的心。他听不惯她这么说话,有点咬文嚼字,不像是有深切感受的人说出来的话。她那双明亮的眼睛莫名其妙地、几乎一刻也闲不住地转动着。她温文尔雅,她那匀称的身躯里散发出一股袭人的寒气。

一只快活的小鸟歇在阳台栏杆上,蹦跳了几下,扑棱一声又飞走了。兄妹俩目送着飞去的小鸟,沉默了片刻。

"常有人到你这里来吗?你都看些什么书?"哥哥吸着烟卷问,心里却想着:在这宁静怡人的夜晚坐在阳台上那舒适的圈椅里,静听树叶的簌簌声,默默等待那万籁俱寂、明星荧荧之夜的降临,该是多么惬意。

"瓦莲卡常来,有时巴纳尔采娃也来……你还记得她吗?就是那个柳德米拉·瓦西里耶芙娜……她和她丈夫也不怎么情投意合……可她也不肯让自己受委屈。丈夫的男客络绎不绝,但投趣的却一个也没有!连个可以说说话的人都没有……他们谈经济,论打猎,咒骂地方官,再就是说黑道白,除此而外,再没有别的可谈了……不过,倒是有一个……后补司法官边科夫斯基……是个年轻人,很有学问。你还记得边科夫斯基这一家吗?等一等!像是来啦。"

"谁来了,那位边科夫斯基吗?"伊波利特·谢尔盖耶维奇问。

不知为什么他这个问题使妹妹发笑了。她笑着从椅子上站起来,完全换了一副腔调说:

"是瓦莲卡!"

"啊!"

"看你怎么评价她吧……四近所有的男人都让她征服了。不过,这是个怪人!这个,到时候你就知道了!"

"我可不感兴趣。"他淡淡地说,在圈椅里伸了伸懒腰。

"我去去马上就回来。"伊丽莎白·谢尔盖耶芙娜说着便从屋里走了出去。

"她来了你可别不在啊,"他发急了。"你别走,还是我走开吧!"

"我这就回来!"妹妹从里屋冲他喊了一声。

他皱皱眉头,依然坐在圈椅里,两眼望着庭园。远处传来急促的马蹄声和车轮在土路上滚动的沙沙声。

被暮色笼罩的两行弯弯曲曲的老椴树呈现在波尔卡诺夫的眼前。

树枝参差错落,树梢像一幅密密实实、芬芳馥郁的幔帐似的荫翳。由于年深日久,树皮剥落了,枝丫断残了,但老树依然生机勃勃,像人类和睦的家庭一样,齐心协力地向着上方、向着那光明伸展开去。树皮上长满了黄色苔藓,根部生出密密丛丛的幼枝,而古老粗壮的椴树上那许许多多枯枝败叶有如尸骨一般悬挂在空中。

伊波利特·谢尔盖耶维奇凝视着椴树。他只想靠在圈椅里,沐浴在这个古老庭园的气息中酣然入梦。

殷红的光光点点从地平线射进树干和枝杈的隙缝中。椴树在这明丽的背景烘托下显得格外阴森凋零。从阳台通向朦胧的远处的林荫道上,暮色越来越浓,四周也越来越静。随之便出现了恍恍惚惚的幻景。撩人的暮色在昏暗中勾勒出一个熟悉的女人的身影,和女人同在一起的是他自己的影子。他们顺着林荫道默默远去,她紧偎着他。他似乎感触到了女人温暖的身躯。

"您好!"传来一声沉厚的胸音。

他一跃而起,微带窘意地转过身子。

只见面前站着一位身穿灰色裙衣、中等身材的姑娘。姑娘头上兜着一条洁白的轻纱般的东西,颇像新娘的头纱。这就是他在刹那间所看见的一切。

姑娘向他伸过手去,问道:

"您是伊波利特·谢尔盖耶维奇,对吗?我是奥列索娃……我听说您今天要来,所以特意前来拜访。我从来没有见过学者文人,所以也……想象不出他们是什么模样儿。"

一只有劲儿的热乎乎的小手紧紧地握住了他的手。事情来得这么突兀,使他多少有些措手不及。他只是默默地朝姑娘行了个礼。他讨厌自己这副狼狈相,心想:假如能看看姑娘的脸庞,定能发现她那毫不掩饰的粗俗的媚态。然而,当他瞥了姑娘一眼的时候,看到的却是一双乌黑的大眼睛含着天真而温存的笑意,映衬着她那美丽的面容。伊波利特·谢尔盖耶维奇记得曾在一幅意大利古画里看到过和这一模一样的相貌,也是这样健美、倨傲,也是这样一张樱桃小嘴和凸起的高前额,额下有一对大眼睛。

"对不起……我去叫人给个火……您请坐。"他招呼姑娘说。

"您不用客气,我在这里跟在自己家一样。"姑娘说着,坐到了他的圈椅里。

他站在桌旁,默默地望着姑娘,只觉得很不自在,觉得应该说些什么才好。但姑娘却并不因为他那凝视的目光而感到不好意思。她主动问他,一路上怎么样,喜不喜欢农村,是不是在这里久住。姑娘问一句,他笨嘴拙舌地答一句,倒像挨了一记闷棍似的。此刻,一向保持清醒头脑的他,面对这霎时间迸发出来的纷乱激情窘住了。对姑娘的倾心和对自己的不满之间,以及好奇心和近乎恐惧感之间发生了冲突。焕发着青春魅力的姑娘和他面对面地坐着,身子靠在椅背上。贴身的衣服勾勒出了她那丰满的肩膀和胸脯。姑娘用令人倾倒的语气和悦耳的声音跟他交谈着人们在初次见面时常常用到的一些应酬话。她深褐色的头发鬈曲着,显得很美,两叶眉毛的颜色比头发更深。粉扑扑的耳朵根旁那黝黑的脖子上,皮肤在突突地跳动,显现出血液迅速流经脉管时的搏动。当她露着洁白密实的牙齿微笑的时候,下巴颏上便出现一个小小的酒窝。她衣眼上的每一道褶子也是那样的撩人。她那红润的双唇之间,密实的牙齿烁烁闪光,仿佛想猎获什么似的。她雍容窈窕的身姿,像得宠的猫儿一样娇媚。

波尔卡诺夫仿佛觉得自己分裂成了两半:一半全然被姑娘的肉体的美所陶醉,像奴隶一样地盯着她;另一半下意识地观察着前一半的状态。他在回答姑娘的问题也好,在向姑娘提问也好,他的目光始终难以离开姑娘那迷人的身姿。他暗暗把她称作"妖艳的尤物",尽管内心在嘲笑自己,但却无法使自己的心神恢复常态。

妹妹来到阳台上,嘴里一面喊着:

"瞧她多快!我在那边找她,可她已经……"

"我是从园子那边绕过来的。"

"你们都认识了吧?"

"哦,认识了!我当伊波利特·谢尔盖耶维奇起码是一位秃顶先生呢!"

"给你倒杯茶吗?"

"谢谢,好的。"

伊波利特·谢尔盖耶维奇退到一旁,站在通向庭园的阳台阶梯旁。他用一只手抹抹脸颊,再用手指揉揉眼睛,像是要从脸上和眼窝里揩去尘垢。他为自己刚才的一阵感情冲动感到难为情,不过,还是对姑娘的恼恨胜过了羞涩。他把自己同姑娘在一起的这一幕幻景叫做对未婚夫发动哥萨克骑兵队一般勇猛的进攻。他想对姑娘表明,他这个人对她那撩拨人的美貌实在是无动于衷的。

"我今天住在你这儿,明天还要打扰一整天……"姑娘对他妹妹说。

"撇下瓦西里·斯捷潘诺维奇一人怎么行呢?"妹妹诧异地问。

"卢奇茨卡娅大婶在我家做客……你知道,我爸爸挺喜欢她……"

"少陪了,"波尔卡诺夫说,"我很乏了,先去歇歇……"

他鞠了一躬,走开了;他的身后传来了瓦莲卡表示赞同的声音:

"您早该去歇着了!"

他从姑娘的语气里明明听出来是一片诚意,可他却把这话当成是逢迎讨好、虚情假意。

为他拾掇的那个房间原是妹夫生前的书房。屋子中央摆着一张笨重的书桌,书桌前放着一把橡木圈椅,靠墙搁着一张宽阔的土耳其式的长沙发,几乎占去整整一面墙,对面立着一架簧风琴和两口书橱。几把软椅、一张放在长沙发前的烟具桌和一张放在窗前的棋桌给这间屋子增添了装饰。矮矮的天花板被烟熏得黢黑,四周墙上那几张用粗糙的镀金镜框镶嵌的图画和版画呈现出幽暗的黑影。这一切显得沉闷而又陈旧,散发着一股难闻的气味。

书桌上放着一盏浅蓝色灯罩的大台灯,灯光落在地板上。

伊波利特·谢尔盖耶维奇在光圈的边边上停下来,两眼望着窗口,心中隐隐地产生一种扰人的烦恼。屋子里有两扇窗户。树木的黑影显现在窗外的夜色中。他走过去将窗子打开。屋内顿时溢满了椴树花的清香,与此同时传来了一阵欢快、浑厚而又爽朗的笑声。

长沙发上已经为他铺好了被褥,它占去了大半个沙发。他瞥了瞥床铺,便开始解领带,但随后又把圈椅往窗前猛地一推,紧锁双眉坐了下来。

一种难以言状的烦恼困扰着他,激荡着他。此前,他对自己偶尔也产生过不满情绪,但这样强烈,这样久久地缠绕不去,却是从来没有过的,因为他善于及时控制这样的感情。他深信,一个人必须了解自己的情感,要么加以培养,要么加以抑制。当有人跟他谈到人的复杂奥妙的心理状态时,他总是报之以讥讽的一笑,称这种论断为"形而上学"。

他问自己:难道和这个健康而又美丽的、看来富于性感而又懵懂无知的姑娘相遇,难道这次相遇竟然能对他产生如此奇特的影响吗?他把这一天所产生的印象前前后后作了一番仔细的回忆,对这个问题只能得出肯定的回答。不错,那是因为姑娘出乎意料地闯进了他的理智的头脑,那是因为他旅途劳顿,而当姑娘出现在他面前的时候,他正好又处在对他来说是异乎寻常的虚幻的一刹那。

经过这一番思索,他的心神多少平静了一些,但顷刻之间,姑娘艳丽夺目的倩影又浮现在他的眼前。他闭上眼睛,想象着姑娘的模样儿,同时神经质地吐着烟圈儿。就这样一面想象着,一面品评着:

"其实,"他想,"她是个粗俗的姑娘:肉体发育过甚,精神生活贫乏。她那张稚气的脸庞有欠文静;而她那双深邃乌黑的眼睛闪现出不加掩饰的骄矜的神色,不过是一种确信自己的美貌能赢得男子追慕的女性的骄矜罢了。妹妹说,这个瓦莲卡能征服所有的男人。无疑,她也想使我拜倒在自己的石榴裙下。可我是来这里处理事情的,不是来逢场作戏的。这个,不久她就会明白的。"

"初次相遇,我该不是把她想得太多了吧?"他的脑子里闪过这样一个念头。

　　一轮硕大的、血红的圆月在庭园树林后面冉冉升起。它像一只怪物的眼睛。村子里传来的隐隐约约的音响在空中浮荡。窗下草丛里时而发出一阵窸窣声,这准是田鼠或刺猬出来觅食。远处夜莺在啼啭。团圞的月亮慢慢腾腾地向天空升去,仿佛它知道自己由于劫运所致,行将结束运转而感到有气无力似的。

　　波尔卡诺夫把熄灭的烟头扔出窗外,站起身来,脱下衣服,吹灭了灯。黑暗立时从园中涌进屋内,树木向窗口移近,好像要朝里面窥视,两道昏黄的月光散落在地板上。

　　沙发弹簧垫嘎吱响了一声。波尔卡诺夫感觉到亚麻被褥散发出来的一股令人惬意的清新气味儿。他伸直身子,一动不动地仰面躺着。不一会儿,他打起盹儿来,蒙眬中听到窗外蹑手蹑脚的脚步声和低沉的絮语声:

　　"玛—玛丽亚……你在这儿吗?"

　　他含着微笑酣然睡去。

　　清早醒来,屋子里已经洒满了明媚的阳光。他想起了那位姑娘,脸上不禁又泛起笑容。他精心打扮了一番,照着学者模样儿持重而又严肃地走去喝早茶。可是当他只见妹妹一人坐在桌旁时,不由滑口而出:

　　"那位姑娘……"

　　不待他说完,妹妹诡秘的笑脸把他打住了。他默默地在桌旁坐下来。伊丽莎白·谢尔盖耶芙娜尽自笑着,仔细打量着他这一身打扮。妹妹的调笑使他气恼。

　　"她一大早就起来了,跟我一道儿洗过澡,这会儿也许在花园里,该回来了。"伊丽莎白·谢尔盖耶芙娜解释道。

　　"你真是不厌其详,"他微微一笑。"等喝过早茶就叫人把我的行李打开吧。"

　　"东西都拿出来吗?"

"不,不,不需要。我自己来好了,不然会叫他们给翻乱的……这里还有我给你带来的糖果和几本书。"

"谢谢!太好了……哟,瓦莲卡回来了!"

她站在门口,身穿轻薄的白裙衣,从肩头到脚跟都打着蓬松的褶子。裙衣酷似肥大的童服,她穿在身上活像一个小姑娘。她在门口稍稍停了一会儿,问道:

"你们该不是在等我吧?"她像轻云一般,无声地走近桌旁。

伊波利特·谢尔盖耶维奇向她默默点头致意,握握她那裸露到胳膊肘的手,闻到从她身上散发出来的一股紫罗兰的清香。

"哟,好香啊!"伊丽莎白·谢尔盖耶芙娜大声说。

"难道我比平时洒多了吗?伊波利特·谢尔盖耶维奇,您喜欢香水吗?我非常喜欢!每逢紫罗兰开花的季节,我天天早晨都去采摘,放在手里揉呀搓呀。这还是在初中时学来的……您喜欢紫罗兰吗?"

他喝着茶,眼梢也没抬,却觉得她的视线落在了自己脸上。

"我从来都没有想过喜不喜欢紫罗兰,"他耸耸肩膀,干巴巴地说,抬眼望了望姑娘,不由展眉一笑。

姑娘的容貌在那雪白的裙衣衬托下显得格外红艳,两只深邃的眼睛闪露出明快的喜色。她焕发着青春的健美,脸上不觉漾出了幸福的神情。她像北方明丽的五月天一样迷人。

"没有想过吗?"她问。"怎么可能呢,您不是植物学家吗?"

"但不是养花的,"他简短地辩驳了一句,怏怏不快地感到她这个问题提得未免有些冒失。他把眼睛从姑娘脸上移开。

"植物学同花卉学还不是一回事吗?"她沉默了片刻,问道。

他妹妹毫不掩饰地笑了。这笑声不知为什么使他讨厌。他遗憾地暗自慨叹了一声:

"她真幼稚!"

但后来,当他向姑娘解释植物学和花卉学之间的区别时,不觉缓和了对她的指摘——她只不过是无知罢了。姑娘用学生静心聆教的眼睛望着他,听着他那头头是道的严肃认真的解释。这使他感到满足。

"噢—噢,"瓦莲卡拉长声音说,"是这么回事啊!植物学这门科学有意思吗?"

"嗯!我们看待一门科学,应该看它对人类有没有好处,"他颇有感慨地说道。姑娘的幼稚无知加深了他对她的好感。姑娘沉思着,用茶匙敲着自己的茶杯口,问道:

"您说,牛蒡草长出来会有哪些好处呢?"

"我们从中所得到的好处同研究某一个人的生活现象是一样的,"

"人和牛蒡,"姑娘粲然一笑。"难道说一个人的生活和所有人的生活是一样的吗?"

说来也怪,这个枯燥乏味的话题并不使他感到乏味。

"难道我吃的和喝的都跟庄稼汉的一样吗?"她皱起眉头,一本正经地继续发问。"难道说许许多多的人都像我这样生活吗?"

"那么,您是怎么生活的呢?"他问道,预感到这个问题将会改变他们的话题。

"我是怎么生活的?"姑娘大声说。"不错呀!"她心满意足得把眼睛都合上了。"我呀,早晨醒来,假如是个晴天,心里就高兴得什么似的!就像得到了一样早就想得到的珍贵、漂亮的礼物……于是我直奔河边去洗澡,我们这儿的河底冒泉水,所以水冷森森的,冷得刺骨!有几处地方很深,我从岸上径直往下跳,扑通一声,头扎进了水里!顿时全身冰冰凉……就像投进无底深渊,头嗡嗡直响……等从水里钻出来,跳上岸来,太阳正望着你笑呢。然后,我穿过树林,采集野花,吸饱树林里的空气之后,再跑回家去。一回到家,早茶也准备好了!我喝着茶,面前摆放着花……太阳也望着我……啊,要是您知道,我是怎么个喜欢太阳,那就好了!接着,就开始忙活起一天的家务来……家里人都喜欢我,能马上领会我的意图,听从我的吩咐,——就这样像松鼠蹬轮子似的一直忙到晚……然后太阳落山,月亮、星星出来……这有多好呀,总是让人感到那么新鲜!您知道吗?为什么生活这样美……可惜我说不好……不过,您自己也能体会到,对吗?因为您懂得,为什么生活这样美,这样有趣。"

"是的,当然是的!"他肯定道,此刻恨不得用手抹去妹妹脸上那诡秘的笑意。

他凝视着瓦莲卡,出神地欣赏着这位想把自己满心的喜悦传给他的姑娘。

"那么冬天呢?您喜欢冬天吗?冰天雪地的、风刀霜剑的,向人们宣战似的冬天……"

一阵刺耳的铃声打断了姑娘的话头。打铃的是伊丽莎白·谢尔盖耶芙娜。当一个长着圆圆的善良的脸庞,闪动着一双诡秘的眼睛的高个头姑娘飞快地跑进屋来的时候,她用有气无力的声调吩咐说:

"玛莎①,收拾茶具。"

说完,她便心神不定地在屋子里踱来踱去,脚下发出沙沙的声音。

这一切使这位谈兴正浓的姑娘稍稍醒悟过来。她耸耸肩膀,好像要从肩上抖去什么东西似的,羞羞答答地问波尔卡诺夫:

"我净胡说八道,您都不爱听了吧?"

"哪里,看您说的!"他连忙否认说。

"不,说真的,您觉得我幼稚可笑吗?"她探问了一句。

"嗳,这话从何说起呢?!"伊波利特·谢尔盖耶维奇大声说。他说得如此热烈、如此真诚,连自己都感到吃惊。

"我是个粗人……没有什么学问……我能跟您在一起说说话,心里都觉得非常高兴……因为您是一位学者,而且还是那样的……跟我原来想象的不一样的。"

"那么,我在您的想象中是什么样的呢?"他微笑着追问道。

"原先,我以为您说起话来一定很难懂……净说:不是这样,而是

---

① 玛丽亚的小名。

那样;或者说:统统是傻瓜,就数我聪明……我爸爸的一位同事来我们家住过,跟爸爸一样,也是上校,同时他又跟您一样,也是学者。只不过他是……什么来着?……是总参谋部的一位军事学家……那傲气……依我看哪,他其实什么也不懂,就是好吹牛……"

"您原来以为我也是这样的人吗?"伊波利特·谢尔盖耶维奇问道。

姑娘窘住了,一阵红晕涌上了脸。她从椅子上跳起来,令人发笑地在屋子里来回走动,急不迭地说:

"啊呀,您想到哪儿去了……难道我能……"

"听我说,我可爱的孩子们,"伊丽莎白·谢尔盖耶芙娜眯缝着眼睛看着他们俩人说话,"我去关照一下,少陪了,你们随便聊吧!"

她笑着走开了。伊波利特·谢尔盖耶维奇用嗔怪的目光望着妹妹的背影,心想:她对待这位本质上十分可爱,只是不大懂事的姑娘的态度有失常态,必须跟她谈谈。

"喂,您想不想划船?咱们划船到树林去,到那儿去遛遛,午饭前赶回来。好吗?我真高兴,今儿天气这么好,我不想在家里待着……不然,爸爸的痛风病发作起来,我还得伺候他。爸爸犯病的时候,好发脾气……"

姑娘的自私使他吃惊,所以没有立刻表示赞同。但当他表示赞同后,又不由得想起昨天打定的主意。今天一早他也正是抱定这个主意迈出了自己的房门。可是现在,看姑娘那神态,觉得并没有什么理由去怀疑她想要征服自己的心呀!在姑娘的言谈话语里,除了媚态以外,是什么都能看得出来的。那么,为什么不可以同这位无疑是具有独特性格的姑娘待一天呢?

"您会划桨吗?划得不好吗?这没有关系,我一个人来划好啦,我能划得动。"

他们俩人来到阳台,顺着台阶走到庭园。和他这位又高又瘦的人走在一起,姑娘显得矮小了些,丰满了些。他想挽起姑娘的手,可是被她拒绝了。

"干吗呢！要是累了,挽着手走挺好,要不这样走路就碍事儿……"

他隔着眼镜笑眯眯地望着姑娘。他走着,使自己的步伐合着姑娘的脚步。他很喜欢这样做。姑娘的步态轻盈而优美;她那白色的裙衣在身上飘拂,褶子纹丝不乱。她一手撑伞,一手潇洒自若地指点,向他介绍这个村子四近的优美风景。这只裸露到臂肘、坚实有劲、晒得黝黑、生满金色柔毛的胳臂在空中摆动,使伊波利特·谢尔盖耶维奇的眼睛不得不盯着它而移动。在他幽暗的心灵深处重又激起了一阵莫名其妙的隐隐约约的惊惶。他竭力要把它压下去,暗暗自问:是什么东西驱使自己随从这姑娘呢？他暗暗回答自己:"是一种好奇心,是想欣赏她的美这样一种坦然而纯洁的欲望。"

"到河边了！快上船吧,我去拿船桨……"

他还没来及问姑娘船桨在什么地方,她已经消失在树丛里了。

树梢倒映在凝然不动的冰冷的河水中。他跨上了船,望着倒影。这幅幻景比岸旁那些把自己歪歪扭扭的枝丫投映在水面上的真树更加茂盛、美观。树影美化树木,隐去它的缺陷,在这历经岁月的侵蚀而变得残败的现实景物里塑造了一幅明丽和谐的水中幻景。

伊波利特·谢尔盖耶维奇观赏着这幅水中美景。四周寂然无声,洒满了热乎乎的阳光。他把百灵鸟那充满生之幸福的歌声连同空气通通吸进了胸膛。他感到自己身上产生了一种安谧的、抚慰心灵的、新的惬意感,同时却忘记了他惯常的、要去理解和解释事物的愿望。周围一片沉寂。在这个世界上,大自然不倦地进行着无声的创造,生命在默默地诞生,尽管它遭到死神的威胁,但却是不可战胜的。死神悄悄降临,袭击着一切,但却无法取胜。湛蓝的天空无比壮丽。

水中画面上出现了一个面带温存笑容的白衣美人。她手里拿着船桨,仿佛在招呼谁;她默默无声,恰如从天空映在了水中,太美啦！

伊波利特·谢尔盖耶维奇知道,这是瓦莲卡从园中走来,在望着他。但他不愿出声,也不想动弹,免得破坏这使人陶然欲醉的美景。

"瞧您,真像个幻想家!"发出一声惊叹。

他这才惋惜地把目光从水面上移开,朝姑娘看了一眼。

然而,惋惜之情顷刻就消逝了,因为姑娘也实在太迷人了。

"真没有想到,您竟爱幻想!瞧您这张脸有多严肃!您来驾船,好吗?咱们溯流而上……上游的风景更美……总之,逆水行舟更有意思,因为在你划着桨,在你运动的时候,就觉得自己……"

小船离开了河岸,在平静无波的水面上懒洋洋地摇动起来,但当双桨使劲一扳动,小船立时又荡到岸边。再划第二桨时,小船左右摇晃了几下,便轻巧地朝前滑去了。

"咱们沿着崖岸划吧,好遮个荫,"姑娘利落地荡着双桨说道。"这里的水流不急……可是在第聂伯河那边(我的卢奇茨卡娅大婶在那边有田产),我告诉您吧,水流可急啦!桨在手里简直把握不住……您见过第聂伯河的石滩①吗?……"

"只见过门槛②,"伊波利特·谢尔盖耶维奇故意说了句俏皮话。

"我驾船穿过石滩来着,"姑娘笑着说,"可好玩啦!有一回,差点儿把船给撞翻了,要是真的撞翻了,那不就淹死了……"

"那可就不妙啦,"伊波利特·谢尔盖耶维奇一本正经地说。

"那有什么?我热爱生活,可是我一点儿都不怕死。兴许那地方也同大地上一样有意思呢……"

"也许那地方一无所有呢,"他好奇地打量了姑娘一眼说。

"才不见得呢!"姑娘颇自信地扬声道。"当然会有咯!"

姑娘坐在他对面,两只纤巧的小脚蹬住那块钉在船舱底的横档上。她每荡一桨,身子便往后一仰。这时,随着这每一个动作而抖动的、丰满而又富有弹性的少女的胸脯便透过轻薄的衣衫浮雕般地显露出来。

---

① 第聂伯河急流处。
② 俄语中,石滩和门槛均用同一个词表示。

"她没有穿紧身衣,"伊波利特·谢尔盖耶维奇垂下眼去,想道。他的目光又落在了姑娘的小脚上。蹬住船底的两只脚在使着劲儿,这时可以看出她那一直露到膝盖的腿部的轮廓。

"她为什么要成心穿上这样一件撩惹人的衣服呢?"他生气地想道,然后转过脸去,望着高高的崖岸。

两人泛舟在陡岸下。豌豆藤、南瓜藤连同丝绒般的叶子从陡岸上倒挂下来;兀立在岸旁那黄灿灿的向日葵大花盘倒映在水中。对面的河岸低矮而平坦,一直伸向远处绿色的林墙;岸上铺展着酷似绒毯一般茸茸的绿草。浅蓝和深蓝色的花朵宛如孩子们可爱的眼睛,从草丛中亲切地朝小船张望。前方又是一片苍翠的树林,河道好似一把寒光闪闪的钢刀,一直插向林中。

"您不觉得热吗?"瓦莲卡问道。

他瞥了瞥姑娘,感到窘促不安起来:姑娘的额头上,在冠冕式的鬈发下沁出了一颗颗的汗珠子,她的胸脯急促地一起一伏。

"请原谅!"他抱愧地说了一声。"我看得入迷了……您累了……来,把桨给我吧!"

"我才不给您呢!您以为我累了吗?我听着都要生气了!咱们还没划过两俄里呢……不,您还是歇着吧……咱们这就靠岸,上去走走。"

看她脸上的神态,就知道他是拗不过她的。他无可奈何地耸耸肩膀,不再吱声,心里暗暗地想道:

"显然,她这是小看我了。"

"您瞧,这边就是往我们家去的路,"姑娘摆摆头向他指指岸上。"从这儿渡过浅滩,到我们家还有十四俄里。我们那里比你们的波尔卡诺夫卡村要更美一些。"

"您冬天也住在农村吗?"他问。

"可不吗!全部家务都是我一人照应。爸爸瘫在圈椅里不能动弹……出出进进,都得把他从这间屋子推到那间屋子。"

"这么说,您过得够寂寞的?"

"为什么,我要做的事情多得很……倒是有个帮手,他叫尼孔,是爸爸的勤务兵。他已经老了,还爱喝酒,不过特别有劲儿,又很能干。庄稼人都怕他。他揍他们,有一次他们也狠狠地把他揍了一顿,揍得够他戗的!他是个非常实心眼的人,对爸爸和我非常忠心……待我们正经不错,真像一条狗!我也很喜欢他。您兴许读过这么一本小说,主人公是个军官,叫路易·格拉蒙伯爵,他也有个勤务兵,叫萨迪-科科,读过吗?"

"没有读过,"年轻的学者老老实实地承认道。

"您一定得读一读,这是一本好书,"姑娘很自信地向他推荐说,"我对尼孔称心如意的时候,就叫他萨迪-科科。最初他还因为这个生过我的气呢,后来我就把那本小说念给他听,现在他懂得,能做萨迪-科科这样的人,觉得很得意。"

伊波利特·谢尔盖耶维奇如同欧洲人鉴赏一尊玲珑剔透的中国小塑像一般地看着姑娘。姑娘兴高采烈地对他讲着那个无限忠于路易·格拉蒙伯爵的萨迪-科科的种种功绩。

"对不起,瓦尔瓦拉·瓦西里耶芙娜①,"他打断了姑娘的话,"您读过俄国作家的小说吗?"

"喔,读过!不过我不喜欢,太沉闷了!净写那些我不比他们知道得少的事情。他们写不出有趣的东西来,几乎都是真人真事。"

"难道您不喜欢真人真事吗?"伊波利特·谢尔盖耶维奇笑眯眯地问道。

"嗨,不是那个意思!我对谁都讲真话,再说……"

姑娘不言语了。她想了想,问道:

"什么喜欢不喜欢的?这是我的习惯。"

他没有顾得及应话,因为姑娘紧接着大声向他发了一道口令:

---

① 是瓦莲卡的大名和父称。

20

"往左划……快！朝那棵橡树划……哎呀，瞧您多不灵活呀！"

小船不听从他那只手的使唤，虽然他卖劲地划着左桨，可船舷却靠到岸边去了。

"不要紧，不要紧，"姑娘说着，突然站了起来，跃身跳出了船舷。

伊波利特·谢尔盖耶维奇轻轻发出一声惊叫，赶忙扔下船桨，向她伸出两只手去。可是她已经安然无事地立在岸边，两手拽住船缆，歉疚地问了他一声：

"我把您吓着了吧？"

"我当您掉到水里去了呢，"他小声说。

"哪能掉到水里去呢？再说，这里的水又不深，"姑娘辩解着把船拉到岸边。而他坐在船尾上想道：这该是由自己来干的事呀。

"您瞧，这片树林怎么样？"当他登上了岸，和姑娘并肩站着的时候，姑娘问道。"美不美？彼得堡附近有这么美的树林吗？"

他们面前铺展开一条羊肠小径，两旁树木丛生。脚下匍匐着被马车车轮碾坏的、虬筋盘结的树根；他们的头顶上是枝叶繁茂、荫覆如盖的树冠；高高的顶梢，露出一小块一小块的蓝天。缕缕阳光斜穿狭窄的绿色走廊，在空中颤动。他们周围蒸腾着腐叶的气味。鸟儿盘旋萦绕，啁啾不息，打破了林中庄严的沉寂。远处，传来啄木鸟啄树的声音；一只蜜蜂在嗡嗡地叫；他们面前，有一对彩蝶一前一后地在空中翩然飞舞，仿佛在为他们引路。

他们俩慢慢地走着。为了不打扰瓦莲卡寻找表达她思想的语言，波尔卡诺夫沉默着，瓦莲卡却兴奋地对他说：

"我不爱读描写农民的小说。他们的生活有什么意思呢？我了解他们，生活在他们中间，所以一看就知道，写得不真实。把他们描写得那么可怜，其实，他们都是些小人，压根儿不值得同情。他们只知道骗，只知道偷，再就是纠缠不休，诉苦不止，这一帮家伙真可恶……可是他们一点儿也不傻，喔唷，狡猾着呢！您不知道，有时候他们可会缠磨我了！"

姑娘愤懑而懊丧的情绪溢于言表。伊波利特·谢尔盖耶维奇见她如此激愤，不由为之一惊，但他不愿听这些乡绅式的责难，便岔开姑娘的话题说道：

"您刚才说法国作家的作品……"

"嗯，喔！不，是说俄国作家，"姑娘心平气和了些，纠正道。"您问：为什么俄国作家的作品写得不那么好。这是明摆着的呀！因为他们想不出有趣味的东西来。法国人笔下的主人公很像那么一回事。他们讲的话和常人讲的话不尽相同，举止风度也不同一般。他们始终是热恋着的快乐的勇士。可是，我国作品中的主人公呢，都是些其貌不扬的、可怜巴巴的普通人，既没有胆力，又没有炽热的情感，总而言之，纯属真人真事，如此罢了！这算得了什么英雄呢？俄国小说里写的这些东西始终让你不明不白。主人公净是些呆头傻脑、窝窝囊囊的人，整天闷闷不乐，脑子里不知在想些什么。总是那样悲天悯人，其实他们自己才是最最可怜的可怜虫呢！当他们还没有成婚以前，思前想后，谈了又谈，再去求爱，然后，又想个没完没了，可是等到一成婚，他们就会在妻子面前说上一大堆叫人哭笑不得的蠢话，最后把她抛弃……这有什么劲呢？读来使我生气，因为这近乎欺骗，这不是什么小说里的主人公，而是惹人讨厌的稻草人！在你读俄国小说的时候，脑子里始终丢不开现实生活，这难道好吗？可是读法国作品的时候，你为主人公担惊受怕，同情他们，痛恨他们，当他们厮打的时候，你也似乎跃跃欲试；当他们要死的时候，你会掉眼泪……你迫不及待地想知道小说的结局，而当你读完之后，几乎难过得都能流下泪来，因为一切都完了。假如描写不出半点不平凡的东西来，又干吗要写小说呢？真是怪事！"

"我可以讲出许许多多的道理来反驳您，瓦莲卡·瓦西里耶芙娜，"他打断了姑娘滔滔不绝的讲话。

"那就请吧！"姑娘笑盈盈地回答说，"您当然会狠狠地批评我的。"

"我会这样做的。您先讲讲,都读过哪些俄国作家的作品?"

"多啦……不过,他们都是一个样儿。比如,萨利亚斯①……他模仿法国作家,可是不成功。再说,他写的是俄国人,这能写得出有意思的东西来吗?此外,我还读过其他许多作家的作品,比如:屠格涅夫、马尔克维奇②、帕祖辛③。我一听萨利亚斯这个姓,就知道他写不出好东西来!您读过他的作品吗?您读过福尔迪纳·德·巴戈贝④的作品吗?庞逊·德·泰莱利⑤呢?阿尔桑·古塞⑥呢?皮埃尔·扎孔纳⑦呢?还有仲马⑧、加博里奥⑨、博尔恩⑩呢?天哪,写得多好啊!您知道吗,小说里我最喜欢的是暴徒,是那些设置险恶圈套,行凶杀人的……他们聪明,刚强……最后,当有人要抓他们的时候,我就觉得可恨,甚至都忍不住要掉眼泪。所有的人都恨暴徒,反对暴徒,而他呢,一人同所有的人作对!这才是英雄呢!其他那些道貌岸然的正人君子一旦得势,就会变得可恶起来……总之,您知道吗,当人们向往着什么,并且为了这个目标而劳碌奔波、寻找探求、经受磨难……的时候,我喜欢他们,可是一旦他们达到了目的,就此止步不前的时候,那就再也没有意思了……"

姑娘兴冲冲地和他并肩慢慢走着。她娴雅地抬起头来,两眼炯炯发光。

他凝视着姑娘的脸,一面神经质地捻着山羊胡子,一面寻找辩驳的言词,恨不得一下子就想把她头脑里那层厚厚的尘垢抹去。然而,

---

① 叶·安·萨利亚斯(1841—1908),俄国历史小说家。
② 鲍·米·马尔克维奇(1822—1884),俄国作家。
③ A·M·帕祖辛(1851—1919),俄国伪历史小说家。
④ 巴戈贝·德·福尔迪纳(1821—1891),法国惊险小说家。
⑤ 庞逊·德·泰莱利(1829—1871),法国惊险小说家。
⑥ 古塞·阿尔桑(1815—1896),法国浪漫派作家,批评家。
⑦ 扎孔纳·皮埃尔(1817—1895),法国作家,其作品充满险情。
⑧ 仲马·亚历山大(1803—1870),法国历史冒险小说家和戏剧家。
⑨ 加博里奥·埃米尔(1832—1873),法国作家,现代侦探小说创始人之一。
⑩ 博尔恩·格奥尔格(1837—1902),德国惊险小说家。

正因为要反驳姑娘,所以他还想再听听她这一派天真的胡言乱语,还想再看看她那沉溺于自己的见解和坦率地向他倾吐衷肠的那副神态。他从来没有听到过这样的论调。它们尽管荒唐,但她那带着几分狡黠的美色再和谐也不过了。在他面前站着的是一个不知天高地厚的、粗鲁地侮辱着他的人,同时又是一个激发着他的情欲、使他着迷的绝色美人。这两股力量一股脑儿地向他猛袭过来。需要设法抵御。他具有清晰的逻辑思维的能力,善于同他周围的人们论战。可是,为了把姑娘的理智引上正确的道路,为了使她那被无聊的小说、被庄稼人、士兵和酒鬼父亲扭曲了的灵魂变得高洁,究竟应该和她怎么谈好呢?

"啊呀,看我扯到哪儿去了!"姑娘吁了一口气说,"您听腻了吧?"

"没有,不过……"

"您不知道,我见到您有多高兴。在认识您之前,还没有一个人可以凑在一起说说话。您妹妹,我知道她是不喜欢我的,而且一直在生我的气……可能是因为我给父亲喝伏特加,还因为我打过尼孔……"

"您?!打人!咳……您怎么可以打人呢?"波尔卡诺夫大吃一惊说。

"很简单,用爸爸的皮鞭子打的,就这样!您不知道,打场时节,大家忙得团团转,可他这畜生,喝醉了!真叫我生气!农忙季节,处处要他去照管,他怎么胆敢喝酒呢?那些庄稼汉,他们……"

"不过,您听我说,瓦尔瓦拉·瓦西里耶芙娜,"他恳切地、极力把口气放和缓些说,"殴打用人,这样做好吗?体面吗?您想想看!难道您所崇拜的主人公鞭打自己忠实的萨迪-科科吗?"

"喔,可不是吗!有一回路易伯爵狠狠扇了科科一记耳光,连我都心痛起这个可怜的勤务兵来了。可是我不打又怎么办呢?好在我能……我的力气大!您摸摸我的肌肉!"

姑娘弯起胳臂,自豪地向他伸了过去。他把手按住她的上臂,再用指头使劲捏捏,但立刻清醒过来,赧然一阵脸红,回头盼顾,只见触目皆是的树木无声地兀立着……

他平素对女性是不拘谨的,而这位姑娘尽管燃起了他的情欲,却以她的质朴和轻信反而使他变得拘谨了。

"您的健美令人羡慕,"他凝神注视着姑娘晒得黝黑的小手说道。"我觉得您有一颗非常善良的心,"他无意中脱口而出。

"不知道!"姑娘摇摇头,应了一声。"才不见得呢,我这个人没有什么性格:有时候我甚至怜悯那些连自己都觉得讨厌的人。"

"仅仅是有时候吗?"他笑了笑。"可是人们自始至终都是值得怜悯和同情的。"

"为什么?"姑娘问。

"难道您看不到他们是多么不幸吗?就拿您家的那些庄稼汉来说吧,他们的生计是多么艰难,他们在生活中遭到多少不公平的待遇,有多少忧愁和痛苦!"

他不由激越地冲口而出。姑娘定睛看看他的脸,说道:

"这么说,您一定是个非常善良的人。可是您并不了解庄稼人,因为您没有生活在农村。他们是不幸的,这固然不错,但这究竟是谁的罪过呢?他们狡猾得很,且不说没有任何人妨碍他们成为幸福的人。"

"可是,他们连填饱肚皮的粮食也没有哇!"

"可不是吗!种田人这么多……"

"是的,很多!不过土地也多呀……有的人竟占有几万俄亩①庄田。比方说,贵府有多少呢?"

"五百七十三俄亩……那又怎么?难道说,唔,请听我说!难道说要统统让给他们吗?"

姑娘用大人看小孩子的目光看着他,嘿嘿笑了。这笑声使他发窘,使他恼火。他心头燃起一个想要说服那个满脑子糊涂观念的姑娘的念头。

于是,他开始一字一句地,甚至言词激烈地对她讲起关于财富分

---

① 一俄亩合一公顷多。

配的不公、大多数百姓的无权、为生存和面包而进行的生死挣扎、富人的权势和穷人的软弱、被那些对少数强权者有利的长期因袭的谬误和愚昧偏见所压制的理智等等。

姑娘和他并肩而行,怀着好奇和惊异的神情默默地望着他。

他们周围笼罩着林间幽暗的静穆。这是一种即便有声响掠过,也难打破它那凄凉色调的静穆。

波尔卡诺夫沉默了。作了这番讲述,他已经感到几分乏意,便擦着额头上的汗珠,等着姑娘开口。

姑娘眯缝着眼睛,凝视着前方,凝视着远处,脸上掠过几道阴影。她一声轻轻的感叹打破了片刻的沉默:

"您讲得真好!……大学里的人全都是这样能说会道吗?"

年轻的学者大失所望地长叹了一声。他不但没得到他所期待的回答,心里反而产生了对她的不满和对自己的怜悯。任何一个多少具有思维能力的人都能明白的、逻辑推理如此清楚的道理,为什么这个姑娘领会不了呢?自己讲的话到底有哪些不足呢?为什么她对这席话无动于衷呢?

"您讲得很好!"姑娘不待他回答,称赞道。他看到从姑娘的眼睛里流露出来的满意神情是真诚的。

"那么我讲得对不对呢?"他问道。

"不对!"姑娘毫不迟疑地回答。"尽管您是一位学者,但是我仍然想同您辩论辩论。我也懂得一些道理!……照您这么说,好比人们造房子,他们在劳动中都是一律平等的。甚至不光是人,而且是一切的一切——砖头、木匠、木材、房主——这一切在您看来统统都应该画等号。这难道可能吗?庄稼人,他必须种田;您呢,必须教课;省长呢,必须考察人们是否忠于职守。您还说,生活就是斗争,何以见得呢?相反,人们生活得很平静。假如是斗争,那么就要有战败者。至于共同利益,这我一点儿也不理解。您说,共同利益在于人人平等。可这不对!我爸爸是上校,他同尼孔或者庄稼汉怎么能平等呢?再比如说,您是学者,难道能跟我们那个喝伏特加的……红头发蠢货,擤起鼻涕来像铜喇叭一样大声的俄语教师相提并论吗?"

姑娘扬扬自得,认为自己的论据是不容置辩的。他却欣赏着姑娘兴奋的神情,并为自己给她带来的这种快乐而感到满足。

然而,他的理智竭力想解决这样一个问题:为什么姑娘那一整套未经琢磨的思想经过他的启迪之后反倒与他所推动的方向背道而驰了呢?

"我喜欢您,但不喜欢别人……这里有平等吗?"

"您喜欢我吗?"伊波利特·谢尔盖耶维奇脱口而出。

"对,很喜欢!"姑娘点头承认,又立即反问了一句:"那又怎么呢?"

在这个用明亮的眼睛望着自己的、天真得可怕的姑娘面前,他感到害怕了。

"这难道是她在卖弄风情?"他心想。

"您问这个干吗?"姑娘用好奇的目光看着他的脸,追问道。

姑娘的目光使他发窘。

"干吗?"他耸耸肩膀。"我想,这是很自然的。您是女人……我是男人……"他强作镇静地解释道。

"这有什么呢?反正您没有必要知道。您又不打算跟我结婚!"

姑娘说得那样随便,以至于连他也不再感到难为情了。他只觉得,有一股力量,一股难以抵御的盲目自发力量在左右着他的思想。于是他便带着戏谑的口气对姑娘说:

"谁知道呢?……再说,想招人喜欢和想要嫁娶并不是一回事……这一点,我想您是知道的。"

姑娘忽然哈哈大笑起来。他一听这笑声,心里顿时凉了半截。他暗暗诅咒自己,也诅咒姑娘。姑娘的胸脯随着她那清脆的、发自内心的、快活地震荡着空气的笑声而颤动着,他却默不作声,为自己的轻佻愧悔地等待着斥责。

"喔唷！要是我……做了您的妻子，那该成……什么样儿啦！太可笑了……好比鸵鸟和蜜蜂！"

他也忍不住笑了，但不是笑姑娘奇特的比喻，而是笑自己对把握姑娘心灵搏动的契机不甚了了。

"您真是个可爱的姑娘！"他真诚地冲口而出。

"来，把手伸给我……您走得太慢了，还是让我牵着您走吧！咱们该回去了……时间不早了！伊丽莎白·谢尔盖耶芙娜会不高兴的，因为我们耽误了吃饭的时间……"

于是俩人便折身往回走。波尔卡诺夫认为必须言归正传，继续纠正她的谬见，否则便不可能使自己无所顾忌地和她同在一起。为此，首先必须排除潜藏在自己心头的隐忧，因为它阻碍自己去冷静听取和断然推翻姑娘的论据。倘若没有这种不可名状的、神秘莫测而又无能为力的感觉从中作祟，那么用自己的思想逻辑切除姑娘头脑里的畸形赘瘤实在是一件很容易的事情。这究竟说明什么呢？这似乎说明，把那些对姑娘完全陌生的概念灌输到她的精神世界中去并不是出自他的本意……然而，这样地逃避自己的责任，对于一个抱有坚定原则的人说来，当然是可耻的。而他认为自己正是这样的人，并且坚信那超越于感情之上的理性的力量。

"今天是礼拜二吗？"姑娘问。"可不是吗。这么说，再过三天那位黑先生就要来了……"

"您说什么？什么人到什么地方来？"

"黑先生，边科夫斯基，他礼拜六来你们家。"

"来干什么？"

姑娘用探索的目光打量着他，不禁格格地笑了。

"难道您不知道吗？他是个当官儿的……"

"哦！对了，妹妹跟我说起过……"

"说起过吗？"瓦莲卡活跃起来。"那就好……您说，他们快要上教堂行婚礼了吧？"

"为什么他们要行婚礼呢?"伊波利特·谢尔盖耶维奇茫然不知所以地问道。

"为什么吗?"瓦莲卡诧异地说,一阵红潮涌上脸来。"我也不知道。这是规矩嘛!天哪!您难道真的不知道吗?"

"一点儿也不知道!"伊波利特·谢尔盖耶维奇断然说道。

"我刚才不是告诉您了吗!"姑娘懊丧地嚷了一声。"好极了!这样吧,亲爱的伊波利特·谢尔盖耶维奇,您就只当不知道有这回事……我也只当没有说过!"

"好极了!不过,您听我说,我确实什么都不知道呀。我只知道妹妹要嫁给边科夫斯基先生……是吗?"

"不错!既然她自己没有对您讲过这件事,也许没有这回事。您不会去跟她提这件事吧?"

"当然不会!"他答应说,"我是来这里奔丧的,看来倒要参加婚礼啦!真有意思!"

"请您别提结婚的事儿!"姑娘恳求道。"您只当什么也不知道。"

"完全正确!不过,那位边科夫斯基先生是个什么模样呢?可以打听吗?"

"关于他,当然可以!这人温文尔雅,长得黑黑的。他有一对小眼睛,蓄着小胡子,有一张小嘴儿,一双小手儿,还拿着一把小小的小提琴。他喜欢唱抒情小调儿,爱吃甜果酱。我一看到他,总想去拍拍他的脸蛋儿。"

"这么说,您不喜欢他啰!"伊波利特·谢尔盖耶维奇大声说道。他听着对这位边科夫斯基先生的外表的描述,不由对他产生了几分同情。

"他也不喜欢我!我讨厌那些小模小样、喜眉笑眼、温文尔雅的男人。男子汉应该长得高大魁梧,说起话来高声大气,有一双炯炯发光的大眼睛,而在爱情面前,应当是万难不屈的。想到什么就做到什么,这才像个男子汉!"

"这样的男子汉怕是一个也找不出来，"伊波利特·谢尔盖耶维奇冷冷地一笑，说道。显然，他对姑娘心目中的理想男人产生了反感。

"应该有！"姑娘自信地大声说。

"您像是描绘了一只猛兽呀，瓦尔瓦拉·瓦西里耶芙娜！这样的怪物有什么可迷恋的呢？"

"根本不是猛兽，而是大力士！力量——这才是迷人的东西。现在的男人生来就害风湿病、肺痨和其他各种各样的疾病。这行吗？假如说，一个满面粉刺的官老爷，比如像地方自治局长官科科维奇那样的人，做我的丈夫，您说有意思吗？再比如，像边科夫斯基那样标致娇小的先生，怎么样呢？或者，像法院民事执行吏穆欣那样瘦高的驼子，或者那个肥头大耳、害着哮喘病的秃顶红鼻子商人的儿子格里沙·切尔诺涅博夫，怎么样？跟这帮酒囊饭袋，能养出什么样的子孙后代来呢？这个不能不考虑……难道不是吗？子孙后代，这可是……至关重要的事情呀！可是他们不顾这些……他们无情无爱。是一群没出息的家伙。要是我嫁给他们当中的一个，我……我非揍他不可！"

伊波利特·谢尔盖耶维奇打断姑娘的话头，向她说明，她对男人的这番见解总的说是不对的，因为她接触到的人太少了；就是对那些被她指名道姓的人也不可貌相，因为这是不公平的。一个人的鼻子可能长得丑陋，但心灵却是美好的；一个人满脸长着粉刺，但他却具有聪明的头脑。他在讲这些道理的时候，既感到无聊又觉得吃力。在还没有遇见姑娘以前，这些道理他很少想过，甚至现在连他自己都觉得这一切统统是陈词滥调。他明白，这是不会往姑娘心里去的，同样也不会感悟到……

"您看，到河边了！"姑娘将话锋一转，高兴地嚷嚷道。

伊波利特·谢尔盖耶维奇却想道：

"她所以高兴，是因为我不言语了。"

两人面对面地坐在船上，重又漂荡在河面上。瓦莲卡握起双桨，急急忙忙地用力划着。船底下，河水发出不满的汩汩声，层层细浪往两岸涌去。伊波利特·谢尔盖耶维奇定睛凝望着向小舟迎面扑来的河岸,感到自己在散步时所谈的一切和所听到的一切已经弄得他神思困倦了。

"您看,船走得好快啊!"瓦莲卡对他说。

"唔,"他没有抬起眼睛看姑娘,只是简短地吐了一个字。反正都一样——他尽管没望着姑娘,但在想象着她的身躯是多么迷人地伸屈着,胸脯又是多么诱人地起伏着。

庭园清晰在目……不一会儿,他俩已经走在了林荫道上。体态匀称的伊丽莎白·谢尔盖耶芙娜笑盈盈地朝他们迎了过来,她手里像是拿着信件,说道:

"你们真能逛!"

"逛久了吗?可这一来,我的食欲就该大增了,嗬!能把您给吃掉!"

瓦莲卡搂住伊丽莎白·谢尔盖耶芙娜的腰,轻巧地使她围着自己转了起来,将她的叫唤付之一笑。

午饭吃得沉闷。一则是因为瓦莲卡一心只顾着把肚子吃饱,所以没有出声;二则是因为伊丽莎白·谢尔盖耶芙娜用好奇的目光不时地投在哥哥脸上而使他心里有气。饭后不久,瓦莲卡回家去了,波尔卡诺夫回到自己屋子里,躺在长沙发上陷入了沉思默想。他在总结着这一天的感想。他回味着散步时的细枝末节,从而隐隐约约地产生了一种不快之感,它蜇伤了他所习惯了的毫无波折的平稳的情怀和理智。他甚至在肉体上感到自己的心绪起着新的变化,变得异乎寻常的沉重,压迫着他的心脏,仿佛此刻血液凝集,流得比以往任何时候更加缓慢。

这姑娘无疑是个绝色美女,一见到她立刻就会心荡神移,陷入晕晕乎乎的境地——这对她来说是太多了,可对他来说却是可耻的。这是淫荡行为的流露,是缺乏自制力的表现。她激起了他炽烈的情欲,这固然不假,但需要的是克制。

"需要克制吗?"突然在他的脑海里冒出一个简单的、刺激着他的问题。

他皱起了眉头,这个问题仿佛是一个第三者粗暴地向他提出来的一样。

无论如何,在他内心所发生的一切,并不是出自对女性的迷恋,而是由于在争论时蒙受耻辱的理智的反抗,因为在这个争论中,尽管对手如同孩子般的孱弱,但他终究未能成为胜利者。跟这个姑娘说话必须形象具体。他的责任是要消除姑娘的乖戾观念,毁灭渗透她脑髓的那些粗鲁而愚昧的幻想。必须揭破她的错误观念,加以洗涤,从灵魂中清除干净,只有这样,她才能够接受真理。

"我能够做到这一点吗?"忽然间又冒出了一个不相干的问题。他再次避开去……假使姑娘能够接受那些同她现在完全相反的观念,那么将会变成一个什么样的人呢?他设想着,假使姑娘的灵魂受到了他的熏陶而摆脱错误观念的束缚,渗透那些与似是而非、模糊不清的东西格格不入的严整理论的话,她将会变得美上加美。

等到叫他吃茶点的时候,他已经断然决定要改造姑娘的精神世界,并把这个决定当成是自己责无旁贷的事情。从今以后,他将冷静而沉着地去接近她,对她的一切言论和行为将持以严肃的批判态度。

"怎么样,你喜不喜欢瓦莲卡?"当他走到阳台上的时候,妹妹问道。

"是个非常招人喜爱的姑娘,"他扬起双眉答道。

"哦!是这样……我还以为她的孤陋无知一定会使你大吃一惊呢。"

"说来,她在这方面确实使我感到几分惊讶,"他附和道。"不过,坦率地说,她比起那些受过高等教育、自命不凡的女子却有许多可爱之处。"

"不错,她是个大美人儿……而且还是个有利可图的未婚妻呢……有五百俄亩沃田,百来亩培育建筑用材的林地。还有她大婶一笔可观的家产,也归她继承。这两笔财产都没有抵押出去……"

他看出妹妹故意装做不理解他的样子。

"我并没有从这些方面去看她,"他说。

"你自己考虑吧……我这是正经劝你。"

"谢谢你。"

"你像是不大高兴。"

"恰恰相反。怎么?"

"没有什么。我是你的妹妹,关心你的事,想知道这个。"

她温柔而又有些讨好地微微一笑。这一笑使他联想起了边科夫斯基先生。他也对妹妹笑了笑。

"你笑什么?"妹妹问道。

"那你呢?"

"我心里高兴。"

"我心里也高兴,尽管没有在两星期以前料理妻子的丧事,"他笑着说。

妹妹的脸色立刻变得严峻起来,叹了口气,说:

"也许你心里在责备我对死去的丈夫缺乏感情,以为我太自私了吧?不过,伊波利特,我丈夫这个人你是了解的;我的情况,我也曾经写信告诉过你。从前我常常这样想:'我的天!难道我活在世上就是为了满足尼古拉·斯捷潘诺维奇·瓦雷帕耶夫的粗暴情欲吗?当他喝得昏天黑地的时候,连自己的老婆和普通村妇或者妓女之间的区别都辨认不清了。'"

"这是真的吗?……"伊波利特·谢尔盖耶维奇狐疑地大声问道。他回忆着妹妹在信中详尽地谈到过她丈夫优柔寡断、嗜酒如命、好逸恶劳以及除了贪淫好色之外的种种恶习的事例。

"你不相信吗?"妹妹责难地问道,接着又叹了口气。"这可都是事实。他经常是那个样子……我不敢说他有了外心,但也不能排斥这种可能性。他既然能把窗户当成房门,又怎能辨认出在他跟前的是我还

33

是另外一个女人呢？"

她枯燥乏味而又喋喋不休地向他诉说自己不幸的生活。他一面听着，一面等着妹妹说出她想说的话来。他不由地想道：假如这是瓦莲卡，不管生活不幸到什么地步，也决不会为自己的遭遇而叫苦连天。

"我想，我过了多年的苦恼生活，总该得到补偿吧……也许就要得到补偿了。"

伊丽莎白·谢尔盖耶芙娜停了下来，带着试探的目光看着哥哥，脸上掠过一抹红晕。

"你想说什么呢？"哥哥和声细语地俯身问妹妹。

"是这样……我也许还要嫁人！"

"这不是很好吗！我恭喜你……不过，你为什么这样吞吞吐吐呢？"

"说不上是为什么！"

"他是什么人？"

"我好像跟你说过……他就是边科夫斯基……未来的检察官……目前还只是个诗人，幻想家……你也许读过他的诗吧？出版过的……"

"我不读诗。他人品好吗？当然会是个好人。"

"我觉得可以这样说，他能够补偿我失去的年华……他爱我……我有一个小小的哲理……也许你会觉得它有些不近情理。"

"你尽管阐明你的哲理好了，如今这可是很时兴的啊……"

"男人和女人，这是永远对立着的两大部族……"妹妹温柔地说，"我同男人之间未必能建立信赖、友谊以及诸如此类的种种情感。然而，爱情是可能的……所谓爱情，不过是爱得不那么深的一方赢得深深爱着的另一方罢了……我吃了一次败仗，得到了报应……但今天我获胜了，因而要享受胜利的果实……"

"啊，这可是相当残酷无情的哲理呀……"哥哥打断妹妹的话说。他欣慰地感到，瓦莲卡是不会这么发表议论的。

"这是生活给我的启示……你知道吗，他比我小四岁……刚刚大学毕业。我知道,对我来说这是一种冒险……所以,怎么说呢?……我想在处理我和他之间的关系时,要使我的财产权不至受到任何损害。"

"唔,那怎么办呢?"伊波利特·谢尔盖耶维奇变得专注起来,发问道。

"所以,你替我出个主意,这类事情应该怎么办。我不想使他得到任何法律上的权利来占有我的财产,如果可能的话,连占有我个人的权利,也不想给他。"

"依我看,要想达到这个目的,就得取消宗教仪式的婚礼。可是……"

"不,我不赞成取消宗教仪式的婚礼。"

他看看妹妹,心想:

"她毕竟是个聪明人!即便是上帝创造了人,生活也会轻而易举地使人脱胎换骨,从而也就会早早地变成上帝的叛逆者了。"

妹妹振振有词地阐明了她自己对婚姻的看法。

"婚姻必须是排除任何冒险的一种理智的和睦协议。我也正是想这样来处理我同边科夫斯基的婚事。不过,事先我想搞清楚那个使人伤脑筋的兄弟的要求究竟有多少合法性。全部文书请你看看吧。"

"这桩事可不可以等我明天着手呢?"他问。

"当然可以,什么时候都可以。"

妹妹继续在他面前滔滔不绝地发挥自己的思想。接着又跟他讲了许多关于边科夫斯基的事情。她温情脉脉地谈着边科夫斯基,嘴角挂着微笑,不知为什么眯缝着眼睛。伊波利特静听着,连他自己也感到奇怪的是,妹妹的遭遇竟然不能引起他的丝毫同情。

当他们各自走开去的时候,已经日落西山了。他听倦了妹妹的诉说,回到自己的屋子里;妹妹由于谈得兴奋,两眼闪着奕奕的光芒,忙着照应家务去了。

伊波利特·谢尔盖耶维奇回到屋里,点亮油灯,想抱起一本书来看,但当他刚刚翻开头一页,又觉得还是把它合上的好。他甜滋滋地伸了伸懒腰,把书噗地一合,在圈椅里扭动几下,想坐得舒适些。可是椅子太硬,只好挪到沙发上去。起先,他什么也不想,后来却懊丧地想起不久就要同边科夫斯基结识。当他想到瓦莲卡给这位先生的画像时,脸上掠过了一丝微笑。

不一会儿,姑娘一个人便占据了他的思绪和想象。他想:

"要是娶这个可爱的小怪物怎么样呢?她将会是个非常有趣的妻子……至少不会从她嘴里听到流行小说里的那些廉价哲学。"

然而,当他把自己摆在瓦莲卡的丈夫的地位上作了一番周全的思考之后,又不觉好笑起来。他断然地暗自回答:

"绝对不可能!"

他陷入了苦闷。

二

星期六早晨,伊波利特·谢尔盖耶维奇一觉醒来就遇上了一件小小的烦恼:他正在穿衣服,不料把桌上的油灯打翻在地上,跌得粉碎;破灯盏里泼出几滴煤油,溅在一只还没有穿上脚的皮鞋上。皮鞋固然刷干净了,但伊波利特·谢尔盖耶维奇总觉得有一股令人干哕的煤油味儿从茶水里、面包里和黄油里,甚至从妹妹梳理得很漂亮的头发上散发到空气中来。

伊波利特·谢尔盖耶维奇的情绪因而被破坏了。

"你把那只皮鞋脱下来,拿到太阳里去晒晒,煤油就挥发掉了,"妹妹对他说,"你暂且先把我丈夫的便鞋穿上,有一双还是簇新的呢。"

"不用麻烦了,等一会儿就挥发掉了。"

"等到什么时候去呢。还是让我叫他们去拿一双鞋来吧,你看呢?"

"不,不用了。还是把它扔掉吧。"

"为什么？好好的鞋，是丝绒的……还能用呢。"

煤油气味使他感到烦躁，他正想借题发泄一通。

"还有什么用？你总不会穿吧。"

"我当然不会穿，亚历山大可以穿嘛。"

"亚历山大是谁？"

"就是边科夫斯基呀。"

"啊哈！"他冷冷一笑。"这对于已故丈夫的便鞋倒是一片十分感人的忠诚。同时又很实际。"

"你今天是怎么啦？"

妹妹有点儿见怪，好奇地望着他。他看到妹妹那副眼神，不由反感地想：

"我心里烦躁，也许她以为是由于瓦莲卡不在呢。"

"午饭前边科夫斯基可能要来，"她沉默了片刻，说道。

"我很高兴，"他应了一句，心想，"她这是要我对那位未来的妹夫显得亲热一些吧。"

令人苦闷的寂寞使他越发感到心烦。伊丽莎白·谢尔盖耶芙娜精心地在面包上抹了薄薄一层黄油，说道：

"依我看，讲'实际'是最值得称赞的好习惯。尤其现在，当贫困把我们这些靠土地收成过日子的人压得喘不过气来的时候，更是这样。为什么边科夫斯基不可以穿已故丈夫的鞋子呢？……"

"连尸衣也能穿，只要你从死人身上扒下来还收藏着的话，"伊波利特·谢尔盖耶维奇挖苦地想道，一面专心致志地把奶油罐里的奶油捞到自己的奶杯里去。

"我丈夫死后，留下了很多相当考究的衣服。边科夫斯基并不是娇生惯养的人。他家是个大家庭，除他之外，还有三个弟兄和五个姐妹。财产都抵押了出去。你知道吗，我从他们手里买下了一批藏书，很上算，其中有的书相当珍贵。你看看去，也许还能找到你需要的书……亚历山大靠薪俸维持生活。"

"你早就认识他了吗?"他问妹妹。尽管他半点也不想谈论边科夫斯基这个人,但是又不得不应酬两句。

"大体说来,有四年了,像现在这么……密切,已经有七八个月的样子。你会了解,他这个人是非常可亲的。性格温柔,多情善感,是个理想主义者,也还有那么一点儿颓废派的味道。要知道,如今的青年人都倾心于颓废主义……一部分倒向唯心主义,另一部分倒向唯物主义……这两部分人,依我看都缺乏头脑。"

"还有的人信奉'一百马力的怀疑主义',——这是我的一位朋友下的定义,"伊波利特·谢尔盖耶维奇把脸俯在桌上,说道。

妹妹呵呵地笑着说:

"说得真绝,只是有点儿粗俗。看来,我也差不离是个怀疑主义者了,你知道吗,这可是能够约束有种种嗜好的清醒的怀疑主义……"

他匆匆忙忙喝完茶杯子里的茶,说是要清理随身带来的书籍,便回到自己的房间去了;虽然门窗全都敞开着,但屋子里依然弥漫着一股煤油味儿。他皱皱眉头,抱起一本书,就到园子里去了。这里,经风暴和雷雨摧折过的古树,俨如一家骨肉同胞,亲密地互相偎依在一起。这里,一片凄寂,使人懒于思索。他没有打开书。他什么也不想,什么也不需要,沿着林荫大道漫步走去。

嘀,河,小船!就在这里他曾经看到过映在水中的瓦莲卡,那水镜中像天使一般美丽的瓦莲卡。

"我简直像个中学生!"对姑娘的回忆使他感到愉快,不由慨然自叹。

他在河边站立片刻之后,便跨上小船,坐在船尾,观赏起水中景物来。今天,这景色依然很美,只是在这幅清澈透明的画面上没有出现白衣姑娘的身影。波尔卡诺夫点燃一支烟,立刻又把它扔到水里,心想:来到这个地方,不免太愚蠢了。这里究竟有什么事需要他呢?看来,只不过是为了维护妹妹的好名声,简单说,给她以不拘礼俗的可能把边科夫斯基请上门来。简直是个无足轻重的角色。然而如果这位边科夫斯基真的爱上了过于精明的妹妹,那么可以说他是个不够聪明的人。

在半沉思状态中,他那松懈的思绪漫无目标地一个一个闪了过去。他这样一坐就是三个小时。他站起身来,慢吞吞地朝家走去,为那白白耗费的时间自怨自艾,并且毅然决定立刻着手工作。当他走近阳台的时候,看见一个身穿白上衣,系着皮带,身材匀称的青年人。他站在那里,背朝林荫道,身子俯在桌面上,像是在看什么东西。伊波利特·谢尔盖耶维奇放慢步子,心里猜想着:莫非这就是边科夫斯基?这时,青年人直起身子,作了个优雅的手势,把垂在前额的长长的乌黑的鬈发向后一撩,转过身子面朝林荫道。

"倒像个中世纪的侍卫!"

边科夫斯基长着一张苍白惨淡的瓜子脸,深陷的扁桃形的乌黑的大眼窝里流露出的紧张目光使他这副面容显得疲倦不堪。一撮乌黑的胡髭更显出了口形轮廓的美,凸出的前额上披着几绺蓬乱的鬈发。他尽管个子矮小,但那柔韧优美的身姿遮住了这个缺陷。他像个近视眼似的望着波尔卡诺夫,在这张苍白的脸庞上流露出一副讨人喜欢然而却是病态的神情。他头戴无檐帽,身穿丝绒上衣,简直像个从中世纪宫殿壁画中逃跑出来的侍卫。

"我叫边科夫斯基!"他向登上阳台阶梯的伊波利特·谢尔盖耶维奇伸出一只五指像音乐家一般细长的白手,低声说道。

年轻的学者紧紧地握了握他的手。

两人尴尬地沉默了片刻,然后波尔卡诺夫说起了这庭园如何如何的美。青年人简单地答着话。显然,他这样做只是为了表示不失礼貌,实际上对谈话的对方并无丝毫的兴趣。

过了一会儿,伊丽莎白·谢尔盖耶芙娜出现了。她身穿一件肥大的白裙衣,领子上缀着黑花边,腰间系着一条两端带穗儿的长长的黑腰带。这身打扮衬托着她那安详的面容,显得十分协调,给她小小的、但却是端正的脸儿增添了庄重的神采。脸上泛起两朵愉悦的红晕,沉静的眼睛炯炯有神。

"咱们这就要吃饭了,"她说,"我请你们吃冰淇淋。咦,亚历山大·彼得罗维奇,您为什么这么闷闷不乐呢?您没忘记带舒伯特的乐谱来吧?"

"舒伯特的乐谱和书都带来了,"他坦然而又充满幻想地欣赏着伊丽莎白·谢尔盖耶芙娜。

伊波利特·谢尔盖耶维奇看到他脸上的表情,意会到这位可爱的青年人也许是存心要无视他的存在,因此他感到几分尴尬。

"太好了!"伊丽莎白·谢尔盖耶芙娜对边科夫斯基微笑着喊了一声。"等吃过饭咱们一起来弹好吗?"

"只要您愿意就弹!"他低头向他行了个礼。

这个姿势他做得很优美,但毕竟使伊波利特·谢尔盖耶维奇心里觉得好笑。

"我非常愿意,"他妹妹娇媚地说。

"您喜欢舒伯特的曲子吗?"伊波利特·谢尔盖耶维奇问道。

"最喜欢贝多芬,他是音乐界的莎士比亚,"边科夫斯基向他侧过脸去,回答说。

从前,伊波利特·谢尔盖耶维奇也曾经听到有人称贝多芬为音乐界的莎士比亚。但是舒伯特和贝多芬之间的不同对他来说只不过是一个丝毫引不起兴趣的秘密罢了。他感兴趣的是这个大男孩,于是一本正经地提出了这样一个问题:

"为什么您偏偏把贝多芬摆在首位呢?"

"因为在所有的音乐家中,他是最富于幻想的幻想主义者。"

"是吗?您也认为这种世界观是正确的吗?"

"我坚信不疑。我也知道,您是一位极端的唯物主义者。我拜读过您的文章,"边科夫斯基说,他的眼睛射出异样的光芒。

"他想要辩论呢!"波尔卡诺夫心想。"他毕竟是个不错的小伙子,直性子,看来还很诚实。"

他对这位命中注定要穿那死人的便鞋的幻想主义者增添了几分好感。

"这么说,您我是棋逢对手啰?"他面带笑容地问了一声。

"您我怎么能成为朋友呢?"边科夫斯基情绪激越地说。

"二位先生!"伊丽莎白·谢尔盖耶芙娜在屋子里呼唤他们。"可别忘了,你们是初交呀……"

女仆玛莎在摆餐桌,把碗碟弄得叮当响。她觑着一双细眼睛,不时瞧瞧边科夫斯基,目光里闪露着天真无邪的赞叹神情。伊波利特·谢尔盖耶维奇也望着他,心里在想,对待这位青年要客客气气,而且最好回避同他谈论"思想",说不定在争论中他会激动得发狂的。边科夫斯基也在望着他,两眼灼灼闪光,脸上的肌肉神经质地在哆嗦。显然,他急着想说话,但又强忍着。波尔卡诺夫决定保持一种冷淡而又不失礼貌的态度。

他妹妹坐在桌旁用戏谑的语气时而对着这个时而又对着那个说上两句不着边际的话,两个男人简单地应答着她:一个以兄妹间的那种亲昵的漫不经心的态度,另一个则怀着爱慕者的虔诚。总而言之,他们三人都陷入了尴尬的境地,因而也就不得不留意着对方,同时又检点着自己。

玛莎把第一道菜端上了阳台。

"请吧,先生们!"伊丽莎白·谢尔盖耶芙娜拿着大汤勺招呼道。"你们喝点儿伏特加吗?"

"嗯,喝一点儿吧!"伊波利特·谢尔盖耶维奇说。

"假如您允许的话,我就不喝了,"边科夫斯基声明道。

"我允许,不喝也好。不过,您不是会喝酒吗?"

"我不想……"

"不想同唯物主义者碰杯,"伊波利特·谢尔盖耶维奇心里想道。

不知道是包子和鲜美可口的菜汤,还是波尔卡诺夫得体的举止使青年人那双乌黑的眼睛里的森严目光稍稍变得冷静柔和下来。当第

二道菜递上来之后,他开口说道:

"也许您以为我大声答复您所提出的那个您我是不是棋逢对手的问题带有挑衅色彩吧。看来这是有失礼貌的。然而,我认为,为人处世应该摆脱官场虚礼的俗套。"

"我完全同意您的说法,"伊波利特·谢尔盖耶维奇对他微微一笑。"越朴实越好。恕我直言,我很喜欢您的坦率。"

边科夫斯基嗒然若丧地苦苦一笑,说:

"我们在思想上确实是对手,这是显而易见、不言自明的。您说,越朴实越好。我也这样认为。但我赋予这句话的是一个意思,您赋予它的却是另一个意思……"

"是吗?"伊波利特·谢尔盖耶维奇问道。

"假若您能照您在文章中所阐明的观点去作直接的推理,无疑会是这样的。"

"我当然会这样做的……"

"所以说……依我看,您所说的'朴实'这个概念是不精确的。这个且不去说它……请问,假如把人生仅仅想象成制造一切的机器,其中包括思想在内,难道您不感到心灵的冷酷,难道当您把所有神妙而迷人的美好事物统统贬低为单纯的化学反应和物质分子交换过程时,您连半点怜悯心都没有吗?"

"唔……我并没有感到您所说的那种冷酷,因为我知道自己在人生伟大的机器中所处的地位。这个机器比任何空想更富于诗意……至于情感上和思想上脱离实际的纷扰,只不过是一个趣味问题。直到今天,还没有人知道,什么叫美?但不管怎么样,应该认为,它是一种生理上的感觉。"

他们两人,一个说话的声音低沉,语气里充满着至诚和深深怜悯着迷途的对方;另一个平心静气,带着智慧的优越感,并且竭力不去使用那些在两人之间争论谁的见解更接近真理时常常大量使用的、伤害对方自尊心的言词。伊丽莎白·谢尔盖耶芙娜微露笑容,注视着这两个论敌的面部表情,嘴里津津有味地啃着野味骨头,神态安然地细嚼缓咽着。玛莎从门后探头张望,显然是在探听先生们谈论些什么,因为她神色紧张,两眼瞪得圆圆的,失去了机灵、温存的常态。

"您说现实,现实是什么呢?我们周围的一切和我们自身不过是一种化学反应过程和无时无刻不在运转的机器罢了。到处都在运动,运动,连百分之一秒钟的静止也没有。每一刹那间的我,不再是过去的我;新的一刹那间的我,也不再是现在的我。那么,叫我怎么去捉住现实和认识现实呢?您和我——我们仅仅是物质吗?可是有朝一日我们都得躺在圣像下,使空气充满腐烂的臭气……我们留在人世间的,也许只有一些褪了颜色的照片,然而这些照片永远不会向任何一个人说明在我们生活中那悄然被吞噬了的任何欢乐和痛苦。假如我们这些有思想的蒙受苦难的人们相信活着就是为了腐烂的话,岂不是太可怕了吗?"

伊波利特·谢尔盖耶维奇细心听着他的论断,暗自想道:

"如果你坚信自己的信仰是真理,那么就应该平静些。而你却声嘶力竭。老弟,这并不是因为你是理想主义者,而是因为你的神经不健全。"

边科夫斯基用火焰一般的目光盯住他的脸,喋喋不休地说:

"您讲科学,好极了!我崇拜科学,因为科学是一种强大的智慧力量,它致力于破除禁锢着我的神秘的桎梏……但是尽管有科学存在,我依然站在远古祖先所站的地方。他们坚信雷鸣是先知伊利亚的恩典。我并不信仰伊利亚。我知道,这是电的作用。但是,这较之伊利亚的恩典又能明白多少呢?之所以明白,就因为它更复杂吗?其实,这和人们为了代替一种能源而徒劳无功地设想出的其他能源和动力同样地不可解释。有时,我觉得科学这玩意儿归根到底在于把种种概念复杂化,如此而已!我想:信仰科学是好的,但有人嘲笑我,对我说:需要的不是信仰,而是要了解。于是我想了解,什么叫物质?我所得到的答复一字不差,就是这样说的:'物质是存在于空间、能为我们感官具体感受到的本原的东西。'为什么要这样讲呢？这难道能成为问题的答案吗？对于一个为自己那颗不安的灵魂热诚寻求答案的人来说，这是一种嘲讽……我想认识生存的目的，然而我精神上的这个追求又遭到了嘲讽。可我的的确确活着。这是不容易的。因此我绝对有权利要求智慧占有者回答：我为什么活着？"

波尔卡诺夫颦蹙双眉，凝视着边科夫斯基激动得通红的面孔，觉得必须对他反唇相讥。然而，尽管是这样觉得，但他并不想这样去做。青年人的那双大眼睛瞪得更大了，显露出极端苦恼的神情。他咻咻地喘着气。白净而秀雅的右手在空中起劲地比来画去；时而紧握拳头，好像吓唬人一样；时而又像在空间捕捉什么而又无力把它捉住。

"你们无所作为，反而从生活中捞取不少东西！对于这个，你们很不以为然……这说明什么呢？说明你们不会珍惜人。要知道，人们向你们寻求精神食粮，你们却生硬地加以拒绝！你们洗劫了生活的灵魂。如果说在精神生活中没有爱和苦难的业绩，那么这正是你们的罪过，因为你们这群理性的奴隶，把精神置于理性的支配之下。从而精神枯萎，濒于死亡，因为它陷入病态，变得贫乏！而生活依旧是那样昏暗，它痛苦，它蒙受折磨，它需要英雄……然而他们在哪儿？"

"他倒像一个癫痫病患者！"伊波利特·谢尔盖耶维奇暗自慨叹，两眼望着跟前这个处在极度烦恼中的、瑟瑟发抖的神经质的人，不禁感到一阵寒战。他试图制止这位未来的妹夫滔滔不绝的高谈阔论，但无济于事，因为青年人抗辩的兴头正足，似乎什么也没有听见，什么也没有注意到。他所发泄的牢骚看来在他心头蕴积已久；今天得以在一个他认为是糟蹋生活的人面前发泄出来，实在是一桩快事。

伊丽莎白·谢尔盖耶芙娜眯起明亮的眼睛，含情脉脉地望着他。眼睛里闪动着情欲的火花。

"您这一番宏论令人叹服，"波尔卡诺夫为使疲倦的演说家平静下来，便利用他那不知不觉的停顿，从容不迫而又和颜悦色地插了一句，"无疑，这里充满着真诚的情感和探索的智能……"

"应该说些什么,才能使他冷静下来,言归于好呢?"他绞尽脑汁,编织着整套的恭维话。

多亏妹妹给他解了围。她已经吃饱喝足了,坐在那里背靠着圈椅。她那乌黑的头发梳着古派的式样。不过,这王冠式的发型与她威严的神态倒是显得十分相称。她张开笑得微微颤动的嘴唇,露出一溜又白又薄的刀刃般的牙齿,摆出优美的姿态,打断哥哥的话,说道:

"让我来讲两句吧!我知道一位哲人的名言,他说:'说这就是真理的人,是不正确的;反驳他们的人说这是谬误,同样也是不正确的。只有救世主和撒旦是正确的。我虽然不相信他们的存在,但是又觉得他们肯定在什么地方存在着,因为是他们安排了这种有善又有恶的两面生活,而他们自己又为这种善恶两面的生活所创造。你们不懂吗?要知道我跟你们一样,也是用人类的语言说话。只不过为了使你们了解自己的智慧是微不足道的,我将自古以来的全部智慧简化成这么几句话罢了。'"

她说完,嫣然绽出明快迷人的笑容,问两个男子:

"你们认为这话说得怎么样?"

伊波利特·谢尔盖耶维奇默默地耸耸肩膀,妹妹的话使他气恼。不过她倒是把边科夫斯基驯服了,对此他又感到满意。

边科夫斯基的神态却显得异样。伊丽莎白·谢尔盖芙娜一开口,他脸上顿时露出喜色;转而随着她的每一句话、每一个字,特别是当她最后提出的那个问题时,边科夫斯基简直惊呆了。他本来想说些什么,但是嘴唇却神经质地打着哆嗦,说不出话来。而她呢,雍容大方地注视着他的面部表情,这大概是因为看到自己说的话对他发生了作用而心里高兴的缘故吧。她的眼睛闪着满意的光芒。

"至少我是这样想的,这几句话包含着许多哲学巨著的全部总结。"她停顿片刻之后,这样说。

"你在某种程度上是正确的,"伊波利特·谢尔盖耶维奇苦笑了一下,"不过……"

"为使心灵的渴求趋向高尚,难道世人真的需要熄灭仍在他心灵中燃烧着的普罗米修斯之火的最后火种吗?"边科夫斯基烦恼地看着她,喊叫道。

"如果这火种是有益的……能给您带来欢乐的话,何以要去熄灭它呢!"她笑着说。

"为了给有益的东西下定义,你可提出了一个非常可怕的准则,"哥哥淡然地对她说道。

"伊丽莎白·谢尔盖耶芙娜!您是一位女性,您说:伟大的妇女思想运动在您的内心产生了什么反响呢?"边科夫斯基又兴奋起来,问道。

"这很有意思。"

"仅此而已吗?"

"我想,这个问题……怎么跟您说呢?……总之,这是一种女性多余人①的追求。她们都是被生活所排斥的女子,不是因为其貌不扬,就是由于对自己美的力量估计不足,还没有尝到对男子行使权力的滋味……她们是多余的人。我看,还是吃冰淇淋吧。"

边科夫斯基从她手里默默接过一只小小的绿色高脚盘,搁在自己跟前,眼睛盯着这块冰冷的白色块状物,用一只由于抑制着内心的激动而哆嗦的手神经质地擦了擦额头。

"瞧瞧,哲学不仅破坏生活的情趣,而且连食欲也给破坏了,"伊丽莎白·谢尔盖耶芙娜开玩笑说。

哥哥看着她,心想:她跟这个大男孩正在玩着一场荒唐的游戏呢。他觉得这一番对话太没有意思。他不免同情起边科夫斯基来。然而,这同情并非发自内心深处。

"Sic visum Veneri!②"他心想,一面抽着烟,一面从桌前站起来。

"弹琴吗?"伊丽莎白·谢尔盖耶芙娜问边科夫斯基。

---

① 俄国十九世纪文学作品中所描写的无处施展自己力量的贵族典型。
② 拉丁语:这是维纳斯的意愿啊!

他恭顺地向她低下头表示回答。于是俩人离开阳台进屋里去了。不一会儿,从屋子里传来钢琴的和音和小提琴的调弦声。伊波利特·谢尔盖耶维奇坐在阳台栏杆旁那张舒适的圈椅里。

这里有一株野葡萄的藤沿着一根根拉紧的细绳从地上爬到屋顶,像花边纱窗帘一般遮着太阳。他听到了妹妹和边科夫斯基谈话的全部内容。客厅的窗户扇扇面向庭园,只是被花草遮挡着。

"近来您写过什么吗?"伊丽莎白·谢尔盖耶芙娜一面合着小提琴的调子,一面问。

"写了一部小小的剧本。"

"念一念好吗?"

"说真的,不想念。"

"要我求您吗?"

"哪里?不……我倒是想朗诵一首我临时想出来的诗……"

"那也好!"

"好吧,我念……不过,这首诗是靠您给我的灵感……是一首即兴诗……"

"好极了,我真想听听!"

"我不知道……也许您是出于真心实意……我不知道……"

"看来,我得走开?"伊波利特·谢尔盖耶维奇心想。但他实在懒得动弹,结果还是坐在那里没动窝。反正他们知道他在阳台上,管它呢。

  你美丽恬静,
  却冷若寒冰,
  使我常常忐忑不宁……

边科夫斯基发出了沉郁的声音。

你讥笑我在幻想吗？
也许你不理解我的心？

青年用忧伤的声调探问着。
"你如此这般探问，恐怕为时已晚，"波尔卡诺夫想道，脸上泛出狐疑的笑意。

在你的明眸里我找不到一丝一毫同情，
在你的话语中我听到的是冷笑声声……
我心灵的狂热谵语，
你却听不进……

边科夫斯基顿住了，不是因为心里激动，便是由于韵律不足。

这谵语是那样美丽动听！
其中有我的狂歌，有我的生命！
它充满着为解开生活之谜
为大众寻找幸福之路的
灼热激情……

"应当走开！"波尔卡诺夫听着这青年歇斯底里的呻吟，不由得抬脚要走。那呻吟中同时包含着两层意思：一是对他心灵所发出的令人感动的"原谅吧！"一是对女人所发出的绝望的"宽恕吧！"

我是你的奴隶，在我狂热的心中
为你建起了王座……
我苦苦地等待着……

"自己的死亡——因为维纳斯是这样地希望着!"波尔卡诺夫走在庭园林荫道上,为他的诗加上了这样的结句。

妹妹使他感到惊讶的是:论容貌,她不足以激起那个青年人这样的爱情。大概她是采取欲擒故纵的手段达到这个目的。他身为兄长,一个正直的人,该不该同妹妹谈谈她对那个怀着赤热的情欲的大男孩所抱的态度的实质呢?此时此刻,这样的谈话能导致什么结果呢?更何况要干预阿穆尔①和维纳斯的爱情他还不甚内行……

"假使瓦莲卡的心面对这火焰般的情欲,事情会怎样呢?"

波尔卡诺夫没有去寻找这个问题的答案,而是沉思地想象着此刻姑娘在做些什么。在打尼孔的耳光吗?他为姑娘感到耻辱。他要逐渐洗去那些损害姑娘心灵的尘垢,无奈她远在他处,不能同她经常见面!

从屋子里飘来悦耳的小提琴声和神经质一般的钢琴声。庭园里缠绵不断地发出甜蜜的旋律和柔情的呼唤。

从天空也洒下了乐音——百灵鸟在那儿歌唱。一只羽毛蓬松的欧椋鸟,恰似一块漆黑的煤炭,栖息在椴树枝丫上,不时地理理叠在胸前的双翅,睥睨着林荫道上踱步凝思的人儿,意味深长地啼叫着。那人两手背在身后,用笑眯眯的眼睛望着远处。

喝晚茶的时候,边科夫斯基不再那样疯疯癫癫,他变得沉静了些。伊丽莎白·谢尔盖耶芙娜的心里也像是得到了某种慰藉。

"伊波利特,你还没有讲讲彼得堡的情况呢,"伊丽莎白·谢尔盖耶芙娜说。

"有什么好讲的呢?是个非常热闹的大都市……气候潮湿,不过……"

"不过人都是干巴巴的,"边科夫斯基打断他说。

"恐怕不能一概而论吧。昏庸老朽、萎靡不振的人,自然也不在少

---

① 古罗马神话中的爱神。

数。人和人可大不一样！"

"但愿如此！"边科夫斯基大声说。

"是呀，要不然，生活该多没意思呀？"伊丽莎白·谢尔盖耶芙娜应和道。"你说，青年人对农村怎么看？他们还小看吗？"

"是的，有些失望。"

"这种现象对于如今的知识分子来说，相当普遍，"边科夫斯基笑笑说，"在大部分知识分子出身于贵族的那个时代，还没有过这种现象。今天，那些富农、商人或者官僚们的子弟读上两三本通俗的小册子，就算是知识分子了。这些知识分子当然不可能对农村发生什么兴趣。难道他们了解农村吗？农村对于他们来说，除了是个消夏的好地方之外，难道还能有别的什么用处吗？在他们看来，农村就是避暑地。而他们实质上不过是一群避暑客罢了。他们来住上一阵儿，然后留下一堆废纸、破布片、零七八碎儿这些常见的痕迹，就走了。另一拨人又将接踵而至。他们把这堆垃圾清除掉，从而也就抹去了对那耻辱、冷酷而又衰弱的九十年代的知识分子的记忆。"

"这另外一拨人是指中兴的贵族们吗？"波尔卡诺夫眯缝着眼睛问。

"看来，您明白了我的意思……这对您来说，我说得太不客气了，请原谅！"边科夫斯基面红耳赤了。

"我只是问，那些又将接踵而至的是什么人？"

"他们是农村青年！改革后的农村一代。他们今天仍然具有高度的人的尊严感、强烈的求知欲、新奇感以及坚毅的性格，并且随时都能申述自己的身份。"

"我提前对他们表示欢迎，"波尔卡诺夫淡然地说。

"对，必须承认，农村将产生一种新鲜事物，"伊丽莎白·谢尔盖耶芙娜应和道。"我们这儿有那么几个非常有意思的青年小伙子。他们是伊凡·沙霍夫和格里戈里·沙霍夫两兄弟，差不多读完了我的一半藏书；还有一个叫阿基姆·莫济列夫，他标榜自己是'万事通'，的的确确才智过人！我曾经考过他，给过他一本物理书，要他读一读，解释解释杠杆和平衡的定律。结果,只过了一个星期,他就作出了极为生动的答案,简直使我大吃一惊!而且,当他听到我的夸奖时,还说:'怎么样?您懂得这个,那么,谁也不该禁止我也懂得这个,因为书是为所有的人写的!'听他说的!不过……他们对自己的人格的理解,目前还只能停留在轻慢和粗鲁的程度上。他们这种新产生的特点也施加于我了,但是我忍受着,不想找地方自治会的长官告状去,因为我知道,在这样的土壤上可能迸出哪样的火花来……说不定哪天早上一觉醒来,我这座庄园已经化为灰烬了。"

波尔卡诺夫笑了笑。边科夫斯基忧愁地瞥了她一眼。

他们捡起一些不冒犯各自尊严的泛泛的话题,一直闲扯到十点钟。然后,伊丽莎白·谢尔盖耶芙娜又和边科夫斯基一同弹琴去了,波尔卡诺夫便向他们告退,回到自己屋子里。这其间,他留意到未来的妹夫在向情人的哥哥道别时,竟然丝毫也不掩饰他自己此刻所感到的欣欣然的喜色。

"……去探索想知道的事情。但是这种好奇心所得到的报偿似乎是惆怅,"当波尔卡诺夫在自己屋里的书桌前坐下来准备给朋友们写几封信的时候,所产生的正是这种无精打采的感觉。他了解妹妹对边科夫斯基独特的态度的动因,也清楚自己在她的计谋中所扮演的角色。这一切统统都是要不得的,同时又好像和他是格格不入的。他在理性上谴责妹妹,但他的心灵却并不为在他眼前扮演的这出皮格马利翁和格拉蒂娅的故事①的讽刺性拟作所激愤。他感伤地用笔杆敲敲桌子。捻小了灯芯,屋子沉没在幽暗中。他睁开眼睛凝视窗外。

庭园一片沉静。隔着窗玻璃望去,月儿呈现幽幽的绿光。

一个影子从窗下一掠而过,留下了树枝轻轻的簌簌声。波尔卡诺夫走近去将窗户打开,只见侍女玛莎穿着一身洁白的裙衣从树后闪了

---

① 希腊神话:塞浦路斯国王皮格马利翁,善雕刻,热恋自己所雕刻的名叫格拉蒂娅的牙雕少女像。爱神阿佛洛狄忒(一译阿芙罗狄蒂)见他感情真挚,就给雕像以生命,使两人结为夫妻。

过去。

"有什么说的呢?"他笑着想道。"既然太太仅仅是在玩弄爱情,那就让女仆去爱吧。"

令人厌倦的千篇一律的日子慢慢地过去了。几乎没有留下一点印象,然而工作又难以进行。炎炎的赤日、园中醉人的馨香、沉思默想般的月夜无不助人遐思,令人发懒。

波尔卡诺夫沉湎在悠闲自在的生活之中,想要开始工作的决心一天一天地拖延下来。有时他感到无聊,嗔怪自己无所事事,优柔寡断,但这一切终究不能唤起他工作的愿望,因而把自己的惰性解释为养精蓄锐。每天清晨从酣畅的睡乡醒来,在他悠然自得地舒展着身子的时候,便觉察到自己的肌肉是多么发达,皮肤是多么富有弹性,呼吸又是多么轻松深阔。

起先,妹妹动不动就高谈阔论的坏习气使他讨厌,后来他渐渐容忍了她这个缺点,同时还能够巧妙而又不伤和气地向她说明这种漫无边际的空谈是有害无益的。这样,妹妹也就变得沉稳一些了。妹妹对什么都要发表一番议论的老毛病引起了他的反感,因为他看到这种议论并不是出于要说明她自己对生活所抱的态度这样一个自然的志趣,而仅仅是出于一种想要及早防范和破除那些扰乱她心灵的冷漠平静的东西。她为自己拟定了实践的方案,而对于理论的兴趣,却纯粹是为了在哥哥面前掩饰她对生活和世人的淡漠和怀疑的态度罢了。他虽然了解这一点,但并没有想要责备妹妹和使她难堪。他没有声言,只是在内心责备她。

每当边科夫斯基来过之后,他总想要跟妹妹谈谈关于她对这个青年人的态度,但始终找不到适当机会。

他确信:"当这位慷慨激昂的先生的健全头脑清醒过来时,究竟谁是受害的一方,还不得而知呀。妹妹心里一清二楚,对方比自己年轻,她不需要任何照顾。如果她将得到报应,那有什么办法呢?假若生活是公正的,那就只好自作自受了……"

瓦莲卡常来。他们两人,有时和妹妹三人到小河去划船,但从来没有跟边科夫斯基一起划过船。他们还常常到树林里去散步。有一次,还到过二十俄里以外的一座修道院。他依然喜欢这位姑娘。姑娘的奇谈怪论依然使他恼火,不过同她在一起始终是愉快的。她的天真使他感到可笑,也使他保持着一个男子的风度。姑娘的严正性格使他吃惊。

他越来越经常地扪心自问:

"难道我没有足够的毅力去清除她头脑里的种种糊涂观念吗?"

当姑娘不在的时候,他总觉得必须使她的思想挣脱怪诞的羁绊,可是只要瓦莲卡一出现,他又把自己的决心忘得干干净净了。有时,他听她谈着,反而倒发现自己似乎想要跟她学些什么,并且觉得在姑娘身上有一种抑制他的理智自由的东西。也往往有这样的情况,在他准备好一番能使她震惊和恍然大悟的有折服力的反驳时,不知怎的又害怕说出口来,以至把准备好的反驳收藏起来。他遇到这样的情况时,就想:

"难道我还不足以坚信自己是正确的吗?"

不,不会是这样的。他同姑娘谈不拢,还因为她连尽人皆知的最起码的道理几乎都不知道。因此,需要从头开始。可是她那"因为什么?""为了什么?"等一连串追根刨底的问题常常把他逼进抽象的"密林"里去,从而使姑娘如堕五里雾中,全然不知所云。有一回,姑娘听烦了他的反驳,使用这样几句话阐明了自己的哲理:

"同所有的人一样,是上帝按着自己的模样把我创造的。可想而知,我的一举一动都是依照上帝的意志,活着——也是上帝的旨意……我怎样活着,他该是知道的吧? 所以我说,您对我这样求全责备,实在大可不必!"

姑娘越来越激发着他那男性的炽热的情欲。但他把握着自己,总是及时压住情欲的冲动,甚至把它掩饰起来,当掩饰不了时,也只好无奈地笑笑，自言自语地说：

"有什么办法呢？这都是因为她长得太美而在所难免的呀……我毕竟是男性，在太阳和空气的作用下我的身体一天比一天结实……这是在所难免的。不过，姑娘的怪诞脾气根本不值得自己去迷恋她……"

他知道，要自己盲目去爱是办不到的，但是在他内心深处想占有这位姑娘的愿望却越来越强烈，他暗暗地期待着姑娘来爱上他。他一面暗自判断着不致降低自己尊严的一言一行，一面巧妙地掩盖住能引起他怀疑自己的品行的一举一动……

一天喝晚茶的时候，妹妹告诉他说：

"你知道吗，明天是瓦莲卡·奥列索娃的生日。应该去走一趟。我想坐马车去……也好让马儿遛遛腿。"

"你去吧……也替我祝贺她，"他说，可心里却想和她一同去。

"你不想去吗？"妹妹朝他忽闪着眼睛，好奇地问道。

"我吗？我也不知道。有点儿不大想去。不过，去也行。"

"这不勉强！"伊丽莎白·谢尔盖耶芙娜说，并且垂下眼皮，将眼中的笑意遮掩起来。

"这我知道，"他悻悻地说。

一阵长时间的沉默。这时，波尔卡诺夫狠狠地责怪自己，为什么对这个姑娘的态度如此优柔寡断，为什么敌不过她那迷人的魅力。

"瓦莲卡对我讲过，他们那边风景很美，"他说着，只觉一阵脸红，揣测到妹妹明白了他这句话的含义。但是妹妹丝毫不露声色，反倒劝起他来。

"还是一道去吧！你去看看，他们那儿正经不错。再说，我有你在，更方便一些……咱们在那里只待一会儿工夫就走，好吗？"

他点头同意了，可是却又败兴了。

"我为什么不说实话呢？想再见一见这个美人难道是一件伤风败俗的事情吗？"他自责地问道。

第二天,他一早醒来,这一天,贯入耳朵的头一个声音就是爽朗的笑声——这样的声音只有瓦莲卡才能笑得出来。波尔卡诺夫从床上欠起身子,掀开身上的被单,面带笑容地侧耳倾听着。顿然间涌上他心头的,虽然难说是喜悦,但却是抚慰心神的愉悦的前兆。他一骨碌从床上爬起来,赶忙穿好衣服。动作如此迅速,不禁使他感到又害臊又可笑。难道她是在自己的生日专程赶来接他和他的妹妹的吗?真是个招人喜爱的姑娘呀!

他来到餐室,瓦莲卡做出一副逗笑而又像带有歉意的样子向他垂下了眼睛,也没有留意到他那只伸向自己的手,只是用羞涩的声音开始说道:

"我是怕你们……"

"你瞧瞧!"伊丽莎白·谢尔盖耶芙娜大声说,"她是从家里逃出来的!"

"这是怎么回事?"波尔卡诺夫问。

"是悄悄地溜出来的,"瓦莲卡解释说,"为了躲避提媒说亲的事儿……您想想那一帮子人会是什么脸相吧!卢奇茨卡娅大婶一个劲儿地要我嫁人!她郑重其事地给他们散发请帖,为他们煮这个烤那个的,倒像足足有一个团似的!我当她的帮手……可我今儿一早醒来,乘他们不备,赶紧跨上马,径自跑了出来!我给他们留下一张字条,说是到谢尔巴科夫家去了……你们知道吗?说的完全是另外一个方向!"

他望着姑娘笑了,顿时一股暖流沁入心田。她依然穿着那件肥大的白裙衣,一道道纤细的褶子从肩头直泻脚边,宛然飘飘薄云缠绕着她的身躯。她两眼闪烁着笑意,脸上燃着红云。

"您不喜欢我这样做吧?我知道,这可是有失礼貌的举动!"她严肃地说,忽然又朗朗大笑起来。"我想象得出他们的模样儿来!衣冠楚楚,满身香水……再就是喝得烂醉如泥,我的天哪,真是的!"

"他们人多吗?"伊波利特·谢尔盖耶维奇笑着问道。

"四个。"

"给你沏上茶啦!"伊丽莎白·谢尔盖耶芙娜提醒说,"你对自己这一招可得担待呀,瓦莲卡……这个你想过没有?"

"没有,也不想去想它!"姑娘干脆利落地回答,在桌旁坐了下来。"等我晚上回去再说吧,我要在你们这儿待一天呢。晚上的事情,何必一早就去想它呢?爸爸准得大发雷霆,不过可以躲开,不去理睬就是了……大婶呢?把我喜欢得什么似的!那一帮子人呢?我都能叫他们四肢着地,围着我爬……那该多可笑啊!……切尔诺涅博夫爬不动,因为他的肚子太大了!"

"瓦莲卡!你疯啦!"伊丽莎白·谢尔盖耶芙娜试图使她镇静下来。

"好了,我不说了,"姑娘笑着说,可是并没有马上安定下来,她滑稽地描绘着求婚者的可笑模样儿。这一番惟妙惟肖的生动描述使兄妹二人非常开心。

喝茶的时候,笑声不绝。伊丽莎白·谢尔盖耶芙娜带着对瓦莲卡几分宽容一劲儿地笑,伊波利特竭力想抑制自己,却又欲罢不能。喝过茶,他们商量着怎样来充实那从一早就过得轻松愉快的一天。瓦莲卡主张划船到林子里去野餐,伊波利特立刻响应她。可是他妹妹却显出一副为难的样子说:

"我不行哇,今儿有点急事要到萨尼诺去一趟。瓦莲卡,我本来想上你家去,顺路再到萨尼诺走一趟……可现在只好专门跑一趟了……"

波尔卡诺夫侧目朝妹妹看了一眼。他以为这是妹妹为了让他跟瓦莲卡单独相处而找的借口。但是妹妹的脸上却只有遗憾和焦虑的神情。

瓦莲卡听着她的话,不免感到扫兴,但立刻又兴奋起来:

"那怎么办呢?可就是你去不成了,我们还是得去!你说呢?……不过,可不可以让格里戈里和玛莎也跟我们一道去呢?"

"格里戈里当然可以!可是——玛莎去了,家里谁来做饭呢?"

"有谁在家里吃饭呢?你上边科夫斯基家去,我们晚上才回来。"

"那好吧,把玛莎也带上……"

瓦莲卡急急忙忙地不知跑到哪儿去了。波尔卡诺夫点燃一支烟,来到阳台上,来回地踱着步。这次出游正合他的心意,可是格里戈里和玛莎毕竟是多余的。无疑他们将会使他感到拘束。

过了半个钟头,伊波利特和瓦莲卡来到小船旁。格里戈里在船旁张罗着。这是个红头发、蓝眼睛的小伙子,满脸雀斑,鹰钩鼻子。玛莎把茶炊和一包包食品搁到船上,对小伙子说:

"你这红毛鬼,快当点儿,你瞧,先生和小姐在等着哩。"

"这就好了,"小伙子安牢桨架,用男高音回答说。

这时,伊波利特才恍然大悟,每天夜间从他窗前经过的原来就是他。

"您知道吗,"瓦莲卡坐在小船里,一摆头指了指格里戈里说,"他也是本地一位赫赫有名的学者呢……是个法律通。"

"瓦尔瓦拉·瓦西里耶芙娜,瞧您说的,"格里戈里露出一口密实的牙齿,笑了笑说,"什么法律通呀!"

"真的,伊波利特·谢尔盖耶维奇,他通晓全部俄国法律。"

"是真的吗,格里戈里?"伊波利特·谢尔盖耶维奇发生了兴趣。

"哪里,小姐她说着玩儿呢!瓦尔瓦拉·瓦西里耶芙娜,有谁能通晓全部法律呢?"

"那么,写法律的人呢?"

"您是说史佩兰斯基[①]先生吗?这些人早死了……"

"您都读些什么书呢?"波尔卡诺夫端详着青年人聪明的脸庞,问道。

"喏,像小姐她说的,也就是读点儿法律书,"格里戈里用两只敏锐的眼睛朝瓦莲卡望望说,"我偶然得到一本第十卷,看了看,觉得挺有

---

① 米·米·史佩兰斯基(1772—1839),俄国国务、政治活动家,曾编纂法典和主持《俄罗斯帝国法律全书》、《法律汇编》的出版工作。

意思。就这样读了起来……现在,我手头有第一卷……第一条就说得很明确:'任何人不得借口不知法律而推诿责任'。不过,依我看,懂得法律的人恐怕连一个都没有。不久,学校的一位老师要给我弄一本关于农民条例的书。内容一定很有意思。"

"您瞧他,怎么样?"瓦莲卡问。

"看来,您看书的范围很广吧?"伊波利特联想到果戈理笔下的彼得尔希加①,盘问道。

"反正一有空闲就读点儿呗。咱们这里藏书倒还丰富,单是伊丽莎白·谢尔盖耶芙娜家里就有千把本。不过,净是些中长篇小说之类的……"

小船平稳地逆流而上,两岸徐徐后移,四周的一切令人陶醉:阳光明媚,一片静寂,清香阵阵。波尔卡诺夫凝视着瓦莲卡的脸庞,她的脸正对着那个宽胸脯的桨手。桨手用双桨有节奏地划开平静无波的河面。他见这位学者先生兴致勃勃地听着自己说话而颇为得意,便滔滔不绝地谈着自己对文学的兴趣。玛莎低垂睫毛,偷觑着他,眼睛闪露着情爱和骄矜的神色。

"那些描写太阳怎么落山或者怎么升起,总之,描写大自然的书,我一概不喜欢。日出,我都见过不下千次了……至于森林、河流,我也很熟悉,读它干吗呢? 哪本书里都少不了它,而且,依我看,纯粹是浪费笔墨……对于日落,每个人都有自己的理解……每个人都长着自己的眼睛。写人,倒还有意思。你会边读边想:'如果把我摆在这个位置上,会怎么样呢?'尽管明明知道这些都是编造的。"

"什么是编造的?"伊波利特·谢尔盖耶维奇问。

"书呀。统统都是编造出来的。比如说,写农民……难道他们像书里写的那个样儿吗? 作家把农民描绘得很可怜,很愚蠢……简直要不得! 让人读了还当真是这么回事呢。书里的农民简直都成了……

---

① 《死魂灵》中的主人公乞乞科夫的跟丁,一个好读书、不求甚解的形象。

58

傻瓜,坏蛋……"

瓦莲卡听着这些话不免觉得乏味。她用无精打采的目光望着河岸,小声地哼起曲子来。

"哎,伊波利特·谢尔盖耶维奇,咱们下船到林子里遛遛去。省得坐在这里挨晒,哪有这么散步的?让格里戈里和玛莎两个把船划到萨韦洛瓦小山谷就停下来,在那儿准备好茶点,等着咱们……格里戈里,靠岸吧。我特别喜欢在野外树林里,在太阳下面吃野餐……这时,你就觉得自己像一个自由的流浪者。"

"瞧,"瓦莲卡从船上跳到岸边的沙滩上,兴奋地说道。"两脚一沾到地面,顿时心里就有一种……兴奋腾荡的感觉。哟,我灌了一鞋泥沙……一只脚踩到了水里,全湿透了……又舒服又不舒服。这好就好在能使自己产生感觉……您瞧,船走得好快啊!"

河身横卧在他们的脚旁,被船激起的水浪轻轻地拍打着河岸。船像箭一般飞向树林,船后留下长长的波纹,在太阳的映照下闪烁着银白色的光芒。格里戈里正对着玛莎笑,玛莎伸出一个拳头威吓他。

"好一对恋人,"瓦莲卡微笑着说,"玛莎求过伊丽莎白·谢尔盖耶芙娜,要她答应她同格里戈里结婚。可是伊丽莎白·谢尔盖耶芙娜暂时还没有同意。她不喜欢成了婚的用人。不过,到秋天格里戈里就要满期了,他会从您妹妹家把玛莎带走的……真是一对好样儿的。格里戈里求我按分期付款的办法卖些土地给他……他想要十俄亩。可是现在爸爸还活着,我不能这样做,再说也舍不得卖……他会按期付清的,这个我知道……他可是门门在行……又是钳工,又是铁匠,如今在您妹妹家还当马车夫……科科维奇,那个向我提亲的地方自治会的长官,对我这样说起过他:'这可是个危险的家伙,目无长官!'"

"这个科科维奇是哪里人?他是波兰人吗?[①]"伊波利特欣赏着瓦莲卡做的怪相,问道。

---

① 科科维奇上面那句话原文是用波兰人的口音说的,故有此问。

"我也不大清楚他是莫尔德瓦人还是楚瓦什人[①]！他的舌头又长又厚,嘴里都搁不下,说起话来费劲儿着呢……啊呀！这边好脏呀！"

一个水潭挡住了他们的去路,水上长着一层绿霉,周围飘浮着一圈黑乎乎的胶泥。波尔卡诺夫瞧了瞧自己的脚,说:

"还是绕道走吧。"

"您跳不过去吗？我还以为水干了呢！……"瓦莲卡一脚踩了下去,愤愤地大声嚷嚷道。"绕道走太远……没准还会挂破我的衣服呢……试着跳跳看！这还不容易,您瞧,一下就跳过去了！"

姑娘往前纵身一跳。这时,他好像觉得她的裙衣从肩膀上滑落了下来,在空中飘舞。姑娘站在水洼对面,叹惜道:

"啊呀,溅了我一身泥！不行,您还是绕道走吧……嗐,真糟糕！"

他望着姑娘,淡淡地笑了笑,暗暗产生一个撩拨着他的念头,同时只觉两脚正深深陷进泥淖。瓦莲卡在水洼对面抖搂着衣服,发出轻柔的声音。当衣服抖动的时候,伊波利特看见了两条穿着薄丝袜的匀称而美丽的小腿。他陡然觉得那个把他们隔开的泥潭对他或是瓦莲卡具有一种预示警戒的含义。他赶忙穿过灌木丛走到对面,可是仍然要蹚过一段杂草丛生的水路。他迈着湿淋淋的双脚,带着踌躇的心情走到姑娘跟前。姑娘扮着怪相,指着自己的衣服对他说:

"瞧,好吗？倒霉！"

他瞧着,雪白的衣服上那黢黑的泥点赫赫在目,十分刺眼。

"我喜欢而且已经习惯看到你是那样圣洁,就连你衣服上的泥点儿也会在我的心头投下黑影,"伊波利特笑吟吟地望着瓦莲卡的脸,慢条斯理地说。

姑娘的眼睛狐疑地审视着他的脸色,他只觉自己的胸膛仿佛充溢着沸腾的浪花,并且就要变成最美好的话语。那是他平生从来没有向任何人倾吐过的,也是他在此之前不曾知道的。

[①] 均为俄罗斯东部的少数民族。

"您刚才说什么来着?"瓦莲卡执意问道。

姑娘的问话听来很严肃,他不由为之一愣。他极力想说得从容不迫些,对姑娘解释道:

"那是一首诗。用俄国话说,听来像散文……您说呢?听来像诗吗?这像意大利诗,真的记不清了……不过,也许是一部小说里的一段散文……"

"什么?您再说一遍!"忽然间姑娘若有所悟地请求他道。

"我爱……"他用一只手擦擦额头,打住了。"您不信吗?我想不起来是怎么说的了。真的,我忘了!"

"那好,咱们走吧!"姑娘毅然向前走去。

伊波利特很想弄明白自己这个反常的举动,但没有做到。当着瓦莲卡的面他觉得不大好意思。姑娘低头不语,同他肩并肩地走着,连看都不看他一眼。他却以为姑娘把他往坏处想,便强装高兴的样子,说:

"要是您的求婚者们知道您是怎么消磨时间的,那可就不好了。"

姑娘仿佛听到他从远处呼唤她似的,望了他一眼,但顿时露出一副孩子般天真可爱的面容。

"哦,可不是吗!他们肯定能知道!肯定能知道的!而且……都会那样去想我的……"

"您怕这个吗?"

"我?"姑娘满不在乎地反问道。

"请原谅,我向您提出了这样的问题。"

"您还不了解我……您不了解我有多讨厌他们!有时我恨不得都想把他们踢倒在自己脚下,从他们脸上踏过去……踩住他们的嘴巴,叫他们说不出话来。呜!这帮可恶的家伙!"

姑娘的眼睛里流露出憎恨和冷酷的神情,使他看了很不舒服,于是便扭过脸去,说道:

"您生活在您所讨厌的人中间,真够苦恼的……不过,您在他们当中难道连一个……像样子的人都找不出来吗？……"

"找不出来！您知道,世上招人喜欢的人太少了……都是一些萎靡不振、死气沉沉、惹人讨厌的家伙……"

他对姑娘的抱怨微微一笑,带着嘲讽的口吻说了一句连他自己也觉得莫名其妙的话：

"您说这话为时过早。不久您将遇上一个意中人……他会做到处处招您喜欢……"

"他是谁?"姑娘一听,连脚步都收住了,忙问道。

"您未来的丈夫。"

"未来的丈夫又是谁呢?"

"那我怎么知道!"波尔卡诺夫耸耸肩膀,对姑娘连珠似的追问感到不耐烦起来。

"您倒是说呀!"姑娘叹了一声。

他们穿过灌木丛。丛中小路宛若一条被人失落的带子曲曲弯弯地延伸开去。前面展示着一片葱茏的树林。

"您想嫁人吗?"伊波利特·谢尔盖耶维奇问。

"唔……我不知道！我没有想过这个,"姑娘简单地回答说。她那双动人的眼睛凝望着远方,仿佛想起了遥遥的、她所珍贵的东西。

"您应该在都市住上一个冬天。您的美貌将会吸引人们的注意,并且在那里很快就能找到您所期待的东西……因为许许多多的人一定非常乐意娶您做太太。"他沉思着慢声细语地说。

"那总得要我答应才行!"

"您哪能不许别人这样去想呢?"

"哎哟,可也是的！当然不能……那就让他们想去好了!"

他俩默默地走了几步。

姑娘凝然眺望着远方,仿佛继续在回忆着什么,而他却不知为什么数起姑娘衣服上的泥点来。泥点总共有七处：三个大的,呈星状形；两个像逗点,一个像用毛笔涂抹的。衣服上一个个黑泥渍的布局在他看来好像是被有意安排的。

"您爱过谁吗?"姑娘认真而又好奇地打问。

"我?"伊波利特愕然一愣。"嗯……很早以前,那还是在青年时代……"

"我也是在很早以前……"姑娘说。

"那……他是谁呢?"波尔卡诺夫并不觉得问题提得贸然。这时,他顺手折断一根树枝,又把它远远地投了出去。

"他吗?他是个盗马贼……自从那次我见到他以后,都已经三年过去了。那时我只有十七岁……有一回,他被抓住了,挨了一顿毒打之后,拉到我家的院子里。他被绳子捆绑着躺在大车上,默默地望着我……我站在门廊上。记得是个晴朗的早晨,一大早,我们家里的人都还没有起床……"

姑娘沉思起来。

"大车下面是一汪鲜血,一汪稠糊糊的鲜血,一滴一滴地从他身上淌下来,滴在血泊里……那人叫萨什卡·列梅佐夫。一大帮庄稼汉来到院子里,瞪着凶狠的眼睛,像恶狗一样对着他汪汪地叫起来,可是他却泰然自若地望着他们……我觉得,他尽管遭到毒打,尽管被捆绑,但内心认为自己比他们都强。他那样地望着大家……一双褐色的大眼睛。我觉得他又可怜又可怕。我进屋给他倒了一杯伏特加……他稍稍抬起鲜血淋淋的头,对我说:'小姐,请放在我的嘴边。'于是我就给他递了过去。他慢慢地喝下去了,并且对我说:'小姐,谢谢您!愿上帝保佑您!'突然间,不知为什么,我小声对他说:'逃走吧!'他却大声回答说:'如果我还能活着,一定要逃走!请您相信!'他的声音很大,连院子里的人都听见了,所以我特别喜欢。后来,他还说:'小姐!请叫人替我洗洗脸吧!'我叫杜妮娅替他把脸洗干净……只见他被打得鼻青脸肿……唉!不一会儿,就把他拉走了。当大车离开院子的时候,我望着他,只见他两眼含着微笑,向我点头示意……尽管他被打得这么厉害……为了他,我不知道抹过多少眼泪!为了祝愿他能够逃走,我向上帝不知道做过多少次祈祷……"

"您这是怎么……"伊波利特以嘲讽的口吻打断姑娘说,"看来,还指望他逃回您的身边……到那时您就嫁给他,是吗?"

不知姑娘是没听清他的话,还是没听出他的讥讽,只是简简单单地回答了一句:

"得了吧,他到我这儿来干什么?"

"要是来了呢,您还能不嫁给他吗?"

"嫁给一个大老粗?……不,我可没有这个打算!"

波尔卡诺夫心头升起一团怒火。

"我跟您说吧,瓦尔瓦拉·瓦西里耶芙娜,这些浪漫主义色彩的小说都把您的脑筋给毁掉了。"他正颜厉色地说。

姑娘听他干冷的声音,吃惊地瞥了瞥他的面孔,默默地静听着他严厉的近乎口诛的言词。他向姑娘阐明,她所喜爱的书籍如何侵蚀着她的理智,因为这些书本身是歪曲现实、缺乏崇高思想的,而对现实生活中的悲剧以及人们的希望和痛苦又全然采取冷漠的态度。他的声音在沉寂的树林中散布开去,听来颇感刺耳。路旁的树枝发出惊恐的簌簌声,好像有人躲藏在那里。幽香四溢,微光透过枝叶映射到路旁。时而林中掠过一阵长长的声音,恍如幽幽的叹息。树叶微微颤动,仿佛在睡梦中一样。

"应当多读些教人懂得生活的意义,给人类以理想和行动指南的书籍。必须了解人们的生活是多么贫困,要是他们能掌握更多的知识,更尊重各自的权利,那么就会过上美好的日子。然而,您读的那些书,都是一派胡言,一派肆无忌惮的胡言。正是这些书给您灌输了怪诞的英雄主义的概念……结果怎样呢?现在您可以到生活中去寻找这些书里描写的人物了吧……"

"不,当然不会的!"姑娘一本正经地说,"我知道,这样的人是不存在的。但是,这些书好就好在它描写的事物是现实生活里不存在的。平淡无奇的事物随处可见,整个生活都是平淡无奇。尽管人们叫苦不选……但并不见得都是真情实况。既然如此,小题大做是要不得的!您说,应该到书里去寻找……情感和思想的典范……您还说,人人都有可能迷路,人人都有不理解自己的时候……那么,书不都是人写的吗!我怎么能知道该相信什么,什么好什么不好呢?不过,在您反对的那些书里面,倒是有许许多多高洁的东西……"

"您没有理解我的意思,"他发急地大声嚷嚷说。

"是吗?您生我的气了?"姑娘抱歉地问。

"不!我当然不会生您的气……"

"我知道,您生气了,我知道!当人家和我不一致的时候,我也常常会不高兴的。不过也怪,您为什么偏要我和您一致呢?不过,我自己也是这样……总之,谁都一样,为了想要别人同意自己,难免要争个我是你非。这是为什么呢?要是这样的话,还有什么好谈论的呢?"

姑娘乐了,她一面笑一面下着结论说:

"说的也是。人们都想把千言万语归结到一个'是'字上去。这太糟糕了!"

"您问我,为什么我偏要……"

"不,我都明白。您习惯教训别人,所以不许人家在您面前说半个'不'字。"

"完全不是这个意思!"波尔卡诺夫颓丧地叫了一声。"我是要您对您周围发生的事情和对您的内心世界展开批评呀。"

"这是为什么呢?"姑娘天真地瞥了瞥他的眼睛,问道。

"我的天!什么'为什么'?为了使您能够检点自己的情感,思想和行为……为了使您能理智地对待生活和您自己。"

"哦,这……恐怕太难了!检点自己,批评自己……那怎么行呢?我只一个人……又要问怎么回事……又要问如何是好吗?要把我劈成两半吗?我不明白!照您的说法,只有您才懂得真理……比如说,我也有一个真理……别人也都有各自的真理……那么,岂不是别人统统都错了!因为您讲,对所有的人来说,真理只有一个,是吗?……

啊,您瞧那林边的草地,多美啊!"

他不再反驳姑娘,两眼望着草地,心里翻腾着对自己的不满情绪。他惯于把那些异己者视为愚不可及的人,起码也要把他们叫做思想僵化,丧失再前进一步的能力的人。对于他们,他总是抱着轻蔑和怜悯的态度。然而,他并不觉得这位姑娘愚蠢,她也没有使他产生对论敌的那种惯常的情绪。这是为什么呢?他自我解答道:

"这无疑是因为她长得太美了……其实,她那些奇谈怪论也可以不归咎于她……论调本身是别出心裁的,总之,这在女性中间极为少见。"

作为一个文化修养很高的人,他在对待女性方面,表面上把她当成有同等智力的人,但在内心深处,却跟所有的男子一样,总是以怀疑和嘲讽的眼光去看待女性。

他们在宽阔的、几乎是正圆形的林间空地上漫步。两道深色的车辙,穿过林间空地,重又消失在林中。几棵挺拔幼嫩的白桦耸立在空地中央,在刈过的草茎上投下了斑驳的阴影。离白桦树不远的地方,有一座用树枝编织的摇摇欲坠的破窝棚。可以看到窝棚里的干草,棚顶上歇着两只寒鸦。伊波利特觉得,在这被神秘、幽寂的绿森森的林墙团团围住的美丽小天地里,这一对寒鸦显得完全是多余的、不可理解的。寒鸦侧目望着这两个行人,摆出一副无所畏惧、泰然自若的架势,仿佛它们深知自己的职责所在,坐在棚顶上,看守窝棚的大门一样。

"您累吗?"波尔卡诺夫悻悻地把眼睛盯着寒鸦问。

"我?散散步还累吗?这话听来都叫人生气!再说,这儿离他们等咱们的地方都不到一俄里了……咱们这就要进林子了;有一条道儿通到山脚下,那边高岗上有一片松林,叫'萨韦洛夫的长头发'。松树长得又粗又壮,树干上连一根枝杈也没有,只是在每棵树的顶端有一个伞状的墨绿色树冠。松林里静悄悄的,静得吓人。地上落满松针,林子像是有人打扫过。每当我在里面散步的时候,不知为什么总要想到上帝……我想,在他宝座周围准是同这里一样可怕……天使不赞美上帝,这是不可能的!不过,干吗上帝要赞美呢?难道他自己还不知道他有多伟大吗?"

一个十分清晰的念头在伊波利特·谢尔盖耶维奇的脑海一闪而过:

"要是我用教理的权威去翻耕姑娘心灵的处女地,那将会怎样呢?"

但他立即又傲然否定了自己面对着这位姑娘不知不觉默认的软弱无能。分明自己不相信这种力量的存在,却还想去利用它,那是不诚实的。

"您不信上帝吗?"姑娘像是猜透了他的心思,问道。

"为什么您这样想呢?"

"所有的学者都不信……"

"也不尽然吧!"他不想和姑娘谈论这个问题,淡然地付之一笑。可是她却缠住他不放。

"难道不是这样吗?那就请您给讲讲那些完全不信奉上帝的人吧!……我真不理解。这怎么可能呢?这么说,世上的一切都是从哪儿来的呢?"

为唤醒他那被姑娘的话音所迷醉的思绪,他陷入了片刻的沉默。然后,便开始讲他自己是怎么理解宇宙的起源的。他说:

"有这样一种强大的神奇的力量永无止境地在运动着,矛盾着。这种伟大的动力便产生了我们今天目所能及的世界。在这个世界里,人的思维,以至于一草一木都受同一种规律的制约。这种运动无始无终,永无止境……"

姑娘聚精会神地听着,不时地请求他解释这样那样的现象。他看到她紧张地思索着的神态,便欣然向她一一做了解释。他讲完之后,姑娘沉默了片刻,接着又天真地问道:

"您可不是从太古讲起的呀!但在太古时代是有上帝来着的。这怎么解释呢？不过就是不提他罢了，能说这就是不信上帝吗？"

他想反驳她，但看她脸上那副神情就明白，这将会是白费口舌的事儿。她的眼色说明她是信奉上帝的。姑娘怯生生地悄声对他说了些离奇古怪的事情。

"当你看到世人，看到他们是那么丑恶，就会联想到上帝，联想到最后审判，心就不由地悚然紧缩起来！这是因为上帝随时随地都会报应的，也许是今天，明天，一小时之后……您听我说，有时我恍惚觉得，这个时刻快到了！在一个白天……先是太阳熄灭……接着升起一团烈火，上帝在烈火中显身。"

伊波利特·谢尔盖耶维奇听着她这般奇谈怪论，心里想道：

"在她身上，该有的没有，不该有的全有了……"

她说着说着，吓得脸色煞白，眼睛里布满了恐惧的神色。

近处一阵朗朗的笑声传到他们的耳鼓，姑娘就不再胡言乱语了。

"您听！这是玛莎，咱们已经到了！"

姑娘加快了步子，大声呼唤道：

"喂，玛莎！"

他们来到了河边。河岸缓缓地向河面倾斜。岸坡上稀稀落落地挺立着几株生机勃发的白桦和白杨。对岸临水的地方耸立着一片默默无声的高大松林，空气中弥漫着浓烈的松脂气味。那边阴森岑寂，气势傲岸；而这边，袅娜的白桦舞动着柔软的枝条，白杨神经质地抖动着银白的叶片，绣球花树和榛树枝繁叶茂，密密丛丛，倒映在水中。那边是黄土沙地，落满了发红的松针；而这边，脚下是一片从割过的草茎里刚刚冒出来的绿葱葱的新草。从林中一片片摊开的干草上飘来阵阵清香。冷森森的河水平静如镜，映照着两岸迥然不同的景物。

在一丛白桦的树荫下铺着一条鲜艳的毛毡，毛毡上的茶炊喷着蒸汽和蓝烟。玛莎拿着茶壶，蹲在茶炊旁边张罗着。红扑扑的脸蛋洋溢着喜色，头发湿淋淋的。

"你洗澡啦？"瓦莲卡问她。"格里戈里在哪儿？"

"他也洗澡去了。这就回来。"

"他不关我的事。我只是想吃,想喝,再就是……拿吃的喝的来!听见了吗?伊波利特·谢尔盖耶维奇,您呢?"

"我不反对!"

"玛莎,快点儿!"

"先吃什么?仔鸡、馅饼……"

"统统都端来,你就可以走了!兴许有人在等你吧?"

"谁也没有等我呀,"玛莎用感激的目光望着小姐,悄声笑了……

"得了吧!别装模作样儿啦!"

"她说话这么随便,"伊波利特·谢尔盖耶维奇一面吃鸡,一面想道。

瓦莲卡呵呵地笑着拿羞羞答答的玛莎开着玩笑。玛莎垂着眼皮站在她的跟前,脸上挂着幸福的微笑。

"等着吧,他会把你捏在手心里的!"小姐吓唬道。

"那—那还行呀!那就叫他瞧瞧我的厉害!……我啊,告诉您吧,我把他……"玛莎用围裙掩着脸,禁不住格格笑得东倒西歪。"来的路上,我把他揉到河里去了!"

"嚯!好样的!那他呢?"

"他跟在船后面游呗……他……他一个劲儿地苦苦哀求,要我让他上船来……我就从船梢把绳子给他扔下去!"

两个女子有感染力的笑声惹得波尔卡诺夫也禁不住放声大笑起来。但他所笑的,并不是因为在想象着那个紧随船尾浮水追赶的格里戈里的模样,而是他自己感到十分畅快。他心里充满着一种自我解放的感觉。他时而觉得自己仿佛在一个老远的地方,为发现自己从来没有像现在这样快活得不能再快活而惊诧不已。后来,玛莎走开了,又只剩下了他们两个人。

瓦莲卡半坐半卧在毛毡上喝茶。伊波利特·谢尔盖耶维奇像透过梦幻中的轻纱薄雾一般凝视着她。四近寂然无声,只有茶炊发出沉思般的旋律,时而还可以听到草丛中窸窸窣窣的声音。

"您怎么不说话呀?"姑娘关切地望着他问道。"您觉得无聊吗?"

"不,我很开心,"他慢条斯理地说,"只是不想说话。"

"我也是,"姑娘兴奋地说,"处在幽静的环境里,我特别不爱说话。几句话也说不清楚,因为有些情感不是用言语所能表达的。在安静的时候,人们说'真安静',这话显得多余。说'安静'的时候,不可能同时又不破坏安静……对吗?"

姑娘沉默了片刻,抬眼望了望松林,并用手指了指,低声笑道:

"您瞧,松树像是在探听什么。林子里静悄悄的。我常常这样想:假如能生活在幽静的环境里,那是再好也没有了。不过,在雷雨地里待着倒也满有意思……啊,可有意思啦!天上乌云四起,雷鸣电闪,狂风怒吼……这时,跑到旷野,站在那里唱歌,放声高唱,或是迎着暴风骤雨奔跑。冬天也一个样。您听我说,有一回我在风天雪地里迷了路,险些没有冻死。"

"我倒很想听听。这是怎么一回事呢?"他请求道。他听起来觉得很有趣味。虽然姑娘的语言听来平凡,但却给他以一种新奇的感觉。

"一天深夜,我从城里回家,"姑娘往他跟前挪动了一下,用笑眯眯的眼睛注视着他的脸,开始讲道。"赶车的叫亚科夫,是个厉害的庄稼老汉。没想到竟刮起了暴风雪,来势凶猛,劈头盖脸地朝我们扑过来。突然一阵狂风卷来一大块雪云,马儿禁不住向后倒退了几步。四周像开了锅似的翻腾,我们就像在风天雪地里熬着滚着。走着走着,走到后来只见亚科夫从头上摘下帽子,连连画着十字。'你这是怎么啦?'——'求上帝保佑,小姐,求求上帝,求求伟大的殉教圣徒瓦尔瓦拉,别让咱们死于非命。'老汉说得平平常常,没有一点惧色,因此我也就不害怕了。我问:'咱们迷路了吗?'他应声说:'嗯。'——'兴许还能绕得出去?'他说:'这么大的风雪,哪能绕得出去哇!还是让我放开缰绳,说不定马儿自己倒能跑得出去呢,您就赶紧做祷祈吧!'这个亚科夫特别笃信上帝。风刮得马儿立在那里走不动了,眼看我们也要被卷走似的。天气可冷啦！雪打在脸上跟刀割一样。亚科夫从车夫座上爬过来坐到我的身边。两个人挤在一起暖和些,再用毛毡从头到脚裹起来。风卷着雪刮在毡子上,觉得越来越沉重。我坐着,心想:'这一下我可完啦！从城里买回来的糖果再也吃不上了……'但是心里并不觉得可怕,因为亚科夫一直不停嘴地咕哝着。我记得他说:'您太可惜了,小姐！您这样的人怎么可以死呢？'——'您不是也一样吗？'——'我倒没有什么,活到年头啦,可您……'他心里总是惦记着我。老汉很喜欢我,有时还要数落我几句。您不知道,他总是气呼呼地抱怨我说:'咳,你这个无法无天的,胆子倒不小,浮漂漂的样儿,不知道害臊！……'"

姑娘摆出一副阴沉沉的面孔,学着用粗重的低音拉长声调说话。对亚科夫的回忆使她离开了话题。波尔卡诺夫不得不问她:

"后来怎么找到路的呢？"

"马冻坏了,就任着性子跑,跑着跑着,结果跑到一个离我们村十三俄里远的村子去了。您知道吗？我们村子离这儿可近了,差不多只有四俄里地。要是顺着河边走去,然后再走一段小路,穿过树林往右拐,那儿有一块凹地,再从那儿就能看见我家的房子。要是从这儿走大路,差不离得走十俄里地呢。"

勇敢大胆的山雀在他们周围盘旋萦绕,不一会儿又歇在灌木丛的小枝上,起劲儿地喳喳叫着,好像在交谈对林中这一对孤单的行人的感想。远处传来一阵欢声笑语和船桨的拍水声,那是格里戈里和玛莎在河中划船。

"咱们把他们叫过来,到对岸松林里去走走好吗？"瓦莲卡提议道。

他同意了。姑娘便把一只手卷成筒形搁到嘴边呼喊着:

"把船划过来—来！"

姑娘呼叫得使胸脯鼓了起来。伊波利特默然地欣赏着。他好像觉得要思考一桩事情,一桩十分严肃的事情,但却又懒得去想它。这一声理智的无力的召唤并没有阻碍他心安理得而又无拘无束地听凭更强烈的感情的驱使。

小船过来了。格里戈里的脸上是一副调皮而又抱愧的神情,而玛莎假模假式地生着气。瓦莲卡坐到了船上,瞥了瞥他们俩人的脸,噗哧笑了。这时,一对恋人也幸福而腼腆地跟着笑了起来。

"维纳斯和她所宠爱的两个奴隶,"波尔卡诺夫心想。

松林里像神殿一般庄严。粗壮的树干像圆柱一样兀立着,支起了一座沉重的墨绿色的拱顶。空气中充溢着热气腾腾的松脂的浓香,脚下的松针窸窣作响。前后左右,满目都是赤松的行列,只有树根旁的一些地方从一层松针里透出淡色的绿茵。他们两人在寂静和沉默中缓步而行,在这无声的世界里,他们时而向右,时而向左地绕过面前挡住去路的树木。

"咱们不会迷路吗?"伊波利特问。

"我会迷路?"瓦莲卡诧异道。"不管走到哪里,我都能辨别出方向来,只要瞧一瞧太阳就行了。"

他有时觉得有许多话要对姑娘讲,但又羞于启齿。瓦莲卡和他并肩走着。他觉察到姑娘的脸上浮起了隐隐的喜悦。

"好吗?"姑娘偶尔地问他。温存的微笑使她的嘴唇微微抖动。

"好,太好了,"他简短地回答说。两人继续默默无言地在林中走着。他感到自己是一个虔诚地恋爱着的青年,既没有罪恶的念头,也不受良心的谴责。可是每当他的眼睛落在姑娘那件衣服的泥渍上时,便有一种令人不安的阴影投进他的心灵。他不明白,为什么当他的意识被这阴影蒙住的时候,便如释重负地发出一声赞叹,情不自禁地滑口而出:

"您真美啊!"

姑娘诧异地朝他望望。

"您这是怎么啦?一直没有出声,突然冒出这么一句话来!"

伊波利特小声笑了。

"没有什么,我是说……这地方真美!这林子真美……而您像林中的仙女……或者说,是女神,树林好比是您的神殿。"

"瞧您说的,"姑娘笑着反对道。"这可不是我的树林,是公家的,我家的树林在下游那边呢。"

姑娘说着,用手朝侧面指去。

"她这是开玩笑,还是没有听明白呢?"伊波利特心想。他心头燃起了强烈的愿望,想评说姑娘的美。但姑娘依然深沉、平静,他也只好作罢。

他们就这样走了很久,但话说得不多。这一天留下的愉快而美好的印象使他们两人感受到了一种甜畅的倦意。在他来说,除了想要静静思考一种不可言状的东西之外,其他一切愿望都已经平息下来了。

他们俩回到家里,见伊丽莎白·谢尔盖耶芙娜还没有回来,便吃起了玛莎赶做的茶点。波尔卡诺夫答应姑娘陪伊丽莎白·谢尔盖耶芙娜去她家做客。吃过茶点,瓦莲卡带着他的应诺立刻骑上马儿回家去了。他送走姑娘,回到阳台上,心中油然生起一种惘然若失的愁绪,好像失去了不可缺少的东西。他坐在桌旁,面前一杯清茶搁凉了。他试图停止那受了一天刺激的感情的游戏,然而却产生了对自己的怜悯。他只好放弃对自己进行这个"外科手术"了。

"何苦呢?"他心想,"难道这一切是至关重要的吗?即使我有这种愿望,也无损于她,而且也不可能有损于她,不过,这对于我的生活倒是不能不受到一点影响……可是这里不正充满着青春的快乐和美好的东西吗……"

后来,当他想起自己为唤醒姑娘的理智而下的决心和他那失败的尝试,只好无可奈何地暗自笑笑。

"不,跟她谈话,须要换一种方式。这个禀性完整的人在虚无缥缈的玄想面前宁可放弃自己的直觉……而以盲目的简单的感知为盾牌来防御逻辑论理的袭击……真是个奇怪的姑娘!"

正当他思量着这位姑娘的时候,妹妹回来了。她兴高采烈地走进了家门,这是他从来没有见到过的。妹妹盼咐玛莎把茶炊烧热,便在哥哥对面坐下,和他谈起边科夫斯基来。

"他家的老房子都千疮百孔了,看来倒像穷神爷爷无情的眼睛在幸灾乐祸地望着这个破家似的。家里像是连一个铜子、一丁点儿存货都没有。快到吃饭的时候,才打发人到村里去买鸡蛋。午餐没有肉食,边科夫斯基的老子就谈起素食论来,还说这可以改造人们的道德。家里有一股腐朽的气息,而且全家人都很厉害,大概是常常挨饿的原因。他家有一块地在我的领地上,我今天去那里是想问问他们愿不愿卖给我。"

"你要这块地做什么用?"伊波利特好奇地问。

"还不是为了我的子孙后代,"妹妹笑着说,"你今儿过得怎么样?"

"过得很愉快。"

妹妹不言语了,只是偷偷地觑了他一眼。

"我想问一声,你不怕有点儿迷上瓦莲卡吗?"

"怕什么?"

"怕深深迷上她呀!"

"哼,恐怕难做到哇……"他犹疑地回答着,并且相信自己说的是实话。

"那很好。稍稍有一点儿也好。要不,我看你怪寂寞的……照你这个年龄,也太一本正经了些。说真的,如果她能使你动心,我也很高兴……我猜你准是想经常能见到她吧?……"

"她约我到她家去,我答应了,也请你去呢,"伊波利特转告说。

"你想在什么时候去呢?"

"什么时候都行……看你什么时候方便。瞧你今天那高兴样儿。"

"怎么,很明显吗?"她笑了。"那有什么?我今儿一天过得都很好。说实在的……恐怕你该说我行为失检了……不过,说真的,从给丈夫送葬那一天起,我觉得我得到了新生……当然,我是个利己主义者!不过这种利己主义就好比是从牢里释放出来的囚徒的那么一种值得高兴的利己主义。你来评判吧,但是要公正!"

"瞧你,讲这么几句话,附加了多少解释啊!高兴,那就尽管高兴好啦,"伊波利特温存地笑了。

"你今天也让人感到既和蔼又可亲,"妹妹说,"你瞧,人逢喜事精神爽。可是那些别出心裁的人说,痛苦可以使人变得高洁……但愿生活能用这种论调去作用他们,把他们的理智从迷误中解放出来……"

"要是使瓦莲卡感到痛苦的话,她究竟能变成什么样儿呢?"波尔卡诺夫想道。

不一会儿,兄妹俩各自走开了。妹妹开始弹琴,哥哥回到自己的房间,躺在那里,陷入了沉思:他给这位姑娘能留下什么印象呢?什么东西能使她产生好感呢?显然,他总有招她喜爱的地方。然而,他在姑娘的心目中并不见得是一个佼佼的有识之士。她不是把他的论点、见解、说教满不在意地统统弃置不顾吗?!姑娘之所以对他产生好感,显然因为他是个男人,如此而已。

伊波利特·谢尔盖耶维奇作出这样的结论时,脸上勃然涌出一阵喜悦的红潮。他带着满足的微笑合上了双眼。一个柔顺的、被他所征服的、一切为了他的、怯弱地央求他娶她为妻并教会她如何思想、生活和爱的姑娘的姿容宛然出现在眼前。

三

伊丽莎白·谢尔盖耶芙娜的双轮轻便马车驶到了奥列索夫上校家的门廊前。这时,门廊上迎出一个身穿灰色短上衣的瘦高个女人,她粗声粗气地打着招呼,她的话语中"真"字说得格外清晰。

"哎呀—呀!稀客,稀客,真没有想到!真让人高兴!"

伊波利特·谢尔盖耶维奇对这噪叫一般的欢迎词不禁愕然一愣。

"这是家兄伊波利特,"伊丽莎白·谢尔盖耶芙娜和那女人亲吻了一下,介绍道。

"我是玛加丽塔·卢奇茨卡娅。"

卢奇茨卡娅大婶那五根冰冷有劲儿的指骨紧紧握住了伊波利特·谢尔盖耶维奇的手。那双炯炯发光的灰色眼睛盯在他脸上。卢奇茨卡娅大婶好像怕说出不该说的话来似的掂量着,一字一板地用粗重的声音说:

"能见到您,我太高兴了。"

接着,她闪到一旁,用一只手把门推开。

"请进屋!"

伊波利特一步迈进门槛,迎面传来一阵不知从哪里发出的嘶哑的咳嗽声和焦躁的呼唤声:

"你这该死的,发什么呆!还不快去瞧瞧,是谁来了……"

"进屋去,进屋去,"伊丽莎白·谢尔盖耶芙娜见哥哥迟疑地站住了,便催促道。"那是上校在生气……是我们来了,上校!"

一间天花板低矮的大屋子中间,搁着一张笨重的转轮圈椅。圈椅里坐着一个肥胖虚弱的大块头,他有一张皱巴巴的红脸膛,长满了毛蓬蓬的白胡子。他的上身随着每一声气吁吁的鼻息艰难地动弹着。圈椅后面耸着一个身材高大的女人的肩膀。那女人用呆滞无神的眼睛望着伊波利特·谢尔盖耶维奇的面孔。

"这位是令兄吗?见到您很高兴……我是瓦西里·奥列索夫上校……打过土耳其人①和帖金②人,可如今病魔缠身……呵—呵—呵!见到您很高兴呀……一夏天来,瓦尔瓦拉常常在我耳边叽里呱啦地谈论您的博学多才和诸如此类的情况……请到客厅里坐。菲奥克拉,领着客人去吧!"

圈椅轮子吱吱嘎嘎地尖叫起来,上校前仰后合地晃动着,一阵嘶哑的咳嗽咳得他脑袋摇来摇去,恨不得都要把它给晃下来似的。

"老爷咳嗽的时候,就停下来!我跟你讲过都不下一千次了!"

---

① 指一八七七至一八七八年间的俄土战争。
② 土库曼民族之一。

卢奇茨卡娅大婶说着，一把揪住菲奥克拉的肩膀，将她往地上按去。

当奥列索夫咳得肥胖的身躯笨重地晃动时，波尔卡诺夫兄妹俩便停下来等着。

他们又继续朝前走，进到一间小屋子里。屋里摆满了罩着帆布套子的软沙发，显得又闷又挤。

"请坐……菲奥克拉，去把小姐请来！"卢奇茨卡娅大婶吩咐道。

"伊丽莎白·谢尔盖耶芙娜，我亲爱的，您来了，我很高兴！"上校用圆得像猫头鹰一样的眼睛，从鼻根旁的两叶白眉下面望着女客人说。他的鼻子大得挺可笑，红里透青的发光的鼻尖沮丧地埋藏在猪鬃一般的灰白胡子里。

"我知道，您见到我跟我见到您一样地高兴，"女客人亲热地说。

"呵—呵—呵！这个，对不起！您在说谎了！见到一个好酒贪杯、害着痛风病的老头子，有什么可高兴的呢？要是在二十五年前见到我瓦西卡①·奥列索夫那副模样，倒还能叫人高兴……那个时候，不少女人见到我都很高兴……如今可不行了，我用不着您，您也用不着我了……只不过您来了，我能喝上一点儿伏特加，所以说，我见到您很高兴！"

"少说两句吧，又该咳嗽啦……"卢奇茨卡娅提醒他说。

"您听到了吗？"上校对伊波利特·谢尔盖耶维奇说，"不许我讲话，说这是有害的；不许我喝酒，说这也是有害的，我想吃个够，说这照样是有害的！统统都有害，活见鬼！我看，还不如说，我活着都是有害的呢！呵—呵—呵！老而不死……但愿您有朝一日不说这类话……不过，也许您活不长久……当心害肺病，您的胸脯窄得不行呀……"

伊波利特不时地望望上校，再望望卢奇茨卡娅大婶，心里想着瓦莲卡：

"她竟然生活在这样一些怪物中间啊！"

---

① 瓦西里的别名。

卢奇茨卡娅大婶瘦骨嶙峋的男性般的身躯使他看着不顺眼。她那包着黄皮肤的长长的脖子,简直使他感到不堪入目。而每当她说话的时候,伊波利特总像是担心着这女人宽阔的、像搓板一样扁平的胸脯会被从中发出来的粗重声音撕裂开来。卢奇茨卡娅大婶的裙子的沙沙声,听起来也像是她的骨头在摩擦一样。上校身上散发着酒气、汗臭和呛鼻的烟草味。再看看他的眼神,就知道他常常好动火。波尔卡诺夫想象着他动怒时的模样,不觉对这个老汉产生了反感。一间间屋子都给人以不舒服的感觉。墙上的壁纸被烟熏得黢黑,壁炉上的瓷砖满处都是裂纹。地板上的油漆被圈椅轱辘磨蚀,窗框歪歪斜斜,玻璃暗淡无光。总之,每一个角落都显得老朽残破。

"今天天气真闷,"伊丽莎白·谢尔盖耶芙娜说。

"要下雨,"卢奇茨卡娅断然说。

"是吗?"女客将信将疑地问。

"玛加丽塔不会讲错的,"老头子用嘶哑的声音说,"她对什么都是未卜先知。她天天都在跟我叨叨。她说,等我死了以后,瓦丽卡①会让人劫走、打死的……您瞧!我说:奥列索夫上校的女儿绝对不会让人打死,反过来,她倒是能做到这一点!至于我要死,这倒是错不了……该死了。您呢,学者先生,对这里的印象如何?敝处冷清得很,是不是?"

"不,为什么?这地方正是林木秀丽之乡啊……"伊波利特恭维地回答说。

"秀丽之乡,这个地方?嘻!这说明您还没有见到过人间仙境。人间仙境要数保加利亚的卡赞利克盆地②,再就是霍拉桑③……在穆尔加布④的一些地方简直跟天堂一样……啊!我的黄金时代啊!……"

---

① 瓦莲卡的别名。
② 俄土战争时期重大战役作战地。
③ 在伊朗东北部。
④ 帕米尔山区的一条河流。

瓦莲卡给充满陈腐空气的客厅带来了清新的气息。她穿着一件又肥又长的不伦不类的淡紫色条格布衣服，两手捧着一大束刚刚采摘的鲜花，神采奕奕。

"太好了，你们今天来得正好！"瓦莲卡大声招呼着客人。"我正准备去你们那儿呢。挨了他们一顿数落，真烦死人了……"

她做了个潇洒自如的手势，指指父亲和大婶。大婶怪不自然地端坐在女客的旁边，脊椎骨像变成了化石一样。

"瓦尔瓦拉！你胡说些什么！"她厉声呵斥姑娘，两眼冒着光。

"您别嚷嚷嘛！不然我可要把亚科夫列夫上尉和他那颗炽热的心……抖搂给伊波利特·谢尔盖耶维奇啦。"

"呵—呵—呵！瓦·丽卡，别讲啦！还是让我自己来讲吧……"

"我这是到了什么地方？"伊波利特诧异地望望妹妹，心里想道。

显然，妹妹对这一切已经熟悉。她嘴角挂着一丝轻蔑的笑意。

"我料理茶点去！"玛加丽塔·卢奇茨卡娅直挺挺地站起身来说。她朝上校投了一瞥嗔怪的目光，走了。

瓦莲卡坐到大婶的椅子上，凑近伊丽莎白·谢尔盖耶芙娜，在她耳边说悄悄话。

"为什么她喜欢穿肥大的衣服呢？"伊波利特·谢尔盖耶维奇想道，用眼梢撩着她那俯向妹妹的优美身姿。

上校用破锣般的声音说：

"玛加丽塔是我的一位战友卢奇茨基中校的妻子。他好像是在埃斯基—扎格拉战役①中阵亡的吧？这些，你们当然是知道的！玛加丽塔是跟丈夫一起从军的，这没有错！是个很有朝气的女子。是这么一回事：在我们团里有一个叫亚科夫列夫的上尉，可算是一个多情的美男子……一个土耳其国民军用枪托打伤了他的胸部，落下肺痨病，就这样……送了命！在他卧病不起的时候，玛加丽塔守护了他五个月！

---

① 俄土战争中在保加利亚埃斯基—扎格拉城的战役。

啊？怎么样？而且还对他立下誓言，从此以后不再嫁人。那时，她很年轻，挺招人喜欢。有点儿身份的男人都追求过她……什穆尔罗大尉是个可爱的乌克兰人，后来变成了酒鬼，丢了官，离了职。我也是……也向她求过爱，我说：'玛加丽塔！嫁给我吧！……'可她不肯……真傻呀，不过这当然是坚守贞操。可后来，等我害了痛风病，她来了，说什么'你只身一人，我也孤独无依……'等等这类话。听来使人感动，又让人肃然起敬，可以说是情深意长。但争吵也是常有的事儿。她每年夏天都来我这里，甚至还想卖掉田产，完全搬过来，也就是说直到我死。我很感激她，但所有这些不免让人觉得可笑。您说对不对？呵—呵—呵！她原来是个情火旺盛的女人，您瞧，结果怎么样呢？情火使她变得枯瘦如柴了。这可不是闹着玩的呀！每当有人谈起那段正如她自己所说的'富有诗情的往事'时，她就不免要生气。她说：'不要用龌龊的语言来侮辱我心中的圣物！'呵—呵！其实呀，这哪里是什么圣物呢？只不过是懵懂无知……是天真的女学生一般的幻想……说来，生活倒是简单，不对吗？乘活着的时候，及时享受，命运安排你死，你就去死。这就是全部哲学！不过……要你死，你得死。可我老而不死。这太糟糕了。您可不要老而不死呀……"

　　上校这一番话和从他身上散发出来的那股气味熏得伊波利特晕头晕脑。瓦莲卡没有理会父亲，一个劲儿地对伊丽莎白·谢尔盖耶芙娜叽叽咕咕在说着什么。妹妹专心致志地认真听她说。

　　"请大家过来用茶点！"门口响起了玛加丽塔·卢奇茨卡娅的粗重声音。"瓦尔瓦拉，把父亲推过来！"

　　波尔卡诺夫舒了口气，跟随在轻快地推动着死沉的圈椅的瓦莲卡后面。

　　茶点是英国风味的,桌上摆满了冷盘。一瓶瓶葡萄酒摆放在一大盘血红色的煎牛排周围。上校乐得呵呵笑。由于他预感到将要一饱口福，两条裹着熊皮的风瘫了的腿，也不由地颤了颤。他来到餐桌前，一面颤颤巍巍地把两只毛烘烘、圆乎乎的手伸向酒瓶，一面呵呵笑着，震得那间藤椅排列得整整齐齐的餐室的空气直颤抖。

茶点吃了很长时间，叫人耐不住性子。上校用沙哑的嗓音喋喋不休地讲述着战时的趣闻轶事，玛加丽塔时而用粗重的声音插话，作点简短的补充，瓦莲卡绘声绘色地和伊丽莎白·谢尔盖耶芙娜窃窃私语。

"她在讲些什么？"做了上校牺牲品的伊波利特苦闷地想道。

他似乎感到今天姑娘怠慢了他。这是怎么回事呢？难道她是在卖俏吗？他觉得都想生姑娘的气了。

这时，姑娘瞟了他一眼，清脆地笑了起来。

"这一定是妹妹提醒她不要忽略我的存在吧！"波尔卡诺夫怏怏地紧锁双眉猜测道。

"伊波利特·谢尔盖耶维奇！喝完茶了吗？"瓦莲卡问道。

"嗯，喝完了……"

"散步去好吗？我领您到一些非常非常漂亮的地方去遛遛！"

"走吧。你呢，丽莎①，去吗？"

"我不去了！我跟玛加丽塔·罗季奥诺芙娜和上校一块儿坐坐蛮有意思。"

"呵—呵—呵！在我这个快要入土的人身边待着觉得蛮有意思！干吗要这么说呢？"

"现在，她好问我：您在我家里不觉得无聊吗？"伊波利特和瓦莲卡一同走出屋子来到庭园的时候这样想道。但姑娘问的却是另外的问题：

"您看我爸爸这个人怎么样？"

"喔！"伊波利特·谢尔盖耶维奇轻轻地感叹了一声。"是一位令人敬重的老人！"

"嗯！"瓦莲卡得意地应和着。"是这样。他很勇敢！他呀，闭口不

---

① 伊丽莎白的别称。

81

谈自己,还是卢奇茨卡娅大婶——她和爸爸曾经在同一个团里呆过——讲到爸爸在杜勃涅克山城①打仗的时候,一颗子弹把他那匹马的鼻孔打穿了。马驮着爸爸直奔土耳其兵的阵地。土耳其兵迅即冲上来。他总算拨转马头,顺着战线飞奔而去。不消说,马倒毙了。爸爸也跌倒在地。这当儿,只见有四个敌军跑过来……其中的一个扑了上去,朝他挥起枪托,爸爸一把抓住那人的一条腿!就这样把那人撂倒之后,啪的一枪,正击中了他的脸膛!爸爸把压在马身下的一只腿拔了出来。这时,另外三个人又扑将过来,他们后头还有人紧紧跟上;我们的士兵也迎面冲杀上来和亚科夫列夫会合……亚科夫列夫是谁,您已经知道了吧?……爸爸抓过死人手里的枪,霍地跳起身子,直往前冲去!由于他特别有劲,险些没丧命。他那支枪打在土耳其兵的脑袋上,枪柄折了,只剩下一把军刀,而且还是一把糟糕得很的钝军刀。而当时那个土耳其兵端着枪刺朝他胸口直刺过来。爸爸就趁势抓住枪上的皮带,拖着土耳其兵直奔自己的部队。这时,他腰部中了一颗子弹,脖子被刺了一刀。他知道自己快不行了,就向那个敌人转过脸去,从他手中夺过枪刺,高喊着'乌拉!'杀向敌阵。这当儿,亚科夫列夫率领士兵们赶到了。他们一致对敌,打得敌人节节败退。为此,上级授予爸爸一枚乔治十字勋章。但爸爸因为团里有一个军士没有得到乔治十字勋章而大发脾气。在这场鏖战中那军士曾经两次救了亚科夫列夫,一次救了爸爸的命。所以爸爸拒绝接受勋章。等到后来把勋章也授给了军士,他才把这枚勋章接受下来。"

"您把这场格斗讲得这样生动,就像身历其境一样,"伊波利特说。

"是啊—啊,"姑娘拖长声音,叹了口气,眯缝起眼睛。"我喜欢战争……要是再打仗,我就从军当护士去……"

"那我就去当兵……"

"您?"姑娘打量一下他的身材,问道。"您开玩笑……瞧您那副瘦样,可成不了好兵……"

---

① 在保加利亚,俄土战争中重大战役作战地。

这话有伤他的自尊。

"您看,我挺结实的,"他像警告姑娘似的声明道。

"哼,结实什么呀?"瓦莲卡不相信他,平静地说。

他心里燃起一股狂热的欲望。他恨不得一把抓住她,用尽全身的气力紧紧把她抱住,让眼泪从她的眼睛里直往外淌。他迅速环顾四周,耸耸肩膀,顿时又为自己的这种欲望而感到羞惭。

他们俩走在庭园的小道上。道旁植满整齐的苹果树;身后小道尽头,房屋的窗户在张望着他们的背影。苹果从树上沉甸甸地掉落在地上。近处传来说话声。只听有人问:

"他大概也是来谈亲事的吧?"

另一个人阴阳怪气地骂着街。

"慢着……"瓦莲卡拉住他的衣袖说,"听,他们在说您呢……"

他干巴巴地瞥了姑娘一眼,说:

"我不喜欢偷听仆人们的闲话。"

"可我喜欢!"瓦莲卡说,"他们凑到一起时,总是很有趣地谈论我们——他们的主人……"

"也许有趣,但是不见得好哇!"伊波利特冷冷一笑。

"为什么?他们素来都是说我的好话。"

"值得高兴……"

此刻,想冲着姑娘说些生硬粗暴的话,使她受受委屈的坏念头填满了他的胸间。他气恼姑娘今天的举动:刚才她在家里冷落了他。好像她不明白他是特意为她,而不是为她风瘫的父亲,也不是为她干瘦的大婶而来似的。再就是,她说他身体瘦弱,开始傲视他。

"这究竟是怎么一回事呢?"他想。"既然她不喜欢我的外表,对我的内心世界又不感兴趣,那么究竟是什么东西吸引着她呢?仅仅因为我是初来乍到吗?"

他相信自身具有一种吸引姑娘的魅力。他依然认为,姑娘是在巧妙地以天真无邪的面具为掩饰,对他卖弄风情。

83

"她也许认为我是个蠢人……指望我能够变得聪明些……"

"到底还是叫大婶说对了,天要下雨啦!"瓦莲卡望着远处说,"您瞧那乌云!……天气变得闷热起来了,雷雨前常常是这样……"

"那就糟啦……"伊波利特说,"得回去告诉妹妹……"

"干吗呢?"

"好在下雨前赶回去……"

"谁肯放你们走呢?得在这儿等到雨过天晴。"

"要是一直下到夜里呢?"

"那就在我们家住下不好吗……"瓦莲卡断然说道。

"不,不方便……"伊波利特反对说。

"天哪!难道呆一宿都不方便吗?"

"我不是说我个人不方便……"

"那么,您就不用为别人去操心啦,谁都会自己关照自己的。"

他们两人一边争议,一边走着。天空一团乌云迅速向他们逼近。远处发出闷雷的轰隆声。空气里蒸腾着令人窒息的闷热,好像密集的乌云在驱赶它前头的燥热暑气,使它凝聚拢来似的。树叶如饥似渴地静候着新鲜的水分。

"回去吧?"伊波利特提议说。

"嗯,怪闷的……我真不喜欢一件事情就要开始前的那段时间,比如在雷雨前,过节前。雷雨节日固然好,但是闲等就让人觉得无聊了。要是世上的一切都在一瞬之间发生,那该多好哇……当你躺下睡觉的时候还是严寒的冬天,可是等你一觉醒来,已经春暖花开,风和日丽……要不然就是灿烂的阳光忽然变得一团漆黑,雷雨交加。"

"您大概希望一个人也能在突然之间发生出其不意的变化吧?"伊波利特展眉一笑,问道。

"人自始至终应该是有意思的……"姑娘说。

"那您说说,什么叫有意思呢?"波尔卡诺夫懊丧地大声说。

"那就不好说了……我想,如果人们生气勃勃……是的,生气勃勃,那么他们就都会是有意思的!如果能多笑笑,多唱唱,多玩玩……就会变得更勇敢、更坚强……即使是胆大妄为的……即使是粗野的也好。"

他注意地听着,暗暗自问:

"她是不是在暗示我,应该怎样做才符合她的心愿呢?……"

"人们做事都不讲速度……为了生活过得有趣,什么都要做得干脆利落……"

"也许您说的对……"伊波利特小声说,"当然,也不全对……"

"不要模棱两可啊!"姑娘笑了。"怎么不全对呢?要么全对,要么全错……要么好,要么坏……要么美,要么丑……总该这样判断事物吧!常常听人说什么'相当不错'、'招人喜欢',这就是不敢直言……因为害怕说实话!"

"我说,您这样一个不是黑就是白的判断法得罪的人可就太多了!"

"何以见得呢?"

"因为不公正……"

"您这人就知道一个公正!好像公正就是一切,少了它没法过似的。可是,有谁需要它呢?"

姑娘逞着性子愤愤地抬高嗓门说;眼睛不时地眯一眯,亮闪闪的像冒着火星似的。

"人人都需要,瓦尔瓦拉·瓦西里耶芙娜!所有的人,从平民百姓一直到您……"伊波利特正颜厉色地说,一面观察并力求体味她那激动的情绪。

"我可不需要任何公正!"姑娘断然回驳道,并且做了个手势,好像要把什么东西从身边推开一样。"如果需要,我自己会找到它的。您为什么总要替别人去操心呢?咳……您讲这些,无非是成心要惹我生气罢了……因为您今天盛气凌人,心气不顺……"

"我?惹您生气?为什么呢?"伊波利特吃惊地说。

"我怎么知道？大概是想解解闷吧……不过,求您别再说这些啦！嗐,就这样已经够我呛的了！为了给我许亲,说我这也不行那也不是,整整克了我一个星期……把我说得一无是处……甚至乌七八糟地乱猜一气……我谢谢您啦！"

她两眼冒着磷光,鼻孔翕翕扇动,全身由于勃然而起的激愤而索索发抖。伊波利特带着茫然不知所措的目光赤诚地向她表白:

"我不是成心要惹您生气……"

此间,他们上空霍然雷声大作,好似一个粗鲁、善良、古怪的巨人发出一声哄然大笑。他们俩仿佛被震聋了耳朵,打了个寒战,停了片刻,旋即拔腿朝家门跑去。树叶瑟瑟颤抖。展现在天空的丝绒幔帐般的浓云往地上投下了阴影。

"真是的,咱们只顾争论了！"瓦莲卡边跑边说,"我都没有发现乌云是怎么出现的。"

伊丽莎白·谢尔盖耶芙娜和卢奇茨卡娅大婶站在门廊上。大婶头上戴着一顶大草帽,看来活像一棵向日葵。

"一场可怕的大雷雨就要来了,"大婶用她那沉厚的低音冲着波尔卡诺夫的脸说,好像在尽义务似的要他相信暴风雨即将来临。接着,她又说:"上校睡觉了……"说完,就走开了。

"你看怎么样啊？"伊丽莎白·谢尔盖耶芙娜用下巴颏儿指指天空,问道。"看来,咱们只好在这儿留宿了。"

"假如不打搅谁的话。"

"瞧您这人！"瓦莲卡惊愕地同时又像怜悯似的望着他,大声说,"又是怕打搅,又是怕不公正……啊呀,我的老天爷！总像是拴着马嚼环似的,瞧您活着多没有劲儿！依我看,想打搅,就尽管打搅;想不公正,就尽管不公正好啦！……"

"谁对谁不对,上帝自有判断……"伊丽莎白·谢尔盖耶芙娜自以为高明地微笑着打断了她的话头。"我看,还是进屋躲躲雨吧,你们呢？"

"我们想在这里观赏观赏暴风雨的景色,您说呢?"姑娘侧头对波尔卡诺夫说。

他点头作答,表示赞同。

"吓,我对这兴妖作怪的大自然可不感兴趣,要是引起伤风、发烧,就不好了。再说,欣赏雷雨,隔着玻璃窗不是也照样可以吗……啊呀!"

闪过一道赤灼的电光。被电光划破的黑暗霍然一颤,霎时又合拢起来。一秒钟,两秒钟,一片沉寂。突然,咕隆隆,一声霹雷掠过房顶。紧接着,不知从哪儿,猛然袭来一股狂风,从地上刮起尘土。狂风卷起的一切,形成一根尘柱,盘旋而上。麦秆儿、纸屑、树叶纷纷扬扬。雨燕带着吱吱的惊叫穿过天空,树叶发出低沉的呼啸,尘沙飞落在铁皮房盖上,沙沙作响。

瓦莲卡从门框后面观赏着风暴的嬉戏,伊波利特站在她的身后,两眼因飞沙而眯缝起来。门廊恰似一只黑糊糊的箱子;当霍霍闪着电光的时候,姑娘优美的身姿发出幻象般的莹莹的蓝光。

"您瞧,您瞧!"当一道电光撕开乌云的时候,瓦莲卡叫了起来。"看见了吗?乌云好像在咧嘴笑呢,不是吗?这多像笑啊……有这样一种人,成天阴云满面,沉默寡言……他沉默着,沉默着,忽然间眉开眼笑,目光灼灼,牙齿闪闪发光……"

大颗大颗的雨点吧嗒吧嗒地砸在房顶上,起先稀稀落落,后来一阵紧似一阵,最后又变成呼啸着的倾盆大雨。

"进屋去吧,"伊波利特说,"都要把您的衣服打湿了!"

在这窄小昏暗的门廊里,和姑娘挨得这么近,他感到不好意思。不好意思,但却很惬意。他望着姑娘的脖子,心想:

"要是我上去亲亲她呢?"

闪过一道电光,照亮了半个天空。伊波利特在电光下看到瓦莲卡惊叹着挥动双手,挺立着,身子往后一仰,仿佛要把那胸膛呈献给电光一样。伊波利特从后面搂住她的腰,把头稍稍挨近她的肩膀,喘吁吁地问：

"怎么,您怎么啦？"

"没有什么！"姑娘柔软而有力地把身子一扭,从他的手中挣脱开去,懊丧地喊着："我的老天爷,瞧您吓成什么似的！还是个男子汉呢！"

"我这是为您担心,"他嗫嚅着,身子往角落里退缩。

他那双接触到姑娘的手如烧似燎,一种想把姑娘紧紧搂抱得发痛的欲望像一团不可遏止的烈火填满了他的胸膛。他失去了自制力,恨不得一步跳出门廊,站到雨地里,站到那一串串密密连接着的大颗雨点像鞭子似的抽打着树木的雨地里去。

"我要进屋去了,"他说。

"好吧,"瓦莲卡不快地应和了一声。说完,便一声不响地从他身边擦肩而过,进门去了。

"呵—呵—呵！"上校冲着他们笑道。"怎么？听凭大自然指挥者的安排,在他的命令没撤销之前就被征服啦？呵—呵—呵！"

"这雷真可怕,"卢奇茨卡娅大姊审视着男客煞白的面孔,一本正经地说。

"我可不喜欢大自然兴妖作怪！"伊丽莎白·谢尔盖耶芙娜做了个冷漠轻蔑的怪相,说道。"什么大雷雨啦,什么暴风雪啦,何苦要白白耗掉那么多的能量呢？"

伊波利特抑制着内心的激动,好不容易强作镇静地向妹妹问了一句：

"你看这雨能下多久？"

"得下一宿,"玛加丽塔·罗季奥诺芙娜回答他说。

"你们可跑不掉了！"瓦莲卡嘻嘻地笑着说。

波尔卡诺夫感到在姑娘的笑声里有一种无法逃避的事情要发生,不禁为之一震。

"可不嘛,只好住下了,"伊丽莎白·谢尔盖耶芙娜说,"要是我们夜间经过卡莫维树林子,非翻车不可……"

"这里有的是房间!"卢奇茨卡娅说。

"那么……请问……很抱歉!……遇上雷雨天,我觉得有点不大舒服!……请告诉我……我住的房间……我好去那里歇一歇。"

大家听了他这几句低声闷气的断断续续的话都开始忙乱起来。

"快去拿阿摩尼亚水来!"玛加丽塔·罗季奥诺芙娜嗡嗡地发出深沉的低音,立刻跳起身来,不见了。

瓦莲卡在屋子里直打转儿,带着惊慌的神色对他说:

"我马上领您去……看看……那儿很安静……"

伊丽莎白·谢尔盖耶芙娜却比谁都镇静,笑着问他:

"头晕吗?"

上校嘶哑着声音说:

"不碍事的!过一会儿就好了。我有一个战友,叫戈尔塔洛夫,是位少校,在一次突围中被土耳其兵刺死了。嚯,真是个好样的!出色的勇士!很难得啊!他在锡斯托沃①战役中,迎着敌人的刺刀身先士卒,他镇定得像指挥跳舞一样——杀、砍、冲,军刀断了,抓起一根粗棍,劈头盖脸地就抽打起土耳其兵来。难能可贵的勇士呀!可就是听不得雷声,像女人一个样儿……也同您一个样儿,脸色煞白,踉踉跄跄,哎哟、啊唷地喊着,叫着!他嗜酒成癖,是个享乐主义者,一米九五的大高个儿,能想象得出这同他那副模样是多么不相称吗?"

伊波利特连连表示歉意,请大家放心,同时诅咒着自己。他真的头晕来着。玛加丽塔·罗季奥诺芙娜拿着一只小瓶子递到他鼻子跟前,命令说:"闻吧!"他接过阿摩尼亚水,使劲儿闻着那股呛鼻的氨臭味。他感到这个场面不免显得可笑,在瓦莲卡面前有失自己的体面。

雨像鼓点一般敲打着窗子,窗外电光闪闪,雷声震得窗玻璃瑟瑟作响。这一切勾起了上校对炮火连天的战场的回忆。

---

① 俄土战争中俄国军队强渡多瑙河占领保加利亚锡斯托沃城。

"在对土耳其的战争①中……地点记不清了……也是这么一个热闹场景。雷电挟着暴雨,炮声隆隆,步兵四面出击……维亚希列夫中尉掏出一瓶白兰地,嘴对着瓶口咕嘟咕嘟就喝了起来!这时,噗的一声,子弹落到了酒瓶上,把瓶子打得稀巴烂!中尉望着手里的瓶嘴说:'活见鬼,他们跟酒瓶子干上了!'呵—呵—呵!我对他说:'不对,中尉,土耳其人朝酒瓶子开枪,跟酒瓶子干上了的却是您呀!'呵—呵—呵!说得妙不妙啊?"

"您觉得好一些了吗?"卢奇茨卡娅大婶问波尔卡诺夫。

他咬着牙向她道过谢,并抬起郁郁不乐的眼睛看着大家,只见妹妹在瓦莲卡耳边喳喳了几句,瓦莲卡脸上挂着惊疑的微笑。他终于得以避开他们,来到这间专为他准备的小屋子里。雨刷刷地下着,他开始清理起自己的情感来。

对自己懦弱无能的抱怨,和想闹明白怎样失去了自制力这两种情感在他心里斗争着,——难道他对这位姑娘竟然到了如此迷恋的地步吗?然而他的思绪始终无法集中到一点上。激愤之情有如狂风一般在他心中发作了。他决定就在今天向她表白爱情,但迅即又打消了这个念头,因为他考虑到,随之而来的是要同瓦莲卡建立明确的关系,他不愿意承担这样的责任,而且娶这个禀性古怪的美人做妻子毕竟是不可能的!他抱怨自己过于迷恋她,同时却又抱恨自己对她不够勇敢大胆。有时他仿佛觉得姑娘心甘情愿委身于他,有时又觉得她在捉弄他,像一个卖弄风情的女人一样在捉弄他。他时而认为姑娘混沌无知、寡情薄义,时而又否定自己,替姑娘辩解。雨点凶猛地敲打着窗子,霹雷把整个房屋震得索索发抖。

后来,他终于甘心将自己置于理性的束缚之中,激情退居心灵的深处,随之产生的则是对自己的抱怨。受不良环境影响变得愚不可及的、无法用健全思想感化的、执拗地坚持自己错误见解的姑娘——这

---

① 即俄土战争。

个古怪的姑娘竟在三个月之内几乎使他变成了一个丧失理性的动物！他因蒙受耻辱而感到压抑。为了使姑娘变成一个通达人情的人，他做了他力所能及的一切。如果说他已经感到爱莫能助的话，那就不是他的过失了。既然他已做到了仁至义尽，就应该离她而去。但他没有及时离去，而是让姑娘激起了难堪的情欲冲动。这是他的过失。

"那些品德不及我端正的人，在这种场合中也许会比我做得高明一点。"

这时，一个突如其来的思绪深深地刺痛了他。

"是'端正'二字在制止我，还是仅仅因为感情孱弱的缘故呢？我究竟能不能恋爱呢……能不能当一个丈夫，当一个父亲呢……在我身上具备不具备为履行这种种义务所需要的一切呢？"

他就这样想着想着，心中不由感到一阵寒噤，感到有一种可怕的东西损害着他的尊严。

有人在唤吃晚饭。

瓦莲卡带着关切的目光温存地问道：

"脑袋好了没有？"

"嗯，谢谢您……"他干巴巴地回答了一声，在远离姑娘的地方坐下来，心里暗自想道：

"连话都不会说：'脑袋好了没有'！"

上校微微晃动着脑袋，发着鼾声在打瞌睡，三个女人并排坐在一张长沙发上聊闲天。窗外的雨声渐渐静息下来，但是听那低沉而坚定的淅沥声，像是还要下一阵子的架势。

窗外是黑糊糊的一片。屋子里又闷又热。三盏煤油灯的气味和上校身上的气味混在一起，更显得闷热。他望着瓦莲卡，暗自想道：

"她不到我这边来了……伊丽莎白总不至于凭着对我的观察而下了定论，跟她……讲些蠢话吧？"

身量高大的菲·奥克拉在餐室里笨拙地忙碌。她那双大眼睛时不时地朝客厅里的那位默默抽着烟卷的伊波利特张望。

91

"小姐！饭桌摆好了，"她在客厅门口探着身子，舒了口气，说。

"吃饭去吧……伊波利特·谢尔盖耶维奇，请。大婶，不要打搅爸爸，就让他在这儿睡吧，要是一到那儿，他又要喝酒了。"

"那也好，"伊丽莎白·谢尔盖耶芙娜说。

但卢奇茨卡娅大婶耸耸肩膀，小声说：

"事到如今，就是不喝也晚了！要是再喝，就少活几天，可是能多快活快活；不喝呢，倒是能多活上一年半载，可就是活得不快活。"

"这话说得也有道理，"伊丽莎白·谢尔盖耶芙娜笑着说。

在饭桌上，伊波利特挨坐在瓦莲卡旁边。他发觉自己一挨近姑娘，心里总不免要激起一阵骚动。他想和姑娘挨得紧一些，使身子能够接触到她。但这时，他又习惯性地意识到自己对姑娘的眷恋多半是出自炽烈的色欲，而真正的勇气是没有的……

"懦夫！"他暗自悲叹着。紧接着，他又为敢于正视自己和善于剖解每一个"自我"的波动而感到几分自豪。

他陷入了沉思。

起先，瓦莲卡还时时关照着他，但后来见他爱理不理的样子，也就作罢了。直到吃过晚饭，正好只留下他们两人的时候，瓦莲卡随便问了他一句：

"您为什么这样闷闷不乐呢？是觉得无聊，还是在生我的气？"

他回答说，没有闷闷不乐，更没有生她的气。

"那么，您这到底是怎么回事呢？"姑娘追问道。

"没有什么……不过……有时候对一个人的过分殷勤会使他感到厌倦。"

"过分殷勤？"瓦莲卡关注地反问道。"谁呢？爸爸吗？大婶也没有跟您说过话呀！"

面对这种冥顽不灵的天真，或者说无可指望的愚昧，他感到自己脸红了。但姑娘不待他回答，面带笑容地劝说他：

"别这样啦，啊？求求您！我最讨厌愁眉苦脸的人……您听见了吗？咱们来玩纸牌好吗……您会吗？"

"我打得不好……说实话，我不喜欢玩纸牌，白浪费时间……"伊波利特声明说，同时觉得对姑娘的态度有些平和下来了。

"我也不喜欢，可是怎么办呢？您知道，在我们家闲待着怪寂寞的！"姑娘懊丧地说，"我知道，您是因为感到寂寞才变得这样的。"

他开始向姑娘解释，说不是这么回事。他越说越激动，不知不觉地终于说出了这样的话：

"只要您愿意，即使和您待在荒凉的沙漠上，也不会感到寂寞的……"

"那么，我该做些什么呢？"姑娘接过话茬儿。他看出她完全是真心实意地想使自己高兴。

"您什么都不需要做，"他回答了一句，欲言而又止。

"不，说真的，您是来这里休假的，有许多困难的事情在等着您去做，应该养精蓄锐。您还没有来之前，丽莎就对我说：'我们一定要想办法让学者先生休息得好，玩儿得好……'可我们……我能做些什么呢？说真的……只要能让您高兴……就是要我……好好亲亲您，也不是不可以的！"

他的眼目昏眩了，周身的血液像潮水直涌心头，身子不由地一晃悠。

"那么，您就请试一试……亲一亲吧……"他站在姑娘跟前，垂着眼睛，用低沉的声音说。

"啊哟，您可真是的！"瓦莲卡格格笑着躲开去。

他往前跨了一步又停下来，抓住门框。他的整个身心都在奔向她去。

过了一会儿，他看见了上校。老汉还睡着，脑袋耷拉在肩膀上，发出恬适的鼾声。后来，他要使自己相信，那千篇一律的、如诉如怨的呻吟并非他的心声，而是窗外的声音。这是雨在哭泣，不是他那蒙受屈辱的心灵的哭诉。此刻，一团怒火在他心中勃然生起。

93

"你戏弄我,你竟敢如此这般地戏弄我?"他咬牙切齿地默默重复着,并且要让她受一次侮辱性的惩罚。他胸中像火烧一样,而两腿和脑袋有如被尖利的小冰渣刺扎一样。

女人们开心地谈笑着走进屋来。伊波利特见到她们,心中不由得一惊。卢奇茨卡娅大婶闷声笑着,好像有无数气泡在她胸中不断扑扑地破裂一样。瓦莲卡的脸上充溢着狡黠的笑容,只有伊丽莎白的笑声显得有节制。

"也许她们是在笑我!"伊波利特·谢尔盖耶维奇想道。

瓦莲卡发起的牌局没有打成。伊波利特借口不大舒服,回到自己房间里去了。他走出客厅时,只觉背后有三对困惑莫解的眼睛在盯着他。

此刻,有一种难以消释的苦闷压在他的心头。对这个奇怪的近乎病态的感觉,他想弄个明白,但同时又矛盾着,不想去弄明白它。

"就让这莫名其妙的感觉见鬼去吧!"他暗自发出一声叹息。

一滴滴的水不知从什么地方滴落到地板上,发出单调、清晰的声音:

"滴答……滴答……"

他在自我斗争的状态中约莫坐了一个小时之后,便拿定主意躺下睡觉,以便明天一走了事,摆脱掉这伤害着他、侮辱着他的一切。然而等到他躺在床上的时候,脑海里不禁又出现了在门廊上他看到的那个举起拥抱般的双臂和在闪闪的电光下颤动着胸脯的瓦莲卡。他依然这样想:要是对她大胆些……想到这里又戛然停住了,但最终得出的结论是:只消大胆一些,就可以把这个显然是绝顶美貌,但却异常执拗、倔强、无知,同时情欲粗放、生性像只野猫一样的情人拴在自己的脖子上。这是肯定无疑的!……

他这样想着想着,豁然闪现出一个臆测,或者说是预感;他全身打了个冷战,一骨碌爬了起来,跑到房门前,拨开门插。然后,他舒眉微笑着又躺在了床上,开始注视房门口,满怀期待和喜悦想道:

"这是常有的……常有的……"

这样的事情,他曾经在一本什么书里读到过。有一次,一个女人①在夜深人静的时候闯进屋子,她什么也不问,什么也不求,只图一刹那的快活,便委身于一个男人。瓦莲卡她不正是与这个故事中的女主人公有着共同的地方吗?她是能够做到的。在她用动人的声音喊着"您可真是的"的时候,是不是暗示着一种他所没有品味出来的许诺呢?看吧,说不定她会穿着一身白衣服突然来到这里,浑身将会因羞涩和情欲而战栗!

他几次三番从床上爬起来,抑制着炽热的情欲,凝神谛听屋子里的动静和窗外的夜雨声,但是在一片静寂中没有听到他所期待的小心翼翼的脚步声。

"她怎么走进屋来呢?"他想象着姑娘站在房门口,脸上带着一副果敢而又倨傲的神情。"无疑,她将傲慢地向他献出自己的美貌!这是女王的赠品。不过,她也可能会是垂头丧气、含羞却步、眼泪汪汪地出现在他面前。或者她已经知道,并且察觉到了他的苦恼,但却装做若无其事的样子,带着笑声,带着轻轻的嘲笑声突然走进屋来,目的是为了开心取乐,再折磨他一阵儿。"②

伊波利特·谢尔盖耶维奇在这样一种如痴如醉的虚幻状态中描画着种种淫欲的情景,丝毫没有觉察雨声已经停歇,明星在光风霁月的晴空朝着窗口张望。他静候着给他带来欢乐的女人的脚步声。偶尔,在短短的一瞬间,他那渴求拥抱姑娘的欲望在心中熄灭。那时,在他心脏的剧烈跳动下听到了自我谴责的声音,嗟悔自己这种精神状态是可耻的、病态的,同时也是可鄙的。

整整一夜工夫,他都辗转在情欲的折磨之中。晨光熹微。这时,传来了脚步声。他坐起身来,瑟瑟发抖,满眼红丝。他等候着,并且觉得:假如真的是她进来时,就连说一句感谢她的话的气力都已经没

---

① 法国作家莫泊桑的长篇小说《人心》中的女主人公德布恩夫人。
② "无疑……一阵儿"这段文字,不宜加引号,但原文如此。

有了。

房门轻轻地打开了……伊波利特无力地倒在枕头上,闭上眼睛,屏息不动。

"是我把您给吵醒了吧?我是来拿先生的皮鞋……和裤子的,"肥胖的菲奥克拉用没有睡醒的沙哑的声音说着,像犍牛一样慢慢地走到床前。她一面叹着气,一面挪动着家具。她取过他的衣服,留下一股厨房里的气味,走了。

他躺了好久,只觉精疲力尽,灰心丧气,那些折磨了他一宿的零星幻影也渐渐地在脑海里淡然消逝。

女仆又送来刷干净的衣鞋,搁下之后,长吁短叹地走了出去。他开始穿衣服,尽管连自己也不明白为什么要起得这么早。然后,他心血来潮,想要到河里去洗个澡。这使他的精神振作了一些。他蹑着脚在地板上走过那间上校发出鼾声的屋子,接着又走过一间房门紧闭的屋子。他在门口站了片刻,仔细看了看,觉得不是"那间"屋子。最后,他晕晕乎乎地来到庭园,顺着一条显然是通向河边的小径走去。

天朗气清,朝阳还没有抹去它那红彤彤的光辉。一群椋鸟啄食着樱桃果,兴高采烈地唧喳交谈着。夜雨的残滴宛如钻石在叶子上抖动,又恰似晶莹而喜悦的泪珠滚落到地上。地上湿漉漉的,但一夜间降落的雨水都被泥土吸吮了,连一个泥塘、水洼也看不到。四周万物明净清新,仿佛刚刚在昨夜诞生一样。万物悄无声息,木然不动,好像对大地上的生活还很陌生,同时还像是因为初次看见太阳而暗自为旭日的美貌惊讶不置。

伊波利特·谢尔盖耶维奇环视着四周;给人以清新之感的新的一天充满着甜美而又沁人心脾的气息;昨夜缠绕在心头的烦扰不觉随之渐渐消散。

他来到河边。红灿灿的阳光映射在河面上。河水被雨冲得浑浊不清,影影绰绰地映出岸边的树丛。鱼儿的戏水声与鸟儿的啼啭声汇成了一曲打破清晨宁静的和声。要不是土地潮湿,就可以躺在河边树木荫覆如盖的草地上,一直躺到心灵平静下来。

波尔卡诺夫顺着河岸走去。河岸奇妙地折成尖形的沙洲和簇拥着绿丛的河湾,几乎每走五步都有一幅崭新的图画展现在他的眼前。他默默地沿着河滩走去。果不其然,在他的前面是一幅又一幅变幻无穷、千姿百态的景物。他仔细地观察着每一个河湾的形状和悬在他上方的每一棵树的姿态,仿佛想要把那落在身后的景物同眼前的景物作一番详尽的对比,并且永远刻在记忆之中似的。

他猛然收住脚步,惊呆了。

瓦莲卡竟然出现在他的面前,半截身子浸泡在水中,低着头,两手拧着湿淋淋的头发。她的身躯因寒冷,在晨光的映照下呈现出玫瑰般的颜色。身上闪耀着银鳞一样的水珠,慢慢地从她的肩膀上和胸脯上滴落到河中。每一颗水珠在快要掉落的时候,总是在阳光下依依不舍地闪烁好一阵子,好像不愿离开那被它洗净的身子。从她的头发上也滴着水珠,穿过玫瑰色的手指缝滴落在水里,发出柔和悦耳的叮咚声。

他像是看到了心中的圣物一样,怀着喜悦和深深的敬意,情意脉脉注视着姑娘。这位焕发着青春活力的姑娘的美姿是那样纯洁、那样和谐。此情此景,除了想欣赏这个美人之外,他再也没有别的愿望了。他头顶那棵榛树的小枝上夜莺在啼叫。然而在他来说,太阳的光辉和全部声音统统集注在水中的姑娘身上了。水浪轻轻地抚摩着她的身躯。潺潺的流水柔情地环抱着她。

然而,好事多磨,美景不长。他所看见的一切旋踵即逝了。姑娘猛一抬头,一声怒叫,赶忙躲进了水中,只露出一个脑袋。

姑娘的举动在他心里产生了反应,他的心随之打了个寒噤,也像是沉入了冷森森的水中。姑娘怒目而视,额上现出愤怒的皱纹,脸上泛出惊恐的神色。他听到姑娘在怒斥:

"走开……走开!您这是干什么?真不害臊!……"

姑娘的话仿佛从老远的地方传进他的耳朵,听不真切,但听来毫无阻止之意。于是他把身子俯向水面,两手往前伸去,勉强叉开瑟瑟发抖的双腿,竭力支撑着他那情火焚烧的、弯得不自然的身躯。他整个身心都奔向着姑娘。他终于跪下了,差点儿没有跪到水里去。

姑娘一声怒喊,想游开去,但忽然又停了下来,沉着而焦急地说:
"走开!……"

"我走不动了,"他想这样回答,但哆嗦着的嘴唇再也无法让他发出声来,他没有说话的力气了。

"你……太不自重了!快给我滚开!"姑娘喊道。"不要脸的!"

姑娘的喝斥对他来说又能怎么样呢?他用灼灼燃烧着的眼睛望着姑娘的眼睛,跪在那里等待着她。像是即使知道有人要在他头上挥下刀斧劈掉他的脑袋,他也还要等待的样子。

"哦!……你这条癞皮狗……我可不客气啦……"姑娘反感地小声嘀咕着,霍地从水里跳出来,直奔他去。

姑娘露出了她的美姿,他看着她跑过来。现在,姑娘的整个身子,从头到脚都展现在他面前了,是那么美丽,又是那么愤怒。这些,他都看到了,并且怀着强烈的情欲的冲动等待着她。姑娘朝他俯下身子,他张开双臂,扑了个空。

与此同时,一记又湿又重的巴掌落在他的脸上,他一阵眼花,接着向后晃荡一下。

他赶忙擦擦眼睛,只觉指头下面净是潮乎乎的泥沙。这时,一记接这一记的巴掌又落在了头上、肩上、脸上。不过打得不痛,不仅不痛,反倒使他产生了另一种感觉,于是他两手捂住了脑袋。这个动作是不自觉的,而不是自觉的。他听见了愤恨的哭叫……最后,他胸前又狠狠地挨了一拳,他被打得仰面倒在地上。之后,他再没有挨揍。灌木丛里传来一阵窸窣声,接而又静了下来……

随着这声音的消逝便出现了难堪的沉默。这分分秒秒的沉默也不知持续了多久。他一直仰面朝天地躺着,一动不动,只觉羞惭难当,无地自容,只恨没有地洞可钻。他睁开眼睛,只见一片湛蓝的天空,一片无限深邃的湛蓝的天空。他仿佛觉得那蓝天迅速向上升去,离他越去越远,越去越远……

……他就这样一直躺到全身发冷。他重新睁开眼睛,只见瓦莲卡正弯着身子站在他面前。姑娘的手指缝里滴着水,水落在他的脸上。他听见姑娘说:

"……怎么样,好不好哇?……瞧您这副模样怎么回去见人呢?……满身泥水,衣服都破了……嗐,您呀!……就说是从河边跌到水里去的得了……您不觉得害臊吗?刚才,我手里要是拿着什么东西,说不定都能把您给打死的。"

就这样她对他说了很多。但这既没有减少也没有增加他原来的感觉。他一声不作。直到姑娘对他说要走的时候,才低声问了一句:

"往后……您……我还能见到您吗?"

等说完这句话时,他忽然觉得应该对她这样说:

"请您原谅我……"

但不待他说这句话,姑娘把手一挥,迅疾消失在树林里了。

他坐着,不知是把背靠在了树干上还是靠在了别的什么东西上。他茫然地望着脚下的浊流。

河水潺湲地流着……流着……

三 人

伊信 译

中篇小说《三人》写于一九〇〇年夏至一九〇一年一二月间,最初发表在《生活》杂志一九〇〇年第十一至第十二期及翌年第一至第四期上。因该杂志被查封,小说未能登完。据沙皇政府内务大臣称,查封的理由之一就是因为该杂志刊载了《三人》。一九〇一年冬,知识社出版的《高尔基文集》第五卷中初次全文发表这部小说。一年以后,作者为出版本书的单行本作了重大的修改。一九二二年,作者对这部小说作了最后的一次修订。

小说在当时曾遭到俄国资产阶级文人的攻击。同时也得到了列夫·托尔斯泰和契诃夫的推崇。他们认为作者已经突破了旧的现实主义的框子。小说对第一次俄国革命准备时期出现的年轻一代现实主义作家起过很大的影响。小说中的进步女学生形象是作者六年后创作的长篇小说《母亲》中革命知识分子形象的前驱。

本译本译自《高尔基三十卷集》第五卷,曾在一九六〇年由我社出版单行本。这次编入《文集》时,译者对译文再次进行了认真的修改润饰。

三　人

　　在克尔热涅茨河①一带的森林中间散布着许多孤冢；冢里腐烂着老翁们的骸骨，他们都是古代宗教的信奉者，其中有一个老翁叫安季帕，关于他的故事，在克尔热涅茨河一带的村落里还在流传着。

　　富裕农民安季帕·卢尼奥夫是个性格严峻的人，他在俗世的罪孽里一直生活到五十岁，经过一番认真的冥想之后，变得伤感起来，便抛弃了家庭，隐遁到森林里。他在那儿陡峭的峡谷边缘砍些木头给自己搭了一间隐庐，在里面一连住了八年，不问寒暑，不论亲戚朋友，他一概不让进他的小屋。人们有时在森林里迷了路，偶然来到他的隐庐附近，看见安季帕跪在隐庐的门槛边祈祷。他的样子很可怕：他因为斋戒和祈祷而憔悴了，而且像野兽似的浑身长满了毛。他见了人便站起身来，默默地对来人鞠躬到地。如果有人问他走出森林的路径，他一声不响地用手指点着道路，又向人深深地鞠躬，然后回进自己的隐庐，闭上了门。在这八年之间常常可以遇见他，却没有一个人听见过他说话的声音。他的老婆和孩子们来探望他，他接受他们的食物和衣服，也像对待所有的人一样，向他们鞠躬到地，但对他们也是不讲一句话。

　　他死在铲除隐修区的那一年②，他死的经过是这样的：

　　警察局局长带了一队人来到森林里，他们看见安季帕正跪在隐庐中央默默地祈祷。

　　"喂！"警察局局长喊道。"出去！我们要拆掉你的窝！……"可是安季帕不理他。

　　不管警察局局长怎样叫嚷，老头儿一句话也不回答他。警察局局

---

① 下诺夫戈罗德省（即现在的高尔基省）北部的河流，伏尔加左岸的支流。该河两岸的森林和沼泽地带从十七世纪下半世纪莫斯科总主教尼康（1605—1681）倡导的宗教改革被沙皇阿列克谢·米海洛维奇所排斥那时起，成为逃避迫害的旧教徒的庇护所。

② 隐修区是分裂教派的修道院（或修道院式的小居民区）。克尔热涅茨一带的一些隐修区特别著名。这些隐修区在一八五三年被关闭了，但仍继续秘密存在了很久。

长命令把安季帕拖出隐庐,但人们看到老头儿不理睬他们而一心只顾虔诚地祈祷着,便在他的坚毅的精神面前感到很狼狈,也就没有服从警察局局长的命令。于是警察局局长命令拆房子,他们只好小心翼翼地开始揭屋顶,生怕砸着祈祷者。

斧子在安季帕脑袋上空敲击,木板破裂着纷纷掉到地上,敲击的空洞的回声在树林里扩散着,被喧闹所惊扰的飞鸟绕着隐庐乱窜,树上的树叶颤抖着。老头儿却好像什么也没有看见和听见似的祷告着……隐庐墙壁的圆木已经开始滚落下来了,但隐庐的主人仍旧一动不动地跪着。只有当最后的几根圆木滚到一边去,警察局局长亲自走到老头儿旁边,揪住他的头发的时候,安季帕这才抬头望着天空,静静地向上帝说道:

"大慈大悲的主呀……宽恕他们吧!"

说罢,他仰天倒下就死了。

这事发生的时候,安季帕的大儿子亚科夫二十三岁,小儿子捷连季才十八岁。亚科夫相貌漂亮,力气又大,还是少年的时候就在村子里得到了"莽汉"的绰号,等到他父亲死时,他已经是当地头号浪子和狂徒了。母亲、村长、邻居们都抱怨他;他不止一次被关进看守所,被鞭打,连审问也不审问就挨揍,可是总不能叫亚科夫就范,而他居住在村子里的分裂派教徒中间也觉得越来越不舒服,他们就像鼹鼠一般,都是孜孜为利的人物,不能容忍一切新事物,固执地保持着古代信仰的老规矩。亚科夫会抽烟、会喝酒,穿着德国式的服装,不去参加祈祷和狂热跳神仪式①,当一些正经人提起他的父亲,想借此劝诫他时,他嘲笑地回答说:

"尊敬的老先生们,请别着急,一切都有个火候。等我造孽造够了,我也会忏悔的!可是现在还早着呢。别拿我的爹来责备我;他作孽作了五十年,可是只忏悔了八年!……我身上的罪孽还不过像雏鸟

---

① 一种宗教仪式,信徒们举行这种仪式时用特殊的宗教歌曲、舞蹈等使自己沉入宗教狂热中,认为这样就可与"圣灵"直接交往。

身上的绒毛,等到罪孽长得像乌鸦身上的羽毛一样丰满的时候,我这好汉就到忏悔的时候啦……"

"邪教徒!"大家谈到亚科夫·卢尼奥夫时这样说,他们既恨他又怕他。亚科夫在父亲死了两三年之后就结了婚。他的放荡的生活彻底败掉了父亲三十年里头辛苦积蓄起来的殷实的产业,因此本村没有人愿意把自己的女儿给他做妻子。他在远处一个村里找到了一个漂亮的孤女,而为了举办婚礼,他卖掉了父亲的养蜂场。他的弟弟捷连季是个胆小而沉默寡言的驼背,两只胳臂很长,他没有干涉他的生活;他的母亲是个有病的女人,常年躺在炕上,就在炕上用不祥而嘶哑的嗓音对他说:

"该死的东西!……可怜可怜你女人吧!……好好地想想吧!……"

"妈妈,您放心!"亚科夫回答说。"父亲会在上帝面前替我说情的……"

起初,亚科夫差不多有一整年跟妻子生活得和睦而安静,甚至还动手干些活儿,但后来又放荡起来,有时一连好几个月家里看不见他的踪影,然后被打得不成样子,衣衫褴褛、饿着肚子回到妻子身边……亚科夫的母亲死了;喝醉了的亚科夫在她丧葬的宴会上打伤了有宿仇的村长,因此被关进苦役队做苦工。刑期满了以后,他剃光了头,重新在村子里出现,模样更阴森更凶狠了。村里的人越发憎恨他,还把憎恨转移到亚科夫的家属身上,尤其转移到与人无争的驼背捷连季的身上,——他从小就是村里姑娘和小伙子们取笑的对象。亚科夫被称为"囚徒"和"强盗",捷连季被叫做"丑怪"和"妖精"。捷连季对这种辱骂和嘲笑默不作答,亚科夫却对大家公开威胁道:

"好吧!等着吧!……我要给你们点颜色看看!"

他快到四十岁那年,村子里发生了火灾;他被控为纵火犯而流放到西伯利亚去了。

亚科夫的妻子在那次大火里发了疯,还有他的十岁的男孩伊利亚,一个结实的、黑眼睛的、严肃的孩子,他们都留归捷连季抚养。当伊利亚上街时,儿童们在背后追赶他,向他投掷石子,大人们看到他时都说:

"嘿,小魔鬼,苦役犯的孽种!……早就该死了!……"

捷连季因为不能做工,在火灾以前就贩卖煤焦油、针线和各种杂货,可是大火烧掉了半个村子,也烧毁了卢尼奥夫家的房子和捷连季的全部货物,因此在火灾以后卢尼奥夫家只剩下了一匹马和四十三卢布的现款,此外再没有别的东西了。捷连季看到在村子里没法生活下去了,便把嫂子托给一个孤身的穷女人照管,每月贴她半个卢布,他买了一辆旧大车,让侄儿坐在车上,决定到省城里去,希望那儿的卢尼奥夫家的远亲彼特鲁哈·菲利蒙诺夫,一家小饭馆的老板,能够帮助他生活下去。

捷连季在一个夜里悄悄地、像小偷似的离开了老家。他驾着马,老是用他像牛眼似的乌黑的大眼睛回头凝望。马慢步走着,大车颠簸着,伊利亚埋身在干草堆里,很快就沉入孩子特有的熟睡里了……

半夜里,他被一种像狼嗥似的奇怪而恐怖的声音所惊醒。夜色是明净的,大车歇在树林边缘,马站在车边喷着鼻息,啃着沾满了露水的青草。一株高大的松树远远地屹立在田野里,仿佛从树林里被排挤出来似的孤立无援。孩子的锐利的眼睛不安地在寻找他的叔叔,在夜的岑寂里可以清晰地听见马蹄踏在地上的空洞、疏落的声音,马儿的鼻息像沉重的悲叹向四方扩散,还有一种莫名其妙的颤抖的声音在空气里凄凉地荡漾着,使伊利亚听了害怕。

"叔—叔!"他低声叫唤道。

"怎么啦?"捷连季赶紧答应他,嗥叫声也突然停止了。

"你在哪儿?"

"在这儿……你睡吧,别……"

伊利亚看见他的叔叔黑黝黝的、像一段土里挖出来的树桩似的坐在林边的小丘上。

"我怕,"孩子说。

"怕什么?……只有我们俩……"

"什么东西在嗥叫……"

"那是你梦里听到的……"

"真的在嗥叫……"

"唔,那是狼……它远得很……睡吧……"

可是伊利亚总睡不着。他觉得沉静得可怕,那凄怨的声音老在他耳朵里震响着。他向这一带地方仔细打量,看见他的叔叔正向着远处树林中间的山的上方凝望,在那山上有一座五个圆顶的白色的教堂,教堂上空照耀着一轮又大又圆的明月。伊利亚认得那是罗莫达诺夫教堂,在离它两俄里的地方,在树林中间的山谷上面,便是他们的基捷日纳亚村。

"我们走得并不远。"他沉思地说。

"什么?"叔叔问。

"我说我们应该走得远些……那儿还会有人赶来……"

伊利亚恨恨地向村子那边点了点头。

"等一等,我们还要赶路!"叔叔说。

又沉静下来了。伊利亚把胳膊肘支在大车的前端,也朝着他叔叔凝望的地方看去。在树林的浓重的黑暗里望不见村子,可是他仿佛觉得看见它以及它所有的房子和人,也看得见在街道中央井边的一棵老柳树。在柳树底下,他的父亲被绳子绑着躺在那里,他的衬衫被撕破了,两手反绑在背后,赤裸的胸脯向前挺着,他的脑袋却好像同柳树干长在一起了。他好像死了似的躺着一动也不动,而一双可怕的眼睛却注视着农民们。他们人数很多,大家都叫喊着、咒骂着。孩子回想到这些,便苦恼起来,喉咙也开始觉得刺痛了。他觉得自己快要哭出来了,但他不愿意惊动叔叔,所以他忍住了,把自己小小的身体尽量缩拢来……

忽然空中又响起了隐隐的哀号声。起初好像有人沉重地叹了口

气,哽咽了一阵,后来却忍不住哀哀地呻吟起来了:

"喔—喔—呜—喔—喔!……"

孩子吓得哆嗦了一下就呆住了。那哀号声却还在颤动着,而且越来越有劲了。

"叔叔!是你在哭泣吗?……"伊利亚喊着问。

捷连季没有回答,而且动也不动。于是孩子从大车上跳下来,跑到叔叔身旁,倒在他的腿上,紧紧地抱住了两条腿,也号啕大哭起来。他在哭声里听见叔叔说道:

"我们被赶出来了……天哪!叫我们上哪儿去呀……嗯?"

孩子含着眼泪说道:

"等着吧……等我长大了……我要给他们点厉害!……"

他尽情大哭一通之后,就打起瞌睡来了。叔叔把他抱在手里,放进大车里,自己又退到一边,像一条小狗似的,重新悠长而哀怨地号哭起来。

伊利亚还记得他进城时候的情景。那天早上他醒得很早,看见前面横着一条宽阔、混浊的河,河对面的高山上有一大片有红红绿绿的屋顶的房屋和许多茂盛的花园。房屋沿着山坡密密麻麻地升起,形成美丽的一大片,越升越高,它们一直伸展到山顶,构成整齐的线条,傲然从那儿俯瞰着河这边。教堂的金色十字架和圆屋顶君临在一切屋顶之上,直耸霄汉。太阳刚刚升起来,斜射的阳光从窗户里反射出来,整个城市像燃烧似的发射出鲜艳的色彩,闪烁着金光。

"哎呀呀!原来是这样的!"孩子张大眼睛望着这幅美丽异常的图画喊道,接着又在沉默的狂喜里愣住了。后来他心里产生了不安的念头:像他这样穿着粗布短裤的蓬头小孩子和他的又驼背又拙笨的叔叔能在哪儿居住呢?人家会不会放他们进这个干净、富庶、闪耀着金光的巨大的城市里去呢?他想到他们的大车所以停留在这里的河边,就是因为人家不准穷人进城。大概叔叔是去请求放他们进城的。

三　人

　　伊利亚心神不宁地开始用眼睛寻找叔叔。在他们的大车周围还停着许多运货马车：有的车上竖立着放牛奶的木架子，有的车上装着一篮篮的家禽、黄瓜、洋葱，一筐筐的浆果，一袋袋的土豆。在车上和车的四周坐着和站着好些农夫农妇，他们的模样都很特别。他们在高声谈话，发音清楚，身上穿的不是蓝色粗布，而是杂色的印花布和鲜红的斜纹布。大家脚上穿的差不多都是皮靴，他们旁边虽然有一个腰间挂着军刀的人在走来走去，可是他们不但不怕他，而且还不向他鞠躬。这使伊利亚感到很高兴。他坐在大车上观看着这幅照耀在灿烂的阳光里的生动的图画，同时梦想着自己也会穿上皮靴和鲜红的斜纹布衬衫的那一天。

　　捷连季叔叔在远处的农民中间出现了。他的脚使劲踏着厚厚的沙土，高高地仰着头走着；他的脸色是快乐的，老远就在对伊利亚微笑，向他伸出了一只手，在指点着什么东西。

　　"上帝保佑着我们，伊柳哈①！那个叔叔我一下子就找到了……给，先啃啃这个！……"

　　他给了伊利亚一个面包圈。

　　孩子几乎带着虔敬的神气把面包圈接了过去，塞在怀里，然后担心地问道：

　　"不让进城吗？"

　　"马上就放进去……等渡船来了，我们就上船。"

　　"我们也在内？"

　　"那还用说？当然我们也在内！"

　　"嘿！我还以为人家不会让我们……可是我们到了那儿住在什么地方呢？"

　　"这可不知道……"

　　"最好能在那所大大的、红红的……"

---

①　伊利亚的爱称。

"那是兵营!……那儿是住兵的……"

"唔,要么住进那一所——就是这所!"

"瞧你!我们上那儿可太高啦!……"

"不要紧!"伊利亚很有信心地说。"我们上得去!……"

"你这家伙!"捷连季叔叔叹了口气后又上什么地方去了。

结果他们只能住在城根下靠近市场广场的一所灰色的大房子里。这房子的四面有各式各样的附属建筑物贴着它的墙壁,有的比较新些,有的却像它本身一样灰暗而肮脏。这所房子的门窗都是弯曲得走了样,到处吱吱地响。那些附属房屋呀,木栅栏呀,大门呀,都彼此倒在一起,结合成一大堆半腐朽的木头。窗上的玻璃由于年久而变得黯然无光了,房子正面有几根圆木已经向前突出,因此这所房子的模样很像那个在里面开设小饭馆的屋主。他也是老迈而灰溜溜的;他衰老的脸上的眼睛就像窗户上的玻璃一样;他拄着一根粗大的拐杖走路;他负担着一个凸出的大肚子一定是很困难的。

伊利亚在这房子里居住的最初几天总是到处乱钻,察看里面的一切。它的惊人的容量使伊利亚大为惊讶。它里面的人挤得那么满满的,竟好像里面住的人比整个基捷日纳亚村的还要多。两层楼里都开着小饭馆,里面总是挤满着人,阁楼上住着几个女酒鬼;其中有一个绰号叫玛季察,是个皮肤黝黑、声音低沉的大个子,她的怒气冲冲的黑眼睛使伊利亚见了就害怕。地下室里住着皮鞋匠佩尔菲什卡同他的有病的、两腿动弹不了的老婆和一个七八岁的闺女;捡破烂儿的老公公叶列梅;瘦小而好吵闹的老叫花婆,大家叫她做"大嗓门"的;还有一个上了年纪的、和善而沉默的马车夫玛卡尔·斯捷潘内奇。院子的一角有一家铁铺;里面从早到晚烧着火,锻着车轮箍,钉着马蹄铁,敲打着铁锤,筋骨壮健的高个子铁匠萨韦尔常常用粗大沉郁的嗓门唱着曲子。萨韦尔的矮小肥胖的老婆,长着一头亚麻色头发和一双碧眼,有时也出现在铁铺里。她头上总披着一条白头巾,在黑洞洞的铁铺里看到这样一个白色脑袋不免显得异样。她笑时声音像银铃似的,萨韦尔却用锤子打铁似的大嗓门应和她,但更常见的是用咆哮来回答她的笑声。

这所房子的每个罅隙里都住着人,所以从早晨直到深夜里面震荡着各种叫喊声和喧哗声,仿佛一口生了锈的旧铁锅,里面煮着什么开了锅的东西似的。到了晚上,所有的人都从罅隙里爬出来,他们来到院子里或者大门旁,坐在长凳上;皮鞋匠佩尔菲什卡拉着手风琴,萨韦尔哼着歌曲,玛季察呢,如果喝醉了,便唱着一些特别的、非常忧郁的、谁也听不懂的词句,她唱着,有所感触而伤心地哭泣着。

所有住在这所房子里的孩子们都聚集在院子的角落里,他们在叶列梅老公公周围坐成一个圈子,央求他说:

"老公公,讲个故事吧!……"

老公公用害病的红眼睛望着他们,浑浊的眼泪从眼睛里顺着脸上的皱纹不断地流着,他把一顶棕黄色的旧帽子使劲扣在脑袋上,用颤抖而细小的声音歌唱似的说道:

"从前有一个地方,有那么一个国家,生下了一个不信神的邪教徒①,是两个无人知道的父母生的,为了这种罪孽,那无所不知的上帝把刑罚降到儿子身上……"

每当叶列梅老公公张开他的掉了牙齿的发黑的嘴巴时,他那长长的白胡须便抖动和飘动起来,他的脑袋也跟着摇晃,泪珠也顺着腮帮子上的皱纹簌簌地滚下来。

"这个邪教徒的儿子胆大妄为,他不相信耶稣基督,他不爱圣母,他经过礼拜堂不行礼,也不听从父母的话……"

孩子们一边听着老头儿细小的声音,一边默默地望着他的面孔。

饭馆老板彼特鲁哈的儿子,亚麻色头发的亚什卡②听得最专心,他是个瘦弱的孩子,鼻子尖,脑袋大,脖子细。他跑起路来,脑袋向着两边的肩头摇摇晃晃,好像就会掉下来似的。他的眼睛也是大而不安定

---

① 指有一套神秘仪式的共济会会员或一般拒绝规定的风俗和宗教信仰的人。
② 亚什卡是亚科夫的小称。

的。它们总是畏缩地从一切东西上溜来溜去,就怕在什么东西上停留似的,要是停住了,那么便异样地瞪着,因而他的脸上显出绵羊似的神气。在这一堆孩子中间,他以清瘦而无血色的面孔和整洁的服装显得与众不同。伊利亚一下子就同他熟识了,在他们认识的第一天亚科夫就偷偷地问他的新朋友:

"在你们村子里有很多巫师吗?"

"有,"伊利亚回答说。"我们那儿有一个邻居就是巫师。"

"是红头发的吗?"亚科夫低声问。

"是白头发的……他们全都是白头发的……"

"白头发的不要紧……白头发的是善良的……那些红头发的可就不得了!他们要喝人的血……"

他们坐在院子里最好的、最舒适的角落里,在一棵接骨木底下的垃圾堆后面,正好这里也长着一棵高大的老菩提树。要穿过杂物房和正屋中间一条窄狭的过道才能到这里。这里很幽静,除了头顶上面的天空和有三个窗户(其中两个是钉死的)的房子的墙壁之外,在这角落里什么也看不见。麻雀在菩提树的树枝上吱吱喳喳地叫着,在地上,在菩提树的树根旁边,坐着两个孩子,他们悄悄地交谈着他们感兴趣的事情。

一种巨大的、五光十色的东西叫喊着和喧嚷着,它整天在伊利亚的眼前转动,使他耳聋目眩。起初,在这种生活的沸腾的扰攘里他感到茫茫然,以致有些傻头傻脑。伊利亚到小饭馆里站在汗流浃背的捷连季叔叔正在洗餐具的桌子边,眼望着人们进来,他们吃喝、叫喊、接吻、吵架、唱歌。烟草的烟雾在他们周围浮动,而他们就在这烟雾里像疯子一样来来去去地忙碌着……

"喂!"叔叔摆动着驼背,不停地磕碰着玻璃杯,向他叫道:"你干吗站在这儿?快到院子里去!不然的话,老板瞧见了会骂的!……"

"哎呀呀,原来是这样的!"伊利亚心里嘀咕着自己心爱的、表示惊异的口头禅,他被饭馆生活的喧闹吓得目瞪口呆,便到院子里去了。

在院子里，萨韦尔敲着铁锤，同时还跟徒弟相骂，从地下室里冒出了皮鞋匠佩尔菲什卡的快乐的歌声，从上面传来了女酒鬼们的骂詈和叫喊声。萨韦尔的儿子巴什卡骑在一根棍子上，一面奔跑一面生气地喊道：

"停住，鬼东西！"

他的淘气的圆脸沾满了泥土和油烟；他前额上长了个疱；衬衫已经破烂了，结实的身体从无数的破洞里露出来。他是院子里最淘气、最爱打架的孩子，他已经狠狠地打过不灵活的伊利亚两回了，但当伊利亚向叔叔哭诉时，他叔叔只是摆摆手说道：

"有什么办法？忍耐一点吧！……"

"我要去好好地揍他一顿！"伊利亚流着眼泪表示决心说。

"你敢！"叔叔严厉地说。"绝对不可这样！……"

"那他怎么……"

"那是他！……他是本地人……是自己人……你呢，是外乡人……"

伊利亚还是去威胁巴什卡，但是叔叔发了脾气，对他大闹一场，这在他是很少有的事。于是伊利亚模糊地觉得他不能跟"本地的"孩子相比，他隐藏起对巴什卡的敌意，却和亚科夫更要好了。

亚科夫举止规矩，他从来不跟什么人打架，甚至大声叫喊都是很难得的。他差不多不玩儿，但很喜欢谈论有钱人家的孩子在院子里和在公园里玩的游戏。在同院所有的孩子中间，除了伊利亚之外，亚科夫只跟七岁的小姑娘玛什卡做朋友，她是皮鞋匠佩尔菲什卡的女儿，是个又邋遢又瘦弱的小丫头，她那披着乌黑的鬈发的小脑袋从早到晚总出现在院子里。她的母亲也总是坐在地下室的门口。她身材高大，背上拖着一条大辫子，老是深深地弯着背做针线，当她抬头寻找她的女儿时，伊利亚才看到她的脸，那是一张肥胖的、泛青色的、像死人般呆板的脸，在这讨厌的脸上的一对乌黑而善良的眼睛也是呆滞的。她向来不跟人家交谈，连招呼女儿过来时也只用手势，难得有时候用嘶哑而喘不过气来的嗓子喊一声：

"玛莎！"

伊利亚起初还有些喜欢这个女人，但是当他知道她的下肢已经瘫痪了两年多，而且人也快要死了时，他开始怕她了。

有一天伊利亚打她身旁走过时，她伸出手来抓住了他的衬衫，把受惊的孩子拉到身边去。

"我请求你，"她说。"不要欺侮玛莎！……"

她说话很吃力，不知为什么总喘不过气来。

"别欺侮她，好乖乖！……"

她又乞怜似的看了伊利亚一眼，就放他走了。从这一天起，伊利亚便和亚科夫一同留心照顾起皮鞋匠的女儿来，他们竭力帮助她摆脱生活中的各种烦恼。他不能不尊重一个成年人的请求，因为所有其他的成年人都只有吆喝和殴打孩子们。马车夫玛卡尔在洗马车时，如果孩子们走近他，便用脚踢他们，还用湿抹布打他们的脸。萨韦尔对一切没有事情而到铁铺来瞧热闹的人发脾气，他用煤袋砸孩子们。佩尔菲什卡对所有站在他窗前挡住他光线的人都会顺手抓起东西来向他们投去……他们有时还因为无聊，或是为了想拿孩子们开心而无缘无故地打他们。只有叶列梅老公公从来不打人。

伊利亚不久便觉得在乡下居住比在城里好。在乡下可以随心所欲地到处逛，而在这儿叔叔却禁止他走出院子。乡下地方大，也清静，那儿大家都干着大家都了解的同样的事情，这儿每个人各自搞各自想搞的事，而所有的穷人又都要靠人家的面包才能过着半饥不饱的生活。

有一天，捷连季叔叔在吃午饭时沉重地叹着气对侄儿说：

"秋天要来了，伊柳哈呀……它会榨我们的油！……唉，上帝哪！……"

他哭丧着脸望着盛了菜汤的盆子沉思起来。孩子也跟着动起脑筋来了。他们就是在驼背洗碗的那张桌子上吃饭的。

"彼特鲁哈说应该送你和亚舒特卡①去上学。我知道应该这么

---

① 亚科夫的卑称。

做……在这儿一个人不识字就好像是个瞎子！……可是要上学就得给你做衣服和鞋袜！……唉,上帝呀！我的希望就寄托在你身上！……"

由于叔叔的叹息,由于他的发愁的面容,伊利亚的心感到紧缩了,他低声说道：

"我们离开这个地方吧！……"

"上—哪儿—去呀?"驼背拉长了声音沉痛地问。

"到森林里去好吗?!"伊利亚说,精神也焕发起来了。"你说过祖父曾经在森林里生活了多少年,他只有一个人！我们却是两个人！我们可以剥树皮！……可以打狐狸和松鼠……你可以去弄一支猎枪,我也可以搞些套索！……我来捕鸟儿。一定这样吧！那儿有浆果,蘑菇……我们去吗?……"

叔叔用亲切的目光看了他一眼,笑着问道：

"可是狼来了怎么办？还有熊呢？"

"不是可以用猎枪打吗?"伊利亚热心地叫喊起来。"要是我长大了,我可不怕野兽！……我会赤手空拳掐死它们！……就是现在我也什么都不怕！这儿生活太困难了！我年纪虽然小,可是我看得出来！这儿大家打架比在乡下打得更厉害！铁匠在我脑袋瓜上狠狠地打了一下,后来脑袋里都嗡嗡响了一整天！……"

"唉,你这怪可怜的孤儿！"捷连季说,随后放下汤匙,急急忙忙地走了出去。

这一天晚上伊利亚在院子里玩累了,便坐在叔叔的桌子旁边的地板上,他迷迷糊糊地听着捷连季和到饭店来喝茶的叶列梅老公公的谈话。这个捡垃圾的跟驼背很要好,所以总是坐在捷连季的邻座上喝茶。

"没有关系！"伊利亚听见叶列梅的尖锐的声音说。"你只要知道一件事——上帝！你好比是他的农奴……就是奴隶！上帝看得见你的生活。你的光明的日子一到,他会对天使说：'我的天上的使者！你去使我那和善的奴隶捷连季的生活轻松愉快些吧……'"

"老公公,我是信赖上帝的,我还有什么办法呢?"捷连季低声说。

老公公用饭馆老板彼特鲁哈生气时的声音对捷连季说道:

"伊柳什卡①上学去的衣服钱我给你!……我只要刨几下就会凑得起来的……先借给你。等你有了钱再还我……"

"老公公!"捷连季不禁低声喊了起来。

"且慢,别叫喊! 暂时你把这孩子交给我,他在这儿没有事情干!……让他给我当当差,就算付利钱吧!……捡捡破布和骨头……我这个老头儿的背脊总可以不用弯下去了……"

"喔!……上帝保佑你!……"驼背用响亮的声音喊道。

"上帝——给我,我——给你,你——给他,他呢,又给上帝,我们就这样转圈儿……谁也不会欠谁……亲爱的! 呃嗨,我的老弟! 我活了又活,看了又看,除了上帝,我什么也没看见。一切都是他的,一切都是给他的,一切都是从他而来,也是为了他而存在!……"

伊利亚就在这些谈话里睡着了。第二天一清早叶列梅老公公把他唤醒,愉快地说道:

"去玩儿去,伊柳什卡! 喂,快点儿!"

伊利亚在捡垃圾的叶列梅亲切照顾之下开始了愉快的生活。老公公每天大清早唤醒孩子,他们便在全城到处走动,一直到很晚,收集着破布、骨头、碎纸、铁片和零碎的皮革。城很大,城里有许多有趣的东西,所以在开始的时候,伊利亚对老公公帮助很少,他总是仔细瞧着人们和房屋,对一切都感到惊奇,什么都要问老头儿……叶列梅是爱说话的人。他低垂着脑袋望在地上,从这一个院子走到另一个院子,他叩着铁头的手杖,用自己破衣服的袖子或脏布袋的袋口擦着眼泪,他用单调而响亮的声音对自己的助手讲个不停。

"这所房子是商人萨瓦·彼得罗维奇·普切林的。商人普切林真

---

① 伊利亚的爱称。

是个财主！……"

"老公公，"伊利亚问道，"财主是怎样变成的？"

"这得靠努力，工作，就是说……白天工作，夜里也工作，一股劲儿积钱。积起了钱，便盖房子，买马，买各式各样的家什，这样那样的东西，全都是新的！他们雇用伙计、看门的和各种人，让他们工作，自己却过着安逸的日子。唔，那是所谓靠诚实的劳动发财的人……嗯！……但也有造孽而发财的。这个商人普切林，人家说他年轻时曾经害过人。这样说也许是因为妒忌他，但也许是真话。这个普切林是个凶恶的人，他的眼神贼头贼脑的……老是转来转去，躲避人……但关于普切林的这些话也许是人家造谣……一个人有时会一下子发财的……是他运气……他福星高照……只有上帝正直地生活，而我们大家却什么也不知道！……我们是人！人是上帝的种籽……种籽，灵魂，那是人们！上帝把我们散播在大地上，说你们生长吧！我来瞧瞧你们能长出什么了不起的谷物来？……真是这样的！这儿是米特里·巴弗雷奇·萨巴涅依的房子……他比普切林更有钱。他才是真正的恶棍，我知道……我不来审判——审判是上帝的事，可是我的确知道……他当过我们村子的村长，出卖过我们大家，抢了我们大家的钱！……这种事上帝容忍了他很久，但还是跟他开始算账了。起初的时候，米特里·巴弗雷奇耳朵聋了，后来他儿子被马踢死了……不久以前他的闺女从家里逃跑了……"

伊利亚留神地听着他，望着那高大的房屋，有时说上两句：

"就是让我用一只眼睛向里面瞧瞧也好！……"

"你会瞧见的！先要读书，等到长大了，什么都会瞧见的！也许你自己也会发财……要活下去，就会知道……喔嗨嗨！你看我活了又活，看了又看，连眼睛都看坏了……你看我的眼泪流呀流的……因此我变得又憔悴又衰弱……那是因为眼泪流干了！"

伊利亚听着老头儿讲到上帝时那种确信而充满热爱的谈话，心里感到很愉快；由于这类亲切的谈话，孩子的心里产生了坚强奋发的感情——希望将来会有某种美好的事情等待着他的感情。他心花怒放，变得比初进城生活时更孩子气了。

他热心地帮助老头儿在垃圾堆里挖掘。他觉得挖掘各种垃圾堆非常有趣，当垃圾里发现什么特别的东西时，看见老头儿那种快乐的样子，他感到特别有趣。有一次伊利亚捡到了一只大的银汤匙，老公公因此买了半磅薄荷点心给他。后来他又掘到一只发绿霉的小钱袋，里面有一个多卢布的钱。有时会碰到刀、叉、螺丝帽、破铜器。在那全城都往那儿倒垃圾的山谷里，伊利亚刨到过一只很重的铜烛台。伊利亚每次捡到这类值钱的东西时，老头儿总要买些糖果给他。

伊利亚发现这样的宝贝时，常常快乐地喊道：

"老公公，你瞧呀！瞧这个——哎呀呀！"

老公公却担心地向四面张望着，劝告他说：

"你别嚷嚷！你别嚷嚷呀！……哈，主啊！……"

每当发现什么特别的东西，他总是惊慌得很，他赶快把它们从孩子手里抢过来，藏进自己的大布袋里。

"别吭声，当心，别说话！……"老头儿亲切地说，眼泪老是从他通红的眼睛里直流下来。

他给了伊利亚一只小布袋和一根头上包铁的棍子，孩子有了这工具，心里很得意。他把捡到的各种盒子、破了的玩具和美丽的碎瓷片装在自己的布袋里，他感觉到背在自己背后的所有这些东西并且能听到它们在布袋里撞击的声音就非常高兴。是叶列梅老公公教会他捡这些破烂的。

"你把这些玩意儿收集起来再背到家里。背到了家，分给小孩儿们，你会给他们快乐了。给人们快乐，那是件好事，上帝喜欢这样……所有的人都希望快乐，可是世上快乐却少—得—很！它少到有的人活了又活，却永远遇不到它——永远啊！……"

伊利亚喜欢去城市的垃圾场，却不大愿意出入人家的院子。在垃圾场上，除了两三个像叶列梅一般的老头儿，再没有别的人了，那儿不需要东张西望提防着看门的手拿着扫把突然出现,骂些不中听的话,而且还要打人,把他们撵出院子去。

每天在垃圾场上挖掘了两三个钟头之后,叶列梅便对孩子说:

"够了,伊柳沙!让我们歇一会儿,吃点东西!"

他从怀里拿出一块面包,画过十字,把它掰开,他们便吃起来,吃完了以后就躺在山谷边上休息约摸半点钟。谷口通到一条河,他们可以望得见它。河是宽阔的、银蓝色的,河水静静地流过山谷,伊利亚望着它,便想在里面游泳。河对面伸展着一片草原,上面点缀着许多像灰色的尖塔似的草垛。再往远处看,在地平线上,有一座黑墙似的参差不齐的森林插入蔚蓝的天空。草原上静谧可爱,可以感觉到那儿的空气是清朗、透明和芬芳的……但这儿却因霉烂的垃圾的气息而令人感到窒息;这股气息压迫着胸怀,刺激着鼻子,因此伊利亚的眼泪也像老公公的一样从眼睛里滚滚而下……

孩子仰天躺着,望着天空,望不到高空的底。忧郁和倦意笼罩着他,一些模糊糊的形象在他的想象里产生。他仿佛觉得在眼睛捉摸不到的天空中有一个巨大的、玲珑剔透、亲切温暖、善良而又严峻的人在浮游,而他这个孩子也同老公公和整个大地一起在向他那儿升上去,升到无穷的高空,升到蔚蓝色的光彩里,升到纯洁和光明里去……于是他的心便沉醉在静穆的喜悦的感觉里了。

晚上回家的时候,伊利亚大模大样地走进院子,因为他已经好好地做了工作,想休息一下,而且根本没工夫去干所有其他孩子们干的小玩意儿了。他的稳重的态度和背上常常装着各种有趣的玩意儿的布袋引起了所有孩子们对他的敬意……

老公公对孩子们微笑着,对他们随便讲个笑话。

"看两个叫花子回来了,全城都逛到了,到处都闯过了……伊尔卡[①]!去洗洗脸,再到饭馆来喝茶!……"

[①] 伊利亚的小称。

伊利亚摇摇摆摆地走进自己的地下室去,孩子们一窝蜂跟在他后面,小心翼翼地摸着他布袋里装的东西。只有巴什卡拦住了伊利亚的去路,傲慢无礼地说道:

"喂,捡破烂儿的!来,把捡来的东西拿出来瞧瞧……"

"等一等!"伊利亚严厉地说。"等我茶喝够了,再来给你们瞧……"

在饭馆里叔叔亲切地微笑着迎接他。

"干活儿的,你回来了?嘿,我的心肝!……累了吧?"

伊利亚听到人家叫他做"干活儿的"时感到很高兴,而这样称呼他的也不止叔叔一个人。有一天巴什卡闯了什么祸;萨韦尔捉住了他,把巴什卡的脑袋夹在两个膝盖中间,一面用绳子鞭打他,一面说道:

"别胡闹,混蛋,别胡闹!我揍你,揍你!揍你!人家像你这样岁数的孩子已经能够养活自己了,你就知道吃,就知道撕破衣裳!……"

巴什卡杀猪似的叫得全院子都听见,他还踢着脚,而绳子却不停地抽在他背上。伊利亚幸灾乐祸地听着自己的仇人痛苦的和凶恶的叫嚷,可是铁匠的话使他心中充满了比巴什卡优越的感觉,于是他开始可怜起这孩子来了。

"萨韦尔叔叔,放了他吧!"他忽然喊道。

铁匠又打了儿子几下,望了望伊利亚,生气地说:

"你呀——给我闭嘴!你想包庇他!看我揍你!……"他把儿子抛在一边,走进铁匠铺去了。巴什卡站起身来,像瞎子似的颠踬着走到院子黑暗的角落里。伊利亚心里充满着对他的同情,也跟着他走去。巴什卡跪在角落里,前额抵住了围墙,两手扶着屁股,开始哭得更响了。伊利亚想对挨了痛打的仇人说几句慰问的话,可是他只问巴什卡:

"痛吗?"

"走—开!"那一个喝道。

这一声吆喝惹恼了伊利亚,他用教训的口吻说道:

"你瞧,你打大家,现在你也……"

他的话还没有说完,巴什卡就扑过来把他打倒在地。伊利亚也发了火,于是两个人扭做一团在地上打滚。巴什卡连咬带抓,伊利亚却揪住了他的头发,把他的脑袋向地上乱撞,直到巴什卡喊道:

"放手!"

"这才对了!"伊利亚站起身来说,因胜利而感到骄傲。"你看见了?我比你强!所以你以后别来惹我!"

他走开了,一面用衬衫袖子擦着被抓破的脸上的血。铁匠阴沉地蹙着眉头站在院子中央。伊利亚见了他,吓得颤抖起来,他站定了,以为铁匠一定会为了儿子的事情要打他了。可是铁匠却耸了耸肩说道:

"唔,你眼睛瞪着我干吗?难道以前没见过我?你走你的好了!……"

晚上,萨韦尔在大门口捉住了伊利亚,用手轻轻地拍了拍他的前额,阴郁地微笑着问道:

"捡破烂儿的,活儿干得怎么样?"

伊利亚快活地噗哧笑了——他很幸福。这个容易生气的铁匠,院子里力气最大的老粗,大家都敬畏他,却跟他开玩笑!铁匠用铁一般的手指抓住了他的肩膀,补充了几句更使他高兴的话:

"喔嗬—嗬!"他说。"你倒是个结实的孩子!你不会很快就垮的,不会的,小伙子!……唔,快长大吧!……等你长大了,我收你进铁铺!……"

伊利亚抱住了铁匠一条粗腿的腿弯,胸脯紧紧地贴住了它。萨韦尔也许感觉到了那颗被他抚爱得喘息起来的小小的心的跳跃,所以他把一只笨重的手按在伊利亚头上,沉默了一会儿,粗声粗气地说道:

"唉,你这孤儿!……好了,放手吧!……"

这一晚快乐得满面春风的伊利亚动手处理他平常的工作——分送他白天捡来的宝贝。孩子们在地上坐好,用贪婪的眼睛望着他肮脏的布袋。伊利亚从布袋里拿出一小块印花布,一个因风吹雨打而褪了色的木偶兵、一只皮鞋油盒子、一只生发油罐、一只没有把儿和缺了口的茶杯。

"这个给我,给我,给我!"发出了许多羡慕的喊声,一些肮脏的小手也从四面八方伸向稀奇古怪的东西。

"等一等!不要拿!"伊利亚下令说。"如果你们把这些东西都拿走了,难道还玩得成吗?唔,我来开铺子!我出卖一块印花布……最好的印花布!价钱是半卢布!……玛什卡①,你买吧!"

"她买了!"亚科夫代鞋匠的女儿回答,他从口袋里掏出一块预先准备好的瓦片塞到掌柜的手里。可是伊利亚没有接。

"哼,这算什么玩耍呀!你得还一个价,鬼东西!你从来不还价!……难道有这样的买卖吗?"

"我忘了!"亚科夫答道。

开始了闹哄哄的交易,掌柜的和顾客们全神贯注在这上面,这时巴什卡却机灵地从一堆东西里偷了他中意的东西溜掉了,他一面蹦跳着,一面挑逗他们:

"我可偷到手了!你们都是呆鸟!傻瓜蛋,鬼东西!"

他这种恶作剧把大家都激怒了:年纪小的孩子们都叫嚷和哭着,亚科夫和伊利亚在院子里到处追这小偷,而且几乎总是抓不到他的。后来大家对他的恶作剧看惯了,知道他不会干好事,都一致讨厌他,不跟他一块儿玩。巴什卡就独往独来,挖空心思想做一些使大家不愉快的事。大脑瓜的亚科夫像保姆似的热心照料着鞋匠的鬈发的女儿。她心安理得地接受他对她的照料,虽然她叫他亚舍奇卡②,但常常抓他、打他。他对伊利亚的友谊加强了,他经常把一些奇怪的梦讲给他的同伴听。

"仿佛我有许多的钱,而且都是卢布,有一大布袋!我把它搬到森林里去。忽然间强盗来了。都拿着刀,样子很可怕!我拔腿就跑!忽然那布袋里有什么东西抖动起来……我赶紧把它抛掉!从布袋里有

---

① 玛莎的小称。
② 亚科夫的昵称。

各式各样的鸟儿呼呀呼的！……金翅雀呀,山雀呀,小黄雀呀——多得不得了！它们抓住了我带着飞,飞得很高很高!"

他讲故事没讲完就停住了,眼睛滴溜溜地直打转,脸上带着绵羊的神色……

"后来呢?"伊利亚焦急地等待着故事的结局,便鼓励他说。

"我就这样飞走了！……"亚科夫沉思地作了结束。

"飞到哪儿去呢?"

"远极了!"

"嘿!"伊利亚失望而藐视地说。"你什么也记不得!……"

叶列梅老公公从饭馆里走出来,他把手掌按在额上喊道:

"伊柳什卡！你在哪儿？去睡吧,该睡了!……"

伊利亚顺从地跟老头儿就走,他躺到自己的床上,这床是一只装满干草的大草包。他在草包上睡得很香,他跟捡垃圾的老公公一起生活得很好,然而这种愉快轻松的生活很快就消逝了。

叶列梅老公公给伊利亚买了一双皮靴、一件宽大笨重的大衣和一顶帽子,并送他进了学校。他带着好奇和畏惧的心理去上学,回来时却满肚子委屈、垂头丧气、流着眼泪,因为孩子们都认识他是叶列梅老公公的伙伴,就异口同声地取笑他:

"捡破烂儿的！臭东西!"

有的孩子用手去捏他,有的对他伸舌头,有一个孩子走到他身边用鼻子嗅了嗅就装着鬼脸跳到一边,大声喊道:

"味儿真臭死了!"

"他们为什么取笑我?"他猜不透是怎么回事,气愤地问叔叔。"捡垃圾难道是丢脸的吗?"

"没有关系!"捷连季抚摩着孩子的脑袋说,一面掉过脸去回避侄儿疑问的和探究的眼睛。"这是他们随便说的……不过是淘气……你忍耐些……会习惯的……"

123

"他们也讥笑皮靴,也讥笑大衣!……他们说是别人的,说是从污水坑里捡来的!……"

叶列梅老公公快乐地眨眨眼,也安慰他说:

"你要忍耐!上帝会算账的!……除了他再没有别的人了!"

老头儿说到上帝时的神气是那么快乐,对他的公正又是那么深信不疑,就好像他知道上帝的一切念头和彻底了解他的一切意图似的。叶列梅的话暂时消除了孩子心头的气愤,但第二天他的气愤却更为强烈了。伊利亚已经习惯于自认为是个大人物,是个干活儿的;连铁匠萨韦尔对他谈话也很客气,而同学们却讥笑他,捉弄他。这是他所不能容忍的。在学校里遭受的屈辱和痛苦的印象一天天地扩大,越来越深地印入了他的心灵里。上学成了他的沉重的负担。他的聪明伶俐很快引起了教师的注意;教师开始把他当作其他学生的模范,这使同学们跟他的关系更尖锐化了。他坐在第一排课桌后,经常感到自己背后有敌人,而他们呢,因为眼面前经常有他存在,便狡猾而巧妙地捕捉着他可以作为取笑的一举一动,并且真的来取笑他。亚科夫也在这个学校里读书,在同学中间的关系也很坏;他们给他一个绰号叫"绵羊"。他粗心大意,能力很差,所以常常受到处罚,可是他对于受处罚毫不在乎。他总是不注意他周围发生的事情,在学校里,在家里,都是过着独往独来的生活,而且几乎每天都要提出一些莫名其妙的问题来使伊利亚感到惊讶。

"伊尔卡!人的眼睛很小,可是能看到一切,这是什么道理呀?……整个城市都看得见。瞧,整整一条街……这么大的东西,是怎么装到眼睛里去的?"

起初,伊利亚思索着这些话,但后来这些话开始妨碍他,使他的思想离开他所关心的事。这类事很多,这孩子已经学会了细心地观察它们。

有一天他从学校回来,龇着牙对叶列梅说:

"也算是老教师?!嗨——嗨!……倒还是个聪明的人!……昨

天玛拉费耶夫老板的儿子打碎了窗上的玻璃,他不过轻轻地责备了他几句,今天自己掏腰包配上了玻璃……"

"你瞧,多么善良的人!"叶列梅感动地说。

"善良,是呀!可是万卡·克柳恰廖夫那次打破玻璃,他不准他吃饭,后来还把万卡的父亲叫来,对他说:'拿四十戈比赔玻璃!……'父亲便把万卡打了一顿!……"

"你可别把这事记在心上,伊柳沙!"老公公劝他,不安地眏着眼睛。"你可要注意,这好像不是你的事情。鉴别不公平的事是上帝的职权,不是我们的!我们也办不到。他才能衡量一切!……像我这样活了又活,看了又看,看到了那么多的不公平的事,简直数也数不清!而公平的事却没看见过!……可是我活了七十多岁了……在这么长的时间里,在我周围的世界上不会没有公平的事……而我竟没见过……也不知道它!……"

"唔—唔!"伊利亚不大相信地说。"这有什么不能知道的?如果问这个人要四十戈比,那么也应该向另一个人要四十戈比,这才公平呀!……"

老头儿不同意这种主张。他又谈了许多关于人们的盲目无知和他们不能够正确地互相审判,以及只有上帝的审判才是公正的之类的话。伊利亚留心地听他讲,但他的脸变得越来越阴郁,他的眼神也越来越暗淡了……

"上帝要到什么时候审判呢?"他忽然问老公公。

"不知道!时候一到,他便会从云端里下来审判活着的和死了的人……但什么时候?那可不知道……你就这么着,跟着我做夜祷①去吧!"

星期六那天,伊利亚同老头儿站在教堂门口的平台上,他们俩跟一些乞丐并排站在两扇大门中间。当外面的门打开时,就有一股寒冷

---

① 东正教教堂逢礼拜日和有些宗教节日的前夜举行的祈祷,从日落开始,常常一直持续到半夜以后很久才结束。

的空气从街上向伊利亚袭来,他的腿冻僵了,他便悄悄地在石板上跺着脚。透过门上的玻璃,他看见烛光幻成生动地颤抖着的金星的美丽花纹,它们照耀着法衣上的金属、人们黑色的脑袋、圣像的面容和神龛上美丽的雕刻。

人们在教堂里比在街上时要显得善良和安详得多。他们沉默而安详地站立着的黑黝黝的姿态,浴在金光里也显得漂亮些了。当教堂里面的大门开启时,一阵芬芳温暖的歌声飞过平台来;它温柔地裹住了孩子,他便舒畅地呼吸着它。他站在低声祷告的叶列梅老公公身边感到很愉快。他谛听着美妙的歌声在大殿里回荡,急不可待地等待着开门,使歌声涌到他身上,而它的芬芳的暖气也会拂到他脸上来。他知道学校里嘲笑人最厉害的格里什卡·布勃诺夫和最爱打架的大力士费季卡·多尔加诺夫在唱诗班①的席位上唱着歌。可是现在他对他们却不再觉得气恼和怀恨,反而有些羡慕起他们来了。他自己也想到唱诗班里去唱歌并且从那儿看看人家。站在那比一切都高的金碧辉煌的神龛中门②旁边唱歌,那一定是很惬意的。他离开教堂时觉得自己心平气和,并且准备跟布勃诺夫、多尔加诺夫和所有的同学讲和。可是到了星期一从学校回来时他又像以前回家时一样阴郁和气恼了。

在随便哪一群人里总有人会感到在它里面不好受,这个人之所以如此,也并不一定非得比那群人更好或更坏。一个没有什么超群的智慧或者滑稽的鼻子的人,也一样可以引起这一群人对他的恶感,因为这群人只是出于想消遣的目的而选择寻开心的对象的。在这里的情况下,伊利亚·卢尼奥夫被选中了。这对于伊利亚可能会产生不好的结果,然而这个时候在他生活里正好发生了一些重大事件,使他终于觉得学校生活趣味索然,同时却又使他超脱于学校之上了。

事情开始是这样的:有一天伊利亚同亚科夫走近家门时,他看见

---

① 在东正教的教堂内,在圣像壁前面和经台右边的一块地方。唱诗班是专为歌者和朗诵者预备的席位。
② 圣像壁里把祭坛(在教堂东部,高出地面两三级)和教堂的其他部分隔开的双扇门。

门口乱糟糟地围着一堆人。

"你瞧!"他对同伴说。"大概又在打架了?……跑上去!……"

他们赶紧向前跑去,跑到以后一看,只见院子里有许多陌生人惊慌地跑来跑去,嚷着:

"叫警察来!应该把他绑起来!"

在铁匠铺附近密密地挤满了一大堆人。孩子们钻到了人群的中央却又缩了回来。在他们的脚边,有一个女人脸孔着地躺在雪地上;她的后脑勺血肉模糊,脑袋周围的雪给染成了深红色。一条揉皱的白头巾和一把打铁用的大钳子落在她的身旁。萨韦尔缩头缩脑地坐在铁匠铺的门口,望着女人的两只手。这双手向前直伸着,手腕深深地掏进雪里。铁匠的眉毛严肃地紧蹙着,脸变瘦了,他显然咬紧了牙关,因此颧骨像两个大瘤子似的突了出来,他的右手支在门框上;他的乌黑的手指转动着,但除了手指之外,他全身却一动也不动。

人们沉默地望着他;所有的脸孔都是严峻的,虽然院子里又乱又闹,但这儿,在铁匠铺周围,却是静悄悄的。这时头发蓬乱、满头大汗的叶列梅老公公从人群里走出来;他用颤抖的手把一勺水递给铁匠:

"喂,拿去喝吧……"

"不应该给他这个强盗喝水,应该给他脖子套上绞索。"有人低声说。

萨韦尔左手接过勺子,他喝了很久很久。当他把勺里的水统统喝完之后,望了望空勺子,用他原来那种低沉的声音说道:

"我一直在警告她,别再胡搞,烂婊子!我说过我会杀死她!我饶恕过她……不知道饶恕过多少次了……她不听……现在瞧!……巴什卡……现在成了孤儿……老公公……照顾照顾他……上帝是爱你的……"

"唉你呀!"老公公忧郁地说,用颤抖的手摸了摸铁匠的肩头,这时人群中却又有人说道:

"凶手!……也配谈上帝……"

这时铁匠扬起了眉毛,像野兽似的咆哮起来:

"要怎么样?都给我走开!"

他的喊声像抽了人群一鞭子。人群嗡嗡地咕噜着四散开了。铁匠站起身来,迈开步子向死了的老婆走去,但猛然转过身来,这个直挺挺的大家伙却走进了铁匠铺。大家看见他一进去便坐到了铁砧上,双手捧住了脑袋,好像他的脑袋突然痛得熬不住了,便开始前后摆动着身体。于是伊利亚开始可怜起铁匠来;他离开了铁匠铺,像在睡梦里似的在院子里打起转来,从这个人堆走到另一个人堆,听着他们的谈话,可是什么也听不懂。

警察来了,开始把院子里的人赶散,后来把铁匠逮捕并带走了。

"再见,老公公!"萨韦尔走出大门时喊道。

"再见,萨韦尔·伊凡内奇,再见,亲爱的!"叶列梅跟在他后面急急忙忙地尖声嚷着说。

除了他以外再没有人跟铁匠告别……

人们三五成群地站在院子里议论着,他们阴郁地望望尸首,有人拿一只装煤的麻袋遮住了她的脑袋。在铁匠铺门口萨韦尔坐过的地方,一个警察嘴里叼着烟斗坐着。他抽着烟,吐着口水,用蒙眬的眼睛望着叶列梅老公公,听着他说话。

"难道是他杀死的?"老头儿神秘地低声说。"那是魔鬼,那是它!人是不可能杀人的……不是他杀的,诸位!"

叶列梅双手按在胸口,用手拂掉身上的什么东西,他咳嗽着向人们解释着事件的秘密。

"可是对她动铁钳的并不是什么魔鬼,而是铁匠,"警察说,又吐了口唾沫。

"可是谁怂恿他的?"老公公喊道。"你看是谁怂恿的?"

"等一等!"警察说。"这个铁匠是你什么人?是儿子?"

"不,哪里话!……"

"等一等!他是你的亲戚?"

"不。我没有亲戚……"

"那么你着急干吗?"

"我吗?上帝……"

"我告诉你,"警察严厉地说。"你这些话都是因为你老糊涂了才扯淡……给我走开!"

警察从嘴角喷出了一缕浓烟,掉转身去不再理睬老头儿了。但叶列梅摆了摆手又重新迅速而尖声地说起话来。

伊利亚脸色苍白,瞪大着眼睛,离开了铁匠铺,他在一群人旁边站住,其中有马车夫马卡尔、佩尔菲什卡、玛季察和顶楼上的其他的女人。

"乡亲们,她出嫁以前就很放荡!"一个女人说。"也许那个巴什卡并不是铁匠的儿子,而是跟住在马拉费耶夫老板家的教员生的……"

"就是那个自杀了的?"佩尔菲什卡问。

"是!她跟他开始也……"

佩尔菲什卡的两腿风瘫的老婆也爬到院子里来了,她全身裹在一些破布里,坐在地下室门口的老地方。她的双手一动也不动地搁在膝头上;她抬起两只黑眼珠望着天空。她的嘴唇紧闭着,嘴角下垂。伊利亚也开始一会儿望望那女人的眼睛,一会儿望望天空的深处,他觉得也许佩尔菲什卡的老婆看见了上帝,而且在向上帝请求什么。

所有的孩子也立刻麕集在地下室的门口。他们由于怕冷而缩在自己的衣服里,坐在梯子的踏级上;他们出于恐怖的好奇心而倾听着萨韦尔的儿子的谈话。巴什卡的脸变得瘦削了,他的狡猾的眼睛却不安而慌张地望着大家。可是他觉得自己成了重要人物,因为人们从没有像今天这样注意过他。他把同一件事反复讲了十来遍,好像很勉强而又冷淡地说道:

"她前天跑掉之后,父亲就咬牙切齿,从此性情凶暴,大叫大嚷。他老是揪我头发……我已经料到不妙了!她却回来了。那时我们的房门锁着——我们都在铁铺里。我站在风箱旁边。我看见她走过来,她站在门口说：'给我钥匙！'父亲却拿了铁钳向她走去……他步子轻得好像在偷袭似的……我心里害怕得甚至闭起了眼睛！我想对她喊道：'妈妈，快逃呀！'可是没有喊出来……我睁开眼睛，他还在走近去！眼睛里冒着火！这时她开始向后退缩……后来她掉转身体背向着他，想逃走……"

巴什卡的脸颤动了一下，他整个瘦骨嶙峋的身体也哆嗦起来。他一声长叹吞下了好多空气，又缓慢地吐着气说道：

"于是他用铁钳啪的打了她一下！"

本来一动不动地坐着的孩子们开始骚动了。

"她双手挥动了一下就倒下了……好像钻进水里去了……"

他捡起一片小木片仔细瞧了瞧，又把它越过孩子们头顶抛出去。他们都一动不动地坐着，仿佛在等待他再说下去。可是他低低地垂着脑袋沉默着。

"完全打死了吗？"玛莎声音尖细而颤抖地问。

"傻瓜！"巴什卡头也不抬地说。

亚科夫抱住了那小姑娘，把她拉得更近些，伊利亚却把身体挪近巴什卡，悄悄地问他：

"你可怜她吗？"

"关你什么事？"巴什卡生气地回答。

大家立刻一声不响地看了他一眼。

"她总是不规矩，"响起了玛莎清脆的声音，但亚科夫赶紧慌慌张张地打断了她的话：

"不规矩就不规矩呗！这个铁匠是个什么样的人！……总是阴沉沉的，可怕得很，老是叽里咕噜！……她却是嘻嘻哈哈的，像佩尔菲什卡……"

巴什卡瞅了他一眼，像个大人似的阴沉而庄重地说道：

"我对她说过：'妈妈，要当心！他会杀死你的！……'她不听……她只是请求我什么也不要对他讲……她给我买糖果。那个军官老是给我五戈比的钱。我把字条带给他,他立刻给我五戈比……他是个好人!……力气那么大……他的小胡子……"

"他有军刀吗?"玛莎问。

"当然有,而且还是很好的!"巴什卡回答,又骄傲地补充道:"我有一次把它从刀鞘里拔出来,那鬼玩意儿沉得很!"

亚科夫心事重重地说道:

"你现在也是孤儿了……像伊柳什卡……"

"没有这回事,"那孤儿不乐意地答道。"你以为我也要去捡破烂儿吗?我才不干呢!"

"我不是说的这个……"

"我现在想干什么就干什么!……"巴什卡高傲地说,他仰着头,眼睛气咻咻地发着光芒。"我不是孤儿……我不过是……要一个人生活罢了。父亲以前不愿意送我进学校,现在人家送他进监牢啦……我可要进学校,还要读出个名堂来……还要比你们更好!"

"可是你哪儿搞到衣服呢?"伊利亚得意地冷笑着问他。"学校里人家决不会收那种衣服破破烂烂的!……"

"衣服吗?我呀,要把铁匠铺卖掉!"

大家都尊敬地瞟了巴什卡一眼,伊利亚感到自己被打败了。巴什卡看到了这种气氛,他的遐想便越发活跃了。

"我还要买一匹马……一匹活的、真正的马!我要骑着马上学校!……"

这个念头使他非常高兴,他甚至微笑了,虽然笑得仿佛有点儿胆怯,那笑容只闪现了一下,马上就消失了。

"现在不会再有人打你了。"玛莎突然对巴什卡说,同时带着羡慕的神气望着他。

"想打的人总是有的!"伊利亚大不以为然。

巴什卡看了他一眼,气呼呼地向旁边吐了口唾沫,问道:

"那么是你吗?你倒试试看!"

亚科夫又插嘴道：

"真奇怪，你们瞧！……好端端一个人，会走，会说话，一切……都像大家一样，本来是活的，可是人家用铁钳在这个人的脑袋上一打——这个人就没有了！……"

孩子们，一共三人，都全神贯注地瞧着亚科夫，他的眼珠向上翻起，而且滑稽地鼓着一动也不动。

"是呀！"伊利亚说。"我也在想这个问题……"

"人家说——死了，"亚科夫悄悄地和神秘地继续说道，"可是什么叫做死呢？"

"灵魂飞走了呗。"巴什卡阴郁地解释道。

"飞到了天上。"玛莎补了一句，她紧靠着亚科夫，望了望天空。星星已经在那儿开始闪耀；其中有一颗——大大的、明亮的和不闪动的——离地最近，它用寒冷而不动的眼睛俯视着大地。三个男孩子也跟着玛莎向天空抬起头来。巴什卡只望了一眼就跑开了。伊利亚长久而专注地望着，眼睛里流露着恐怖，而亚科夫的大眼睛却向着蔚蓝的天空扫来扫去，仿佛在那儿寻找什么东西似的。

"亚什卡！"他的同伴低下头来唤他。

"嗯？"

"我老在想……"伊利亚的声音中断了。

"想什么？"亚科夫悄悄地问他。

"怎么他们……杀了一个人……便乱哄哄起来，东奔西跑……议论纷纷……可是就没有人哭……也没有人悲伤……"

"叶列梅哭过……"

"他是常常哭的……那个巴什卡是怎么的？简直像讲一桩故事……"

"他是硬装出来的……他心里难过，不过觉得不好意思。你看他现在跑掉了，他多半是在哭，你看好了！"

他们沉默地互相紧挨着坐了好几分钟。

玛莎在亚科夫的膝上睡着了，她的脸依然朝着天空。

"你害怕吗?"亚科夫低声问道。

"害怕,"伊利亚也低声回答。

"现在她的灵魂将在这儿出没了……"

"是的……玛莎睡着了……"

"应该抱她回家去……可是连动动我都害怕……"

"那我们一块儿走。"

亚科夫把睡着的女孩子的脑袋放在自己的肩上,双手抱住了她纤细的身体,使劲站起身来,嗫嚅地说:

"等一等,伊利亚,我在前面走……"

他在沉重的负担下摇摇晃晃地走起来,伊利亚走在他后面,鼻子差不多抵着他同伴的后脑勺。他仿佛觉得有一个看不见的人跟在他后面,往他脖子里吹冷气,转眼之间就会把他逮住了一样。他推了推同伴的背,低得几乎听不见地对他耳语道:

"走快点儿!……"

在这件事情发生之后,叶列梅老公公开始害病了。他越来越难得出去捡垃圾了,他常常呆在家里,在院子里无聊地溜达着,或者躺在自己黑暗的小屋子里。春天快到了,碰到天空亲切地照耀着暖和的太阳的日子,老头儿便坐在什么地方晒太阳,不放心地扳着指头数着什么,嘴唇也不出声地微微翕动着。他给孩子们讲故事的次数慢慢少了,讲得也没有从前那么好了。他讲着讲着忽然咳嗽起来。他胸口有东西在打着呼噜,好像要冲出来似的。

"你别再讲了!"比谁都更爱听故事的玛莎劝他。

"等……一等!……"老头儿喘着气说。"马上……就会停的……"

可是咳嗽并没有停止,这使老头儿的干瘪的身体越来越厉害地抖动起来。孩子们有时候不等到故事讲完就走散了,而他们一走,老头儿望着他们特别显得伤心。

伊利亚注意到老公公的病使饭馆老板彼特鲁哈和捷连季叔叔都

很操心。彼特鲁哈每天有好几次出现在饭馆后门的台阶上,他的快活的灰眼睛找到了老头儿,他就问:

"老爷子,怎么样啦?好一点吗?"

矮胖的彼特鲁哈穿着玫瑰色印花布衬衫,双手插在肥大的呢裤的口袋里;裤脚管塞在靴筒上有着细裥的熠熠发亮的皮靴里。他的口袋里总是叮叮当当响着金钱的声音。他的圆脑袋已经从前额开始秃了,可是它上面还有很多浅棕色的鬈发。他常常神气活现地抖动着它们。伊利亚本来就不喜欢他,而现在这种感情更在孩子心里增长了。他知道彼特鲁哈不喜欢叶列梅老公公,他有一次听见饭馆老板在开导捷连季叔叔:

"捷列哈①呀,你要对他留点儿心!他可是个守财奴!……他那个枕头里恐怕积蓄了不少。你可别疏忽了!这只老鼹鼠活不长了;你跟他交情挺不错,而他是一个亲属也没有的!……考虑考虑吧,好家伙!……"

叶列梅老公公每天晚上照旧到饭馆里来,在捷连季旁边消磨时间,他跟驼背谈着上帝和人世间的事情。驼背自从住到城里以后,变得更丑陋了。他好像在工作里变得潮腻腻的,他的眼睛变得暗淡无光,游移畏缩了,他的身体仿佛在饭馆的热气里融化了。肮脏的衬衫经常皱缩到驼峰上,露出了腰部。捷连季跟人家说话的时候老是把手放在背后,用迅速的动作把自己的衬衫拉平整,好像他在把什么东西藏匿到自己的驼背里去似的。

当叶列梅老公公坐在院子里时,捷连季便走到台阶上望着他,他眯细着眼睛并把手掌遮到前额上。他尖削的脸上的黄胡子抖动着,他用问心有愧的声调问道:

"叶列梅老公公!你要什么东西吗?"

"谢谢!……不要……什么也不要……"老头儿回答。

驼背慢吞吞地转动两条细腿走开了。

---

① 对捷连季的熟不拘礼的称呼。

"我好不了啦，"叶列梅越来越频繁地这样说。"看起来,到死的时候了！"

有一次,他躺在自己的小屋子里,在一阵咳嗽发作之后,叨唠起来：

"太早了,天哪！我的事业还没有完成呢！……那笔钱……积蓄了多少年……造教堂用的。在自己的村子里。人们需要上帝的教堂,给我们的避难所……我积蓄得太少……我的天！乌鸦在飞,闻到了好吃的东西！……伊柳沙,你记着：我有一笔钱……不要告诉任何人！你记住！……"

伊利亚听了老头儿的谵语,感到自己是重要秘密的保守者,也知道谁是乌鸦。

几天以后,伊利亚从学校回来,正在自己的角落里脱衣服,听见叶列梅哽咽和打呼噜的声音,好像有人在扼死他似的：

"嘶……嘘……走开！……"

孩子恐怖地推了推老公公的房门,门是闩上的。

门里面发出急促的耳语声：

"嘶！……天呀……发发慈悲……发发慈悲……"

伊利亚把面孔贴在板壁的缝上,屏住气息,定睛望去,只看见老头儿仰面躺在自己的铺上,挥舞着双手。

"老公公！"孩子苦恼地喊了一声。

老头儿打了个颤,抬起头来,大声地咕噜道：

"彼特鲁哈,瞧呀,上帝！那是给他的！那是造教堂用的……嘶……你是乌鸦……天呀……你的……保存好……发发慈悲……发发慈悲……"

伊利亚吓得直哆嗦,可是又不能走开,他望着叶列梅的一只干枯的发黑的手臂,它无力地在空中晃动,还弯着一个指头在吓唬什么人。

"瞧呀,是上帝的！……你敢！……"

到后来老公公缩紧全身,忽地在床上坐了起来。他的白胡须颤动着,像一只飞鸽的翅膀。他向前伸出两只手臂使劲要把什么人推开,自己却跌倒在地上了。

伊利亚尖叫了一声拔腿就跑。那声音还在他耳朵里嘘嘘地响着追逐他:

"嘶……嘶……"

孩子跑进饭馆,喘息着嚷道:

"死了……"

捷连季喔唷了一声,在原来的地方跺起脚来,又痉挛地拉着衬衫,眼睛望着站在柜台后面的彼特鲁哈。

"有什么法子呢?"饭馆老板画着十字严峻地说。"愿他在天国安息吧!是个好老头儿,不过……我去……看看……伊利亚,你在这儿待一会儿,如果有什么事情,你就跑去叫我,听见吗?亚科夫,你来站一下柜台……"

彼特鲁哈把靴跟敲得很响亮,不慌不忙地走了……孩子们听见他在门外对驼背说道:

"走,走,傻瓜!……"

伊利亚心里非常恐惧,但是恐惧并没有妨碍他注意周围发生的一切事情。

"你看见他怎么死的吗?"亚科夫在柜台后面问。

伊利亚望了望他,反问道:

"他们为什么要到那儿去?……"

"去看呗!……是你叫他们去的!……"

伊利亚紧紧地闭起眼睛说道:

"他多么厉害地推开他!……"

"推谁?"亚科夫好奇地伸出头来问。

"推开鬼!"伊利亚没有马上回答。

"你看见那鬼吗?"亚科夫跑近他低声问。可是他的同伴又闭上眼睛没有回答。

"你吓坏了吧?"亚科夫拉着他的袖子问。

"等一等!"伊利亚突然说。"我……出去一会儿……你可别对你父亲说,好不好?"

他被自己的猜想所驱使,几秒钟以后来到了地下室,他像一只小耗子一样悄悄地走到门缝那儿,重新把脸贴上去。老公公还活着——在呼呼地喘息……他的身体横倒在两个黑色人影脚边的地上。

在黑暗里他们两个人融合成一个又大又丑陋的影子。伊利亚仔细一看,他叔叔跪在老头儿的床边,正在急急忙忙地缝着枕头。可以清楚地听见针线穿过布料的沙沙声。彼特鲁哈站在捷连季的背后,俯身在他头顶上低声说道:

"快点儿……我告诉过你把针线穿好准备着……你却没有,还得临时穿……你这个人呀!"

彼特鲁哈的低语、垂死者的喘息、针线的沙沙声和流进窗前水坑里去的如泣如诉的流水声,——所有这些声音合成一片嗡嗡的噪音,把孩子的头脑都搞糊涂了。他悄悄地离开了板壁,走出地下室。一个又大又黑的斑点像轮子似的在他眼前转动并发出嘶嘶的声音。他上楼梯时用手紧紧地抓住了栏杆,艰难地举着腿;一到门口,他站起身来低声地哭了。亚科夫在他面前转动着,对他说些什么话。后来有人在他背上推了一下,听见了佩尔菲什卡的声音:

"谁对谁?用什么?又为什么?死了?嘿,见鬼!……"鞋匠又推了伊利亚一下,便顺着楼梯跑下去,以致楼梯在他脚步的冲击下吱吱地直响。他到了下面便高声而哀怜地嚷道:

"哎呀呀!"

伊利亚听见叔叔和彼特鲁哈上楼梯来了,他不愿意当着他们面哭,但是他抑制不住自己的眼泪。

"嘿,你呀!……"佩尔菲什卡叫道。"那么你们已经到过那儿了?"

捷连季打侄儿身边走过,连望都不望,彼特鲁哈却把手放在伊利亚的肩头说道：

"你哭了？这很好……可见你是个感恩的小伙子,你能够懂得为你做的好事。老头儿是你的大恩人！……"

他轻轻地把伊利亚推到一边去,又补充道：

"不过,不要站在门口……"

伊利亚用衬衫袖擦了擦脸,看看所有的人。彼特鲁哈已经站在柜台后面,他抖动着鬈发。佩尔菲什卡站在他面前狡猾地微笑。他虽然笑着,可是他的脸却像刚刚赌博输掉了最后一文钱时的样子。

"唔,你要什么,佩尔菲尔①?"彼特鲁哈扬着眉毛严厉地问。

"不请客吗？"佩尔菲什卡说。

"凭什么请客？"饭馆老板缓慢而严厉地问。

"哎呀呀！"鞋匠用脚跺着地板喊道。"我嘴张得大,却落不到我的份儿！事已如此,也就算了。总而言之,我恭喜您发财,彼得·亚基梅奇②!"

"你胡说什么？"彼特鲁哈和气地问。

"我呀,因为心直口快！"

"那么,给你来一杯,这你赞成吗？嗨—嗨！"

"哈,哈,哈！"鞋匠清脆的笑声震动了整个饭馆。

伊利亚晃了晃脑袋,仿佛想甩掉里面的什么东西似的,他走了出去。

他没有睡在自己的小屋子里,而是睡在饭馆里捷连季洗碗的桌子下面。驼背打发侄儿睡了,然后自己动手抹桌子。柜台上点着一盏灯,它照亮了一些鼓肚子的茶壶的侧面和橱里的瓶子。饭馆里是黑黝黝的,细雨敲着窗子,风在刮着……捷连季活像一只大刺猬,他挪动着桌子并叹息着。当他走近灯前时,地板上出现了他的浓重的影子,伊利亚以为这是叶列梅老公公的灵魂在爬行并对叔叔嘘着：

---

① 佩尔菲尔是本名,佩尔菲什卡是本名的爱称。
② 彼得是饭馆老板的本名,亚基梅奇是他的父称,彼特鲁哈是彼得的爱称。

"嘘……嘶!……"

孩子觉得又冷又怕。潮气使人喘不过气来——那天是星期六,地板才洗过,它散发着霉烂的气息。他想叫叔叔快些睡到桌子底下来,躺在他旁边,但是一种沉重而不良的感情阻止他跟叔叔说话。他的想象力描绘着叶列梅老公公伛偻的身姿和他白色的胡须,在他记忆里响着亲切的、尖锐的声音:

"上帝知道分寸的……没有关系!……"

"你该睡了!"伊利亚终于忍耐不住了,便抱怨地说。

驼背哆嗦了一下就呆住了。后来他低声下气地答道:

"就来了!就来了!"便像陀螺似的在桌子旁边迅速地转动起来。伊利亚知道叔叔也感到害怕,心里想道:

"那是你活该!……"

雨细密地敲着窗户。灯里的火焰跳动着,茶壶和瓶子在默默地微笑。伊利亚拿叔叔的短皮袄蒙住了脑袋躺着,连气也不敢透。他身边忽然有什么东西开始动弹。他吓得浑身发冷,他把脑袋伸出来,便看见捷连季正跪着,脑袋低得下巴碰到了胸口,他啜嚅着:

"主呀,父亲!……主呀!"

他的低语好像叶列梅老公公的喘息声。屋子里的黑影好像在移动,地板也跟着一起摇晃,风在烟筒里怒吼。

"不要祷告吧!"伊利亚响亮地喊道。

"唉,你这是什么意思?"驼背低声说。"看在基督面上,睡吧!"

"不要祷告吧!"孩子坚持地重复说。

"嗯,我不祷告了!……"

黑暗和潮气越来越沉重地压迫着伊利亚,他呼吸都感到困难,而恐怖的感觉、对老头儿的哀痛和对叔叔的怨恨一齐兜上心来。他在地板上翻来翻去,随后坐了起来并开始呻吟。

"你怎么啦?怎么啦!……"叔叔双手抓住了他,惊慌地低声问。

伊利亚推开他,声调里夹着眼泪,满怀悲哀和恐怖地说道:

"主啊！我能够找一个地方躲起来多好……主啊！"

泪水呛住了他的嗓子。他拼命吞了一口发霉的空气，脑袋埋在枕头里大哭起来。

自从发生这些事情之后，孩子的性格大大地改变了。从前他只是和学校里的同学不来往，因为他不愿意对他们让步，也不愿意跟他们接近。但在家里他却是和大家都合得来，成年人们的关切使他感到满意。现在他开始独往独来，而且严肃得和他的年龄不相称。他脸上的表情变得干巴巴的，嘴唇闭得紧紧的，他机警地观察着成年人，而且眼睛里含着挑衅的光芒来倾听他们的谈话。他一想起在叶列梅老公公死的那天看见的情形便觉得难过，他仿佛觉得自己也跟彼特鲁哈和叔叔一样在老头儿面前是有罪的。说不定老公公临死看见被抢劫时，还以为是他伊利亚把关于钱的事告诉了彼特鲁哈的。这种思想是伊利亚不自觉地产生的，使他心灵里充满了忧愁的重负，而且越来越引起了他对人们怀疑的感情。当他发觉他们什么不好的事情后，他会因而感到轻松些，仿佛自己对老公公的罪过也减轻了。

不好的事情他的确看见了许多。全院子的人都叫饭馆老板彼特鲁哈是贼赃的窝主和骗子，然而大家都向他献殷勤，向他恭敬地行礼并称他彼得·亚基梅奇。大家用骂人的话叫玛季察；当她喝醉了酒时，大家推她、打她；有一次，她喝醉了坐在厨房的窗子下面，厨子用污水浇了她一身……但大家经常要她服侍帮忙，除了骂詈和殴打之外，却从来不给她什么报酬，——佩尔菲什卡叫她给自己害病的老婆洗身子，彼特鲁哈一钱不花叫她过节前打扫饭馆，她替捷连季缝衬衫。她对大家都是来者不拒，什么事她都毫无怨言地做，而且做得很好，她喜欢看护病人，也喜欢照料小孩子……

伊利亚看到院子里最爱工作的人——鞋匠佩尔菲什卡——是大家取笑的对象，只有当他醉醺醺地拿着手风琴坐在酒店里，或者在院子里闲荡着，一面奏着音乐和唱着快乐滑稽的小调的时候，大家才会注意到他。可是谁也不愿意看见这个佩尔菲什卡如何小心翼翼地把自己两腿瘫痪的老婆扶到台阶上来,或者如何一面吻着自己的女儿并且为逗她高兴而装着滑稽的鬼脸,一面哄她睡觉。而当他微笑着和闹着玩儿教玛莎煮饭和打扫房间,然后坐下来深深地弯着腰伏在一只又坏又脏的皮靴上干活,并且一直缝到深夜时,也是没有一个人会去看上这个鞋匠一眼的。

当铁匠被关进监狱之后,除了鞋匠以外,没有人关心到他的儿子。他马上收留了巴什卡,巴什卡搓蜡线,打扫屋子,跑出去打水并到铺子里买面包、克瓦斯和洋葱。大家只看到鞋匠在节日喝得醉醺醺的,但谁也没有听见过他第二天清醒时对老婆的谈话:

"杜尼亚,原谅我吧!我喝酒不是因为我是个不可救药的酒鬼,是因为太累了。一个人得整个星期做工,真苦闷!没法儿,就喝起来了!……"

"难道我责备你吗?唉,上帝!我是疼你的呀!……"他的老婆嘶哑地说,她嗓子里有什么东西在翻上翻下。"你以为我没看见你工作辛苦吗?上帝把我像块石头似的吊在你的脖子上。我还是死了的好!……但愿我能够让你解脱!……"

"你别那么说!我不爱听你这种话。是我委屈了你,不是你委屈我!……不过这不是因为我人坏,是因为我不中用。瞧吧,等我们有一天搬到另一条街去住,一切都会换个样子开始……窗子、门……一切!窗子会是临街的。我们要用纸剪个鞋样贴在玻璃上。做个招牌!人们都会涌到我们铺子里来!生意会兴隆起来!……嘿—嘿!你瞧吧!吹吹打打,加油干!我们会生活得很好,我们会积起钱来的!"

伊利亚对佩尔菲什卡的生活知道得很详细,他看见他像鱼儿撞冰似的拼命挣扎着,也因为他总是跟所有的人开玩笑,老是笑眯眯的,又拉得一手好风琴,所以很尊敬他。

彼特鲁哈却坐在柜台后面下跳棋,而且从早到晚喝喝茶和骂骂跑堂的。在叶列梅死后不久,他开始训练捷连季站柜台做生意,自己只是在院子里走来走去,吹吹口哨,从四面八方端详着房子,并且用拳头敲敲墙壁。

伊利亚注意到许多事情,而所有这些事情都是坏的和讨厌的,因此把他推得离开了人们。有时他心头郁积的许多印象引起了他想找个人倾吐一下的顽强的愿望。可是他不愿意跟叔叔说话,因为在叶列梅死了之后,伊利亚和叔叔之间产生了一层虽然看不见但很坚固的东西,它阻碍着这孩子像从前那样随便地和亲热地接近驼背。亚科夫对那些事也丝毫不能给他以解释,因为他也离群索居,按照自己独特的方式生活。

捡破烂的老头儿的死使他感到悲伤。他常常在声音里和脸上带着哀怨之情回想到老头儿。

"变得无聊起来了!……如果叶列梅老公公活着的话,他会给我们讲讲故事;再没有比故事更好的东西了!"

有一天亚科夫神秘地对他的同伴说道:

"你要不要我指一样东西给你瞧?不过先要起誓决不告诉任何人!你得说:'我讲了会不得好死,'……"

伊利亚跟着把誓言说了一遍,于是亚科夫带他到院子角上的老菩提树那儿。他从树干上拿开了一块巧妙地贴上去的树皮,于是里面露出了一个大窟窿。这是用刀子挖大的树洞,里面美丽地装饰着五颜六色的破布和纸块、包茶叶的铅皮和锡箔。洞的深处放着一个铜铸的小圣像,圣像前面插着一段蜡烛头。

"看见了吗?"亚科夫重新把树皮贴上,问道。

"这是干什么的?"

"是小礼拜堂呀!"亚科夫解释说。"我每天夜里想悄悄地到这儿来祷告……好不好?"

伊利亚很赞成他同伴的想法,可是他立刻考虑到这玩意儿的危险性。

"火光会给人家瞧见吗?那时你父亲会揍你的!……"

"夜里会有谁瞧见？夜里大家都睡了；大地上完全是静悄悄的……我是个小人儿，白天上帝听不见我的祷告……但是夜里会听见的！……会听见吗？"

"我不知道！也许会听见！……"伊利亚望着同伴那张有着大眼睛的苍白的脸，沉思地说。

"你来同我一起祷告吗？"亚科夫问。

"你想祷告什么呢？我呢，祷告使我成为聪明的人……还希望想要的东西都会到手！你呢？"

"我也和你一样……"

可是亚科夫想了想之后又说道：

"我光是想祷告，并不要什么……只要祷告，就是这样！……他真愿意！……会给的……"

他们约定就在这天夜里开始祷告，于是两个人都抱着睡到半夜里醒过来的坚定的决心上床睡觉。但是他们这一夜和第二夜都没有醒，而且一连错过了许多夜。后来伊利亚心中出现了许多新的念头，因而把小礼拜堂忘掉了。

就在亚科夫做起小礼拜堂的那棵菩提树上，巴什卡张上了捕捉金翅雀和山雀的罗网。巴什卡生活很困难，他变得消瘦了，脸也干瘪了。他没有时间在院子里奔跑了，因为他整天要在佩尔菲什卡那儿做工，只有逢到假日鞋匠喝醉了酒，同伴们才看见他。巴什卡问他们在学校里学些什么，而且羡妒地皱着眉头听他讲些充满了比他优越的感觉的故事。

"你们别太得意了，我也要去念书的！……"

"佩尔菲什卡不会放你去的！……"

"我会逃走。"巴什卡坚决地说。

果然，不久鞋匠微笑着说道：

"我的那个徒弟呀！他逃跑了，小鬼！……"

那是下雨天。伊利亚望望蓬头散发的佩尔菲什卡，又望望灰色阴

143

郁的天空，便可怜起自己的那个同伴来了。他站在车棚的檐下，紧靠着墙壁，眼睛望着正屋，他仿佛觉得那房子变得越来越矮，好像在钻进地里去似的。房子的那几根老朽的肋骨也越来越突出，仿佛它内部几十年积累的泥垢推压着它，已经使它支撑不住了。这房子浸透了灾难，一辈子吸收着醉汉的叫喊和醉汉沉痛的歌声，它的地板受到脚步的震动和践踏，所以它再也不能生存而在慢慢地垮着，它那窗户的暗淡无光的玻璃在悲哀地凝望着世界。

"哎呀呀！"鞋匠说。"篮子很快就要破了，里面的蘑菇也要撒出来了。我们这些住户就要各走各的路啦……我们要在别的地方找个窝！……我们找到了窝就会过另一种生活……一切都要换个样子：窗户呀，门呀，连咬我们的臭虫也会不同了！……但愿快一些！我对这座宫殿已经厌倦了……"

然而鞋匠的希望落了空，房子并没有垮，饭馆老板彼特鲁哈把它买下了。他买了以后，有两三天专心地摸着和刨着这朽木堆。后来有人运来了砖瓦和木板，房屋四周围起了木架，它在斧头捶击之下呻吟抖索了两三个月。它被锯着、砍着、钉着，它的腐烂的肋骨在飞扬的尘土里稀里哗啦地被拆掉了，换上了新的，最后还扩充了新的偏屋，它被钉上了薄板。低矮而宽阔的房屋现在直挺挺站在地面上，仿佛向地下长出了新的根。彼特鲁哈在它的正面挂起了一块大招牌，蓝底上写着金字：

彼·亚·菲利蒙诺夫的朋友们的快乐的庇护所

"可是它的内部还不是一样腐朽！"佩尔菲什卡说。

伊利亚听了这话，颇有同感地笑了。他觉得这所修建过的房屋好像是一种欺骗。他想起了现在生活在别的什么地方和看见完全不同景物的巴什卡。伊利亚也像鞋匠一样，梦想着与此不同的窗子、门和……可现在房屋里比从前更坏了。老菩提树被砍掉了，树旁那个幽静的角落消失了,被新的建筑占了去。孩子们本来常常在那儿聊天的其他一些心爱的地方也不见了。只有在铁匠铺那儿,在一大堆木片和烂木头后面,出现了一个舒适的角落,可是伊利亚在那儿坐着害怕,——总仿佛看见在这木料底下躺着萨韦尔那被打破了脑袋的老婆似的。

彼特鲁哈给了捷连季叔叔一个新的住所——餐台后面一间小小的房间。饭馆里的一切声音,还有烧酒的气味和烟草的烟子都从糊着绿色壁纸的薄板壁后面透过来。房间很洁净干燥,可是不如在地下室里好。窗子紧挨着木板棚的灰色墙壁;墙壁遮住了天空、太阳和星星,而在地下室里,只要跪在窗前,这些东西都望得见……

捷连季叔叔穿着淡紫色的衬衫,上面套一件上装,这衣服在他身上挂着,像挂在一只箱子上似的。他从早到晚站在柜台后面。现在他对人们讲话用"您"称呼了,声音又急又硬,活像狗叫;他从柜台后面看起人来,目光就好像一只看守主人财物的狗一般。他给伊利亚买了一件灰色的呢短褂子、一双皮靴、一件大衣和一顶便帽,孩子穿戴上这些东西,便想起了捡垃圾的老头儿。他差不多不跟叔叔说话,他的生活过得单调而沉闷。他越来越怀念着乡村;现在他特别清楚地觉得在那儿生活更好些:更恬静、更合理和更单纯。他想起了克尔热涅茨的茂密的森林和捷连季叔叔讲的隐士安季帕的故事,而一想到安季帕,便联想到另一个人——巴什卡。他在哪儿呢?他可能也逃进了森林,在那儿挖了个洞就住在里面。森林里大风雪在咆哮,狼群在哀号。这是可怕的,可是听起来也很惬意。而冬天天气晴朗的时候,那儿的一切像银子般闪耀着,而且那么静谧,除了脚底下雪的吱吱声之外什么也听不到,如果你一动不动地站着,也只能听见自己的心的跳动而已。

城市里却总是嘈杂而混乱,甚至夜也充满着声响。人们唱歌,叫嚷,呻吟,马车夫赶着车来往,他们的马车和大车的声音震撼着窗户的玻璃。学校里的儿童调皮捣蛋,大人们相骂、打架、酗酒。人们都是有点儿行动乖张——有的像彼特鲁哈那样行骗,有的像萨韦尔那样穷凶极恶,或者像佩尔菲什卡、捷连季叔叔、玛季察那样渺小可怜……鞋匠的那种生活最使伊利亚感到惊讶。

有一天早晨,伊利亚正预备上学校去,佩尔菲什卡来到了饭馆,他披头散发,一副没睡够的模样儿,一言不发地站在柜台旁边,眼睛望着捷连季。他的左眼颤动着、眯细着,下嘴唇滑稽地耷拉着。捷连季叔叔向他看了一眼,笑了笑就给鞋匠斟了一杯三戈比的酒,这是佩尔菲什卡早晨固定的分量。佩尔菲什卡用哆嗦的手接过酒来倒进嘴里,但是没有像平时那样呛一声,也没有骂人。他重新用古怪地颤动着的左眼盯住了捷连季,右眼却蒙眬而呆滞得仿佛什么也看不见似的。

"你那只眼睛是怎么回事?"捷连季问道。

佩尔菲什卡用手擦了擦眼睛,又看看手指,突然清楚地高声说道:

"我的女人阿夫多季娅·彼得罗芙娜过世了……"

捷连季望望圣像,画了个十字。

"愿她的灵魂升入天堂!"

"什么?"佩尔菲什卡执拗地端详着捷连季的脸问道。

"我说,愿她的灵魂升入天堂!"

"是的……死了!"鞋匠说了之后,突然转身走了。

"古怪的家伙!"捷连季愁闷地摇着脑袋说。伊利亚也觉得鞋匠古怪……他上学去的时候,拐到地下室去瞧一下死人。那儿又黑又挤。地下室上面的女人都来了,她们在支着床的角落里挤成一堆,低声交谈着。玛季察在给玛莎试穿一件破衣服,一面问她:

"挂肩紧不紧?"

玛莎伸直着胳臂,娇声怪气地拉长了声音应道:

"紧——!"

鞋匠弯着背坐在桌子上,望着女儿,一只眼睛老是闪个不停。伊利亚看了看死人白而浮肿的脸,想起了她的黑眼睛,现在是永远闭上了,他带着沉重而痛苦的感觉走了。

当他拖着腿从学校回来,一走进饭馆就听见佩尔菲什卡拉着手风琴,敲着嗓门唱道:

> 呃嗨,我的亲亲,
> 你把我的心掏去了。
> 为什么把心掏掉,
> 把它丢到哪儿去了?

"唉!……娘儿们把我赶了出来!她们嚷道:滚出去,岂有此理的混蛋!他们说:酒鬼……我没有生气……我是能够忍耐的……骂我也好,打我也好!不过要让我再活一阵子……请让我活吧!哎呀呀!兄弟们!大家都想活下去,道理就在这里!大家的灵魂都一样,管它是瓦西卡的也罢,还是亚科夫的也罢!……"

> 谁在那儿痛哭?
> 还在等待什么?
> 快别作声,快别悲伤,
> 还是吞你的干面包皮吧!

佩尔菲什卡的嘴脸是怪愉快的;伊利亚望着他,觉得又恶心又害怕。他想鞋匠在死掉老婆这一天的这种行为,一定会受到上帝严厉的惩罚。但是佩尔菲什卡在第二天也是醉醺醺的,他磕磕绊绊地跟在棺材后面走,闪动着眼睛,甚至微笑着。大家都骂他,有人甚至还打了他的脖子……

"哎呀呀,真是的!……"葬事完了以后,晚上伊利亚对他的同伴说。"那个佩尔菲什卡吗?他是真正的邪教徒!"

"去他妈的!"亚科夫毫不在意地应道。

伊利亚早就看出亚科夫近来变了。他差不多不到院子里来玩儿了,老是坐在家里,甚至好像故意回避着不同伊利亚见面。起初伊利亚以为亚科夫是嫉妒他在学校里的成绩,所以在温习功课。但是他书念得比以前还要坏,老师因为他心不在焉和连最简单的东西都不懂而经常责骂他。亚科夫对佩尔菲什卡的态度并没有使伊利亚感到奇怪。亚科夫几乎不注意家里的生活,可是伊利亚很想知道他的朋友到底是怎么回事,所以他问他道:

"你到底变得怎么样啦?难道你不愿意跟我做朋友吗?"

"我?你瞎扯什么?"亚科夫惊讶地喊了起来,又忽然迅速地说道:"你听我说,你先回家去!……去吧,我也马上回来……我要给你看一样东西!"

他从位子上跳起来跑掉了,伊利亚怀着好奇心回到了自己的屋子里。亚科夫跑来了,随身把门闩上,他走近窗子,从怀里掏出一本红色的小书。

"到这儿来!"他悄悄地说,一面坐到捷连季叔叔的铺上,同时向伊利亚指着自己旁边的位子。接着他打开书,把它放在膝头上,弯着身体读了起来:

"勇敢的骑士老远看见一座山……山高得直达天顶,山的中央有一道铁门。他的英勇的心……冒出了大无畏的火焰,他横着长矛大喝一声向前冲去,用马刺……刺了一下马,便用尽平生之力向门打去。于是只听见惊天动地的一声巨响……门上的铁纷纷飞散了……就在这个时候,山里喷出了火焰和浓烟,又听见一声巨响……响得地动山摇,山上的石头滚落在骑士的马的脚旁。'哈哈!你来了……莽撞的狂汉!……我和死神早就等候着你!……'骑士被浓烟遮住了眼睛……"

"他是谁?"伊利亚听着同伴激动得发抖的声音,惊讶地问道。

"嗯?"亚科夫从书上抬起了苍白的脸反问。

"骑士是什么人?"

"那是……骑着马……拿着长矛……大无畏的拉乌尔……龙把他的未婚妻抢走了……那个美丽的路易莎……不过你听着,鬼东西!……"亚科夫不耐烦地喊道。

"念下去,念下去!……等一等,龙是什么家伙?"

"是长着翅膀的蛇……还有脚……它的脚爪是铁的……有三个脑

袋……都喷着火,你懂不懂?"

"可了不得!"伊利亚睁大了眼睛说。"那么他一定会……给这家伙!……"

两个孩子彼此紧紧地挤在一起,带着动人心弦的好奇心和神妙得使心灵得到温暖的快感,一同走进了一个新的神奇的世界,那儿的巨大而凶恶的妖怪在勇敢的骑士们有力的打击之下被消灭了,那儿一切都是庄严、美丽和神妙的,丝毫没有和这个灰溜溜的无聊的生活相类似的东西。那儿没有酒鬼和衣衫褴褛的小人物,也没有半腐烂的木头房子,只有金碧辉煌的宫殿和高耸云霄的、攻打不破的铁打的城堡。两个孩子进入了神奇的幻想的国土,而他们的旁边,雄赳赳的鞋匠佩尔菲什卡却奏着手风琴,在一板一眼地唱着:

> 我死后——
> 魔鬼们别把我拖走!
> 我活着
> 就要尽量把酒喝够!

"使劲地拉琴呀!上帝喜欢快乐的人们!"

手风琴的声音哽咽着,急急忙忙地要追上鞋匠清脆的歌声,鞋匠却不肯示弱,抢先一板一眼地唱着跳舞的曲子:

> 且莫悲叹从小时起
> 你就挨寒受冻,
> 你将来死后进了地狱,
> 那儿却热得难熬!

每一段快板都引起一阵热烈的鼓掌和哈哈大笑。

而在被一层薄板把这暴风雨般的喧嚣声隔离的小小的破房子里,

两个孩子弯腰伏在书本上,其中一个在低声念着:

"于是骑士把妖怪紧紧地挟在自己的两条铁臂里,那妖怪因痛苦和恐惧而发出雷鸣似的哀号……"

读完了描写骑士和龙的书之后,接着是《古阿克,又名忠义无双》①、《勇敢王子弗兰齐尔·韦涅齐安和美丽公主连齐文的故事》②。现实的印象在伊利亚的心中让位给了骑士和美人。两个朋友轮流从柜台里偷窃二十戈比的银币,因此他们不愁没有书看。他们熟悉了《亚什卡·斯梅尔肯斯基》③的许多冒险故事,他们赞美《鞑靼骑士亚潘恰》④,而且越来越脱离开丑陋不堪的现实生活而钻进这样一个天地,那里的人们总是能够破坏命运的恶毒的圈套并且能获得幸福的。

有一天佩尔菲什卡被传到警察局去。他去时忐忑不安,回来时却高高兴兴,而且带着巴什卡·格拉乔夫,他紧紧地捏住了巴什卡的手。巴什卡的目光还像原来那样锐利,可是人瘦得可怕,肤色发黄,脸上的表情也不怎么淘气了。鞋匠拖着他进了饭馆,痉挛地眨着眼睛说道:

"好心的人们,你们看,这位就是巴弗卢哈⑤·格拉乔夫本人。他刚刚从平扎城被押送回来……现在就有这么一种人,他们不是坐在炉子旁边等待幸福的来临,而是后腿才站起来,就自己去寻找幸福了!"

巴什卡和他并排站着,一只手插在破裤子的口袋里,另一只手老想从鞋匠的手里挣脱出来,他斜着眼阴郁地望着他。有人劝鞋匠把巴什卡痛打一顿,但是佩尔菲什卡严肃地反对道:

"干吗打他?让他跑好了,他说不定会找到幸福的。"

"我想他大概肚子饿了吧!"捷连季估量着说,他把一块面包递给那孩子,对他说道:

---

① 十九世纪六七十年代在俄国流行的一种骑士小说。
② 十九世纪三四十年代在俄国流行的一种骑士小说的改写本。
③ 一部通俗小说。
④ 即《鞑靼的骑士亚潘恰,又名约翰·瓦西里耶维奇·格罗兹内征服喀山》,是一部历史小说。编者是伊·斯·伊,一八九八年在莫斯科出版。
⑤ 巴维尔的爱称。

"巴什卡,给!"

孩子不慌不忙地接过面包,就走出了饭馆。

"吁—吁—吁!"鞋匠跟在他后面吹口哨。"再见,娇嫩的家伙!"

伊利亚从自己的房门口观察了这个场面,便打手势招呼巴什卡过去,但巴什卡在走进他房间之前,犹豫地站定了一会儿,进门时又怀疑地把房间扫视了一下,然后严厉地问道:

"有什么事?"

"你好!……"

"唔,你好!……"

"坐下!……"

"为什么?"

"没有什么!……咱们谈谈!……"

格拉乔夫恼怒的问话和他的嘶哑的声音使伊利亚感到局促不安。他本来想问巴什卡到过什么地方,看见了什么。可是巴什卡端坐在椅子上,带着坚决的神气,他一面吃着面包,一面先开口问起他来:

"学校里念书念完了?"

"到春天念完!"

"我倒已经念完了!……"

"是吗?"伊利亚不大相信地喊道。

"我搞得快!"

"你在哪儿念的书?"

"在监牢里,向囚徒们学的!……"

伊利亚向他走近些,尊敬地望着他瘦削的脸问道:

"那儿可怕吗?"

"一点儿也不可怕!……我进过许多监牢……好些城市的……老弟,我在那儿跟绅士们搞在一块儿……也有好些太太……真正的!他们说各种不同的话。我给他们打扫牢房。他们都很快乐,鬼东西,虽然做了囚犯!……"

"是强盗吗?"

"不折不扣的盗贼,"巴什卡骄傲地说。

伊利亚眯了眯眼睛,觉得对巴什卡更加敬重了。

"他们是俄罗斯人吗?"他问道。

"有几个是犹太人……是头等人物!……他们呀,老弟,可真了不起!把人家抢得一干二净!……嗯,他们要是给逮住了,准会给送到西伯利亚!"

"你怎么学会念书的?"

"就是这样……我说:教我念书吧,他们就教了……"

"既教读,又教写吗?"

"写得不好!……可是读呢,什么书我都能读!我已经读了许许多多的书!……"

一谈到书,伊利亚活跃起来了。

"我和亚科夫也在读书!"

他们俩彼此抢着举出读过的书名。不久巴什卡叹了口气说道:

"哦,鬼东西,你们读得比我多!我呢——都是些诗……那儿各式各样的书很多,但是好的只有诗……"

亚科夫来了,他惊讶地瞪着眼睛,笑了起来。

"绵羊!"巴什卡招呼他。"你笑什么?"

"你到过什么地方?"

"是你到不了的地方!……"

"告诉你,"伊利亚对他的同伴说。"他也读过一些书……"

"是吗?"亚科夫喊了一声,立刻更亲热地同巴什卡攀谈起来。三个孩子并排坐了,他们之间开始了一场不连贯的、迅速的和怪有趣的谈话。

"我看见过这么一些玩意儿,简直没法子讲出来!"巴什卡骄傲而兴奋地说。"有一次我两天两夜没吃东西……根本不觉得怎么样!在森林里过夜……孤单单一个人。"

"害怕吗?"亚科夫问。

"你去过一夜,就会知道的!有一次狗差一点儿要把我咬死……是在喀山城……那儿有一个人的纪念像,因为他写了诗,所以为他建立的①……是个很大的庄稼人!……他的脚真大!拳头也有你脑袋瓜那么大,亚什卡!我呢,弟兄们,我将来也要作诗,我已经学会了一点儿!……"

他突然蜷缩起身体,把腿盘在身子底下,眼睛凝望着一个点,蹙紧眉头,煞有介事地一口气说道:

人们在街上走着,
他们全都丰衣足食,
如果向他们讨点东西吃,
他们便说——你给我
滚开!……

他念完以后,向两个孩子看了一眼便悄悄地低下头去。一阵尴尬的沉默继续了分把钟。后来伊利亚小心翼翼地问道:

"这算诗吗?"

"你难道没有听见?"巴什卡生气地喊道。"我说:'丰衣足食——讨点东西吃',押着韵,可见是诗了!……"

"当然是诗!"亚科夫赶紧喊了一声。"你总要吹毛求疵,伊利亚!"

"我还做过别的诗,"巴什卡兴冲冲地对亚科夫说,接着马上迅速地念道:

乌云灰溜溜,大地湿腾腾,

---

① 指俄国诗人加·罗·杰尔查文(1743—1816)的纪念像,先是于一八四七年建立在喀山大学的广场上,一八七一年移到剧院广场。此像没有保存下来。

秋季时节又来临，
我的口袋里一文不名，
全身的衣服只剩几根筋！

"哦—哦—哦！"亚科夫张大了眼睛，拖长了声音喊道。

"这才是真正的诗呢！"伊利亚学着他的声调承认。

巴什卡的脸上泛起了微微的红晕，他的眼睛也眯细得仿佛从哪里熏到了烟子似的。

"我以后还要做长诗！"他夸耀说。"那玩意儿可不算太难！你试着就会知道：树林——森林，天空——碧空！……再不然：田地——意志①！……自然而然会到你笔下来的！"

"你现在打算干什么呢？"伊利亚问他。

巴什卡眨了眨眼睛，向四周环视了一下，先不作声，后来犹豫地低声说道：

"随便干什么！……"

但马上又用坚决的声音说明道：

"以后——我还是要逃走的！……"

他在鞋匠家里住下了，每天晚上孩子们都聚集在他那儿。地下室里比在捷连季的小房间里要幽静和舒适。佩尔菲什卡难得在家——他把一切可以拿来换酒喝的东西统统喝光了，现在只好到人家的作坊里当短工，没有活干的时候，便在饭馆里坐着。他衣衫不全，光着脚，可是那只旧风琴却总是挟在腋下。它仿佛同他的身子长成一体了，他把自己快乐的灵魂的一部分放进了手风琴，因此他们俩彼此变得很相似——都是破破烂烂、瘦骨嶙峋、充满了喧嚣的歌曲和颤音。城里所有的工匠都知道佩尔菲什卡是大胆的和滑稽"快板"的精力旺盛的制作者，他是每家作坊的很受欢迎的客人。大家所以喜欢他，是因为他

---

① "田野"与"意志"在原文是押韵的。

能够用歌曲和各式各样的优美而滑稽的故事来点缀工人们沉重而无聊的生活。

当他挣得了几个戈比,便把半数分给他的女儿——他对她的照顾就只限于这么一点而已。她是自己命运的不折不扣的主宰。她已经长得很大了,她的乌黑的鬈发直披到肩上,一对黑眼睛变得更大更严肃了,苗条婀娜的她,很好地担当着自己小屋子的主妇的角色:到建筑工地收集木片,尝试着煮些汤羹之类的东西,中午以前把衣襟掖在腰间,浑身沾满了油烟和水渍,忙忙碌碌地跑来跑去。等到做好午饭之后,她便收拾房间,梳洗干净,穿起洁白的衣裳,然后在靠窗的桌旁坐下来补缀衣服上破了的地方。

玛季察常常来看她,给她带些面包、茶叶和糖来,有一次她甚至送给玛莎一件浅蓝色的连衣裙。玛莎对待这个女人的态度就像一个成年人和一家的主妇一样;她端出洋铁皮的小茶炊,她们一面喝着可口的热茶,一面谈着各种事情,并且骂着佩尔菲什卡。玛季察骂得很有劲,玛莎用细小的声音重复她的话,可是没有怨恨之意,仅仅是为了应酬她罢了。从玛莎谈到有关她父亲的一切话里,都可以听得出对他的宽容。

"希望他的肝脏给酒烧干了才好呢!"玛季察恶狠狠地扬着眉毛骂道。"怎么搞的?这个酒鬼难道忘记了自己还有一个孩子吗?他这个丑八怪,不如死了的好,这样的狗东西!"

"那是他知道我已经长大了,一切事情我自己都能够……"玛莎说。

"我的天,天哪!"玛季察深深地叹着气。"这个世界上到底是怎么回事?小姑娘将来怎么样呢?我也有过像你这样的小姑娘!……她留在霍罗尔[①]城的家里……这个霍罗尔城非常远,即使让我到那儿去,我也找不到上那儿去的道路……你瞧,一个人就会碰到这样的

---

① 波尔塔瓦省的一个县城。

事！……他在世界上活着活着，竟会把出生的地方都给忘记了……"

玛莎喜欢听这个长着牛眼似的大眼睛的女人的低沉的声音。而且，虽然玛季察身上总有一股烧酒的气味，但这并不妨碍玛莎爬到这个女人的膝上，把自己的身体紧紧地贴在她肥大的、小丘般高耸的胸脯上，并且吻她线条美丽的厚嘴唇。玛季察每天早上来，而孩子们则在晚上到玛莎家里来聚会。如果没有书看，他们便玩纸牌，可是这种情况比较少。玛莎也抱着很大的兴趣听他们念书，她碰到书里特别恐怖的地方时甚至会轻轻地叫喊起来。

亚科夫对待这个小姑娘比以前更关切了。他经常从家里拿些面包、肉、茶叶、糖和装在啤酒瓶里的煤油给她，有几次还把买书剩下来的钱给她。这些事情他做惯了，而且做得神不知鬼不觉似的，玛莎把他的照顾看作十分自然的事，也并不在意。

"亚沙①！"她说。"煤没有了！"

过了一会儿，他不是给她弄煤来，便是给她一枚二戈比的铜币，说：

"去买吧！……没有办法偷到手！"

伊利亚也习惯于这样的关系，院子里所有的人都好像没有注意他们。有时伊利亚受他同伴嘱咐，也从厨房或者柜台里偷些东西带到鞋匠的地下室去。他喜欢这个皮肤黝黑、体态苗条的小姑娘，她像他一样是孤儿，他特别喜欢她能够独自生活，而且做什么事都像大人一样。他喜欢看见她的笑容，所以经常要逗她笑。而当这个目的达不到时，伊利亚就生气并激恼她：

"小黑炭！"

她眯细着眼睛说道：

"大颧骨鬼！……"

他们一句顶撞一句，结果当真吵起架来：玛莎很快冒了火，她向伊

---

① 亚科夫的爱称。

利亚扑过去,想抓他的脸,可是他带着满意的微笑躲开她。

有一次大家玩纸牌的时候,他发现玛莎作弊,便激怒地向她嚷道:

"亚什卡的情人!"

接着又加了一句猥亵的话,这话的意义他是明白的。亚科夫也在那儿。起初他听了发笑,但当看到他的女友的脸因为受了侮辱而变了相,同时眼睛里也闪耀着泪珠时,他便沉默起来,脸色也变得苍白了。他突然从椅子上跳起来扑向伊利亚,朝他鼻子上打了一拳,又揪住了他的头发把他打翻在地上。这一切进行得非常快,伊利亚甚至来不及抵抗。当他因疼痛和受辱而变得昏头昏脑地从地上爬起来之后,就低着头像牦牛般向亚科夫走过去,对他嚷着:"哼,当心!我要给你⋯⋯"他看见亚科夫胳膊肘支着桌子怪可怜地哭泣着,玛莎却站在他旁边,声音里含着眼泪说道:

"别跟他做朋友。他是坏东西⋯⋯他是个狠毒的家伙!他们一家人都是凶狠的——他的老子进了监牢⋯⋯叔叔是驼背!⋯⋯他将来也会长驼背!你是个坏东西!"她勇敢地冲着伊利亚嚷道。"龌龊的坏东西!⋯⋯下贱的东西!哼,敢过来?看我把你的鬼脸撕烂!哼,你敢过来!?"

伊利亚没有敢过去。他看到自己本来不想欺侮的亚科夫在哭泣,因而感到心里难过,同时跟女孩子打架也觉得不好意思。而她是准备跟他打一场的,这一点他看得很清楚。他一言不发就走出了地下室,心里带着沉重而不快的感情在院子里踱了很久。后来他走近佩尔菲什卡的屋子的窗口,小心地从上面向里头张望。亚科夫同他的女朋友又重新在玩着纸牌。玛莎拿纸牌叠成扇形遮住了半张脸孔,大概正在微笑,亚科夫看着自己的牌,犹豫不决地用手摸摸这张,又摸摸那张。伊利亚变得忧郁了。他在院子里又踱了一会儿,然后鼓起勇气走进地下室。

"让我参加吧!"他走近桌子说。

他的心跳动着,脸上发烫,眼睛低垂着。亚科夫和玛莎都不作声。

"我不再骂人了！……决不再骂人了！"伊利亚望了他们一眼说。

"那么，坐下来吧，——嘿，你呀！"玛莎说。

亚科夫却严厉地补充道：

"蠢东西！不是小孩子了……要明白你说的是什么话……"

"你却怎么打我来的?"伊利亚责难地对亚科夫说。

"活该！"玛莎理直气壮地对他说。

"嗯,好吧！我并没有生气……是我不对！"伊利亚承认说,又不好意思地向亚科夫笑了笑。"你也别生气,好吗？"

"好！拿好牌……"

"野鬼！"玛莎说，用这句话作了收场。

不到一会儿,伊利亚就皱起眉头专心玩纸牌了。他总是做得可以出牌给玛莎；当玛莎输了牌,他感到非常高兴,所以在整个玩牌的时候,伊利亚一门心思想这样做。可是那小姑娘玩得很巧妙,所以总是亚科夫输的时候多。

"嘿,你这个暴眼珠！"玛莎带着亲切的同情说。"又当了王八！"

"去他的这些牌！我玩得腻味了！我们念书吧！"

他们便拿出一本又破又脏的书来,读着关于爱情的苦难和功绩的故事。

当巴什卡·格拉乔夫看清楚了他们的生活,便用一个过来人的语调说道：

"你们这些鬼东西,日子过得倒挺有意思！"

然后他看了看亚科夫和玛莎,讥讽而又严肃地补充道：

"亚科夫,你以后娶玛莎做媳妇吧！"

"傻瓜！……"玛莎微笑着说,四个人都哈哈大笑起来。

当他们念完了书，或者念得累了,巴什卡就讲自己的经历,他的故事的有趣不亚于书本。

"老弟们,当我懂得没有护照我就行动不了时,我便开始耍花招了。我一看见警察,就走得很快,好像什么人差我到什么地方去似的,或者走在一个男人的旁边,好像他是我的主人,或是父亲什么的……警察望望我,也没有什么,没有抓我……乡村里很好,那儿根本没有警察,只有老头儿、老太婆和小孩子,男人们都在田里。他们问我:'你是什么人?'——'叫花子……'——'谁家的?'——'没有家的……'——'哪儿来的?'——'城里来的。'就是这么几句!他们很好地给我吃喝。你要走吗……你想怎么走就怎么走:要拼命跑也可以,要肚子贴着地爬也可以……到处是田野,树林……云雀在歌唱……真想能够飞到它们那儿去!如果肚子吃饱了——便什么也不想,只想走到天涯海角。就仿佛有人拖着你一直向前……像母亲抱着。但是我也有挨饿的时候,嘿—嘿!有时候肠子饿得咭咭呱呱叫,肚皮瘪得不像样子!即使抓把土啃啃也是好的!脑袋瓜子里糊里糊涂的……但是如果搞到一块面包,牙齿一咬进去——嗨!白天黑夜吃着不放才好。真舒服!……可是到底还是进了监狱——我高兴了……起初我害怕,可是后来却变得高兴了!我非常害怕警察。我以为他们会捉住我打我——会把我打死!可是他却轻轻地……从背后走近,揪住了衣领——拍的一下!我正在一家店铺前面看着表……许多的表——有金的,也有别的不同样子的。拍的一下!我叫嚷起来!他却和气地问我:'你是谁,从哪儿来?'唔,我就告诉了他,——反正不说他们也会知道,他们什么都知道……他把我带到警察局……那儿有各种先生们……'要到哪儿去?'——'我流浪……'他们哈哈大笑……后来进了监狱……那儿大家也都哈哈大笑。后来这些先生们叫我给他们当差……真是鬼东西!哈—哈!"

讲到那些先生们时他多半用感叹的语调,可见他们很刺激了他的想象力,可是他们的形象在他的记忆里好像扩散了,并且融合成一个大而模糊的影子。巴什卡在鞋匠那儿住了个把月以后又不知消失到哪儿去了。后来佩尔菲什卡打听到,他已进了一家印刷厂,住在很远的城里。伊利亚听了这个消息,羡慕地叹了口气对亚科夫说道:

"看起来,我和你只有烂在这儿了……"

巴什卡失踪以后头几天,伊利亚总觉得若有所失,但是他很快又走上了神奇的和异样的生活轨道。他重新开始读起书来,他的心灵沉入到甜滋滋的半醒半睡的境界里去了。

　　然而这种好梦的觉醒却来得很粗暴、很突然——一天早晨叔叔唤醒他说:

　　"把脸洗干净些,要快……"

　　"上哪儿去?"伊利亚倦眼惺忪地问。

　　"上工去!谢天谢地!找到了事情!……你要到一家鱼铺子里去干活啦。"

　　伊利亚的心由于不愉快的预感而紧缩了。想离开这所他什么都熟悉而且对一切都习惯了的房子的愿望突然消失了,他本来不喜欢的房间现在他觉得好像变得非常干净和明亮了。他坐在床上,眼睛望着地板,他不想穿衣服……亚科夫来了,脸色阴沉,头发也没有梳,他的脑袋向左肩侧着,偷偷地对自己的同伴看了一眼,说道:

　　"快些去,我父亲等着你……你还会到这儿来吗?"

　　"会来的……"

　　"那就好了……你到玛恩卡①那儿去告个别吧。"

　　"我想总不是永远离开吧,"伊利亚生气地说。

　　玛恩卡自己来了。她站在门口,望了望伊利亚,惆怅地说道:

　　"想不到要再会了!"

　　伊利亚气愤地拉了拉穿起来的上衣,骂了一声。玛恩卡和亚科夫同时深深地叹了口气。

　　"以后可要来呀!"亚科夫说。

　　"好!"伊利亚板着脸回答。

　　"瞧他抖起来了,这伙计!……"玛莎说出了她的看法。

　　"嘿,你这傻瓜!"伊利亚低声带着责备的口气回答。

----

① 本名玛丽娅,玛莎是她的小称,玛恩卡是她的爱称。

几分钟以后,他已经同彼特鲁哈一道在街上走了,彼特鲁哈像过节似的穿着长长的礼服和吱吱响的皮靴,这个饭馆老板带着教训的口气对他说道:

"我带你去侍候一个尊贵的人,他是全城闻名的基里尔·伊凡内奇·斯特罗加内……他因为乐善好施而得了许多奖章!不但如此,他现在是市议会的议员,可能还会当选全城的长官。你要忠心地、规规矩矩地侍候他,他呢,总有一天会提拔你的……你是个一本正经的小伙子,不淘气……要他给一个人施点恩惠,就好比吐口唾沫一样容易……"

伊利亚听着他的话,同时心里想象着商人斯特罗加内的模样儿。他不知道为什么认为这个商人应该跟叶列梅老公公相似,——同样瘦弱、善良和惹人喜欢。但是当他来到铺子里,那儿的柜台后面却站着一个大腹便便的高个子男人。他脑袋上一根头发也没有,但脸上却从眼睛起直到脖子上都长满了浓密的红胡子。眉毛也是那么浓重、那么火红,眉毛底下气咻咻地转动着两只小小的淡绿色的眼睛。

"鞠个躬!"彼特鲁哈用眼睛指着红毛男人低声对伊利亚说。伊利亚失望地低下了脑袋。

"叫什么名字?"柜台后面响起了深沉的低音。"噢,伊利亚,眼睛好好地望着我,还要仔细地瞧!现在你除了主人,再没有别的人了!既没有亲人,也没有朋友,懂吗?我是你的母亲,也是父亲,我再没有别的话要讲了……"

伊利亚偷偷地观察着店铺。在一些篮子里和冰一起放着很大的鲶鱼和鲟鱼,架子上堆着干鲈鱼和鲤鱼,并且到处都有洋铁罐头在闪闪发光。空气里充满了盐卤的很浓的气味,店铺里又闷气又拥挤。地上的大桶里游着活鱼——有鲟鱼、江鳕鱼、鲈鱼、花鲤鱼。但只有一条不大的梭鱼冒冒失失地在水里窜来窜去,撞开别的鱼,使劲拍打着尾巴,把水纷纷溅到地上。伊利亚觉得它很可怜。

一个店伙吩咐伊利亚把桶里的死鱼挑出来。这个店伙个子小而胖、长着一对滚圆的眼睛和一个很像猫头鹰似的钩鼻子。伊利亚卷起袖子,胡乱捉起鱼来。

"要捉住鱼的头,笨蛋!"店伙低声说。

有时伊利亚错误地捉了浮着不动的活鱼;那鱼从他的手指缝里滑了出去,它痉挛地扭动着,脑袋撞在桶壁上。

伊利亚被鱼鳍的刺刺着了手指,便把手指塞到嘴里吮吸起来。

"把手指拿出来!"老板用低音喝道。

然后他们给伊利亚一把很重的斧头,吩咐他下到地窖里去砸冰,把高低不平的冰砸平。碎冰碴子溅到他脸上,掉到领子里,地窖里又冷又黑,斧头举得一不小心就会碰到天花板。几分钟以后,伊利亚浑身湿漉漉地从地窖里跑出来,告诉老板说:

"我在地窖里打破了一个坛子……"

老板仔细地看了他一会儿,然后说道:

"这第一次我饶了你。我饶你是因为你是自己承认的……下一次再犯我可要撕掉你耳朵……"

于是伊利亚便不声不响地、单调地转动起来,好像一部又大又响的机器里的螺丝钉。他每天早上五点钟起床,先给老板和他一家以及店伙们擦皮鞋,然后到店铺里去打扫,洗桌子和秤盘。如果来了顾客,他就去搬货物,把买好的东西送出去,然后回家吃午饭。午饭以后没有事情干,所以如果没有人差遣他上什么地方去,他便站在店铺门口,望着市场上熙熙攘攘的情景,心里暗想着世界上竟有这么多的人,而且他们竟要吃这么多的鱼、肉和蔬菜。有一天他问那个猫头鹰似的店伙:

"米哈伊尔·伊格纳季奇!"

"什么?"

"如果所有的鱼统统给捉完了,所有的牲畜统统给宰光了,到那时人们吃什么呢?"

"傻瓜!"店伙回答他。

又有一次他从柜台上拿了一张报纸,站到门口看起报来。可是店

伙抢掉了他手里的报,用手指戳了一下他的鼻子,威胁地问道:

"谁允许你看报的,嗯?蠢驴……"

伊利亚不喜欢这个店伙。他同老板讲话时,差不多每个词都要加恭敬的"嘶"音①,但是背后却骂商人斯特罗加内是骗子和红毛鬼。每逢星期六和节日的上一天,老板总要离开店铺去做夜祷,那店伙的老婆或者姊妹便来找他,他叫她们带一袋鱼、鱼子酱或者罐头鱼回家。他喜欢作弄乞丐,其中有许多老头儿,他们的模样使伊利亚联想起叶列梅老公公。有一次有一个老头儿走近店铺门口,鞠着躬低声请求布施,店伙拿起一条小鱼,捏住鱼头把鱼尾巴塞到乞丐的手里,让鳍上的刺刺进乞丐手掌里去。乞丐痛得直哆嗦,并且缩回了手,店伙却边嘲笑着边生气地喝道:

"你不要吗?是嫌少吗?滚开吧……"

有一次一个乞丐老太婆偷偷地拿了一条干鲈鱼藏在自己的破衣服里;店伙看见了,他一把抓住老太婆的领子,夺回了偷去的鱼,然后按下老太婆的脑袋,用右手从下往上打她的脸孔。她没有叫喊,也没有说一句话,只是低着脑袋默默走开了。伊利亚看见从她那被打坏的鼻子里流着两股黑糊糊的血。

"偷到手了吧?"店伙在她后面喊道。

他又对另一个叫卡尔普的店伙说道:

"我痛恨叫花子!……那些寄生虫!他们走来走去求乞,就吃饱了肚皮!他们生活得也不坏……大家都说他们是基督的弟兄;那么我是基督的什么人?是陌生人吗?我一辈子转来转去,像阳光底下的蛆虫,我却既得不到安息,也得不到尊敬……"

店伙卡尔普是个信神的人,他谈起话来只谈些教堂、唱诗班、主教的礼拜仪式之类的话,他每个礼拜六总要担心做夜祷去迟了。还有他感兴趣的是魔术,所以每当城里出现什么"法师或魔术家",卡尔普一

---

① 俄语旧俗说话时在一些词后面加上语气词 c(сударь——"阁下"的缩音),以表示恭敬或者自卑的语调。

定要跑去观看……他是个高个子,人却瘦而灵巧;当店铺里拥挤着许多顾客时,他像蛇一般在他们中间穿来穿去,向每个人笑着,也对每个人搭讪,同时眼睛老是觑着老板的大身影,仿佛在他面前卖弄自己办事的本领。他对伊利亚抱着轻蔑和嘲笑的态度,伊利亚也不喜欢他。可是老板却很得伊利亚的好感。那商人从早到晚站在柜台后面,开开抽屉并翻动着里面的钱。伊利亚看见他这样做时的神气很冷淡,没有表现出贪心。伊利亚对于这一点不知为什么认为是可喜的。可喜的还在于老板同他说话要比同那些店伙说得更多更亲切。在没有顾客的安静时刻,老板有时对无精打采地站在门口的伊利亚说:

"喂,伊利亚,在打瞌睡吗?"

"没有……"

"可你为什么老是板着脸?"

"我不知道……"

"烦闷吗?"

"是的……"

"好吧,就烦闷吧!我也烦闷过,有一个时候……从九岁到三十二岁,我想别的人们想得烦闷……现在呢,二十三年来我却瞧着人们在烦闷……"

于是他晃着脑袋,仿佛在补充他没有说出口的意思:

"此外再没有更多的事可做了!"

经过了两三次这样的谈话之后,伊利亚开始琢磨起这个问题来:这个又有钱又受人尊敬的人,自己既然有那么高大而清洁的房子,却为什么要整天呆在肮脏的店铺里并吸着咸鱼的腥臭气味呢?他家里的房屋是很奇特的:里面一切都那么森严和幽静,一切事情都按照固定不变的秩序进行。虽然这所房子的上下两层,除了主人、主妇和三个女儿之外,只住着一个女厨子、一个女仆和一个看门的兼马车夫,但里面却显得很挤。房子里的人说起话来声音都不高,而穿过宽敞清洁的院子时都挤在一边走,好像怕走进空旷的世界似的。伊利亚把这所幽静坚固的房屋同彼特鲁哈的相比较,忽然认为住在彼特鲁哈的房子里更舒适,虽然那儿贫困、喧闹和肮脏。伊利亚非常想问老板:为什么他不住在幽静和安逸的家里而要自寻烦恼地整天在市场上的喧哗和忙碌里讨生活呢?

有一天,卡尔普到什么地方去了,米哈伊尔在地窖里给救济院挑坏了的鱼,老板同伊利亚闲聊起来,伊利亚便对他说:

"您嘛,基里尔·伊凡诺维奇,不如把这项生意歇了的好……您已经很富了……您家里很舒服,这儿又腥臭……又无聊!……"

斯特罗加内胳膊肘支着柜台,目光炯炯地望着他,红眉毛颤动着。

"怎么样?"当伊利亚停了话头之后他问道。"都说完了?"

"都说完了……"伊利亚心里害怕起来,狼狈地回答。

"到这儿来!"

伊利亚走近去。于是商人捏住了他的下巴,把他的脑袋抬起来,眯细了眼睛望着他的脸问道:

"这些话是人家教你的,还是你自己想出来的?"

"确确实实是我自己想出来的。"

"好……既然是自己,那就行了!唔,我现在对你讲:你对我,你的主人,你明白吗?是主人!以后不准这样说话!你要记住!现在到你自己的位置上去……"

卡尔普回来后,老板突然对这个店伙无缘无故地说起话来,目光却斜对着伊利亚,伊利亚也注意到这一点。

"一个人一辈子总得做事情——一辈子!……不懂得这个道理的是傻瓜。怎么能够什么事不干而白白地活着呢?一个人如果对自己的事业不尽心,这个人就毫无意义……"

"完全正确,基里尔·伊凡诺维奇!"店伙回答,同时眼睛注意地扫视着店铺,找寻着自己该做的事情。伊利亚望了老板一眼便沉思起来。他在这些人中间生活越来越感到无聊了。日子一天接着一天,拉得很长,像一根从看不见的线团上抽出来的灰色长线一般,他仿佛觉得这种日子不会有终了的时候,他将一辈子站在门口听那市场的喧嚣了。可是他那被早先经历的印象和念过的书本所激起的思想,却不甘屈服于这种使人平心静气的单调生活的影响,所以仍旧在悄悄地、却又不倦地活动着。有的时候,沉默而严肃的他,看起人们来,心里变得那么苦闷,以致想闭起眼睛并跑到遥远的什么地方去——比巴什卡·格拉乔夫去的地方还要远,一去就再也不回到这个灰色的无聊世界和不可理解的人世的扰攘里来了。

在休假的日子,人家叫他到教堂去。他从那儿回来时,总是有这样的感觉,仿佛他的心灵被芬芳而温暖的水汽洗涤过一般。在当差的半年里,他被准许回去看过叔叔两次。那儿一切都像从前一样。驼背消瘦了,彼特鲁哈的口哨吹得更响了,他的脸已经从玫瑰色变成通红了。亚科夫抱怨父亲虐待他。

"他老是责备我说,'做做事情吧……我不要书呆子……'可是假如我讨厌站柜台呢?喧哗,吵闹,叫喊,连自己的话都听不见!……我说:'送我到卖圣像的铺子里去当店伙吧……那儿的顾客不多,我也喜欢圣像……'"

亚科夫的眼睛忧郁地眨着,他额上的皮肤不知怎么变黄了,而且像他父亲脑袋上的秃顶一样发着亮光。

"你念书吗?"伊利亚问道。

"怎么能不念呢?只有这个快乐……念起书来,就像在另一个城市里生活……可是一念完,却好像从钟楼上掉了下来似的……"

伊利亚望了望他,又说道:

"你变得多么老成了……玛舒特卡①在哪儿?"

"到救济院请求施舍去了。现在我对她帮助不了多少,因为父亲监视着……而佩尔菲什卡老生病……玛恩卡便开始到救济院走动,那儿给她一些菜汤和别的什么……玛季察还在帮助她……玛莎挣扎得

---

① 玛丽娅的小称。

很吃力……"

"你们这儿也很苦闷,"伊利亚沉思地说。

"你很苦闷吗?"

"简直苦闷得要死!……你们至少还有书看……我们那儿整个房子里只有一本《当代魔术师和幻术家》藏在一个店伙的箱子里,我连这本书也得不到看……他不给,这个骗子!我们生活过得不好,亚科夫……"

"不好,老弟……"

他们又谈了一阵,两个人便郁郁不欢地分手了。

又过了几个星期,命运之神突然严峻地、但毕竟仁慈地向伊利亚微笑了。有一天早晨,在交易热闹的时候,站在柜台后面的老板突然开始迅速地翻动柜台上面的一切东西。他的前额涨红了,充满了血,脖子上紧张地暴起了青筋。

"伊利亚!"他喊道。"瞧瞧地上,有没有十卢布的钱掉在那里……"

伊利亚看了商人一眼,然后向地上飞快地投了一瞥,平静地说道:"没有……"

"我对你说——好好地瞧瞧!……"老板用深沉的低音吆喝。

"我瞧过了……"

"那么好吧,死心眼的小鬼!"老板吓唬他。

顾客们走了以后,他叫伊利亚过去,用结实粗大的手指抓住了他的耳朵,开始从这边扯到那边,同时咆哮着说道:

"命令你瞧——你就该瞧,命令你瞧——你就该瞧……"

伊利亚用双手抵住老板的肚子使劲一推,把耳朵从他的手指里挣脱出来,浑身气得发抖,他用凶狠的声音大嚷起来:

"您揪我干吗?钱是米哈伊尔·伊格纳季奇偷的……钱在他左边口袋里,在背心里……"

店伙的猫头鹰面孔吃惊地沉了下来,并颤抖了一下,他突然扬起右手向伊利亚的脑袋上打去。伊利亚呻吟着跌倒了,他流着泪就地爬到店铺的角落里。他像是在睡梦里一样听见老板野兽似的咆哮声：

"站住！到哪儿去？把钱交出来……"

"他撒谎呀……"听得见店伙尖锐的声音。

"我要用秤锤打你的脑袋！"

"基里尔·伊凡内奇……这钱是我的呀……我说谎让雷劈死我……"

"闭嘴！……"

变得平静下来了。老板走进了自己的房间，从那儿传来了算盘珠响亮的毕剥声。伊利亚双手捧着脑袋坐在地上，恨恨地望着店伙，而他站在店铺的另一角，也用不怀好意的眼睛望着这孩子。

"怎么，小畜生，我揍得你够呛吧？"他龇牙咧嘴地低声问道。

伊利亚耸了耸肩头没有吭声。

"我马上还要揍你，好让你记得！"

他不慌不忙地向伊利亚走过来，两只凶恶的圆眼珠盯住了伊利亚的脸。但是伊利亚站了起来，用坚决的动作从柜台上拿起一把又长又细的刀子，说道：

"你过来！"

这时店伙站住了，用凝滞的眼睛估量着粗矮结实并在手里握着刀子的身躯，他站住了，轻蔑地说道：

"啊，强盗胚子……"

"唔，你来，你来嘛！"伊利亚向他跨近一步说。他眼前的一切都在晃动着和旋转着，感到胸腔里有一股巨大的力量在推着他向前。

"放下刀子！"传来了老板的声音。

伊利亚哆嗦了一下，望了望红色的胡子和充血的面孔，但是立着没有动。

"我告诉你放好刀子！"老板说话的声音更低了些。

伊利亚把刀子放到柜台上，响亮地呜咽了一声又坐到了地上。他的脑袋发晕，隐隐作痛，耳朵里发痒，他胸口有一种重压使得他喘不过

气来。这重压妨碍着心的跳动,又慢慢地向喉头上升并阻碍他说话。老板的声音从远处的什么地方传到他耳朵里来:

"把你最后的工钱拿去,米什卡①……"

"请您允许……"

"滚!否则我要叫警察了……"

"好!我走就是……可是您得小心这个孩子……他拿刀子……嗨—嗨!"

"滚!"

店铺里又静下来了。伊利亚由于不愉快的感觉而哆嗦了一下;他觉得有什么东西在自己脸上爬着。他用手摸摸腮帮子,拭去了泪水,便看见老板在柜台后面用探究的眼光望着他。于是他站起身来,摇摇晃晃地向门口自己的位置走去。

"站住,等一等!"老板说。"你会用刀戳他吗?"

"会戳他!"孩子低而坚定地回答。

"是这样……那你的父亲是为什么进了监牢的——杀了人吗?"

"放火……"

"那也好……"

卡尔普来了,他在门旁小凳上安静地坐下,开始望着街上。

"卡尔普什卡②!"老板冷笑地望着他说。"我把那个米哈伊尔打发走了……"

"随您尊便,基里尔·伊凡诺维奇!"

"他偷起东西来了,嗯?"

"哎呀呀!"卡尔普吃惊地低声喊了起来。"真是这样吗?嗯?"

老板的红胡子冷笑得颤动起来,接着他在柜台后面摇摆着身体哈哈大笑了。

"嘿,卡尔普什卡……你是我这里的魔术师……"

---

① 米哈伊尔的小称。
② 卡尔普的爱称。

接着他突然停止了笑,深深地叹了口气,又沉思而严峻地说道:

"唉,你们这些人,你们这些人!你们大家都想生活,大家都要吃东西!喂,伊利亚,告诉我,你以前发现过米哈伊尔偷东西吗?"

"发现过……"

"那你为什么不告诉我?你怕他,是不是?"

"不,不怕……"

"那么,现在你是恨他才对我说的……"

"是的,"伊利亚坚定地说。

"瞧你,真是!"老板喊了起来。随后他长久地抚摩着自己的红胡子,一言不发,严肃地望着伊利亚。

"嗯,伊利亚,那么你自己偷东西吗?"

"不偷……"

"我相信……你不会偷……嗯,那么卡尔普,就是这个卡尔普,他怎么样——也偷吗?"

"偷!"孩子重复了一句。

卡尔普惊讶地望了望他,眨眨眼就若无其事地掉转了身体。老板阴郁地皱皱眉毛又重新捋起胡须来。伊利亚感到正在发生着奇怪的事,便紧张地等待着结局。在店铺的腥臭的空气里,苍蝇嗡嗡地响着,听得见鲜鱼桶里的水的轻微的溅泼声。

"卡尔普什卡!"商人对静静地注意瞧着街景的店伙喊了一声。

"有什么吩咐?"卡尔普应声道,一面迅速地走近老板,用自己殷勤而温顺的眼睛望着老板的脸孔。

"你听见人家在说你吗?"斯特罗加内冷笑着问。

"听见了……"

"那么怎么样?"

"没有什么!……"卡尔普耸了耸肩说。

"怎么叫做没有什么?"

"很简单,基里尔·伊凡诺维奇。我呀,基里尔·伊凡诺维奇,我有自己的尊严,我是个尊敬自己的人,因此对于小孩子犯不着见怪。您自己也看得出来,这孩子明摆着很愚蠢,压根儿不懂得……"

"你对我不要耍花招!你说,他讲的可是实话?"

"什么叫实话,基里尔·伊凡诺维奇?"卡尔普又耸着肩膀喊道,同时把脑袋侧到一边。"当然,如果您高兴,那您可以把他的话当作实话……悉听尊便!……"

卡尔普叹了口气,又委屈地摆了摆手。

"对,这儿一切都得随我的便……"老板同意说。"这么说,照你看来,这孩子是愚蠢的?"

"非常愚蠢,"卡尔普十分有把握地说。

"嗯,这你恐怕是在说谎……"斯特罗加内含糊其辞地说,并突然哈哈大笑了。

"不对,他刚才怎么当你面说的,哈—哈!'卡尔普偷东西吗?'——'偷!'哈—哈—哈!"

当老板笑时,伊利亚感到复仇的快乐在他心里燃烧起来,他得意洋洋地望望卡尔普,又以感激的心情望望老板。卡尔普听着老板的笑声,自己的嗓子里也发出了一声谨慎的微笑:

"嗨—嗨—嗨!……"

可是斯特罗加内听见了这种软绵绵的声音,却严厉地命令道:

"把店门关了!……"

当伊利亚回家去时,卡尔普摇着脑袋对他说道:

"你这傻瓜,真傻!喂,你想想看,你干吗要来这么一手?难道你这样讨好老板是想高升吗?真是笨蛋!你以为他不知道我和米什卡偷东西?他自己就是这样起家的……他把米什卡辞退,这件事凭良心说,我应该对你道谢!可是你说到我的那些话,我永远不会饶恕你!这就是所谓糊涂的放肆!当我的面说我——说出这样的话来!我因此要记住你!……这表示你不尊敬我……"

伊利亚听着这些话,可是不大明白它的意思。照他的想法,卡尔普不应该像这样对他发脾气；他深信那店伙会在路上打他，所以他甚至害怕走回家去……可是卡尔普的话里并没有愤怒，只有讥笑，而他的恫吓没有使伊利亚害怕。晚上老板叫伊利亚上楼到自己的房间里去。

"哈哈！好啦，去吧！"卡尔普用不祥的喊声送他。

伊利亚上楼以后，在一间大房间的门口站住，在房间中央，在一盏从天花板上吊下来的笨重的灯底下，放着一张圆桌，桌上有一个巨大的茶炊。圆桌四围坐着老板同他的老婆，还有三个女儿——三个高矮彼此都差一个头，头发都是红的，长脸的白皙的皮肤上密密麻麻地长满了雀斑。伊利亚进去时，她们互相挤得紧紧的，三对蓝眼睛恐怖地看定了他。

"就是他！"老板说。

"你们说说看，是怎么样的家伙！"老板娘害怕地喊了起来，同时望了望伊利亚，那样子就好像她从来没有看见过他似的。斯特罗加内冷笑了一声，捋了捋胡须，用手指敲敲桌子，威严地说道：

"伊利亚，我叫你来，是因为要对你说——我不再需要你了，所以你把自己的东西收拾好就走吧……"

伊利亚愣了一愣，惊讶地张开了嘴，他转过身子就走出了房间。

"等一等！"商人说道，向他伸出一只手来，他用手掌拍了一下桌子，用更低的声音重复了一句："等一等！"

然后他向上翘起一个指头，庄严而缓慢地说道：

"我不是单为这件事叫你来的……不！……应该教训你……应该对你说明你为什么变得于我有害了。你没有对我做过坏事，——你是识字的小伙子，不贪懒……诚实又强壮……这一切都是长处。可是你有这些长处对我也没用处……不合我的脾胃……为什么，——你要问吗？……"

伊利亚感到奇怪了：一面赞扬他，一面却要辞退他。这在他头脑里联系不起来，因此引起了满意和屈辱的双重感觉。他仿佛觉得老板

自己也不明白自己所做的事……他向前跨了一步,恭敬地问道:

"您辞退我,是因为我方才拿了刀吗?……"

"啊,天哪!"老板娘恐怖地喊道。"胆子可真不小!啊,天哪!……"

"就是这个话!"老板满意地说,他对伊利亚微笑着并用手指向他的方向指着,"你很倔强!正是这样!你很倔强……当听差的孩子应该老实听话,像圣经里所说的温顺驯良……他生活全要靠主人……他吃的东西是主人的,脑筋也是主人的,诚实也是这样……可你呢——都是自己的……譬如说,你对一个人当面说——贼!这样不好,这是倔强无礼……你如果是诚实的,你就把这件事告诉我——悄悄地告诉我……一切由我自己来判断,我是主人!……但是你却声张出来——贼!……不,你等一等……如果三个人里有一个是诚实的,这对我毫无意义……这里必须有特别的算盘……如果一个人是诚实的,而九个是混蛋,便没有人会得到便宜……可是那个人会吃亏。但如果七个诚实的对三个坏蛋——你就占上风了……你明白了吗?哪方面人多,那方面就有理……关于诚实的问题应该这样来考虑……"

斯特罗加内用手掌擦去了额上的汗珠又继续说道:

"还有呢——你拿了刀……"

"喔唷,耶稣上帝!"老板娘恐怖地喊了一声,三个小姑娘彼此也挤得更紧了。

"老话说:动刀的人必死于刀下[①]……因此你对于我是多余的……是这样的……这是给你的半个卢布,拿了就走吧……去吧……你记住——你没有对我不起的地方,我对你也一样……甚至……拿着吧!我送你半卢布……我对你这么一个孩子谈话也是很认真的,告诉你应该怎样做,还有……诸如此类的话……也许我甚至舍不得你……不过你是个不合适的人!如果楔子配不上车轴,就应该丢掉它……好吧,走吧……"

[①] 出自《新约·马太福音》第二十六章五十二节:耶稣对跟随他的人说,"收刀入鞘吧。凡动刀的,必死在刀下"。

老板的这番话使伊利亚干脆地懂得这商人之所以要辞退他,是因为他不能辞退卡尔普,他怕弄得没有店伙。这使伊利亚感到轻松愉快。他因此觉得老板很坦白和可爱。

"再见!"伊利亚手里紧紧地捏住了银币说。"我非常感谢您!"

"没有什么可以谢的!"斯特罗加内向他点点头说。

"哎呀呀!连一滴眼泪都没有掉!……"伊利亚背后传来了老板娘责备的喊声。

当伊利亚背着包袱从商人家的坚固的大门里出来时,他仿佛觉得自己是从一个暗而空虚的国度里出来,这个国度是他在一本书里看到的,那里既没有人烟,也没有树木,有的只是石头,而在石头中间有一个善良的巫师,他向所有无意中进了这个国度的人们殷勤地指示着道路。

是一个明朗的春天的傍晚。太阳正下山,窗户的玻璃上闪烁着火般的红光。这使孩子想起从河边初次看见了城镇那天的情景。装着东西的包裹重甸甸地压着他的背,他放慢了脚步。人们在人行道上来往,碰着他的包裹,马车隆隆地驶过;尘土在斜阳里飞扬,只见得一片喧哗、熙攘、快乐。孩子的记忆里升起了他这些年来在这城市里经历的一切。他觉得自己已经是个大人了,他的心骄傲而勇敢地跳动着,耳朵里响着那商人的话:

"你是识字的孩子,人不笨,身强体壮,也不贪懒……这些都是你的长处……"

伊利亚重新加快了脚步,感觉到身体里有一阵强烈的喜悦,一想到明天用不着再到鱼铺里去时,不禁微笑了……

伊利亚回到彼特鲁哈·菲利蒙诺夫的家里时,得意洋洋地确信自己在鱼铺里当差的那一段时间里的确长大了许多。家里所有的人都注意地和抱着赞赏的好奇心来对待他。佩尔菲什卡伸手给他握。

"向伙计致敬!怎么,老弟,服务满期了?我听见了关于你的功绩——哈—哈！老弟，他们喜欢人家用舌头舔他们的脚跟，却不爱听真话……"

玛莎见了他，快活地喊道：

"喔—嗬—嗬！你长得这么大了！"

亚科夫也高兴起来。

"你瞧，我们又要一块儿过日子了……我有一本叫《亚尔毕派教徒》①的书，真是有趣的故事，我来讲给你听！里面有一个西蒙·蒙福尔②……真是个妖怪！"

于是亚科夫匆忙而含糊不清地开始讲这本书的内容。伊利亚眼睛望着他，心里满意地想着他的大脑袋的同伴依然像从前那样没有变。对于伊利亚在斯特罗加内家的行为，亚科夫看不出有什么不得了的地方。他只是对他说：

"本来就应该这样……"

彼特鲁哈对于伊利亚的行为却很惊讶，他没有掩饰这一点，赞许地说：

"你搞他们搞得很巧妙，老弟，很巧妙！唔，基里尔·伊凡诺维奇当然不能拿你来代替卡尔普。卡尔普懂得做生意，他的身价很高。你想老老实实，公开地搞……因此他压倒了你……"

然而第二天捷连季叔叔悄悄地对侄儿说道：

"你对彼特鲁哈不要……不要讲得太多……要小心点儿……他在骂你……他说，嘻，什么样的一个爱真理的人！"

伊利亚笑了。

"可他昨天还称赞我来着！"

彼特鲁哈的态度并没有降低伊利亚对自己已经提高的评价。他

----

① 英国作家查尔斯·罗勃脱·马邱林(1782—1824)的"恐怖与神秘"小说。亚尔毕派是十二至十三世纪法国南部一个反对罗马教会权力和天主教的教派。
② 西蒙·蒙福尔(？—1218)，法国北部的一位骑士，伯爵，反对亚尔毕教徒的十字军首领之一。

觉得自己是英雄，他知道自己在商人家里的行为比别的人在这种环境里的行为要好。

约莫两个月之后，找新的位置都没有成功，伊利亚和叔叔之间展开了下面的谈话：

"是呀！……"驼背垂头丧气地哼着说。"没有对你合适的位置……到处都说——太大了……我们往后怎么生活，亲爱的？"

伊利亚庄重而自信地说道：

"我现在十五岁，我有文化。如果我为人倔强，那么换一个地方人家也要辞退我……反正一样！"

"那么我们该怎么办呢？"捷连季坐在自己床上，两手使劲支着床，忧心忡忡地问。

"这样办：你给我定做一只箱子，买些货物。肥皂呀、香水呀、针线呀、书呀——各式各样的东西！……我要背着叫卖！"

"这我有点搞不懂，伊柳沙，我头脑里开着酒铺，嗡嗡地直响！……笃、笃、笃……我脑筋变得不灵了……眼前和心里老是……老是那个……"

驼背的眼睛里的确凝滞着一种紧张的神情，仿佛他永远在计算着什么，可是没法计算清楚似的。

"你试一下！你放我去……"伊利亚一心转着预计能使自己获得自由的念头，恳求他的叔叔。

"唔，上帝保佑你，让我们试试看！……"

"你看得到将来的结果的！"伊利亚快乐地喊道。

"唉！"捷连季深深地叹了口气，又忧郁地说道："但愿你快点儿长大！你要是再长大些——啊哈哈！我便可离开这儿了……可是现在你是拖住我的铁锚，我为了你只好呆在这腐朽的湖里……我早该到圣徒们那儿去了……我要对他们说：'上帝的圣徒们！仁慈的天使和保护者！我这个该死的，我犯罪了！'"

驼背无声地啜泣起来了。伊利亚明白叔叔说的是什么罪孽，自己

也想起了这个罪孽。他的心颤抖了一下。他为叔叔难过,看到驼背的畏怯的眼睛里泪水越淌越多,他便说道:

"唔,你别哭了……"他沉默了一下,想了想之后又安慰他道:"不要紧,他们会宽恕的!……"

于是伊利亚开始做起生意来了。他从早到晚胸前背着箱子在城里的街道上来往,鼻子朝天,眼睛神气活现地望着人们。他帽子低低地戴在脑袋上,喉结突出着,用小伙子沙哑的声音喊道:

"肥皂!皮鞋油!别针,发卡!纱线,缝衣针!"

生活像五颜六色的喧嚣的浪涛一般在周围流过,他在这浪涛里自由而轻快地游着,在市场上挤来挤去,到酒店里转悠,大模大样地给自己叫两杯茶,慢吞吞地和稳重地吃着茶和白面包,像一个知道自己身价的人一样。生活在他看来是简单、轻松和愉快的。他的梦想成为一种简单明朗的形式:他想象几年以后自己成为一爿小而洁净的店铺的老板,店铺坐落在城里一条漂亮的、不很吵闹的街上,他的铺子里卖些轻巧干净的服饰用品,它们不会弄脏和损坏衣服。他自己也是清洁、健康、漂亮的。街上的人都尊敬他,姑娘们用亲切的眼睛望着他。晚上铺子关了门以后,他便坐在一间清洁光亮的房间里喝茶和看书。在他看来,一切东西的清洁正是上等生活所必需的和主要的条件。当没有一个人用粗野的态度侮辱他时,他就作着这样的幻想,因为自从他明白自己已是一个独立的人那时起,他就变得敏感和爱发脾气了。

然而当他什么东西也没有卖掉,而且累得要命,坐在酒店里或者街头的什么地方,他想起了警察粗暴的吆喝声和推撞,顾客的猜疑的和欺侮人的态度以及像他一样是小贩的竞争者的骂詈和嘲笑,——这时他心头便模糊地起伏着巨大的不安的感觉。他的眼睛睁得更大了,对生活的观察更深入了,而他的富于印象的记忆力就把这些印象逐一收集进他的理性的机制里去。他清楚地看到所有的人都奔向和他相同的目标,都在寻求和他的希望一致的宁静、饱暖和干净的生活。谁都老实不客气地把妨碍自己的人从自己的道路上推开;大家都是贪婪和残忍的,常常不必要地彼此欺侮,他们这样做对自己并没有什么好处,只是为了作乐。有时人们为了取笑而欺侮人,却难得有人同情被欺侮者……

这些思想使他感到做生意是件枯燥无味的事情,对于清洁的小铺子的美梦在他心里仿佛烟消云散了,他感到内心一片空虚,身体也疲乏懒惰了。他觉得自己永远赚不到足以开铺子那么多的钱,因此到老将在尘土飞扬的炎热的街头徘徊,胸前挂着箱子,肩头和背脊给皮带勒得发痛。可是一朝生意上有了成功,他的勇气就又抬了头,梦想也活跃起来了。

在城里一条热闹的街上,伊利亚看见了巴什卡·格拉乔夫。铁匠的儿子像一个游荡者似的在人行道上逍遥自在地走着。双手插在满是破洞的裤子口袋里,肩头披着一件不合身的长长的蓝色上衣,这件上衣也是又破又脏,一双大的旧皮靴的后跟在人行道的石头上发出响亮的嘚嘚声。有破帽檐的帽子潇洒地歪戴在左耳朵上,太阳晒着半个脑袋,巴什卡的脸和脖子上蒙着厚厚的一层油污。他老远认出了伊利亚,向他快活地点了点头,但没有加快步子迎上来。

"你真像个花花公子……"伊利亚说。

巴什卡紧紧地握了握他的手,微笑了。他的牙齿和眼睛在一层油污下面快活地闪着光辉。

"生活得怎么样?"

"能够怎样生活,就怎样生活,有吃的东西就吃,没有吃的东西时吱吱地叫一阵子,而且就这么躺着!……不过碰到你,我的确很高兴,他妈的!"

"你为什么从来没有来过?"伊利亚微笑着问。他看见自己的老朋友那么快活和一脸油污,心里也感到很愉快。他望望巴什卡的旧鞋子,又望望自己脚上价值九卢布的新皮靴,自鸣得意地微笑了。

"我怎么知道你住在哪儿!……"格拉乔夫说。

"一直在老地方,在菲利蒙诺夫家……"

"亚什卡说你在什么地方卖鱼……"

伊利亚便得意扬扬地把自己在斯特罗加内家当差的事告诉了巴什卡。

"咱们的楚瓦什人①可真行呀!"格拉乔夫赞许地叫喊起来。"我也是,因为调皮捣蛋,被赶出了印刷厂,于是我到一个画家那里替他磨颜料,打杂……可是见鬼,有一次我一屁股坐到一块没有干的招牌上……得,他们便开始揍我!揍得真够戗!老板、老板娘、老师傅一齐动手……用的劲儿简直使他们自己都快累死了……现在我在一个修水管的那儿做工。六个卢布一个月……我刚才出来吃饭,现在要去上工……"

"你倒不顶着急似的。"

"去他妈的!难道事情能有做得完的时候吗?应该去看看你们……"

"来吧!"伊利亚友好地说。

"你们还在念书吗?"

"那还用说!你呢?"

"我也念一点儿……"

"作诗吗?……"

"也作诗……"

巴什卡又哈哈大笑起来。

"你来吧,嗯?把诗带来……"

"我会来的……我要带烧酒来……"

"你喝酒吗?"

"我们大家喝……可是——再见吧!……"

"再见!"伊利亚说。

他转身走了,心里想着巴什卡。他感到惊讶的是这个衣衫褴褛的小伙子对他的漂亮的皮靴和干净的衣服竟没有表示羡慕,而且甚至仿

---

① 居住在中伏尔加河流域的一个少数民族。

佛没有注意到这些东西。当伊利亚谈到自己独立自主的生活时,巴什卡却高兴得很。伊利亚焦虑地想道:难道格拉乔夫就不希望大家所希望的清洁、平静和独立不羁的生活吗?

伊利亚上教堂去了以后特别明显地感到忧郁和焦虑。他是难得错过早晚的礼拜的。他不做祷告,只是站在随便哪儿的角落里,而且什么也不想地听着唱赞美歌。人们沉默地站着,一动也不动,在他们的沉默里有着思想的一致。赞美歌的声浪同檀香的烟雾一起在大殿里荡漾,有时伊利亚觉得自己也在向上飞升,在那温暖亲切的空中浮游和融化。肃穆的情绪宁静地吹拂着他的心灵,于是在他心里产生了某种与尘世的扰攘完全不同的、和他的欲望不可调和的东西。这种新的印象起初出现在伊利亚的心里是跟那些日常生活中的印象各不相关的,是没有跟它们混在一起的,也没有使这个青年感到不安。可是后来他发现在自己的心灵里有某种东西老是在监视着他。这种东西常常小心翼翼地躲藏在什么幽深的地方,它在生活忙碌的时候一声也不响,但是在教堂里它却增大起来,唤起某种同他希望过干净生活的梦想相对立的特别的和令人不安的思想。在这样的时候,他总是回想起隐士安季帕的故事和捡破烂老公公的心爱的话来:

"上帝什么都看见,他能衡量一切!除了他——没有别的人!"

伊利亚回家时心里充满了模糊的不安,他感到自己对于将来的美梦褪色了,也感到在他自己身体里有一个不愿意开设杂货铺的什么人。然而生活占了上风,这个"什么人"便隐藏到灵魂的深处去了……

伊利亚在跟亚科夫谈到一切事情时,并没有向他谈到自己的两重性。就是他自己也只有在必要的时候才想到它,而从来不曾自觉自愿地考虑这个他所不了解的感情。

晚上他总是过得很愉快的。他从城市里回来后,便到玛莎的地下室去,用主人的声调问道:

"玛舒特卡!我们的那小茶炊怎么样了?"

那小茶炊已经准备好，并且摆在桌上，正在发出咽咽的和呼呼的声音。伊利亚身边总是带着些好吃的东西：面包圈呀，薄荷饼呀，蜜糖糕呀，有时也有蜜饯果酱，——玛莎也喜欢请他喝茶。这小姑娘也开始挣钱了：玛季察教会了她做纸花，玛莎喜欢用一些快乐地沙沙作响的薄纸做色彩鲜艳的玫瑰花。有时她一天可以挣到十个戈比。她的父亲患了伤寒症，在医院里住了两个多月，出院回来时身体又干又瘦，头上留着好看的黑色的鬈发。他已经把乱糟糟的、不平服的胡须剃掉，因此虽然脸孔又黄又瘦，却显得年轻些。他仍旧在别的人家做工，而且甚至难得在家里歇夜，把住房完全交给女儿料理。她也开始像大家一样称父亲为佩尔菲什卡了。鞋匠对于她对自己的这种态度感到很有趣，并且一望而知，他很敬重自己的这个能够像他一样快活地哈哈大笑的鬈发的女儿。

晚上在玛莎家喝茶成了伊利亚和亚科夫的习惯。他们喝得很多很久，满头大汗，谈论着他们所关心的一切问题。伊利亚谈些在城里看到的事情，整天埋头在书里的亚科夫则谈些书里的话、酒店里的丑事，也抱怨自己的父亲，有时却更常常谈些在伊利亚和玛莎看来是荒唐而不可理解的问题。茶的味道非常好，而周身生锈的茶炊也有着像一位可爱的长者的那种既亲切又狡猾的容貌。差不多总是当孩子们喝茶刚刚喝到了津津有味的时候，茶炊便带着善良的狡黠开始呜呜地唠叨起来：它的里面没有水了。玛莎拿着它去灌水；每天晚上她总得这样做好几次。

如果遇到有月亮的晚上，那么月亮也参加进了孩子们的团体。

在这四周被半腐烂的墙头紧抱着和上面覆盖着沉重而低矮的天花板的地穴里，总是使人感到空气和阳光的不足，可是里面却很快乐，每天晚上产生着许许多多优美的感情和天真而年轻的思想。

有时正在喝茶的当儿，佩尔菲什卡也来参加了。他平常总是呆在屋子的昏暗的角落里，不是靠在半沉陷到地下的粗矮的炉子的架子上，便是直接躺在炉子上，倒垂着脑袋，他的白而小的牙齿在朦胧里闪

闪发光。女儿递给他一大杯茶,还有糖和面包;他微笑着说道:

"非常感谢你,玛丽娅·佩尔菲利耶芙娜①。我非常感动!"

有时他羡慕得叹息着喊道:

"孩子们,你们生活得很好,让雨水把你们淋个透湿才好!完全像人的样儿了。"

接着又微笑着和叹息着讲道:

"生活吗?越来越好起来了!一个人的生活一年比一年愉快了。我从前在你们这样岁数的时候,只跟修皮鞋工的皮带②谈天。那家伙一开始在我背上抚摩时,我便舒服得用尽我的力气叫喊着。它一停止抚摩,我的背脊就生气、就板着脸,酸痛起来,并且想好朋友想得心痛。唔,它不用叫人家等待它很久,皮带那家伙是很敏感的!凭上帝说,我所看到的快乐就是这么一点!等到你们长大成人了,你们会回想到这一切,——你们的谈话,各种各样的事情和你们一切愉快的生活。我已经长大了,都快四十六岁了,可是没有什么可以回想的!一星星也没有!压根儿没有什么值得回忆的。我在你们这般岁数的时候,就好像是个瞎子和聋子似的。我只记得我嘴里的牙齿因为挨饿挨冻而老是格格地响着,脸上总是青一块红一块的,但是我的骨头、耳朵和头发怎么居然会没有损坏——这我可就不懂了。只有火炉还没有被用来打过我这个可怜人,可是拿我来撞火炉,那有的是!是的,他们费过劲,教过我怎样搓绳子⋯⋯可是虽然打我,剥我的皮,吸我的血,把我抛在地上,但俄国人是坚韧的!虽然在臼里把他捣烂,他还是会站在原来的地位上!真是出色的、坚强的人⋯⋯就拿我来说,我受折磨,被砍成块块,可是我还是像杜鹃似的活着,从这个酒店飞到那个酒店,对整个世界都感到满意!上帝喜欢我⋯⋯他有一次看了看我,笑了起

---

① 玛莎的本名和父称。成年人彼此一般用本名和父称相称呼。父亲叫女儿本来可以直呼小名,不应该用这样客气的称呼,而佩尔菲什卡却这样叫他的女儿,从而表达出他的微妙的态度。

② 皮鞋匠用以把皮鞋固定在腿上的皮带。

来,说:'嘿,这个混账东西!'就不再管我了……"

青年们听着鞋匠娓娓动听的话都笑了。伊利亚也笑,但佩尔菲什卡的话却同时唤起了他心头老是纠缠不清的同一个思想。有一天他带着怀疑的冷笑问鞋匠:

"看样子你什么也不希望吗?"

"谁说的?我嘛,差不多总是希望喝喝酒……"

"不,你要说实话:究竟希望什么东西呢?"伊利亚固执地问。

"说实话吗?唔,那么……希望有一只手风琴!……我希望有一只好的手风琴……值这么个二十……五卢布的!是的!"

他轻轻地笑了,但笑声立刻就停止,他考虑到了什么事情,就十分有信心地对伊利亚说道:

"不,老弟,手风琴对我也没有什么用处……第一,值钱的东西我一定会卖掉了买酒喝!第二,它如果忽然变得不如我的呢?要知道我现在的这只手风琴是什么样的?它真是无价之宝!我的灵魂就住在它里面!我的手风琴是稀有的,也许在世上是独一无二的……手风琴就像老婆……我也有过老婆,那是天使,不是凡人!如果我现在结婚,——那怎么成?要像已经有过的那样的老婆,那可是找不到的……对那个新的老婆——必然要用旧的尺来比量,她便会显得狭窄些……因此对我对她都更坏!……唉,老弟,一件东西所以好,倒并不是因为它好,而是因为它可爱!"

伊利亚同意鞋匠赞美自己手风琴的话。佩尔菲什卡的乐器用自己的响亮动听的乐音引起大家一致的惊异。可是伊利亚没法相信鞋匠竟会没有任何欲望。在卢尼奥夫的面前发生了一个十分明确的问题,一个人终身生活在泥淖里,衣衫褴褛地逛来逛去,会喝酒又会拉手风琴,他能够不向往任何更好的东西吗?这种思想使他把佩尔菲什卡当作一个有痴福的人,但同时他又常常怀着兴趣和怀疑观察这个无忧无虑的人,并且觉得鞋匠虽然是毫无用处的酒鬼,但就他的灵魂说,却是整个这所房子里最好的人……

有时这几个青年碰到了这类巨大而深刻的问题,它们就像无底的深渊一般展开在人们面前,威严地吸引着他们爱钻研的智慧和心灵进入它的神秘的黑暗里去。这些问题都是亚科夫提出的。他有一种奇怪的习惯:他对任何东西都要贴得紧紧的,仿佛感到自己的腿站不稳似的。他坐着的时候,不是把肩膀支在最靠近的东西上,便是把手牢牢地放在它上面。在街上用迅速而不匀的步子走着的时候,他不知为什么总要用手碰碰路缘石,好像在数它们,或者用手戳着垣墙,似乎要试探它是否坚固。在玛莎家喝茶时,他总是靠窗坐着,背贴着墙,长长的手指总是紧抓着椅子或者桌子边缘。他的披着颜色像新剥的树皮那样平滑柔软的头发的大脑袋侧在一边,眼睛望着交谈者,苍白的脸上的碧眼一会儿眯缝着,一会儿瞪得大大的。他仍旧喜欢讲自己的梦,而在叙述他读过的书的内容时,总要添加些自己编造的古怪的东西。伊利亚抓住了他这一点,但亚科夫并不感到狼狈,毫不在乎地说道:

"不错,我这样讲更好些。要知道只有圣经才不可以随心所欲地讲解,而普通的书是可以的!书是人们写的,我也是人。如果我不喜欢,我可以修改……不,请你告诉我:你睡着的时候,你的灵魂在哪里呢?"

"可我怎么能知道呢?"伊利亚回答,他不喜欢这类问题。因为它们引起他心里某种不愉快的骚乱。

"我认为灵魂飞走的说法是正确的,"亚科夫说。

"当然是飞走的,"玛莎确信地说。

"你怎么知道的?"伊利亚严厉地问。

"就那样……"

"飞走,"亚科夫沉思地微笑着说。"灵魂也需要休息……因此梦也……"

伊利亚对于这个问题不知道应该说什么,所以沉默着,虽然总觉得心里非常想反驳自己的同伴。大家也都沉默了一些时候,有时有几分钟。在昏暗的地窨子里仿佛变得更昏暗了。油灯冒着黑烟,茶炊里发着焦炭的气味,传来了低沉而奇怪的噪音,那是上面的酒店在嗡鸣、在吼叫。重新响起了亚科夫低低的声音:

"人们喧闹……工作和干着诸如此类的事。这叫做——活着。然后——啪哒一声!人死了……这是什么意思呢?伊利亚,你怎么想的,嗯?"

"什么意思也没有……人老了,就要死掉……"

"年轻人和小孩子也会死……健康的也会死。"

"如果死掉,可见不是健康的……"

"可是大家为什么活着呢?"

"那是走运!"伊利亚嘲笑地喊道。"人们为了活着才活着。人们干活儿,力求成功。每个人都希望生活得好,寻求出人头地的机会。所有的人都在寻找发财和过干干净净的生活的机会……"

"那是那帮子穷人。但是有钱的人呢?他们什么都有……他们还要寻求什么呢?"

"哼,倒聪明!有钱的人!如果没有他们,穷人为谁干活儿呢?"

亚科夫想了想又问道:

"这么说,你以为所有的人都是为了干活儿才生活的,是不是?"

"不错……但不完全是所有的人……有的人干活儿,有的人却就这么活着。他们已经干活儿干得够了,积了钱……就这样活着。"

"可是为什么呢?"

"真是见鬼!他们是想,还是不想活呢?你岂不是也想活吗?"伊利亚嚷道,他对同伴发脾气了。但他为什么要发脾气,他自己恐怕也很难回答:是因为亚科夫问了这样的问题呢,还是因为他问得不妥当呢?

"你为什么要想活,——嗯?"他对同伴嚷道。

"我自己也不知道!"亚科夫和气地说。"我也可以死去……可怕……不过很有意思……"

忽然他又用亲切而责备的声音说道：

"你发脾气，那是没有道理的。你想一想看：人们活着为了工作，而工作为了人们……可他们呢？结果是一个车轮……它转来转去，转来转去，可是老在一个地方。却猜不透是为了什么？上帝在哪儿？你瞧那个车轴——它可不就是上帝！他对亚当和夏娃说：'要生养众多，遍满地面，'①可是为什么呢？"

于是亚科夫向同伴弯过身去，蓝眼睛里带着恐怖的神气，他用神秘的耳语说道：

"你知道吗？这话是说过的，曾经说过的——为什么呢？可是有人抢劫了上帝，——把那句说明的话偷掉并且藏了起来……那个家伙就是撒旦！还能有别的谁呢？那是撒旦！因此便没有人知道为什么了！"

伊利亚听着同伴不连贯的话，觉得这些话打动了他的心，便不作声了。

而亚科夫的话越说越急促，声音也越来越低，他的眼睛鼓了出来，恐怖在他苍白的脸上浮动，他的话一点也没法理解了。

"上帝希望于你的是什么，你知道吗？哈哈？！"从他的长篇大论里突然清楚地发出了得意的喊声。接着从他嘴里又重新吐出了一长串不连贯的话来。玛莎惊讶地张开了嘴，瞅着自己的朋友和保护者。伊利亚生气地皱着眉头。他因听不懂而感到气恼。他认为自己比亚科夫聪明，可是亚科夫却用他惊人的记忆和谈论各种玄妙问题的本领压倒了他。他默默地听得不耐烦起来，感到自己脑袋里充满了沉重的迷雾，终于气愤地截断了高谈阔论的对手：

"见你的鬼去吧！你读书着了魔，自己却什么也不懂……"

"我本来也说我什么也不懂呀！"亚科夫诧异地喊道。

"那么你可以直截了当地说：我不懂！你却像疯子似的咭咭呱呱

---

① 出自《旧约·创世记》第一章第二十八节。

直嚷……我只好听着你的!"

"不,你等一等!"亚科夫不肯让步。"要知道没有什么是不能理解的……打个比方说……你瞧这盏灯。还有火。它从哪儿来的?忽然出现,忽然熄灭!划一根火柴——就点着了……可见它永远存在……它是不是在空气里无形地飞翔着呢?"

这个问题又把伊利亚捉住了。轻蔑的表情从他脸上消失了,他望了望灯说道:

"如果它存在在空气里,那么就应该永远温暖,而火柴在严寒里也能燃烧……可见不在空气里……"

"那么在哪儿?"亚科夫带着希望瞅着同伴问道。

"在火柴里,"玛莎开腔了。

可是在同伴们关于人生奥秘的谈话里,小姑娘的话总是得不到回答的。她对这个已经习惯了,因此也不见怪。

"在哪儿?"伊利亚又愤怒地喊道。"我不知道。我也不想知道!我只知道不能把手伸到火里,不过可以在它旁边取暖。就是这么回事。"

"瞧你这个人!"亚科夫兴奋而气愤地说道。"'我不想知道!'这样的话我也会说,一切傻瓜也……不,你要说明——火从哪儿来的?我不是问面包,那是很明显的:从麦子得到麦粒,从麦粒得到面粉,从面粉得到面团,再做成面包!可是人怎么生出来的?"

伊利亚惊讶而羡慕地望着同伴的大脑袋。在感到自己被他的问题所难倒时,他往往从座位上跳起来,说些粗暴的话。他这样一个身体结实、肩膀宽阔的人,遇到这种情形,总是莫名其妙地走到炉子那儿去,肩膀靠在炉子上,晃动着鬈发的脑袋,一字一顿地说道:

"你是个头脑糊涂的人,老实对你说! 这一切都是因为你没有事干才进到你脑筋里来的。你过的是种什么生活?站在柜台后面,——这没有什么了不起。你一辈子要像柱子一样站着。你假如像我一样每天从早到晚在城里到处走动,并且给自己找找运气的话,你就不会想到这些无聊的事情了……你就会想到怎样出人头地,怎样抓住机会。你脑袋长得这么大,就因为里面塞满了这些无聊的思想。那些有用的思想是很小的,它们不会使脑袋涨大起来的……"

亚科夫听着他的话一言不发,弯腰坐在椅子上,双手紧紧地抓住了什么东西。他的嘴唇偶尔无声地翕动着,眼睛眨个不停。

但当伊利亚说完话靠桌子坐下后,亚科夫又开始谈起哲理来了:

"据说有一本书叫科学,是一种妖术,书里什么都有说明……最好能够找到这样的书来读它一遍……一定是很可怕的!"

玛莎从桌边挪到自己的床上去坐,她的黑眼睛从那儿一会儿望望这一个,一会儿又望望那一个。后来她开始打呵欠、歪歪倒倒,末了便倒在枕头上了。

"唔,该睡觉了!"伊利亚说。

"等一等……我给玛舒特卡盖好被窝,还要把灯熄了。"

可是看到伊利亚已经伸出手想去开门,亚科夫便慌张而抱怨地要求他说:

"等一等我呀!我一个人害怕;黑得很!……"

"嘿呀呀!"卢尼奥夫轻蔑地喊道。"你十六岁了,还是像小娃娃。我怎么一点也不怕,嗯?即使碰到鬼,我也决不喊一声!"

亚科夫一声不响地在玛莎旁边忙活了一阵,后来急急忙忙地向灯火吹了口气。火焰跳动着,后来就熄了,于是黑暗从四面八方无声地侵入了屋子。但有时也有月光透过窗户,爱抚地落到地板上来。

有一次在例假日,卢尼奥夫脸色苍白,紧咬着牙关回家,他衣服不脱就往床上一倒。一股怨气像冰冷的圆球似的塞在他胸口,脖子上的麻木的疼痛使他不能转动脑袋,而他整个身体也仿佛由于遭受到的侮辱而隐隐作痛。

那天早晨,一个警察得了他一块圆肥皂和一打钩子,准许他带着货物站在白天演出的马戏场旁边,伊利亚便自由自在地在马戏场的入口处摆开了摊子。可是来了个警察所副所长,在他脖子上打了一拳,又踢翻了放着货物箱的架子,货物便散落在地上,有几样东西落在污泥里损坏了,有的却不见了。伊利亚一面从地上捡起货物,一面对副所长说道:

"这是不合法的,大人……"

"什—么?……"欺侮他的人捋正了红色小胡子问道。

"不可以动手打人……"

"是吗?米古诺夫!带他到所里去!"副所长泰然命令道。

于是就由那个准许伊利亚站在马戏场旁边的警察带他到警察所,卢尼奥夫在那儿一直被拘留到晚上。

卢尼奥夫以前也曾跟警察发生过冲突,可是被拘留在警察所里还是第一次,也是第一次心里感到那么多的怨恨和气恼。

他闭起眼睛躺在床上,全副精神集中在沉重地压着胸口的伤心的感觉上。隔壁酒店里震荡着喧哗嘈杂的声音,好像大雾的秋天从山上流下来的湍急浑浊的溪水似的。铁盘子铿锵地响着,碗碟叮当地响着,几种各不相同的声音洪亮地叫着烧酒、茶、啤酒……堂倌们喊着:

"马上就来!"

一个响亮的喉音像一根颤抖的钢丝一般划破了嘈杂的声浪,忧郁地唱着:

>   我不曾想—到……蹉跎你……[1]

另一个清楚的低音淹没在乱糟糟的其他声音里,低沉而悦耳地应和着:

>   啊,我蹉跎了……自—己的青—春。

---

[1] 引自俄罗斯民歌《我苍苍白发……》。

有人叫喊起来,他的嗓子干巴巴的好像开裂了的木头似的:

"你瞎说!是这样讲的:'你既遵守我忍耐的道,我必在普天下人受试炼的时候,保守你免去你的试炼'……"①

"你自己瞎说,"有人明确而热烈地反驳他,"那一段是这样讲的:'你既如温水,也不冷也不热,所以我必从我口中把你吐出去。'②你瞧!怎么,挨着了吧?……"

响起了雷鸣似的哈哈声,跟着有一个尖锐的声音像落雹子般地说道:

"我就打她的小脸蛋儿,我就打她的娇嫩的小脸蛋儿!还打她的耳朵,还打她的牙齿!一下,一下,又一下!"

大家哈哈大笑,可是那尖锐的声音哽咽着继续说道:

"她呢——拍的倒在地上了!我还是打她的小脸蛋儿,还是打她的可爱的小脸蛋儿!拿去!我第一个吻过她,我现在要打烂她……"

"好一个抠字眼的人!"有人冷笑着喊道。

"不,我要冒火了!"

"'凡我所疼爱的,我就责备管教他'③……你忘了这句话吗?……还有:'你们不要论断人,免得你们被论断。'④……还是大卫⑤王的话,你忘了吗?"

伊利亚听着争吵、歌声和笑声,但这些声音都掠过他的耳朵落到什么地方去了,没有唤醒他的思想。在他眼前的黑暗里浮动着警察所副所长瘦削的有鹰钩鼻的面孔,这面孔上一对凶恶的眼睛闪闪有光,红色小胡子也在颤动着。他望着这张面孔,便更紧紧地咬着牙齿。但是隔壁的歌声更响了,唱歌的人更兴奋了,他们的声音更豪放和嘹亮

---

① 出自《新约·启示录》第三章第十节。
② 同上第十六节。
③ 同上第十九节。
④ 出自《新约·马太福音》第七章第一节。
⑤ 以色列国王(约公元前十一世纪至前十世纪初),初时统治整个以色列,后为统治南古犹太国王朝的创建者。据其后历来传说,他被认为是《大卫诗篇》的作者。

了,哀怨的声音钻进了伊利亚的胸怀,触动了他心里那怨恨和气恼的冰团。

> 我这个善良的小伙子,走遍了……
> 唉,从河口直到山巅①……

两个声音这时融合成诉怨的调子:

> 走遍了西伯利亚全境,
> 一直寻找着回家的道路……

伊利亚仔细听着忧郁的歌词,叹了口气。在酒店的浓稠的喧哗里,它们像在天空云层中间小小的星星一般闪烁着。云迅速地飘过,星星一会儿出现,一会儿隐没……

> 哎唷,我饿得嚼碎了舌头,
> 又冻得骨头发痛……

伊利亚心里想:这些人现在在歌唱,他们唱得很好,歌声使人感动。但过一会儿他们喝醉了酒,说不定就会打起架来……一个人身上的优点是不能持久的……

一个高亢的声音诉怨道:

> 唉,你是不是我不幸的命运……

那低音有力而深沉地跟着唱道:

---

① 引自俄罗斯民歌《我苍苍白发……》。

你好比我身上铁一般的重担……

伊利亚的脑筋里被唤起了从前叶列梅老公公的形象。那老头儿晃着脑袋,腮帮子上挂着眼泪说过:

"我看了又看,可是没有看见过真理……"

伊利亚心里想:叶列梅老公公是爱上帝的,他便悄悄地积蓄金钱。而捷连季叔叔是怕上帝的,却把钱偷走了。所有的人好像总是带有两重性的。在他们胸腔里仿佛有一副天平,他们的心就好像天平的指针,在称善和恶的重量时,指针一会儿倾向这一边,一会儿倾向那一边。

"哈—哈!"酒店里有人吼叫了一声。跟着就有什么东西倒下,倒到地板上的力量大得连伊利亚身下的床都震动了。

"停住!……我的天……"

"捉住他……"

"救——命……"

喧哗声立刻增强了,鼎沸起来,产生了许许多多新的声音,所有这些声音都在空气里开始旋转着、吼叫着、颤抖着,彼此纠缠在一起,好像一群凶恶的饿狗。

伊利亚带着满意的心情听着,因为发生了正是他所预料的事情,并且也证实了他对于人们的见解,所以觉得很高兴。他双手垫在脑袋下面,又沉在思索里了。

"……安季帕爷爷作的孽一定很大,所以默默地连续祈祷了八年……而人们还是宽恕了他,说起他时都很尊敬,称他是正直的人……但是他们毁灭了他的两个孩子。把一个放逐到西伯利亚,把另一个赶出了村子……"

"这里应该打一种特别的算盘!"伊利亚想起了商人斯特罗加内的意味深长的话来了。"如果一个人是诚实的,而九个是混蛋,便没有人会得到便宜,可是那个人会吃亏……哪方面人多,那方面就有理……"

伊利亚冷笑了一声。对于人们的恶感像一条冰冷的蛇似的在他胸口蠕动。而记忆老是把一些熟识的形象推到他的面前。肥胖拙笨的玛季察躺在院子中央的污泥里呻吟着：

"妈妈呀！……亲爱的妈妈呀！如果你能够看见我呀！"

醉醺醺的佩尔菲什卡站在她旁边，身体跟着两腿摇晃着，申斥她说：

"吃撑了！你这母猪……"

身体强壮、脸色红润的彼特鲁哈轻蔑地微笑着站在台阶上望着他们。

酒店里的胡闹已经结束了。三个声音——两个女声和一个男声——想唱一支歌，但是歌没有唱成功。有人拿来了手风琴，拉了一会儿又拉得不好，后来就停了。

佩尔菲什卡清脆的声音响了起来，它掩盖了酒店里的一切杂音。鞋匠用歌唱的快板喊道：

"嗨，斟呀，可爱的酒杯，斟呀，可爱的酒杯，别舍不得老板的财产，可爱的酒杯呀！让我们喝酒，让我们爱娘儿们，让我们去当叫花子吧！向每人讨一根线，穷叫花子就有了绞索！摆脱了这根绞索，就用自己的筋来吊死……"

于是发出了一阵快活的哈哈声和赞许的叫喊声。

伊利亚站起来走到院子里，他在台阶上站住，满心想上一个地方去，却不知道该上哪儿去。时间已经很晚；玛莎已经睡了；亚科夫中了煤气躺在家里；伊利亚不愿到那儿去，因为彼特鲁哈一见他，总是不愉快地耸耸眉毛。刮着寒冷的秋风。浓重的、几乎是漆黑的黑暗充满着院子，看不见天空。院子里所有的建筑物都好像是被风凝聚起来的一块块巨大的黑影。在潮湿的空气里有什么东西在噼噼啪啪和淅淅飒飒作响，听得见低微而奇异的耳语声，好像是人们在诉说人生的苦恼。寒风向伊利亚的胸怀刮来，有力地吹在他脸上，把寒气吹进他的衣领里……伊利亚哆嗦着，想到这样生活下去是不成的，决计不成的！应该离开整个儿这个肮脏的烦嚣和纷争而到另外一个地方去,应该干净地、幽静地独自生活……

"那是谁?"突然有一个低沉的声音问道。

"谁在说话?"

"我……玛季察……"

"你在哪儿?"

"我坐在木柴上……"

"干什么?"

"没干什么……"

接着两个人都不响了……

"今天是我母亲的忌日,"玛季察从黑暗里告诉他。

"死了很久吗?"伊利亚为了找些话说,才问道。

"很久了……大约有十五年了……或者还不止……你的母亲还在吗?"

"不……也死了……你多大年纪了?"

玛季察沉默了一阵,又嘘了一声答道:

"已经差不多三十岁了……我的腿有病……肿了,像香瓜一般,而且还痛……我擦它,用各种东西擦,可是不见效。"

有人开开了酒店的门;一阵响亮的声音便从那儿涌到院子里。风把它们捉住并吹散到黑暗里去了。

"你干吗站在这儿?"玛季察问道。

"没有什么……因为觉得无聊……"

"像我一样……我那儿好像在棺材里。"

伊利亚听见一声深沉的叹息。后来玛季察对他说道:

"到我那儿去吗?"

伊利亚向那女人发出声音来的方向望了一眼,便平静地答道:

"我们走吧……"

在上阁楼的梯子时,玛季察走在伊利亚前面。她先把右脚放在梯子的第一级上,然后深深地喘息着慢慢向上挪动左脚。伊利亚心不在焉地跟在她后面,也走得很慢,仿佛烦闷的重担妨碍着他往上升,就像疼痛妨碍着玛季察一样。

　　这女人的房间是狭长的,房间的天花板的形状的确很像棺材盖子。房门旁边放着一只荷兰式的炉子,靠墙有一张大床,床背靠着炉子,床对面有一张桌子,两把椅子分放在桌子的两面。还有一把椅子靠窗摆着,在灰溜溜的墙上窗子好像一个黑暗的窟窿。这儿喧哗声和风声听得更清楚。伊利亚在窗口的椅子上坐下,向四面的墙壁环顾了一下,看见墙角的小圣像,便问道:

　　"这是什么圣像?"

　　"是圣安娜……"玛季察虔敬地低声说。

　　"你叫什么名字?"

　　"也叫安娜……你不知道吗?"

　　"不知道……"

　　"谁也不知道,"玛季察说,同时沉重地坐到床上。伊利亚望着她,但没有感到想说话的愿望。那女人也沉默着。这样,他们默然坐了很久,大约有三分钟,两个人都好像没有注意到对方的存在。到后来那女人问道:

　　"唔,我们做些什么呢?"

　　"我不知道……"伊利亚回答。

　　"当然喽!"那女人怀疑地冷笑着喊道。"你请请我。买两瓶啤酒……不,这么办吧——你买些东西我吃!……什么也不要,只要吃的……"

　　她的声音突然噎住了,她咳嗽了一声,又抱歉地继续说道:

　　"你瞧……自从我的腿有了病,我就没有收入了……我出不了门……所有的钱都花光了……我这样空待着已经第五天了……昨天已经差不多没有吃了,今天简直一点儿也没有吃……的的确确,这是真话!"

只有到了这时伊利亚才想起玛季察是个放荡的女人。他注意地对她的大脸盘望了一眼,只看见她的黑眼睛微微含着笑意,嘴唇微动着,仿佛在吮吸什么看不见的东西……他心里突然激起了一种在她面前感到尴尬的感觉,并对她发生了一种特别的模糊的兴趣。

"我马上去拿……"

他迅速地站起来,急急忙忙地顺着楼梯跑到酒店的门厅里,并且在通厨房的门前站住了。他突然不想回阁楼去了。但是这个念头在他心灵的烦闷的黑暗里只是像火花似的一闪就立刻熄灭了。他走进厨房,花十戈比向厨子买了几块红烧肉和面包,还买了一些残菜。厨子把这些东西一股脑儿放在一只油腻的筛子里,伊利亚用双手像端一盆菜似的端着它;回到门厅里时又站住了,心里考虑着怎样搞到啤酒。不能自己上柜台去买,因为捷连季叔叔会问他买来干什么。他把一个洗碗碟的人叫出厨房,请他代买。这洗碗碟的跑上柜台去,回来时一声不响地把酒瓶塞给了他,同时握住了厨房门的把手。

"等一等!"伊利亚说。"这不是我喝的……这是因为有一个朋友来了……"

"什么?"洗碗碟的问道。

"我请一个朋友喝……"

"唔……那么怎么样?"

伊利亚觉得不需要撒谎,因此弄得很狼狈。他上楼时走得不慌不忙,细心谛听着一切声响,好像期待着有人会拦阻他似的。可是除了飒飒的风声,再听不见别的声音,也没有人拦阻这个青年,于是他把一种自己完全明白的、虽然还是羞答答的淫欲带到阁楼上的女人的身边。

玛季察把筛子放在自己的膝上,默默地用粗大的手指从筛子里拿出一块块灰色的食物放进大张着的嘴里并响亮地咀嚼着。她的牙齿又大又锐利。她在用牙齿咬这一块块食物之前,先把它们翻来覆去审视一番,仿佛在找它的最可口的地方。

伊利亚执拗地望着那女人,心里想着怎样去拥抱她,又怕自己不会这样干,因而招她笑话。这念头使他一阵热,一阵冷。

通过气窗吹进阁楼来的风推动了房门,而当房门每次震动时,伊利亚总要哆嗦一阵,担心着随时会有人进来,撞见他在这儿……

"我来把门闩上,好吗?"他说。

玛季察不作声地点点头,把筛子搁在炉台上,画了个十字。

"圣徒呀,光荣归于你,——女人现在吃饱了!唔,一个人所需要的可真有限呢!"

伊利亚一声不吭。那女人望了望他,叹了口气又说道:

"一个要求多的人,人家要求他的也就多……"

"这个'人家'是谁?"伊利亚问道。

"不是上帝吗?"

伊利亚又不回答她了。她嘴里说出来的上帝这个字眼在他心里产生一种锐利而模糊的、不能言喻的感觉,它跟他想拥抱这个女人的欲望相抵触。玛季察用手支着床,稍稍抬起自己肥大的身体,挪动身体靠着墙。然后她冷漠地、用一种木头似的声音说道:

"我刚才一面吃一面老想着佩尔菲什卡的女儿……我想她想了很久……她跟你们——你和亚科夫,——混在一起,这对她没有什么好处,我想……你们会过早地毁了那个姑娘,那她就会走上我的道路……我的道路却是肮脏的和该诅咒的道路……落到这条道路上的妇人和姑娘不是走着的,而是像蛆虫一般爬着的……"

她沉默了一会儿,然后仔细瞧着放在自己膝盖上的双手,继续说道:

"那姑娘很快就要长大了。我问过几个熟识的女厨子和其他的女人,有没有地方给那个姑娘安插个位置?她们说没有她的位置……她们说:把她卖掉吧!……这样对她会更好些……人家会给她钱和衣服……也会给她住的房间……这是常有的,常有的事……有的有钱人,当他身体变得衰弱和惹人厌,而且女人们已经不会平白地爱他时……这样的老厌物就会买这个姑娘……这对她也许是好的……不过起初毕竟是难受的……最好能够没有这样的事……她还不如过着挨饿但是干净的生活,总比……"

她咳嗽起来,仿佛给一个什么字眼呛住了,然而她还是用同样冷淡的声调说完了那句话:

"总比既肮脏又挨饿好……"

风老是向阁楼刮着,莽撞地推着房门。

那女人的冷漠的声音和她笨重的、转动不灵的体态没有让伊利亚的感情继续发展,也没有逗起这个青年为表达他欲望所必要的勇气。玛季察仿佛把他越推越远,他注意到这一点,便对她生气了……

"上帝,我的上帝!"女人轻轻叹了口气说。"圣母!……"

伊利亚生气地在椅子上挪动一下身体,用阴沉的声音说道:

"你自称是肮脏的,自己却老是上帝上帝的!你以为他要你这样叫吗?"

玛季察望了望他,沉默了一下,又晃晃脑袋。

"我不懂你的话……"

"这用不着什么懂不懂的!"伊利亚从椅子上站起身来继续说道。"你们放荡来,放荡去,到后来喊上帝!如果要喊上帝,那么就不要放荡……"

"哎哟!"女人不安地喊道。"这是什么意思?除了罪人,还有什么人想到上帝呢?"

"什么人?——那我可不知道!"伊利亚说,感到有一股想侮辱这个女人和所有的人的不可遏制的欲望涌上心来。"我只知道你们不配谈上帝,是的!你们不配!你们只是拿他来彼此掩饰罢了……我不是小孩……我看得出来。大家都诉苦,抱怨……但是为什么要淫荡呢?为什么要互相欺骗和抢劫呢?……等到犯了罪,于是躲在角落里!上帝呀,饶恕呀!我明白……骗子,魔鬼!你们在欺骗自己,也在欺骗上帝!……"

玛季察沉默地望着他,张着嘴并伸着脖子,眼睛里流露着呆滞的惊讶神情。伊利亚走近房门,用急遽的动作拉开门钩就走了出去,用力碰上了门。他感到已经残酷地侮辱了玛季察,这使他感到愉快,心里感到轻松了些,脑筋也更清爽些了。他用坚定的步子跨下楼梯时,龇着牙齿吹起口哨来,但怨恨之心还老在他耳边叨咕着一些气人的、严厉的、像石头一般冷酷的话。他觉得这些话全都是炙热的,它们照亮了他内心的黑暗并给他指点出一条逃避人们的道路。他自己的这一番话已经不是专对玛季察一个人说的,而且也是对捷连季叔叔、彼特鲁哈、商人斯特罗加内,总之是对所有的人说的。

"应该这样!"他走到院子里时想道。"对你们用不着客气,混蛋!……"

伊利亚在探望过玛季察之后,很快就跟娘儿们来往起来了。第一次经过是这样的:有一天晚上他正回家走,有一个女人对他说道:

"来吗?"

他看了她一眼就一声不响地跟她并排走了。但在走着的时候,他低着脑袋,并且老向四面观望,怕碰见熟人。走了几步,那女人还提醒他说:

"记着,一个卢布。"

"行!"伊利亚说。"走快一点儿……"

他们沉默着一直走到那女人居住的地方。经过就是这样……

可是同女人们来往马上引起了巨大的花费,因此伊利亚更要常常想到他的小生意完全是浪费时间,它不可能使他建立起干净的生活。他有一个时期想仿照其他小贩的办法,做抽彩生意,并且像所有的小贩一样欺骗顾客。但经过一番考虑,认为这玩意儿既琐碎又麻烦。做这项买卖必须躲避警察,或者向他们讨好,给他们钱,而这是伊利亚所厌恶的。他喜欢直爽和大胆地当面看人,并且因为自己总是比其他小贩们穿得整洁,既不喝酒也不欺诈而感到强烈的满足。他在街上行走时总是不慌不忙、大模大样,他的高颧骨的面孔总是冷冰冰的、严肃的;说话时总是眯缝着自己乌黑的眼睛,话虽不多,却是经过了一番考虑的。他常常梦想着,如果能够弄到一笔一千卢布或更多的钱,那是多么好。关于盗窃的故事引起了他剧烈的兴趣,所以他买报纸看,仔细阅读关于盗窃案的详情细节,随后还长久地留意着:盗贼有没有落网? 当他们被捕获了时,伊利亚便生气和斥责他们,他对亚科夫说:

"他们落网了,这些笨蛋! ……如果不会干,就别干,鬼东西!"

一天晚上他对亚科夫说:

"骗子们生活得比大家好,正直的人却生活得不如他们!"

亚科夫的脸紧张起来,眼睛也眯细了,他用谈论哲理时常用的压低了的和神秘的音调说道:

"前次你的叔叔在酒店里跟一个老头儿喝茶,这个老头儿大概是圣经学者。老头儿说,好像圣经里说过:'强盗们的家是安宁的,触犯上帝的人的家是安全的,他们好像把上帝抱在自己手里似的……'①"

"可是你没有说谎吗?"伊利亚留神地听了他同伴的话后问。

"不是我说的话……"亚科夫摆动着双手,仿佛在空中摸索什么东西,继续说道。"圣经里说的……也许是那个老头儿自己编造出来的……我追问过他……他把原话重复了一遍……"

他又俯在伊利亚身上说道:

"拿我父亲做例子……他是安宁的! 可是他触犯上帝……"

"而且触犯得那么厉害!"伊利亚喊道。

"他已经被选为市议会议员了……"

亚科夫低下了脑袋,沉重地叹了口气补充道:

"一个人的一切行为在良心上本来应该像鸡蛋一样圆润,可是实际上……我真恶心……我什么也不明白……谋生的本事我没有,对酒店我不感兴趣……但是父亲老是叨咕……他说:'你游手好闲得够了,动动脑筋,干点事吧!'干什么事呢? 捷连季不在的时候,我站在柜台

---

① 出自《旧约·约伯记》第十二章第六节,但与原文不尽相符,原文是:"强盗的帐棚兴旺,惹神的人稳固。神多将财物送到他们手中。"

后面做买卖……我讨厌,可是我忍耐着……要称自己的心干什么事,我却办不到……"

"应该念书!"伊利亚一本正经地说。

"生活真困难……"亚科夫悄悄地说。

"困难?对你?你瞎说!"伊利亚从床上跳下来走近临窗坐着的朋友身旁嚷道。"对我困难,那不错!你有什么?你父亲将来老了,你就是老板……我呢?我在街上走,看见店铺里有裤子、背心……表和诸如此类的东西……我不能穿那样的裤子……那样的表我没有。你懂吗?可是我要……我要人家尊敬我……我哪一点不如人家?我比他们更好呢!可是骗子们在我面前摆架子,他们被选为市议会议员!他们有自己的家、酒店……为什么骗子们有幸福,我却没有呢?我也想要……"

亚科夫看了朋友一眼,忽然低声而清楚地说道:

"但愿上帝不给你成功的机会!"

"什么?什么道理?"伊利亚在房间中央站定,激动地望着亚科夫喊道。

"你贪心不足,你怎么样都不会满足,"对方说道。

伊利亚怀恨地板着脸笑了起来。

"不满足吗?你可以对你父亲说,要他把他同我叔叔一起从叶列梅老公公那儿偷走的钱即使分给我一半,我也心满意足了,——是的!"

但这时亚科夫从椅子上站起来,低着脑袋静静地向门口走去。伊利亚看见他的肩膀颤抖着,脖子弯得仿佛人家在它上面痛打过似的。

"等一等!"伊利亚捉住了他朋友的胳臂困惑地说。"你上哪儿去?"

"放手,老兄。"亚科夫几乎像耳语似的说,但站住了,并看了伊利亚一眼。他的脸色是苍白的,嘴唇紧闭着,整个的人仿佛被压毁了似的完全软瘫了……

"唔……等一等!"伊利亚小心地拉他离开房门时歉疚地恳求他说。"你别生我的气。要知道那是事实……"

"我知道,"亚科夫说。

"你知道?谁说的?"

"大家都在说……"

"对的……但说的人也都是骗子!"

亚科夫用抱怨的眼睛望了望他,又叹了一声。

"我起初不信,我以为他们因为妒忌而故意说坏话。后来开始相信了……既然你也这样说,可见……"

他摇了摇手,转过身体避开他的朋友,一动不动地呆住了,双手紧紧地撑着椅背,脑袋耷拉到了胸口。伊利亚离开了他,往床上一坐,姿势也像亚科夫一样,他没有吭声,因为不知道讲什么来安慰他的朋友。

"瞧,还得住在这儿,"亚科夫低声说。

"是呀,"伊利亚用他的声调应道,"老兄,我知道你不好受。惟一的安慰就是我们所看到的人全都是这个样子……"

"你确实知道那件事情吗?"亚科夫胆怯地问,眼睛没有望他的朋友。

"你记得我那时跑掉了吗?我从板缝里看见他们缝枕头……他还在嘶嘶地喘气呢……"

亚科夫对伊利亚说了一声再见之后,耸了耸肩头,站起来向房门走去。

"再见。你别那样……别太伤心……有什么办法呢?"

"我,——不要紧……"亚科夫开着门回答。

伊利亚目送他出去后就沉重地倒在床上。他可怜亚科夫,因此心里重新沸腾起对叔叔和彼特鲁哈、对所有的人的怨恨。像亚科夫那样的人是不可能在他们中间生活的;亚科夫是个好人,善良、温和、纯洁。伊利亚想到了人们,他记忆里出现了各种各样的事件,从中可以看出人们是凶恶、残忍和虚伪的。这类事他知道的很多,所以他很容易把记忆中的愤怒和污垢向人们身上发泄。他们在他心目中显得越坏,他便因奇怪的感情而越发感到难于呼吸;而在这种感情里,既有某种烦恼,有幸灾乐祸的心理,也有由于处在这黑暗和悲惨的生活——它像疯狂的旋风似的在他周围旋转着——里孤苦伶仃而感到的恐怖……

到后来,他再也没有耐心孤独地躺在这间小房间里了,酒店里发出来的浑浊而带有臭味的声音透过板壁传进来,他便爬起来出去散步。这一夜他在城里街道上走了很久,心里怀着既纠缠不清而又简单、沉重的思虑。他在黑暗里走着,以为背后好像有与他敌对的什么人在监视他,在隐隐地把他推到更坏和更寂寞的地方去,而且只让他看到那使精神陷于苦闷和心头产生怨恨的东西。世界上不是也有好人好事和欢乐吗?那么他为什么看不到他们,而到处只遇到坏人坏事和苦恼呢?是什么人一直在引导他往黑暗、肮脏和罪恶的路上去的呢?

他在这些思想支配之下,在田野里沿着城外修道院石砌的墙垣走着,眼睛直望着前面。乌云从黑暗的远方沉重而徐缓地向他这方面移动。在他头顶上,在黑黝黝的某些地方的乌云中间,偶尔闪现出几块蓝色的天空,那上面静悄悄地闪耀着一些小小的星星。沉静的夜里有时传来了修道院的铜钟的清脆的声音,这是笼罩大地的死一般的岑寂里的惟一的声响。从伊利亚背后一大片黑黝黝的城市建筑里,虽然时光还不很晚,也没有生命的噪音传到田野来。夜是凛冽的;伊利亚走着走着就踢着了冻结的泥块。孤独的痛苦的感觉和各种思虑所产生的恐怖使他站住了。他把背脊靠在修道院墙垣的冷冰冰的石头上,执拗地思索着究竟是谁在指导他生活,是谁把生活里的一切坏的和痛苦的东西推在他身上?

"是你吗,上帝?"伊利亚心里突然迸出了这个明确的问题。

冰冷的恐怖感像一阵战栗流过他的全身;被某种可怕的预感所袭击的他,离开了墙垣,急匆匆地跨着步,一路跌跌撞撞,双手紧贴着身体,头也不敢回地向城里走去。

这之后又经过了几天，伊利亚遇见了巴什卡·格拉乔夫。那是在晚上，细微的雪花在空中懒洋洋地飞舞，在街灯的光里闪耀着。天气虽然冷，巴维尔①却只穿了一件绒布衬衫，没有系腰带。他走得很慢，脑袋低到胸口，双手插在口袋里，弯着背，仿佛在自己的道路上寻找什么东西。当伊利亚走到他身旁叫他时，他才抬起头来，向伊利亚脸上望了望，冷淡地说了声：

"呀！"

"你好吗？"伊利亚同他并肩走着，问道。

"本来应该更坏些，可是不能再坏了……你怎么样？"

"还好……"

"我看也不怎么样……"

大家沉默了一阵，并排走着，胳膊肘互相碰着。

"为什么不来看我们？"伊利亚说。

"老是没有空……我们不会有太多空闲的时间，你自己也知道……"

"如果你愿意来，一定找得出时间……"伊利亚责备他说。

"你别生气……你叫我来看你们，可是你自己一次也没有问过我住在哪儿，更不必说来看我了……"

"这倒是真的！"伊利亚微笑着喊道。

巴维尔望了望他，更活泼地说道：

"我一个人生活，没有朋友，大家不能情投意合。我生过一场病，在医院里躺了差不多三个月，一直没有人来看过我……"

"什么病？"

"喝醉以后着了凉……害了伤寒病……病开始好起来的时候——那真受罪！整天整夜一个人躺着……仿佛觉得自己又哑又瞎……像一只小狗一样被抛进了坑里。真应该谢谢医生……老是给我书看……否则我会忧郁得死去了……"

---

① 巴什卡的正名。

"是些好书吗?"伊利亚问道。

"是的,是好书!我读诗——莱蒙托夫的,涅克拉索夫的,普希金的……有时候读起来,真像喝着牛奶似的。老弟,有这样的诗,读起来——仿佛爱人在吻你。有的时候一首诗鞭打在心上,好像打出了火花:会整个爆发起来……"

"可我已经开始同书疏远了,"伊利亚叹了口气说。"读到的是一种样子,看到的是另一种样子……"

"好就好在这里……我们一块儿上酒店去好吗?去坐坐,叙谈叙谈……我要到一个地方去,但时间还早……"

"走吧!"伊利亚同意说,并且友好地挽住了巴维尔的手臂。巴维尔又向他脸上看了一眼,笑了笑说道:

"我们之间从来没有过特殊的交情,可是遇见你我总是很高兴……"

"唔,我不知道你是否高兴……我倒是真的高兴的!"

"嘿,老弟!"巴维尔打断了他的话。"我正在想着这样的事情时,你就赶上了我——还是不想起的好!"他摆了摆手不作声了,脚步也放慢了些。

他们走进了路上遇到的第一家酒店,坐到一个角落里,叫了些啤酒。伊利亚借着灯光看见巴维尔的面孔消瘦得很,他的眼神是不安定的,从前嘲笑似的半张开的嘴唇,现在却闭得很紧。

"你在哪儿干活?"他问巴维尔。

"又进了印刷厂,"巴维尔不高兴地说。

"困难吗?"

"不是干活,而是烦恼。"

伊利亚看到原来快乐和活泼的巴什卡现在变得沮丧和烦闷,便感到一种模糊的满意。他很想知道是什么使巴维尔变成这样的,便加紧给他杯子里斟啤酒,不停地问道:

"你还作诗吗?"

"现在已经丢掉了,以前做得很多。我给医生看过,他还称赞呢。

他甚至把有的诗发表在报上……"

"喔嚄!"伊利亚叫了起来。"是什么诗?喂,说出来听听!"

伊利亚热烈的好奇心和几杯啤酒使巴维尔活跃了起来。他的眼睛发出了光芒,黄色的脸颊上也泛起了红晕。

"什么诗吗?"他用手使劲擦着前额反问道。"我忘了。的确忘了!等一等,也许想得起来。它们老是在我的脑袋瓜里——像蜂房里的蜜蜂……老是嗡嗡嗡的!有时我一开始写,我甚至兴奋得……心里沸腾着,眼睛里涌出了眼泪……想把这些写得漂亮,但是找不到词儿……"他叹了口气,晃了晃脑袋又补充道:"心里堆得结结实实的,可是一写到纸上——却是空空洞洞……"

"你随便说一些我听吧!"伊利亚敦促他说。他越仔细地观察巴维尔,他的好奇心便越增长起来,而在这好奇心里还夹杂着一点儿美好、温暖和忧郁的感情。

"我在作一首滑稽诗,写我自己生活的,"巴维尔不好意思地微笑着说。他向四周环顾了一下,咳嗽了一声,没有望着朋友的面孔就开始低声念道:

夜……真不好受!透过朦胧的玻璃窗
月亮把它的光线射进我的卧房,
月光对我亲善地微笑,
把淡蓝色的彩纹
画在潮湿冰冷的石墙上,
画在肮脏破烂的壁纸的碎片上。
我坐着,望着,沉默着,始终沉默着……
我压根儿不想睡觉……

巴维尔停住了,深深地叹息了一声,更加缓慢而沉静地继续念道:

命运在窒息我,它蹂躏我……
一会儿抓破我的心,一会儿打我的后脑勺,
也不肯把爱人给我留下,
只给我留下了一瓶烧酒……
烧酒瓶摆在我的面前……
它在月光下发亮,它笑得多厉害……
我用酒来医治心头的创伤:
喝了酒头脑发晕,
我不再冥想,只想睡觉……
我不如再喝它一杯怎么样?
我要喝干!……让睡觉的人们不喝酒吧!
我的脑筋不让我睡着呀……

巴维尔念完以后,飞快地向伊利亚看了一眼,便更低地垂下了脑袋,悄悄地说道:

"瞧……我的诗多数就是这一类……"

他用手指开始敲击着桌子边,在椅子上不安地挪动着身体。

伊利亚抱着怀疑的惊讶凝视着巴维尔有好几秒钟。他耳朵里响着和谐的诗句,可是他很难相信这诗就是这个有一对不安定的眼睛的、穿着旧的大衬衫和笨重的靴子的瘦瘦的小伙子作的。

"嗯,老兄,这不很滑稽呀!"他注视着巴维尔,缓慢而低声说。"这很好……它抓住了我的心……真的!嗯,你再念一遍……"

巴维尔迅速地抬起头来,用快乐的眼睛望了望他的听者,把身体挪得更靠近他,低声问道:

"你真的喜欢吗?"

"你真怪!……我几时说过谎话?"

巴维尔开始轻微而沉思地念起来,有时停顿一下,当气接不上时便深深地喘息着。他念完之后,伊利亚更怀疑这些诗不是巴维尔自己作的了。

"那么还有别的呢?"他问道。

"我还是下次带着本子到你那里去吧……我的那些诗都很长……再说我也该走了!我的记性又不好……开头和结尾老在舌头上打转……噢,有这么一首诗,写我仿佛夜间在树林里走,迷失了路,我累了……唔,真害怕……只有我一个人……唔,瞧,我寻找着出路,抱怨着:

  我两腿痠痛,
  精神疲倦了——
  出路总找不到!
  亲爱的土地呀!
  你至少也得告诉我——
  该往哪儿走呀?
  我躺在地上——
  躺在它亲爱的
  潮湿的胸脯上——
  我的心听见了
  深沉的低语:
  ——上这儿来呀!

"听我说,伊利亚,同我一块儿去,嗯?去吗?我不想跟你分手……"巴维尔慌里慌张地拉着伊利亚的袖子,亲切地注视着他的脸。

"我去!"伊利亚说。"我也想跟你在一起多待一会儿……我老实说,我既相信你,又不相信……你这个人太奇怪了!你哼出来的那些诗可真妙……"

"你不相信是我作的?"

"如果是你作的,那你真了不起!"伊利亚真诚地喊道。

"我呀,老弟,等我学会一点儿,我就写——那就够你瞧的了!"

"好好干吧!"

"唉,伊利亚!如果我有学问……"

他们在街上迅速地跨着步子,彼此不等对方把一句话说完就急急忙忙地抢着说,两人越说越兴奋,彼此也越来越觉得亲近了。两个人都看到对方跟自己的想法一样,因而感到很快活,这快乐更加鼓舞了他们。正下着像稠密的棉絮似的雪花,在他们的脸上融化着,也积在他们的衣服上,粘在皮靴上;他们在混混沌沌的、正在他们周围无声地翻腾着的泥泞里走着。

"唷,见鬼!"伊利亚的脚陷进了一个满是烂泥和积雪的坑里,便骂了一声。

"靠左边一点儿走……"

"我们到哪儿去?"

"到西多里哈家去。你知道吗?"

"知道……"伊利亚沉默了一会儿之后回答,接着笑了起来。"老兄,我们的道儿可短呢!……"

"嘿!"巴维尔低声说。"我明白!……可是我必须上那儿去:我有事情……我要告诉你……伊利亚!谈到这件事我很痛苦……"

巴维尔大声地吐了口痰。

"你知道,——那儿有一个姑娘……你就会看见她是什么样的……整个心灵会给烧掉的……她本来是替我治好了病的那个医生家的女仆。我上医生家去借书……当我病好了以后……唔,你来了,坐坐……她呢,在那儿……跳呀,笑呀……我去看她……她立刻答应了我,没有任何话……我们便开始了——这么回事!天才亮……我就飞到了她身边——像羽毛飞进火去……我们尽情接吻——吻得嘴唇发肿,骨头发痛——嘿!她又纯洁,又娇小,像个洋娃娃,只要一拥抱她——她就不见了!仿佛像小鸟似的飞进了我的心坎里,就在那儿唱起歌来……就这么唱着……"

他沉默了,用渴望的声音奇怪地呜咽了一声。

"后来呢?"被他的话所吸引的伊利亚问道。

"医生的老婆撞见了我们……见她的鬼!倒也是个好心的太太,这个傻女人!有时候也跟我讲话……挺好的……很漂亮……这鬼婆子!……"

"后来呢?"伊利亚又问道。

"后来嘛——闹了起来……把小薇拉赶走了……痛骂了她一顿……也骂我……她来找我……我那时没有职业……什么都吃得光光的……唔,她却很有特性……她跑掉了……失踪了两个礼拜……后来出现了……穿得很时髦,而且都有了……手镯……金钱……"

巴什卡咬了咬牙齿,低沉地说道:

"我打了她一顿……打得很凶……"

"她跑了吗?"伊利亚问。

"没有……如果跑了,那我会投河了……她说:要么杀死我,要么别管我……她说:我对你是个沉重的负担……她说:我的心决不给任何人……"

"你呢——怎么样?"

"我呀——什么都做了:也打她,也哭……我还能怎样呢?我养不活她……"

"她不想找一个职业吗?"

"鬼才说得服她!她说——好的!可是我们如果生了孩子——把他们往哪儿放?这样呢,她说,一切都是完整的,一切都是你的,孩子也不会有……"

伊利亚·卢尼奥夫想了想又说道:

"她是聪明的……"

巴什卡不吭声,在昏暗的雪地里迅速地迈着步子。

他走在同伴前面有两三步路远,然后向他转过身来,站住了,用哑哑的声音含糊地说道:

"我一想到别人在吻她时,就好像有人用铅灌进我的胸膛似的……"

"你不能丢掉她吗?"

"丢掉她?"巴维尔惊讶地喊道。

等到伊利亚瞧见了那姑娘,才明白他惊讶的道理。

他们来到了城根一所平房面前。它的六扇窗都紧闭着百叶窗,因此房子的样子活像一个长长的旧棚屋。潮湿的雪在墙上和屋顶上积得很厚,仿佛想把这所房子给埋藏起来似的。

巴什卡敲了敲大门,说道:

"这儿是一种特别的营生。西多里哈给姑娘们房间,供给伙食,向每人收费五十卢布……姑娘只有四个……唔,当然喽,葡萄酒是西多里哈预备的,还有啤酒、糖果……可是她对姑娘们一点儿也不加约束:想玩就玩,想待在家里就呆在家里,不过按月得给她五十卢布……这几个姑娘身价都挺高的,所以这点儿钱她们很容易搞到……这里有一个叫奥琳皮阿达的,少了二十五卢布是不干的……"

"那么你的那个要多少钱?"伊利亚问,一面抖掉衣服上的雪花。

"我不知道,也很贵……"巴维尔·格拉乔夫沉默了一会儿之后低声回答。

大门里面传来一阵声响,一缕金黄色的光在空中颤动着。

"谁呀?"

"是我,瓦萨·西多罗芙娜……是格拉乔夫……"

"啊!"门开了;一个矮小而干瘪的老太婆,皱皮的脸上堆着一个大鼻子,她用烛光照着巴维尔,殷勤地说道:"你好……那个小薇拉早就坐立不安地等着你啦。跟你一块儿来的是谁?"

"朋友……"

"谁来了?"从黑暗的长长的走廊里有人用清脆的声音问道。

"是找薇拉的,莉波奇卡……"老太婆说。

"薇尔卡[①],是你的人!"同一个清脆的声音喊了一声,声音嗡嗡地

---

① 薇拉的爱称。

在走廊里扩散着。

于是在走廊深处,一扇门迅速地开了,而在一片阔大的光亮里出现了一个姑娘的娇小的身影,她全身穿着白的,披着浓密的金发。

"你好久不来了!"她用低沉的声音撒娇地曼声说。然后踮起脚,把自己的双手放在巴维尔的肩上,她的一对褐色的眼睛隔着他的肩头望着伊利亚。

"这是——朋友……卢尼奥夫,伊利亚……"

"您好!"

姑娘向伊利亚伸出手来,她的白色上衣的宽大的袖子几乎落到了肩头。伊利亚恭敬小心地握住了热乎乎的小手,同时欣喜地望着巴维尔的女朋友,像一个人在茂密的森林里,在被狂风吹折的树木和沼泽的小丘中间遇见了一株优雅的小白桦树一般欣喜。当她站到一旁好让他进门时,他也退在一边恭敬地说道:

"您先请!"

"好一个绅士呀!"她笑着说。她的笑也是很好的——快活而爽朗。巴维尔也笑着说:

"薇尔卡,你把小伙子吓呆了……你瞧,他站在你面前,就像一只熊站在蜜糖前面一样……"

"是吗?"姑娘快乐地问伊利亚。

"一点也不错!"这一个微笑着承认说。"您的美丽把我脚下的土地给打掉了……"

"看你敢爱上她!我要杀死你!……"巴维尔快乐地微笑着威胁说。他看见自己的情人的美丽在伊利亚身上产生了这样的印象,感到很满意,他的眼睛发出了骄傲的光芒。她意识到自己女性的魅力,也以无邪的不怕羞来炫耀自己。她身上只穿着一件宽大的上衣罩在衬衫上,还有一条像雪一样洁白的裙子。没有扣好扣子的上衣敞开着,露出了结实得像新鲜的萝卜一般的身体。小嘴巴的两片绯红的嘴唇抖动着自得的微笑;那姑娘在欣赏着自己,好像孩子欣赏着还没有玩厌的玩具似的。伊利亚目不转睛地望着她翘着小小的鼻子在房间里轻快地走来走去,她一面深情地望着巴维尔,一面快活地说着话,于是他想到自己没有这样一个女朋友而感到愁闷了。

在小小的、收拾得很干净的房间中央放着一张遮着白台布的桌子;桌子上茶炊热闹地沸腾着,周围的一切既清新又富有朝气。茶杯、酒瓶、装香肠和面包的盘子——这一切都使伊利亚看了高兴,在他心里引起了对巴维尔的羡慕。巴维尔坐着很得意,他声调抑扬地说道:

"我一看见你——就好像在阳光下取暖……一切烦恼都被抛到九霄云外,一心只希望幸福……欣赏着这样的美,生活真好;能看见你,多么好……"

"巴什卡!真太好了!……"薇拉狂喜地喊道。

"热腾腾的!刚刚烤出来的……喂,伊利亚!你把她看够了!……也给自己搞一个……"

"对——搞一个好的!"姑娘正面看了伊利亚一眼,用奇怪的、仿佛是另一种声音说。

"比您更好的人儿——上帝是不会给的!"伊利亚叹了口气,微笑着说。

"唔,您不知道的事可别说……"薇拉悄悄地说。

"他知道的……"巴什卡说,又皱起了眉头继续对伊利亚说道:"我告诉你——一切都完美、快乐……但忽然想起了那个……心里便像刀割!……"

"你就别去想。"薇拉脑袋俯在桌子上说。伊利亚向她望了一眼,看见她的耳朵是红红的。

"你要这样想,"姑娘低而坚定地继续说。"哪怕我只有一天,但这一天毕竟是我的!……我也并不轻松……我呀,像歌词里说的:痛苦,我独自把它吞饮,我的欢乐则与你平分……"

巴维尔一面听着她的话,一面皱起了眉头……伊利亚感到想对这两个人说几句鼓励的好话的愿望,他想了想之后便说道:

213

"如果结子解不开,那有什么办法呢? 至于我……我要对你们俩说:如果我有上千块钱,我一定给你们! 拿去! 请赏光收下吧,看在你们爱情的分上……因为——我感觉到——你们的关系是真诚的,是纯洁的,而其他的一切——去它的吧!"

他心里有什么东西在爆发,一阵炽热的浪涛笼罩了他。他甚至从椅子里站了起来,他看见那姑娘抬起了脑袋用感激的眼光望着他,巴维尔也向他微笑着,而且同样在等待着他再说下去。

"我生平第一次看到人们彼此相爱……巴维尔,我今天真正认识到你的人格,着实认识到了! ……我现在坐在这儿……而且说老实话,我忌妒……至于……一切其他的……我要说的是:我不喜欢楚瓦什人和莫尔德瓦人①,我讨厌他们! 他们的眼睛流着脓水。可是我同他们在一条河里洗澡,我同他们喝着同一条河的水。难道因为他们的关系我就放弃那条河吗? 我相信上帝会净化它的……"

"对,伊利亚! 你真是好样儿的!"巴维尔热烈地喊道。

"那您就喝小溪里的水吧,"薇拉发出了低微的声音。

"不,您还是给我斟一杯茶吧!"伊利亚说。

"您真好!"姑娘叫道。

"衷心地感谢您!"伊利亚严肃地回答。

这短短的一幕在巴维尔身上起了像醇酒一般的影响。他的活泼的脸孔泛起了红晕,眼睛兴奋地发出了光芒,他从椅子上跳起来在房间里踱来踱去。

"嘿,我真见鬼! 当人们像小孩子一个样子时,活在世界上该多有意思! 我把你带到这儿来,使我的心得到了很大的安慰,伊利亚……干一杯,老弟!"

"高兴起来了!"姑娘亲切地微笑着看了他一眼,随后又对伊利亚说道:"他总是这样的:一会儿很高兴,一会儿灰溜溜的,又烦闷又凶

---

① 莫尔德瓦人是俄罗斯的一个少数民族。

恶……"

门上有人敲了几下,问道:

"薇拉,可以进来吗?"

"进来,进来!这是伊利亚·亚科夫列维奇;这是莉帕,我的朋友……"

伊利亚从椅子上站起来,转身向着房门:他面前站着一个颀长而苗条的女人,她的沉着的天蓝色的眼睛正望着他的脸。一阵香水的香气从她的衣衫里飘出来,她的两颊是鲜嫩的、绯红的,她头上堆着黑发梳成的发髻,像王冠似的,使她的身材更显得高了。

"我独自一个人坐着,觉得很寂寞……听见你这儿有说有笑的,所以就过来了……没关系吗?瞧这位先生只有一个人,没有女伴……我可以陪他,您愿意吗?"

她用潇洒的动作把一张椅子移近伊利亚,就坐下来问道:

"请您告诉我,您跟他们一起感到寂寞吗?他们在那儿情话绵绵,您忌妒他们,是不是?"

"跟他们一起我不感到寂寞。"伊利亚说,对于她的亲近感到局促。

"那太遗憾了!"那女人平静地说了一句便掉头过去,向薇拉说道:"告诉你说,昨天我到圣母院去做晚祷,在那儿看见一个唱诗班的见习修女,嘿!真是个美丽的小姑娘……我站着老盯着她看,心里想:'她为什么进了修道院呢?'我真可怜她……"

"我才不会可怜她呢,"薇拉说。

"是呀!你这是真话……"

伊利亚呼吸着在这女人周围的空气里散发着的香水香,从侧面看着她,细听着她的声音。她的话说得出奇的平静和自然,在她的声音里有一种催眠的东西,仿佛她的词儿也有着愉快的和馥郁的香气……

"你可知道,薇拉,我老是考虑着:我要不要去找波卢埃克托夫?"

"我不知道……"

"也许我会去找他的……他年纪老,有钱。可是很贪婪……我要

215

求他存五千到银行里,每个月付给我一百五,可是他只存三千,给一百……"

"莉波奇卡①!别谈这个,"薇拉要求她说。

"好,我就不谈了!"莉帕心平气和地同意了,又转身向伊利亚说:"喂,年轻人,我们来谈谈……我喜欢您……您有一张漂亮的面孔,一双严肃的眼睛……您对我的话有什么意见?"

"我说不好,"伊利亚窘困地微笑着回答,他觉得这个女人像云雾一般笼罩了他。

"说不好?您这个人真乏味……您是干什么的?"

"小贩……"

"是吗?我还以为您在银行里工作……或者是在体面的商店里当掌柜。您很斯文……"

"我爱干净,"伊利亚说。他觉得热得懒洋洋的,香水的香味又使他脑袋发晕。

"您爱干净?这很好……不过您懂得知趣吗?"

"这是什么意思?"

"您有没有了解到您在妨碍您的朋友?"那蓝眼睛的女人从容不迫地问他。

"我马上就要走的!……"伊利亚惶惑地说。

"薇拉,我可以拖他走吗?"

"如果中意的话,就拖走吧!"薇拉说了就笑了起来。

"哪儿去?"伊利亚激动地问。

"你走就是了,小傻瓜!"巴维尔喊道。

伊利亚迷迷糊糊地站着,张皇失措地微笑着,但是那女人挽住了他的手臂牵他走,平静地说道:

"您是个腼腆的人,我却是任性和固执的。如果我想扑灭太阳,我

---

① 莉帕的爱称。

便会爬上屋顶去对它吹气,一直吹到最后一口气……您瞧,我是怎样的一个人?"

伊利亚跟她手搀手走了,他不明白,也几乎没有听着她的话,只觉得她温暖、柔软、芬芳……

这种突如其来的、捉弄人的关系完全把伊利亚抓住了,在他心里引起了扬扬自得的感觉,也好像医好了生活在他心上留下的创伤。想到一个美丽的、穿得很干净的女人会随心所欲地自由给他以自己高贵的亲吻而不要任何代价时,他自视得更高了。他仿佛在一条宽阔的河流里,躺在抚慰着他身体的平稳的波浪里游泳一般。

"我的调皮鬼!"奥琳皮阿达①对他说,一面抚弄着他鬈曲的头发,或者用手指刮着他嘴唇上黑色的柔毛。"我越来越喜欢你了……你有一颗可靠的、坚强的心,我看得出如果你希望得到什么东西,你一定会达到目的……我也是这样的……假如我再年轻些,我就会嫁给你了……那么我们俩就会称心如意地安排我们的生活……"

伊利亚对她很尊敬:他觉得她很聪明,而且她虽然过着不名誉的生活,却能尊重自己。她的身体像她低沉的嗓子一样,圆润和结实,也像她性格一样端正。他喜欢她的节俭、爱好清洁、善于高谈阔论,以及待人接物的独立不羁而且甚至傲然的态度。然而有时他到她那里遇见她睡在被窝里,脸色苍白而憔悴,头发蓬乱,这时他心头便产生厌恶这个女人的感觉,于是他严峻地望着她浑浊的、好像褪了色的眼睛,一言不发,心里甚至连对她说一声"你好"都不情愿了。

她大概懂得他的心情,所以把身体裹在被窝里,对他说道:

"离开这儿吧!上薇拉的房间里去……告诉老太婆把雪水拿来……"

他走进了巴维尔的女友的清洁的房间,薇拉看见了他皱着眉头的面孔,便抱歉地微笑着。有一次她问道:

---

① 是莉帕、莉波奇卡的正名。

217

"怎么,我们的姊妹苦吗?"

"唉,薇罗奇卡①!"他答道。"在您身上连罪恶也像雪一样……您一笑,它就融化了……"

"您和巴维尔是怪可怜的,"那姑娘怜惜他说。

他喜欢薇拉,也怜惜她,当她跟巴维尔吵架时,他真心感到不安,他给他们调解。他喜欢坐在她房里,望着她一面梳着她金黄色的头发或者缝着什么东西,一面低声哼着歌曲。在这种时候,他越发觉得她可爱,他深深感到这姑娘的不幸,便尽他所能来安慰她。而她却说:

"不能这样地生活,不能,伊利亚·亚科夫列维奇。嗯,我反正无所谓……就这样龌龊下去好了……可巴维尔为什么要跟着我一起呢?"

他们的谈话被奥琳皮阿达打断了,她穿着宽大的淡蓝色睡衣,像一缕寒冷的月光一般无声地出现在他们面前。

"我们喝茶去,调皮鬼!……你随后也来,薇罗奇卡……"

她才洗过冷水的皮肤显得红喷喷的,又洁净,又结实,又宁静;她威严地把伊利亚带走了,他跟在她后面,心里却在想道:她就是一点钟以前他所看到的那个憔悴的、被一双肮脏的手捕获过的人吗?

喝茶时她说道:

"可惜你读书读的不多……应该丢开生意,应该试试别的事情。等我给你找一个位置……我要给你安排……瞧吧,等我跟了波卢埃克托夫,我就可以办好这件事……"

"怎么,他给你那五千卢布吗?"伊利亚问道。

"会给的!"那女人确信地回答。

"唔,如果我几时在你家里遇见他,我要砍掉他的脑袋瓜子!……"伊利亚恨恨地说。

"等一等,等他给了我钱以后,"那女人笑着说。

---

① 薇拉的爱称。

她要求的东西那商人都给了她。不久,伊利亚就坐在奥琳皮阿达的新寓所里,眼睛望着地板上厚实的地毯和罩着深色丝绒的家具,耳朵听着自己情妇的安详的谈话。他看不出她对于环境的改变有什么特别的满意:她还是像平常一样宁静和沉着。

"我现在二十七岁,到三十岁时我可以有万把卢布。那时我把老头儿打发掉,就自由了……向我学习生活吧,我的严肃的调皮鬼……"

伊利亚便向她学习在追求目标时的那种不折不挠的毅力。但有时一想到她在把自己的温存给予另一个人,他便感到沉重的、使他陷于卑贱的耻辱。于是在他眼前特别鲜明地显现了开个小铺子和有一间可以接待这个女人的干净房间的美梦。他不能肯定自己是不是爱她,可是她是他所必需的。这样过了大约三个月。

有一次,伊利亚做完生意回来,走进地下室的鞋匠家里,他惊讶地看见佩尔菲什卡坐在桌子旁边,面前放着一瓶烧酒,在幸福地微笑着,他对面坐着亚科夫。亚科夫胸脯伏在桌上,晃着脑袋,吞吞吐吐地说道:

"如果上帝什么都看得见的话,那他也看得见我……父亲不爱我,他是骗子!对吗?"

"对,亚沙!话虽不中听,但是说得对!"鞋匠说。

"怎么活下去?"亚科夫抖动着乱蓬蓬的头发,困难地转动着舌头问道。

伊利亚站在门口,他的心不舒服地紧缩了。他看见亚科夫的大脑袋在细脖子上无力地摇来摆去,看见佩尔菲什卡又黄又干巴的面孔露着痴呆的微笑;他不敢相信看见的真是亚科夫,真是驯良和安静的亚科夫。他走到他面前。

"你这是在干什么呀?"

亚科夫哆嗦了一下,用恐怖的眼睛望望他脸上,异样地微笑着喊道:

"我以为——父亲……"

"你在干什么,嗯?"伊利亚追问他。

"伊利亚·亚科夫列维奇,你别追问他了,"佩尔菲什卡说,从椅子上站起来,两条腿不停地摇晃着。"他没有错。……而且感谢上帝,他喝酒了……"

"伊利亚!"亚科夫歇斯底里地大声嚷道。"父亲把我……打了一顿!"

"他说得完全正确,——我是这件事的证人!"佩尔菲什卡拍了拍自己的胸膛说。"我都看见了,我可以发誓!"

亚科夫的脸孔的确肿了,上嘴唇也鼓了起来。他站在同伴面前苦笑着,对他说道:

"难道可以打我吗?"

伊利亚感到自己既不能安慰同伴,也不能责备他。

"他为什么打你?"

亚科夫嘴唇动了动,想说什么话,但双手捧住脑袋哭了起来,全身摆动着。佩尔菲什卡一面给自己斟着酒,一面说道:

"让他哭吧,一个人能够哭是好的……玛莎也……使足了劲号啕大哭……叫喊着:我要把眼睛挖出来!我把她送到玛季察那儿去了……"

"他跟父亲怎么啦?"伊利亚问。

"事情很怪……这场风波是你叔叔开的头……他忽然说:'让我到基辅去,到圣徒那儿去吧!'……彼特鲁哈听了很高兴,说老实话,他很高兴捷连季能够走掉……伙伴不是桩桩事情都愉快的!他说:'去吧,在圣徒面前也替我说句好话……'亚科夫也说起话来:'也放我去……'"

佩尔菲什卡瞪起了眼睛,扮出一张凶狠的鬼脸,用低沉的声调缓慢地说道:

"'什—么?……'——'也让我到圣徒那儿去!……'——'那为什么?'——'我要为你祈祷……'彼特鲁哈忽然大嚷起来:'我来给你祈祷!'但亚科夫还坚持:'让我去吧!'彼特鲁哈给他脸上那么一家伙!

接着又是一下,又一下……"

"我不能同他一起生活!"亚科夫喊道。"我要去上吊!他为什么打我?我是诚心诚意说的……"

他的叫嚷使伊利亚觉得很难受,他无可奈何地耸了耸肩便离开了地下室。叔叔要去朝山进香的消息他听了很高兴:叔叔一走,他也可以离开这所房子,自己去租间小房,独自过生活了……

当他走进自己的房间时,捷连季跟在他后面出现了。他的脸是快乐的,眼睛也活泼起来了;他抖动着驼背,走近伊利亚说道:

"唔——我要走了!主呀!好像从牢狱升到天堂似的……"

"你可知道亚科夫喝酒喝得醉醺醺的……"伊利亚冷冷地说。

"啊—啊—啊!那不好!"

"他的父亲不是当你面打了他?"

"当我面……那怎么样?"

"怎么样,你不明白他因此而喝酒的道理吗?"伊利亚严厉地问道。

"难道因为这个吗?请你说说看,嗯?"

伊利亚清楚地看到叔叔毫不关心亚科夫的命运,这更增加了他对驼背的憎恶。他从来没有看见捷连季这样高兴过,而这种对他表现的高兴,正好就在亚科夫的眼泪之后,在他心里引起了一种糊涂的感觉。他在窗口下面坐下,对叔叔说道:

"到酒店去……"

"老板在那儿……我要跟你谈谈……"

"谈什么事?"

驼背走近他身旁,神秘地说道:

"我很快就要动身了。你将单独留在这儿,所以……那就是说……"

"你直截了当地说呀,"伊利亚说。

"直截了当?"捷连季不停地眨着眼睛,低声叫喊起来。"这儿也不大轻松……我积了些钱……一点儿……"

伊利亚看了他一眼,不怀好意地笑了起来。

"你怎么样?"叔叔哆嗦了一下问他。

"嗯,你积了些钱……"

他把"积"字说得特别清楚。

"是呀,所以……"捷连季没有望着他说。"唔,那意思就是……两百卢布我决定捐给教堂。一百卢布给你……"

"一百?"伊利亚迅速地问。这时他发现在他灵魂的深处老早存着从叔叔那里接受不是一百卢布而是多得多的钱的希望。他开始既为了自己的希望——他知道这是不好的希望——而怨恨自己,也为了叔叔给他那么少的钱而怨恨他。他从椅子上站起来,立直了身体,坚定而恶狠狠地对叔叔说:

"我不要你偷来的钱……"

驼背向后倒退了几步,坐到床上;样子可怜,脸色苍白。他身体缩做一团,张开了嘴,眼睛带着迟钝的恐怖望着伊利亚。

"你看什么?我不要……"

"主耶稣呀!"捷连季声音嘶哑地说。"伊柳沙,你好比是我的儿子……要知道我……是为了你……为了你的前途才决定犯罪的……你把钱收下吧!……否则上帝不会饶恕我的……"

"原来如此!"伊利亚讥笑地叫道。"你手拿着算盘去见上帝吗?……再说,我请过你去偷老公公的钱吗?你们抢劫的是个怎样的人呀!……"

"伊柳沙!你也没有请过把你生出来呀……"叔叔滑稽地向伊利亚伸出手去说。"不,你得把钱收下,看基督面上!为了超度我的灵魂……如果你不收下,上帝不会开脱我的罪过的……"

他恳求着,他的嘴唇颤抖着,眼睛里露出了恐怖的神色。伊利亚望着他,却不能明白自己是否在怜悯叔叔。

"好吧!我收下……"他终于说道,随后就走出了房间。接受叔叔那笔钱的决定,对于他是不愉快的;这件事使他在自己心目中降低了地位。他为什么要一百卢布呢？这一百卢布做得了什么呢？于是他想到如果叔叔答应给他一千卢布，那么他一下子就可以把自己不安定的和黑暗的生活改变成为干净的生活，——远离开了人们和在安静的孤独中度过的生活……如果向叔叔打听他分到了多少捡垃圾老公公的钱，又怎么样呢？但是这个念头他觉得是讨厌的……

自从伊利亚结识了奥琳皮阿达那天起，他觉得菲利蒙诺夫的房子变得更加肮脏和狭窄了。这种狭窄和肮脏引起了他生理上的厌恶的感觉，就好像一双冰冷而黏滑的手触着了他的身体。今天这种感觉特别压迫着他，他在这所房子里找不到自己容身的地方，便去找玛季察。他看见这女人坐在自己宽大的床铺旁边的椅子里。她看了他一眼，用一根手指威吓着，像刮风似的大声耳语道：

"轻一点！她在睡觉！……"

在床上，玛莎缩作一团睡着。

"怎么样？"玛季察低声说，愤怒地鼓着自己的大眼睛。"这些暴君，他们开始毒打自己的孩子了！让他们脚底下的土地陷下去吧……"

伊利亚听着她的低语，站在炉子旁边，一面瞧着不知是用什么灰色的东西盖着的玛莎的身体，心里想道：

"这小姑娘将来会怎么样呢？……"

"你可知道，他扯着小玛莎的辫子，这个魔鬼似的强盗，这个酒鬼？他痛打了自己的儿子和她，并且威胁着要把他们赶出家门，嗯？你知道吗？她能上哪儿去，嗯？"

"我也许可以替她找个位置……"伊利亚沉思地说，想起了奥琳皮阿达要找一个女仆。

"你！"玛季察责备地低声说。"你来这里就像一个阔老爷……你像一棵小橡树，只管自己长大……从你那里既得不到荫凉，也得不到橡子……"

"等一等，别嚷嚷！"伊利亚说。他找到了马上到奥琳皮阿达那儿去的好借口。"小玛莎多大了？"他问道。

"十五岁……你以为她有多大？十五岁又有什么用？而且她即使是十二岁也太多呢……她脆弱、瘦小……她还完全是小孩子呢！这是个完全、完全没有用的孩子！她为什么活着？最好就这样睡着，直到基督……"

一点钟以后他站在奥琳皮阿达住所的门口，等候人家给他开门。门很久没有人来开，后来门后有一个尖锐而刺耳的声音问道：

"谁？"

"我，"伊利亚答道，他听不出问他的人是谁。奥琳皮阿达的女佣人是个麻脸的笨女人，说话的声音粗鲁、干脆，她是不盘问就开门的。

"找谁？"门后又问道。

"奥琳皮阿达·达尼洛芙娜在家吗？"

门突然敞开了，一片光亮直射在伊利亚的脸上，这青年不觉倒退了一步，眯细着眼睛，他不敢相信自己的眼睛了。

他眼前站着一个手里拿灯的小老头，穿着沉重宽大的紫红色长袍。他的头顶差不多秃光了，下巴上乱糟糟地飘动着短而稀疏的灰色胡子。他直视着伊利亚的脸，他尖锐明亮的小眼睛阴险地闪着光，他的长着粗硬的髭须的上嘴唇翕动着。灯也在他干瘪发黑的手里摇晃着。

"你是谁？唔，进来……嗯？"他说。"是谁？"

伊利亚明白了站在他面前的是谁。他感觉到血涌上了他的脸，他的胸口也沸腾起来了。原来是这个人在跟他分享着这个干净结实的女人的温存。

"我是小贩……"他跨过门槛低沉地说。

老头儿向他眨了眨左眼，噗哧一声笑了。他的眼皮是红的，没有睫毛，嘴里露出一些发黄的尖利的牙齿。

"骗子小贩吗？什么小贩，嗯？什么样的？"老头儿把灯凑近他的脸，狡狯地冷笑着问道。

"零售小贩……我贩卖香水……缎带……一切零碎物品……"伊

利亚说,低着脑袋,他感到脑袋在旋转,红色的斑点在他眼前飞舞。

"得,得,得……缎带饰带吗?……对,对,对……缎带,香水……可爱的玩意儿吗?你到底要干什么,小贩,嗯?"

"我要找奥琳皮阿达·达尼洛芙娜……"

"啊—啊?你找她干吗,嗯?"

"我……来讨货物的钱……"伊利亚费力地说。

他在这个讨厌的小老头儿面前感到莫名其妙的恐惧,而且憎恨他。在老头儿低而细的声音里,也像在他阴险的眼睛里一样,有某种刺痛伊利亚的心的、贬低和侮辱人的东西。

"钱吗?债务吗?好—的……"

老头儿忽然把灯从伊利亚脸上移到一边,踮起脚,把自己皮肉松弛的黄脸孔凑近伊利亚,带着恶毒的冷笑问他:

"那么收条在哪儿?给我收条!"

"什么收条?"伊利亚恐怖地倒退着问道。

"不是你家主人写的吗?写给奥琳皮阿达·达尼洛芙娜的吗?嗯?拿来!我来交给她……嗯,快一点!"老头儿催逼伊利亚。小伙子吓得嘴都发干了。

"我没有什么收条!"他绝望地大声说,觉得有件难以想象的事立刻就要发生了。

但这时奥琳皮阿达颀长而优美的身影出现了。她平静地、从老头儿的脑袋后面不眨眼地望了望伊利亚,用平和的声音问道:

"您这儿有什么事呀,瓦西里·加弗里洛维奇?"

"一个小贩,就是他!您欠的一小笔账,您向他买过缎带没有?钱没有付吗,嗯?所以现在他来了……所以就来了……"

老头儿在这女人面前转来转去,眼睛时而察看着她的脸,时而察看着伊利亚的脸。她用右手威严地推开了他,又把这只手伸进自己寝衣袋里,用严峻的声音对伊利亚说道:

"什么,你不会在旁的时候来吗?"

"对了!"老头儿尖声喊道。"这样的傻瓜,嗯?用不着的时候你来,嗯?蠢驴!"

伊利亚像石头似的站着。

"不要嚷嚷,瓦西里·加弗里洛维奇!这样不好,"奥琳皮阿达说,又转身对伊利亚说道:"欠你多少钱,三卢布四十吗?拿去……"

"拿了就滚吧!"老头儿又喊道。"让我来关门……我自己,自己!"

他裹紧了自己的长袍,开开了门,对伊利亚喊了一声:

"走吧!……"

伊利亚站在关了的大门外的严寒里,傻头傻脑地望着大门,不知道自己在做噩梦呢,还是一切都是真实的事。他一手拿着帽子,另一只手里紧捏着奥琳皮阿达给他的钱。他这样站着,直到感觉到严寒像冰箍一般紧箍着他的头盖骨,而两条腿也冻得站不住了,他这才戴起帽子,把钱放进口袋,双手缩进大衣的袖子里,紧缩起身体,低着脑袋,沿着街道慢慢地走去,怀着冰透了的心,感到他的头脑里有许多重甸甸的球在滚动着并撞着他的太阳穴……那老头儿的黑糊糊的影子连同他被寒冷的灯光照亮的黄色的头顶在他面前浮动着……

老头儿的脸孔在胜利地、阴险地、狡猾地微笑……

第二天伊利亚在城里的大街上缓慢而沉默地走来走去。他老是好像看见老头儿的阴险的眼色以及奥琳皮阿达的平静的淡蓝色的眼睛和她给他钱时手的动作。在严寒的空中飞舞着锋利的雪片,它刺痛了伊利亚的面孔……

他刚刚走过一家小铺子,这铺子幽静地隐在一个小礼拜堂和商人罗金的大厦之间的凹处。小铺子的门的上方挂着生锈的招牌:

瓦·加·波卢埃克托夫钱庄
收购金银碎片、圣像金饰、珠宝古钱

伊利亚仿佛觉得,当他向铺子门里张望时,那老头儿正站在玻璃后面,带着讥讽的微笑,向他点着光秃的脑袋。伊利亚感到有一种想进铺子去逼近地瞧瞧这老头儿的不可克制的欲望。他马上找到了借口:正像一切小贩一样,他积着落到他手里的古钱,积多了就把它们卖给银钱兑换商,一卢布可以换一卢布二十戈比。在他钱包里现在就有好几个这样的古钱。

他转身回来,大胆地推开了铺门,带着自己的货物箱挤进门去,脱帽招呼道:

"您好……"

老头儿坐在狭窄的柜台后面,正在用小凿子起钉子,从圣像上拆下金饰。他向进来的小伙子迅速看了一眼,就立刻低下头来继续工作,一面冷冷地说道:

"你要什么?……"

"您认识我吗?"伊利亚没来由地问道。

老头儿又朝他望了望。

"也许认得,你要什么呢?"

"收买钱币吗?"

"拿来瞧瞧……"

伊利亚伸手到口袋里去拿钱包。可是他的手没有找到口袋而颤抖着,他的心也出于对老头儿的憎恨和当着他的面所感到畏惧而同样在发抖。他的手在衣襟底下摸索着,眼睛却眨也不眨地直望着小而光秃的脑袋,一阵冷气在他背上流过……

"喂,你可以快一点吗?"老头儿生气地问道。

"马上!……"伊利亚低声回答。

他终于拿出了钱袋;他径直走近柜台边,把钱倒在柜台上。老头儿把这些钱看了一眼。

"只有这些吗?"

于是他用细而黄的手指抓起了银币,开始仔细瞧着,同时低声自言自语道：

"叶卡捷琳娜的……安娜的……叶卡捷琳娜的……保罗的……也是……十字卢布①……三二年的……鬼知道是什么钱！喂，这个我不收，都磨光了……"

"可是钱的大小一望而知是二十五戈比的银币。"伊利亚板着脸说。

老头儿把钱抛在一边，迅速拉开柜台的抽屉，便在抽屉里翻寻起来。

伊利亚抡起胳臂，用坚硬的拳头向老头儿的太阳穴上打去。银钱兑换商向墙上跌了过去，脑袋在墙上撞了一下，但他的胸脯立刻扑到柜台上，他双手抓住了柜台，把细长的脖子伸向伊利亚。卢尼奥夫看见他的眼睛在他小小的阴暗的面孔上闪闪有光，嘴唇掀动着，发出了高而嘶哑的耳语声：

"亲爱的……我的亲爱的……"

"啊，混蛋！"伊利亚说，同时厌恶地扼紧了老头儿的脖子。他扼紧了并摇晃它，老头儿却用双手抵住他的胸膛，呼呼地喘息着。他的眼睛变得又红又大，眼睛里淌着眼泪，舌头从黑黝黝的嘴里伸出来并扭动着，好像在揶揄凶手。暖烘烘的口涎滴到伊利亚手上，老头儿的喉咙里有什么东西发出嘶嘶的和嘘嘘的声音。冰冷的、像钩子似的手指触到卢尼奥夫的脖子，他咬紧了牙齿，把自己的脑袋向后仰去，同时手里悬空提着老头儿轻轻的身体，更加使劲地摇晃它。这时即使有人从背后打伊利亚，他也不会从手里放松在指头底下吱吱响着的老头儿的脖子的。他憎恶地和恐怖地望着波卢埃克托夫那对浑浊的眼睛正在变得越来越大，就更加用力地掐紧他的喉咙，而随着老头儿的身体变得越来越重时，伊利亚心头的重压仿佛在逐渐消融。最后他推开了银钱兑换商，那家伙便软绵绵地倒在柜台后面了。

---

① 一种古银币，上面有由俄文"彼得"的四个字母(ПЕТР)组成的十字形图形，故称十字卢布。

卢尼奥夫向四周看了一眼：铺子里静悄悄的没有一个人，而门外的街上正下着大雪。在伊利亚脚边的地板上有两块肥皂、一个钱包和一束带子。他知道这些东西是从他的货物箱里掉出来的，他把它们捡起来放好。然后把身体弯过柜台瞧瞧老头儿：他蜷缩在柜台和墙壁之间的窄道里，他的脑袋垂在胸前，只看得见他的黄色的后脑勺。这时卢尼奥夫看见了柜台开着的抽屉，金币和银币闪闪发光，一扎扎的纸币落入了他的眼帘……他急急忙忙地抓住了一扎，又一扎，再是一扎，把它们塞进怀里……

他不慌不忙地走到了街上，在离铺子三四步的地方站住了，用油布小心地遮好了自己的货物，重新在那从看不见的高空纷纷落下来的大雪里往前走去。在他周围和他的身体内无声地激荡着寒冷而朦胧的黑暗。伊利亚紧张地向黑暗里张望；突然感到眼睛里一阵剧痛，便用右手的几个指头摸了摸眼睛，他恐怖地站住，仿佛他的两条腿突然冻住在地上了。他好像觉得自己的眼睛瞪了出来，像波卢埃克托夫老头儿的眼睛一样翻到头顶上去了，而且它们将永远这样翻着，病态地瞪着，永远不会再闭拢，而每个人都可以从这两只眼睛里看到他的罪行。这双眼睛仿佛死掉了。他用手指碰碰眼珠，觉得里面有点痛，可是不能闭上眼皮，他胸腔里的呼吸也因恐惧而憋得慌。最后他总算闭起了眼睛；他快活地欣赏着突然笼罩了他的黑暗，就这样什么也瞧不见地呆立在原来的地方，深深地吸着清新的空气……有谁撞了他一下。他迅速地环视了一下，一个穿短皮袄的高个子从他旁边走过。伊利亚望着他的背影，直望到这个人消失在白茫茫的纷纷飞舞的雪花里。于是卢尼奥夫用手整了整帽子，沿着人行道跨开步子，同时感觉到眼睛作痛，脑袋也很沉重。他的肩膀颤抖着，手指不由自主地紧握着，而心里却产生了某种固执的、大胆的思想，这思想把恐惧给挤走了。

他走到十字路口时，看见了警察的灰色的身影，他便不假思索地、轻轻地、十分轻轻地径直向他走去。他走着，他的心却在往下沉……

"多大的雪呀！"他说，同时一直走近警察身边，眼睛也直望着他。

"是呀,像倒下来似的! 现在谢谢上帝,会暖和起来了!"警察满意地答道。他的脸庞是大大的、红红的、长满了胡子。

"现在几点钟了?"伊利亚问道。

"让我瞧瞧!"警察掸掉了袖子上的雪,把手伸到怀里。卢尼奥夫站在这个人面前心里感到既害怕又欢喜。他忽然干巴巴地、好像出于勉强地笑了起来。

"你干吗发笑!"警察用手指甲揭着表盖问道。

"你身上积了那么多的雪!"伊利亚喊道。

"还要积起来,下得多带劲! 现在是一点半钟……半点还差五分。雪还要下,老弟! ……你现在上酒店去,去取暖,我可得在这里站到六点钟……你瞧,你那箱子上积了多少雪……"警察叹了口气,合上了表盖。

"是的,我要上酒店去,"伊利亚说,勉强地笑了笑,又莫名其妙地接下去说道:"看,就在这……"

"别再开玩笑了……"

伊利亚到酒店里临窗坐下。他知道从这个窗口可以看见小礼拜堂,它的旁边就是波卢埃克托夫的铺子。可是现在窗子外面的一切都被白茫茫的雪所遮蔽了。他凝望雪片静静地飞过窗外落到地上,像松软的棉絮似的掩盖着人们的足迹。他的心跳得急促、猛烈,然而很轻快。他坐着,没有思虑,只等着下文。

当堂倌端茶给他时,他再也忍不住了,便问道:

"街上怎么样……没有问题吗?"

"暖起来了……暖和得多了!"堂倌匆忙地回答后就走开了,伊利亚斟了一杯茶,没有喝,也不动,集中精神等待着。他觉得热起来,便解开大衣的领子,当他的手碰到下巴时,他不觉怔了一怔,好像觉得那不是自己的手,而是别的什么人的,冷冰冰的。他把手举到脸上时,仔细地瞧着手指:手是干净的,但是卢尼奥夫认为还是应该用肥皂来洗一下……

"波卢埃克托夫被杀死了!"突然有人喊了一声。

伊利亚从椅子上跳了起来,仿佛人家这一喊是在招呼他似的。但酒店里所有的人都忙乱起来,向门口走去,一面走一面戴帽子。他往盘子里扔了十戈比的银币,把货物箱的皮带背上肩头,和其他所有的人一样迅速地走了。

在银钱兑换商的铺子旁麕集着大堆的人,几个警察在人群里走来走去,焦急地叫嚷着,那个跟伊利亚交谈过的有胡子的也在里面。他站在门口,不让人们进铺子,用惊惶的眼睛望着所有的人,一只手老是抚摩着自己左边的脸颊,这脸颊现在比右边的还要红得多。伊利亚站到他面前听着人群的议论。他旁边站着一个高个子黑胡须的商人,他板着脸,蹙着眉毛,听着一个穿狐皮大衣、头发斑白的小老头儿的生动的叙述。

"那小伙计还以为他晕过去了,所以跑去叫彼得·斯捷潘诺维奇,他说请您到我们那儿去,老板病了。唔,那一个就马上赶到这儿,可是一看,他已经死了!你想想看,多大的胆子?在大白天,在这样热闹的街上,真是不得了!"

黑胡子商人大声咳了一声,用低沉而严峻的声音说道:

"这是上帝的意旨!可见上帝不愿意接受他的忏悔……"

卢尼奥夫向前挤过去。想再一次瞧瞧那商人的面孔,他的箱子撞着了他。

"喂!"那商人用胳膊肘推开伊利亚并严厉地望了望他的脸喊道。"你往哪儿钻?"

他又对自己的交谈者说道:

"常言说得好:没有上帝的意旨,人的脑袋上的头发也不会掉的……"①

"那还用说!"老头儿点了点头表示同意,然后眨着眼睛低声补充道:"可见上帝是看准了恶棍的……主呀,请宽恕我!说话罪过,但是

---

① 出自《新约·路加福音》第二十一章十八节。

不说话也难受……是的！"

卢尼奥夫冷笑了一声。他听着这样的谈话，感到有某种力量和可怕而愉快的勇气在心里涌起。如果这时有人问他："是你掐死的吗？"他觉得自己会无所畏惧地回答说："是我……"

他心头怀着同样的感情从人群中挤过去并站到警察的身旁。那警察生气地把他的肩头推了一下，嚷道：

"哪儿去？这儿关你什么事，嗯？走开！"

伊利亚的身体晃了晃就倒在一个人的身上。人们又推了他一下。

"在他的脖子上揍几下！喝醉了还是怎么的？"

于是卢尼奥夫从人群里挤出来，坐到小礼拜堂的石级上，心里暗笑着那些人。透过脚底下雪的沙沙声和人们低声的谈话，他听见很清楚的几句话：

"这个强盗偏偏要在我值班的时候给我找麻烦……"

"在期票贴现的生意上，他是城里首屈一指的……"

"下着大雪……我什么也看不见……"

"他毫无良心地盘剥人……"

"瞧呀，他老婆来了……"

"嘿，可怜的女人！"一个衣衫褴褛的庄稼汉大声地叹息说。

卢尼奥夫站起身来，便看见一个穿着大衣、裹着黑头巾的上了年纪的胖女人从有熊皮裹毯的宽大的雪橇里费劲地爬出来。一个巡官和一个红胡须的人搀着她的胳臂。

"唉，天呀……"她的受惊的声音在空中震响着。大家都静了下来。伊利亚望着老太婆便想起了奥琳皮阿达……

"没有儿子吗？"有人悄悄地问道。

"在莫斯科。"

"他大概就等待着这样的事……"

"当然喽！"

没有人同情波卢埃克托夫，这一点使卢尼奥夫很高兴，但同时觉得除了那个黑胡子的商人之外,所有的人都是愚蠢的,而且甚至是讨厌的。在那商人身上有某种严峻的和真实的东西,而所有其余的人都像森林里的树桩似的站着,并且把他伊利亚推来推去,用丑恶的舌头嘀咕着幸灾乐祸的话。

他一直等到银钱兑换商的小小的尸体被抬出铺子后,才回家去,人冻得发抖,疲乏不堪,然而心里很平静。到了家里,他把自己关在房间里,把钱数了一下:在两大扎小额钞票里原来每扎都是五百卢布,第三扎是八百五十卢布。还有一扎息票,但他没有去数它,他把所有这些钱包在一张纸里,胳膊肘支在桌上开始考虑把钱藏在哪里好。这样想时,他感到想睡觉了。他决定把钱藏到顶楼上去,便往那儿走,把纸包亮着拿在手里,在穿堂里他撞见了亚科夫。

"呀,你已经回来了!"亚科夫说。"你拿着的是什么?"

"这个吗?"伊利亚眼睛望着钱反问道。他怕说溜了嘴而哆嗦了一下,把纸包向空中摇了摇,仓皇地说道:"这是……带子……"

"你来喝茶吗?"亚科夫问。

"马上就来!"

他走得很快,他的腿跨得不稳,脑袋像醉汉似的沉重而又糊里糊涂。在上顶楼的楼梯时,他举步很小心,生怕弄出响声来,又怕撞见什么人。当他把钱埋藏进烟囱旁边的土里时,他突然觉得有什么人躲在顶楼角落黑暗的地方窥视着他。他想向那个地方扔一块砖头,但及时打消了这个念头,悄悄地走下楼去。他心里不再害怕了,他好像已经把害怕连同钱一起藏在顶楼上了,可是心里却产生了很大的疑虑。

"我为什么要掐死他?"他问自己。

当他走进地下室时,站在炉子旁忙着弄茶炊的玛莎发出快乐的欢呼来迎接他:

"你今天真早!"

"下着雪呢,"他说。但立刻激怒地喊道:"哪儿早?我跟平时一样的时候回来,有一定的时候……你瞧,天黑了。"

"这儿中午也是黑的;你为什么嚷嚷?"

"我叫嚷是因为你们这些人都像侦探似的:——回来早了,到哪儿去,手里拿着什么……与你们有什么相干?"

玛莎定睛看了看他,斥责道:

"哎呀,伊利亚,你变得多骄傲呀。"

"啊,去你们的吧!"卢尼奥夫骂了一声便靠桌子坐下。玛莎委屈地哼了一声,掉转身去吹茶炊的烟囱了。又瘦又小的她,抖动着乌黑的鬓发,烟子呛得她咳着并眯细了眼睛。她的脸瘦瘦的,眼睛周围黑色的斑点增加了眼睛的神采,她有些儿像生长在花园冷落的角落里的杂草丛中的一株小花。伊利亚望着她,心里想道:这姑娘孤苦伶仃生活在地穴里,像成人一样工作着,没有任何欢乐,将来一生中也未必会有什么欢乐。而他呢,现在可以过像他老早所希望的那种安宁、干净的生活了。这种思想使他变得快活了,同时感到自己很对不起玛莎,他轻轻地喊了她一声。

"什么事,凶狠的家伙?……"她应道。

"你知道……我是个坏人,"卢尼奥夫说,他的声音颤抖了:要向她说还是不说呢?她挺直了身体,微笑地望着他。

"没有人打你,所以这样!"

于是玛莎走到他身旁,匆忙地说道:

"亲爱的,你听我说,你去求求叔叔,让他带我走!你去求求他!我可以磕头,真的,可以磕头!"

"带你到哪儿去?"卢尼奥夫疲惫地问,他一心只想着自己的事,所以不很明白她说的话。

"带我一块儿走,亲爱的!你求求他!"

她合起手心站在他面前,像站在圣像前面一样,她眼睛里出现了眼泪。

"那有多好呀,"小姑娘叹息着说。"到春天我们可以走了。我天天这样想,甚至梦里也在想,仿佛我在走着,走着……亲爱的!他会听从你的……告诉他,让他带我走!我不会吃他的面包……我要请求人家布施!人家会给我,我年纪小……伊柳沙,你愿意我吻你的手吗?"

她突然捉住了他的手,低下头来凑上去。伊利亚推开了小姑娘,从椅子上跳了起来。

"傻瓜,"他喊道,"难道可以吻它吗?……我掐死了一个人……"

但这话一出口,他自己也害怕了,所以立刻补充道:

"可能……我可能干过这种事……可你想吻它?"

"没有关系!"玛莎说,一面更走近他身边。"那我也要吻它,那有什么了不起!彼特鲁哈比你更坏,可是我为每一块面包都要吻他的手……我讨厌这样,但他命令我说:吻它!而且还要摸我和捏我,这不要脸的东西!"

到底是因为说出了这样骇人听闻的话呢,还是因为没有把这些话完全说出来,反正伊利亚心里变得轻松和愉快了。他微笑着,悄悄地并且声调亲切地对小姑娘说道:

"行,我一定照办!我一定照办!你要去朝山进香……我给你路费……"

"亲爱的!"玛莎喊道,跳起来搂住了他的脖子。

"等一等!"卢尼奥夫严肃地说。"说定了:你可以去!为我祈祷一下,玛舒特卡……"

"为你祈祷吗?天哪!……"

亚科夫在门口出现了,他惊讶地问玛莎:

"你干吗大叫大嚷的?连院子里都听得见……"

"亚沙!"小姑娘高兴地喊道,接着就上气不接下气地对亚科夫讲道:"我要走了,我走了,再见!你看他答应我去求驼背……"

"好!"亚科夫说,又轻轻地吹了声口哨。"这一下我完了!现在我只好完全孤零零地生活了,像天上的月亮一样……"

"你雇一个奶娘吧!"伊利亚冷笑了一声劝告他。

"我要喝酒,"亚科夫摇摇脑袋说。

玛莎看了他一眼,就低着脑袋走到门边去了。从那儿发出了她责备的和悲伤的声音:

"你这个人呀,亚科夫,多么……懦弱!"

"你们都是刚强的!你们把人家抛下了……鬼东西!"

他阴郁地靠桌子坐在伊利亚的对面,说道:

"我也悄悄地跟捷连季走掉行不行?"

"走吧……我是会走的……"

"你会走!我父亲却会叫警察来对付我……"

大家都不作声了。后来亚科夫强打着笑脸说道:

"弟兄们,要能喝醉酒多好!什么也不知道……什么也不去想了……"

玛莎把茶炊端到桌上,摇着脑袋说道:

"你呀,真不害臊!"

"哼,不许你说话!"亚科夫生气地喊道。"你有父亲却等于没有……难道他妨碍你的生活吗?"

"我生活很好!"玛莎反驳他说。"我如果走了,不会回头看一眼的。"

"大家的生活都很坏!"伊利亚低声说了,又沉思起来。

亚科夫出神地望着窗外,又开始说话了:

"要是能够摆脱一切跑到什么地方去,那多好!在什么地方的树林边,在河岸上坐着,想想一切事情……"

"这是逃避生活的愚蠢的方法!"伊利亚愤愤地说。

亚科夫注意地向他脸上望了望,有些害怕地说道:

"你可知道——我找到了一本书……"

"什么书?"

"古书……封面是皮的,样子像《诗篇》①,大概是异教徒写的。我

---

① 《旧约全书》中的一种。

从一个鞑靼人那里花七十戈比买的……"

"书名叫什么?"伊利亚冷淡地问。他根本不想说话,但他感到沉默是可怕的,所以勉强自己说些话。

"书名被撕掉了,"亚科夫压低了嗓子说。"但书里讲万物的起源①。很难读……书里说,米兰特的法列斯②是第一个探究万物起源的人:'万物由之而产生的那东西,叫做水,法列斯把上帝叫做思想,一切东西都从水里产生。'还有无神论的提阿戈尔③,他说:'想象不出任何上帝',这样看来,他是不相信上帝的!还有伊壁鸠鲁④……他说:'上帝即是真理,但他并不给任何人以任何东西,不做什么好事,也不管什么事……'这就是说,上帝即使存在,可也跟人们毫不相干,我就是这样理解的!这样说来,你想怎样生活,就怎样生活。没有人来管你……"

伊利亚从椅子上站起来,严肃地皱起眉头,截断了同伴慢吞吞的话,说道:

"应该拿这本书来打你的脑袋瓜!"

"为什么?"亚科夫又惊讶又抱屈地喊道。

"为的是叫你别看它!傻瓜!写这本书的人也是个傻瓜!"

伊利亚绕过桌子,俯身向着坐着的同伴,他带着怨恨的冲动发起议论来,他的话像小铁锤似的敲着亚科夫的大脑袋:

"上帝是有的!他什么都看见!什么都知道!除了他再没有任何人了!人活着是为了受磨炼……罪孽是对于你的一种试验。看你经受得起还是经受不起。如果经受不起,便要受惩罚,等着吧!等待的

---

① 指波利多尔·维尔吉恩·乌尔宾斯基八卷本的《论事物发明家》一书,彼得堡一七二〇年版。亚科夫引用的是第一章《关于多神教诸神的原始状态和神的命名的由来》的摘录。
② 法列斯(约公元前624—前547),古希腊哲学的第一个代表,"米兰特学派"朴素唯物论的奠基人。他认为万物的本原是水。
③ 提阿戈尔(公元前第五世纪下半叶),古希腊哲学家,古代著名的无神论者之一。
④ 伊壁鸠鲁(公元前341—前270),古希腊哲学家,唯物论者和无神论者。

不是人们的惩罚,而是上帝的惩罚,你明白吗?等着吧!"

"住口!"亚科夫喊道。"难道我说过这种话吗?"

"反正一样!你算我的什么审判官,嗯?"伊利亚喊道,因为激动和突然袭来的怨恨而脸色变得苍白了。"没有上帝的意志,你脑袋上的头发也不会掉的!你听见过这话吗?如果我犯了罪,那是他的意志!傻瓜!"

"你是不是疯了吧?"亚科夫紧靠着墙壁恐怖地喊道。"你犯了什么罪?"

伊利亚透过耳朵里的嗡嗡声听见了他的问话,这对他仿佛是吹来了一股冷气。他怀疑地望望亚科夫和也被他的激动和叫喊所吓坏了的玛莎。

"我是作为譬喻说的,"他低沉地说。

"你身体好像不大好似的,"玛莎胆怯地问。

"眼睛也是迷迷糊糊的,"亚科夫仔细瞧着他的脸说。

伊利亚不由自主地用手摸了摸眼睛,低声答道:

"这没有关系……就会好的!……"

可是他同大家在一起感到沉重和不舒服,所以他谢绝了喝茶就回到自己的房间里去了。

当他躺到床上时,捷连季来了。自从驼背决定去忏悔自己的罪孽那时起,他的眼睛就发出了幸福的光芒,就仿佛他已经预先体会到了从罪孽里解脱出来的快乐似的。他悄悄地、嘴唇带着微笑走到侄儿的床铺跟前,一面捋着胡子,一面用亲切的声音说道:

"我看到你回来了,我心里想:让我去跟他聊聊。我们在一起生活的日子不多了。"

"你要走吗?"伊利亚冷淡地问道。

"等天气转暖些就走。希望复活节前一礼拜到达基辅……"

"这么着,你把玛舒特卡带着一块儿走……"

"那怎么行!"驼背摇着手喊道。

"你听我说,"伊利亚坚决地说。"她在这儿没有什么事情可做……而她又是这样的年龄……亚科夫,彼特鲁哈……还有诸如此类……你明白吗?这所房子对大家都好像是陷阱,真是该诅咒的房子!让她走吧……可能的话,也不用回来了。"

"可是我怎么能带她呢?"捷连季诉苦地说。

"你带走,你带走!"伊利亚坚决地重复说。"你自己的一百卢布带着给她用……我不需要你的钱……她可以为你祈祷……她的祈祷意义很大……"

驼背想了想之后重复说:

"意义很大……对!你这话……说得很对……钱我不能从你那儿拿……这笔钱照上次谈定的不要变了……至于玛什卡的问题,应该考虑考虑……"

说到这里,捷连季的眼睛忽然愉快地明亮了起来,他向伊利亚俯下身来,兴奋地低语道:

"喂,孩子,我昨天看见了一个怎样的人物!著名的人物——彼得·瓦西里奇……你听到人家说起过圣经学者西佐夫吗?一个非常睿智的人!一定是上帝亲自派他到我这里,为了祛除我这个罪人的心灵上对上帝的慈悲抱着狡猾的怀疑的……"

伊利亚沉默地躺着。他希望叔叔能够走开。他半闭着眼睛望着窗户,并看见了眼前高大黑暗的墙壁。

"我跟他谈到罪孽和灵魂的超度,"捷连季兴奋地低声说道。"他说:'像凿子需要石头来磨去它的钝一样,人也需要罪孽来刺激自己的灵魂,并把它投到大慈大悲的上帝脚下的尘土里……'"

伊利亚望了望叔叔,带着恶意的微笑问道:

"这个圣经学者像不像魔鬼?"

"怎么可以这样说话呀?"捷连季跳开了一步喊道。"他是很虔诚的人……现在他的名声比你祖父的还要大……哈,孩子!"

于是驼背责备地摇着脑袋,咂咂嘴唇。

"唔,好吧!"伊利亚带点敌意粗暴地说。"他还讲些什么呢?"

伊利亚发出了不愉快的笑声。他叔叔脸上露出惊讶的神气,从他旁边走开了几步,问道:

"你怎么啦?"

"没有什么。那个圣经学者,他说得很妙……对我正合适……我自己也这样想,完完全全一样!"

他不作声了,定睛向叔叔脸上看了一眼就向墙壁转过身去。

"他还说过,"捷连季用谨慎的声调继续说道,"他说:罪孽用忏悔来鼓舞灵魂,使它升到神的宝座那儿……"

"可是你的确也跟魔鬼相像呢!"伊利亚打断了他的话,又轻轻地笑了起来。

驼背像大鹏展翅似的挥了挥双手就惊愕地、委屈地呆住了。伊利亚却在床上坐了起来,用手向叔叔腰部推了一下,板着脸说道:

"得了吧!"

捷连季迅速地跳起身来,站在房间中央,抖了抖驼背。他木然望着坐在床上并用双手支着床的侄儿,望着他高耸着的肩头和低垂到胸口的脑袋。

"但如果我不愿意忏悔呢?"伊利亚坚决地问道。"如果我这样想:我本来不想犯罪……一切自然而然地发生了……一切都照上帝的意志……那我为什么要不安心呢?他知道一切,指导一切……如果不需要这样干,他就会阻止我。可是他没有阻止,所以我做的事是对的。人们都过着不义的生活,但有谁忏悔呢?"

"我不懂你的话,上帝保佑你!"捷连季垂头丧气地说了这话之后就叹了口气。

伊利亚冷笑了一声。

"你不懂就别跟我说话……"

他重新躺到床上,对叔叔说道:

"我身体不舒服……"

"对,我看得出……"

"我要睡觉……你走吧!"

当伊利亚只剩下一个人时,他感到自己脑海里好像旋风在旋转一般。他在这几个钟头里所经历的一切都奇怪地纠缠在一起,融合成一股沉重的、滚烫的蒸气,它灼伤了他的脑子。他仿佛觉得自己老早就感到不舒服了,觉得自己并不是今天掐死那老头儿,而是很久以前干的。

他闭上眼睛一动不动地躺着,可他耳朵里却响着老头儿衰弱的声音:

"喂,怎么样,你可以快一点吗?"

黑胡须商人的严厉的声音跟玛莎的请求混合在一起了,亚科夫的异教徒书上的古文纠缠在圣经学者的话里了。一切都摇晃着和摆动着,并且向下面的什么地方飞去。要赶快睡着,忘却这一切。他睡着了……

当他早上醒来时,从窗子对面照着阳光的墙头上知道这一天是晴朗的、寒冷的。他想起了整个昨天的事情,倾听了自己内心的声音,便觉得知道自己应当怎样行动。一个钟头以后,他胸前背着货物箱在街上走着,因白雪耀眼而眯缝着眼睛,平静地打量着遇见的行人。在经过教堂时,他照常摘下帽子并画了个十字。他也在锁了门的波卢埃克托夫的铺子旁边的小礼拜堂前面画了个十字后再继续前进,心里既不感到恐惧,也不感到可怜,毫无不安的感觉。到吃午饭的时候,他坐在一家小酒店里,读着报纸上关于银钱兑换商的大胆的凶杀案的消息。在读到"警察局对于缉拿罪犯已采取断然的措施"时,他微笑着否定地摇摇头,他坚决相信只要他自己不愿意被人发觉,罪犯是永远不会被发现的……

晚上奥琳皮阿达的女仆给伊利亚送来了一张字条:

九点钟到铁匠街拐角澡堂附近来。

他看了字条以后,感到自己的五脏六腑都好像因寒冷而颤抖和紧缩起来了。他眼前升起了情妇的轻蔑的面孔,他的耳朵里也响起了她刺耳的、侮慢的话:

"你不会在旁的时候来吗?"

他看着字条,心里想着:奥琳皮阿达为什么叫他去?他害怕知道她找他去的原因,他的心重新不安地跳动起来了。到九点钟的时候,他来到了约会的地点,当他在许多成对地和单独地在澡堂附近游逛的女人中间看见了奥琳皮阿达顾长的身影时,惊慌更强烈地抓住了他。奥琳皮阿达穿着一件旧皮大衣,头上系着头巾,所以伊利亚只能看见她的眼睛。他一声不响地站在她面前……

"我们走吧!"她说。但立刻悄悄地补了一句:"用衣领遮好面孔……"

他们穿过澡堂的走廊,把脸遮着,好像怕难为情似的,随后就消失在包座的房间里了。奥琳皮阿达马上抛掉了头上的头巾,伊利亚一看到她平静的、在严寒里冻得发红的面孔时,就立刻恢复了勇气,但同时感到她的平静在他看来很不顺眼。女人挨着他坐到长沙发上,亲切地看了看他的脸说道:

"唔,我的调皮鬼,我们很快就要被带到检察官那里去了……"

"为什么?"伊利亚问道,一面用手掌擦着小胡子上面融化了的霜。

"他倒好像一个什么傻瓜呢!"那女人嘲弄地轻声喊道。

她的眉毛皱了起来,她耳语着告诉伊利亚:

"今天侦探到我家来了。"

伊利亚看了看她,冷冷地说道:

"我对于侦探和你的一切行为都毫不相干。你直截了当说:你为什么叫我来的?"

奥琳皮阿达仔细望了望他的脸,轻蔑地微笑了一下说道:

"啊!你赌气了,对!唔,我现在顾不上这个了……告诉你:如果检察官传你去,并且问到你什么时候认识我、是否常常来我家时,你就照实统统讲出来……一切都详详细细,听见没有?"

"听见了!"伊利亚说,并冷笑了一声。

"如果问起那老头儿,就说你没有见过他。从来没见过。不知道这个人。你没有听说过我是靠什么人供养的,你懂吗?"

女人威严地、生气地望着伊利亚。他感到有某种辛辣的和愉快的东西在心头翻来翻去。他觉得奥琳皮阿达畏惧他;他想折磨她一下,所以眯细了眼睛望着她的脸,同时一言不发地开始轻轻地笑着。于是奥琳皮阿达的脸孔颤抖了一下,变得苍白起来,她向后退缩,低声问道:

"你为什么这样瞧着我?伊利亚?"

"告诉我,"他龇着牙齿问她:"我为什么要说谎?我在你家里看见过老头儿。"

于是他用胳膊肘支着大理石桌面,带着突然向他袭来的伤感和怨恨,继续缓慢而轻轻地说道:

"我那时望着他并想道:'原来是这个人挡着我的路,是这个人妨碍了我的生活。'如果我当时没有掐死他……"

"你胡说!"奥琳皮阿达用手掌拍了拍桌子大声说道。"你胡说!他没有挡住你的路……"

"这怎么讲?"伊利亚严峻地问道。

"他没有挡路。你如果愿意,他可以不来……我难道没有向你暗示过,没有向你说过我可以把他永远赶走?你不作声,还要冷笑,你原来从来没有真心爱过我……你自己,你甘心情愿同他平分我……"

"停住!你闭嘴!"伊利亚说。他从沙发上站了起来,但又重新坐下了,感到这个女人仿佛用她的责备打伤了他。

"我不愿意闭嘴!"她说道。"那么年纪轻轻的……健康的,为我所爱的……你为我做了些什么呢?你可曾对我说过:'喂,奥琳皮阿达,你选择吧:我还是他?'你说过这样的话吗?没有,没有,你是茶杆,同一切茶杆一样……"

伊利亚气得发抖,他眼前变得发黑了,他捏紧了拳头,重新站起身来。

"你怎么能……"

"啊?你想打吗?"女人的眼睛闪出了光芒,也露出了牙齿,她凶狠地说。"得,打吧!我会把门打开,我会叫喊说你是听了我怂恿而杀死……喂,打呀!"

伊利亚害怕了。但这恐惧感只在他心里刺了一下就消失了。

他重新坐到沙发上,沉默了一会儿,无可奈何地笑了起来。他看见奥琳皮阿达咬着嘴唇,她的眼睛扫视着充满了澡堂笤帚和肥皂的热腾腾的气味的肮脏的房间,仿佛想寻找什么东西。现在她在通浴池的门的旁边的沙发上坐下了,低着脑袋说道:

"你尽管笑吧,魔鬼!"

"我要笑……"

"我当初看见你时,我心里想:'这个人,他会帮助我……'"

"莉帕!"伊利亚低声叫道。

她没有回答,一动也不动地坐着。

"莉帕!"伊利亚又叫了一声,觉得自己仿佛在向下面什么地方掉下去似的。他慢吞吞地说道:"老头儿是我掐死的……的的确确!"

她哆嗦了一下,又抬起头来,张大了眼睛凝望着他。后来她的嘴唇颤抖着,又好像在喘息着,困难地说道:

"傻瓜……"

伊利亚知道她被他的话吓住了,但她不相信他的话是事实。他站起身来,走到她跟前,在她旁边坐下,茫然微笑着。她却突然捂住了他的脑袋,把它贴在自己胸口上,吻着他的头发,用低沉而粗嘎的耳语说道:

"你为什么要欺侮我呀?……他被掐死了,我很高兴……"

"那是我干的,"伊利亚点了点头说。

"不要响!"女人不安地喊道。"他被掐死了,我很高兴,他们所有的人都应该这样!所有碰过我的人都应该这样!只有你一个是真正的人,是我一生中遇到的第一个,我的亲爱的!"

她的话越来越亲切地吸引着伊利亚;他的脸紧紧地贴着女人的胸脯,而且他虽然呼吸困难,却不能离开它,他意识到她是他最亲近的人,他现在比任何时候更需要她了。

"当你生气地瞧着我的时候,我的纯洁的人呀……我感到自己可耻的生活,因此我爱你……爱你的骄傲……"

在伊利亚的脑袋上落下了重甸甸的眼泪,他感觉到这些泪珠的接触后,自己也酣畅地轻松地哭起来了。

她却从自己的胸口推开了他的脑袋,同时吻着他湿润的眼睛、他的脸颊、他的嘴唇,一面说道:

"我本来知道你对于我的美貌感到满意,可是你心里并不爱我,而且在谴责我……你不能原谅我的生活……还有那个老头儿……"

"不要提到他,"伊利亚说。他用她头上的头巾擦干了自己的脸,站了起来。

"我是豁出去啦!"他坚定地低声说。"上帝如果要惩罚一个人,他随便哪儿都会找到他的。你说的这番话,我很感谢你,莉帕……你这些话说得很对,我真是对你不起……我本来以为你……不是这样的。而你,唔,真好!我对不起你……"

他的嗓子噎住了,嘴唇颤抖着,眼睛充满了血。他慢慢地用发抖的手理了理蓬乱的头发,忽然双手一挥,低沉地吼道:

"一切都是我不对!为什么?"

奥琳皮阿达捏住了他一只手;他挨着她在沙发上坐下,不去听她的话,自己说道:

"告诉你,是我掐死他的,是我!"

"轻些!"奥琳皮阿达恐怖地低声喊道。"你怎么啦?"

于是她紧紧地拥抱了他,用吓得失了神的眼睛望着他的脸。

"等一等。这事是出于无心的。上帝是知道的!我并不想这样做。我想瞧瞧他的嘴脸……我走进了铺子。脑筋里什么念头也没有。

但是后来,忽然间!魔鬼把我一推,上帝不来帮忙……那钱我拿得不必要……本来不该拿……唉!"

他深深地叹了口气,感到自己心上仿佛脱了一层壳似的。女人哆嗦着,把他抱得越来越紧,用断断续续的、不连贯的耳语说道:

"你拿了钱,这很好。可见是桩抢劫案……不这样的话,人家会疑心是情杀……"

"我不准备忏悔,"伊利亚沉思着说。"让上帝来惩罚我好了……人们不是我的审判官。他们算什么审判官?……无罪的人我没有听说过……没有看见过……"

"我的天哪!"奥琳皮阿达叹了口气说道。"以后会怎么样呢?……亲爱的……我一点办法也没有……既不能说,也不能想,我们应该离开这儿……"

她站了起来,身体像醉汉似的摇晃了一下。但当她用头巾包好了脑袋后,却忽然平静地说道:

"现在怎么样呢,伊柳沙?难道要完蛋吗?"

伊利亚否定地摇了摇头。

"那么你……在检察官面前就把一切如实说……"

"我就那样讲……你以为我不会保护自己吗?你以为我会为了这个老头儿去受苦刑吗?哼,不会的,我在这件事里还没有完呢!没有完,你明白吗?"

他激动得脸都变红了,他的眼睛也闪着光芒。女人却凑近他耳朵低声问道:

"钱只有两千?"

"两……还多一点儿……"

"你真可怜!连这个也没有成功!"女人忧郁地说,眼睛里闪出了眼泪。

伊利亚望了望她的脸,痛苦地冷笑了一声。

"难道我是为了钱吗?你要明白……等一等,我先离开这里……

男人总是先走的……"

"你快些到我家里来……我们不应该躲起来……快些来!"奥琳皮阿达不安地对他说。

他们接了个长久的、热烈的吻,伊利亚先走了。他走到街上,雇了一辆马车,当车子走动时,他老是回头张望,看有没有人跟踪他。同奥琳皮阿达的谈话减轻了他的心事,同时在他心里引起了对这个女人的好感。当他向她承认杀人时,她没有一句话和一个眼色刺伤他的心,也没有把他推开,却反而好像替他分担了一部分的罪行。可是她就在一分钟之前,当什么还都不知道的时候,曾想断送他,而且真的会断送他,——这一点他是从她脸上看得出的……他想起她时,不禁甜蜜地微笑了。可是到第二天,伊利亚感到自己像被猎人追踪着的野兽。

早晨彼特鲁哈在酒店里遇见他,他对伊利亚的鞠躬只是略微向他点了点头,而且同时好像特别注意地望着他。捷连季也仔细地看他,一言不发地唉声叹气。亚科夫把他叫到玛莎那里的小屋子里,惊惶地说道:

"昨天晚上警官来了,他老是向父亲打听你……这是什么意思?"

"打听什么事?"伊利亚平静地问。

"问你怎样生活的……喝不喝酒……关于女人。他提到什么奥琳皮阿达,他问你认识吗,是怎么回事?"

"鬼知道他们!"伊利亚说罢就走了。

这天晚上他又收到奥琳皮阿达一张字条。她写道:

  今天问到我关于你的事,我都详详细细说了。这一点儿也不可怕,也非常简单。你别害怕。我吻你,亲爱的。

他把字条投进了火里。在菲利蒙诺夫的房子里和酒店里大家都谈着商人被杀的事儿。伊利亚听着这些议论,它们给了他某种特殊的快乐。他喜欢在人们中间走动,向他们打听些他们自己编造的详情细节,同时感到自己有力量使他们这些人大吃一惊,只消对他们说一声:

"那是我干的！……"

有些人称赞他的灵巧和大胆，有些人惋惜他没有来得及拿走全部的钱，另一些人担心他会落网，却没有一个人同情那商人，也没有人说他好话。伊利亚看不到人们同情被杀者，这就使他心中产生了对人们幸灾乐祸的反感。他没有想到波卢埃克托夫，只想到自己犯了一桩沉重的罪过，今后有报复在等待着他。这种思想没有引起他不安：它静止地停留在他心里，而且好像成了他灵魂的一部分。它好像身体上被打肿的地方，如果他不去碰它，便不会觉得痛。他深深地相信，时候一到，那什么都知道和不会宽恕罪犯的上帝的惩罚就会降临。这种准备随时随刻承受报复的泰然而坚定的决心，使伊利亚感到自己几乎是平静的。他只是变得更挑剔地盯着人们的错处了。

他变得更阴郁、更敏感，但表面上却像从前一样从早到晚带着货物在城里走动，到小酒店里去坐坐，留神观察着人们，细心地听着他们的谈话。有一次他想起埋在顶楼上的钱，就想换个藏的地方，但马上对自己说：

"不必这样。让它放在那儿好了……如果搜查发现了，我就承认！……"

但是没有人来搜查，也一直没有要求他去见检察官。直到第六天才来传他。他在到法院去之前，穿上干净的衬衫和自己最好的上衣，擦干净了皮靴，又雇了一辆雪车。雪车在坑洼上跳跃着，而他竭力保持着挺直和稳定的姿势，因为他的五脏六腑都十分紧张，他觉得如果他不小心地动一下，他就可能发生什么不幸。他在走上通审讯室的楼梯时也从容不迫，十分小心，仿佛身上穿的是玻璃衣服似的。

检察官是个鬈头发、钩鼻子的青年人，戴着金边眼镜。他一见伊利亚，先擦了擦自己瘦而白的双手，然后从鼻子上摘下眼镜，用手绢开始擦它，一面用大而黑的眼睛仔细端详着伊利亚的脸。伊利亚默默地向他行了个礼。

"您好！请坐……就在这儿坐下……"

接着他用手势向他指着在铺紫红色绒布的大桌子旁边的一把椅子。伊利亚在椅子上坐下,用胳膊肘小心地推开了放在桌边的一些文件。检察官看见了,很客气地拿开了文件,然后靠桌子在伊利亚对面坐下,并默然开始翻动一本什么书,低着眼皮觑着伊利亚。这种沉默使伊利亚感到不高兴,他便掉转头去避开检察官,开始观察审讯室,他第一次看见这样好的陈设和洁净。墙上挂着装在镜框里的肖像和图画。一幅画画的是基督。基督低着脑袋沉思地走着,神气忧郁和孤独,他行走在断垣残壁间,在他脚下到处横着人的尸体和兵器,而在画面的背景上有一股黑烟上升,是什么东西在燃烧。伊利亚对这幅画看了很久,想弄明白画的意义,他甚至想问明白这件事,但检察官正好在这时候响亮地合上了书。伊利亚哆嗦了一下,向他望了望。检察官的脸变得冷淡而讨厌,他的嘴唇滑稽地噘了起来,好像在对什么发脾气似的。

"唔,"他手指敲着桌子说。"您是伊利亚·亚科夫列维奇·卢尼奥夫,对吗?"

"对……"

"您猜得出我为什么传您来吗?"

"不知道,"伊利亚回答,又重新对那幅画迅速地看了一眼。室内幽静、干净、漂亮,卢尼奥夫还从来没有看见过这样的干净和那么多漂亮的摆设。从检察官身上散发出某种愉快的气息。这一切吸引着卢尼奥夫,使他平静下来并引起了他羡慕的感想:

"竟是这样生活的……大概捉拿盗贼和杀人犯是很赚钱的……不知道他薪水有多少?"

"不知道吗?"检察官好像对什么事感到惊讶似的重复了一句。"难道奥琳皮阿达·达尼洛芙娜一点也没有告诉您吗?"

"没有,我已经好久没有看见她了……"

检察官向后靠在圈椅背上,又滑稽地噘起了嘴唇。

"有多久了?"

"不—知道……大约……八九天吧……"

"噢!是这样……那么,告诉我,您常常在她家里遇见波卢埃克托夫老人吗?"

"是那个被杀的吗?……"伊利亚看了看检察官的眼睛后问道。

"对,对!是他……"

"从来没有遇见过……"

"从来没有吗?!嗯……"

"从来没有……"

检察官提问题提得很迅速,很随便,而当伊利亚回答得不慌不忙,尤其当他迟延着回答时,这官员便不耐烦地用手指敲着桌子。

"您知道奥琳皮阿达·达尼洛芙娜的生活是靠波卢埃克托夫供养的吗?"他突然发问,同时透过眼镜望着伊利亚的眼睛。

卢尼奥夫在这眼光下脸红了,他觉得受了委屈。

"没有,"他低沉地答道。

"是的,她生活是靠他供养的,"检察官用激怒的声音重复了一句。"在我看来,这很不好!"他看到伊利亚不打算回答他时又补充说。

"好不了!"伊利亚低声说。

"可不是吗?"

但伊利亚又不回答了。

"您认识她很久了吧?"

"一年多……"

"那就是说,在她认识波卢埃克托夫之前你们就认识了?"

"你真是一只聪明的狗!"伊利亚心里想,便平静地答道:

"这我怎么能知道,如果我不知道她……是靠死者生活?……"

检察官把嘴唇噘成个喇叭状,吹起口哨来,并开始翻看着什么文件。卢尼奥夫重新注视着那幅画,觉得对这幅画的兴趣可以帮助他保持镇静。从什么地方传来了小孩子快乐而清脆的笑声。接着有一个女人的快活而好听的声音拉长了调子唱道:

佐—因—卡,玛—京—卡,杜—辛—卡,

柳—宾—卡!……

"您大概对这幅画很感兴趣吧?"响起了检察官的声音。

"基督要到哪里去呀?"伊利亚低声问道。

检察官用冷淡而失望的眼睛望了望他的面孔,沉默了一会儿,然后说道:

"您瞧:他降临到地上来,他察看人们怎样实行他的圣训。他在战场上行走,四周只看见被杀死的人们、废墟、大火、劫掠……"

"难道他从天上瞧不见这些吗?"伊利亚问道。

"嗯……这样画是为了表现得更清楚有力……为了表现生活和基督的教训之间不相符合。"

又投来了一些琐碎的和无关紧要的问题,它们像秋天的苍蝇一样使卢尼奥夫厌烦起来。他给它们弄得疲乏了,感到它们在麻痹他的注意力,他的警觉被这些空洞单调的喋喋声搞得昏昏欲睡,因此他恨起检察官来,知道这个人在故意使他疲劳。

"您能不能告诉我,"检察官随便而迅速地问道,"星期四两点钟到三点钟之间您在哪儿?"

"在小酒店里喝茶,"伊利亚说。

"啊!在什么小酒店?在哪儿?"

"在'普兰温酒店'……"

"为什么您能这样确切地说您恰好在这个时候在酒店里呢?"

检察官的脸颤抖了一下,他胸脯仆到桌子上,而他的突然发出光芒的眼睛好像盯住了卢尼奥夫的眼睛。伊利亚沉默了几秒钟,然后吐了口气不慌不忙地说道:

"因为在进酒店以前我向一个警察问过时间。"

检察官重新仰靠在椅子背上,拿起铅笔敲敲自己的指甲。

"那警察告诉我是一点多钟……大概是二十分钟……"伊利亚慢

吞吞地说。

"他认识您吗?"

"认识……"

"您自己没有表吗?"

"没有……"

"您以前也问过他时间吗?"

"有时问过……"

"在'普兰温酒店'里待了很久吗?"

"一直待到有人喊杀了人……"

"后来到了什么地方?"

"去看被杀的人。"

"当场有人看见您吗,——在那店铺附近?"

"就是那个警察看见的……他还把我从那儿赶走……推开我……"

"这很好!"检察官赞成地喊了一声,又随便地,眼睛没有望卢尼奥夫就问道:"您向警察问时间是在凶杀案发生以前,还是在它以后呢?"

伊利亚懂得这一问的意义。他由于对这个穿着白得耀眼的衬衫的人、对他指甲干净的纤细的手指、对他的眼镜的金丝边和尖锐、乌黑的眼珠感到愤恨,所以突然在椅子上转了个身。他用反问来代替回答:

"我怎么能知道这一点呢?"

检察官干咳了一声,并且把手擦得手指咕咕咯咯直响。

"妙得很!"他用不满意的声音说。"妙—极—了……还有几个问题。"

现在检察官用沉闷的声音发问,问得不慌不忙,而且显然不期望会听到什么有趣的回答了;而伊利亚在回答时,一心等待着类似时间问题的别的问题。他所发出来的每一个词在他胸膛里响得像在空谷里一般,并且好像在那里触动了一根拉得很紧的弦索。可是检察官已经不再向他提出狡猾的问题了。

"当您那天在街上走时,您记得有没有遇见过一个高个子穿短皮袄、戴黑羊皮帽子的人?"

"没有……"卢尼奥夫冷冰冰地答道。

"唔,请您留心听您的口供,然后在上面签个字……"于是他把一张写满字的纸遮住了脸,迅速而单调地念起来,念完以后把钢笔塞到卢尼奥夫手里。伊利亚俯身在桌子上,签了字,慢慢地从椅子上站起身来,望了望检察官,低沉而坚定地说道:

"再见!"

检察官随便地、派头十足地点了点头回答他,接着就伏在桌上开始写起来。伊利亚站着。他想对这个如此长久地折磨他的人说几句话。在寂静里只听见钢笔的沙沙声,从内室传来了歌声:

跳舞吧,跳舞吧,小小的洋娃娃……

"您干什么?"检察官忽然抬起头来问道。

"没有什么……"卢尼奥夫阴沉地回答。

"我对您说过您可以走了……"

"这就走……"

他们彼此瞪着眼睛望着,卢尼奥夫感到自己心头有一种沉重而可怕的东西在生长。他赶紧转身向门口走,走到了外面街上,给寒风一吹,这才感到自己已经浑身是汗了。半小时以后,他已经到了奥琳皮阿达家里。她从窗口看见他的雪车驶近房子时,亲自为他开门,并且带着慈母般的欢乐迎接他。她的脸色是苍白的,眼睛变大了,而且担忧地望着。

"你真聪明!"当伊利亚告诉她说他是从检察官那儿直接来时,她喊道。"就应该这样,对!嗯,他怎么样?"

"是个骗子!"伊利亚恨恨地说。"他设了个圈套……"

"他不能不这样,"女人通情达理地解释道。"这样的职务……"

"可以直截了当地说嘛,如此这般:大家怀疑您……"

"可是你也不直截了当呀!"奥琳皮阿达微笑着说。

"我吗?"卢尼奥夫惊讶地问道。"是的……一点也不错!哼,见鬼!……"什么事使他感到非常惊讶,他沉默了一会儿之后说道:"但当我坐在他面前时,我……的确感到自己是理直气壮的。"

"好了,谢天谢地!"奥琳皮阿达快活地喊道。"一切都平安地过去了……"

伊利亚微笑着望望她,慢慢吞吞地说道:

"要知道我只消撒一点点儿谎就对付过去了……我运气好,莉帕!……"

他奇怪地笑了起来。

"侦探监视着我,"奥琳皮阿达低声告诉他说。"一定也在监视你……"

"当然啰!"卢尼奥夫用讥笑的口吻恨恨地喊道。"他们嗅着,想包围我,像对付森林里的狼似的。什么结果也不会有的,这不是他们的事!我也不是狼;而是一个不幸的人……我不想掐死任何人,命运在掐死我本人……像巴什卡的诗里所写的……也在掐死巴什卡,也在掐死亚科夫……和所有的人!"

"没有关系,伊柳沙,"女人说道,一面煮着茶。"一切都会过去的!"

卢尼奥夫从沙发上站起来,走近窗口,一面望着街上,一面阴郁地、带着恶意的怀疑的声调继续说道:

"我有生以来总是往龌龊的东西里钻……我所不喜欢的,我所憎恶的东西,却偏偏要把我推到那些东西上去。我从来没有看见过一个我可以快乐地看他一眼的人……难道生活里就没有任何干净的东西吗?我现在掐死了这个……我为什么呢?我只是玷污了自己,撕破了自己的心灵罢了……我拿了钱……本来不该拿的!"

"不要伤心!"奥琳皮阿达安慰他说。"没有心肝的才会为他难过。"

"我并不难过……我是想为自己辩解。大家都为自己辩解,因为都要生活!……拿那个检察官来说,他像匣子里的糖果似的生活着……他不会掐死任何人。他可以正直地生活——周围干干净净……"

"等一等,我们俩可以离开这个城市……"

"不,我哪儿也不去!"卢尼奥夫转身向着女人坚决地说。他像在威胁什么人似的补充道:"我要等待着,要看看以后会发生什么事情……"

奥琳皮阿达沉思了分把钟。她坐在桌旁,面对着茶炊,穿着白色宽大的长袍,显得华丽而漂亮。

"我还要拼斗。"卢尼奥夫在房间里踱来踱去,意味深长地点着头说。

"啊!"女人受了委屈地喊道,"你所以不愿意走,是因为怕我吗?你以为我现在可以永远把你抓在手里,你以为如果我知道你……那个,我会利用你吗?你错了,亲爱的,是的!我不会勉强你,拖你跟我走的……"

她说得很平静,但是她的嘴唇好像因为疼痛而颤抖着。

"你说什么?"卢尼奥夫在惊异地倾听了她的话后问。

"我不会强迫你的,你别害怕!你爱上哪儿上哪儿,请便!"

"等一等!"伊利亚同她并排坐下并握住了她的手说道。"我不明白你为什么这样说话?"

"你装蒜好了!"奥琳皮阿达把手从他的手里缩回来后忧郁地喊道。"我知道你是骄傲的,你是残酷的!你不能够为老头子的事原谅我,你厌恶我的生活……你现在认为这一切都是因为我的缘故而发生的……你在恨我!……"

"你胡说!"伊利亚高傲地说。"你胡说,我根本没有怪你。我知道,纯洁而无罪的女人不是为我们这号人准备的……她们对于我们是太高贵了。要知道必须跟她们结婚;于是她们生男育女……一切干净的东西都是为了富翁们的……而留给我们的是吃剩的东西,留给我们的是吸干了的东西,留给我们的是搞脏了的和搞破了的东西。"

"那就别理我,我是个破鞋!"奥琳皮阿达从椅子上跳起来嚷道。"走开!"但这时她眼睛里闪耀着泪水,她向伊利亚抛出许多炽热得像炭火似的话来:"我自己愿意爬进这个火坑的……因为里面有许多金钱……我靠这些金钱作为梯子,仍旧可以回上来……我将来可以重新好好地生活……你在这方面帮助了我。我知道……你就是掐死了十个人,我也爱你。我不是爱你身上的美德,我爱你的骄傲……你的青春、鬈发的脑袋、强壮的胳臂、你的严肃的眼睛……你的责备——像刀子刺进我的心……因此我对你要……到死感谢……我要吻你的脚,瞧!"

她扑倒在他的脚边并吻着他的膝头,一面喊道:

"上帝看见的!我为了自己得救而犯了罪,要知道这样对他更好些,如果我不是终身生活在污泥里,而是通过它而重新变成清白,那时我祈求他的饶恕……我不愿终身劳苦!人家把我完全搞脏了……完全奸污了……我用全部眼泪也不足以洗干净自己……"

伊利亚起初把她推开,想要扶她起来,可是她紧紧地抱住了他,把脑袋搁在他的膝上,脸擦着他的腿,并且用喘息的、低沉的声音不停地说着。于是他开始用颤抖的手抚摩她,把她从地板上抱起来,拥抱了她并把她的脑袋放在自己的肩上。女人灼热的脸颊紧偎着他的脸,她被他的一只强壮的手臂抱住了,就跪在他面前,老是诉说着,但声音已经低得变成了耳语:

"如果一个人犯了一次罪,就终身受辱,那么难道那个人会好些吗?……我还是小姑娘的时候,继父用下流的手段跟我纠缠,我用菜刀打了他……后来,人家制伏了我……把我这个小姑娘灌醉了……还是小姑娘……纯洁的……像只苹果,完全结结实实的,鲜红可爱……我为自己痛哭……为自己的美丽惋惜……我不愿意,不愿意……但到后来,我看到……反正没有办法!无法挽救了……我心里想,至少身价高些我才干。我恨一切人,我偷钱,酗酒……在遇见你以前,我没有真心吻过任何人……"

她用轻微的耳语结束了自己的话,突然挣脱了伊利亚的拥抱:"放开我!"

他的双臂更加使劲地搂住了她,他开始热情地、疯狂地吻起她的面孔来。

"对于你的话我没有什么可说的……"他热烈地说道。"我只讲一点:没有一个人哀怜我们……那好,我们也不必哀怜什么人!……你说得很好……我的好人……我爱你……我不知怎么说好!这不是用话能表达的……"

她的话,她的哀诉,引起了他心里对这个女人的热烈而明朗的感情。她的痛苦仿佛同他的不幸融合成了一个整体,使他们成了血肉之亲。他们互相紧紧地搂抱着,长久地彼此低声诉说着自己的委屈。

"我和你不会有幸福了,"那女人绝望地摇着头说。

"那么,我们就庆祝我们的不幸吧!……如果需要去服苦役,就一块儿去好吗?你听见没有?目前呢,让我们用爱情来消除痛苦吧……现在我,即使用火来烧我……我心灵里也是轻松的……"

他们被谈话所激动,也被抚爱所兴奋,像透过浓雾似的互相望着。他们拥抱得感到发热,穿着衣服感到不舒服……

窗外的天空是灰暗沉闷的。寒冷的烟雾笼罩了大地,烟雾落到树上结成了白霜。在窗前的庭园里,一棵嫩桦树的纤细的枝条静悄悄地摇曳着,拂落着雪花。冬天的黄昏降临了……

几天以后,卢尼奥夫打听到关于商人波卢埃克托夫被杀一案中,警察局正在寻找一个高个子戴羊皮帽的人。在检查被杀者的铺子里的东西时,发现两件圣像上的银饰物,它们原来是贼赃。在铺子里打杂的孩子证明这两件饰物是凶杀前三天从一个穿短皮袄的名叫安德烈的高个子那儿买来的,这个人向波卢埃克托夫出卖银器和金器不止一次,波卢埃克托夫还放债给他。后来又查明凶杀案上一天和当天,一个跟那孩子的描写相像的人曾在几家妓院里狂嫖。

伊利亚每天总听到一些关于这件案子的新消息:全城对于这桩大

胆的凶杀案都感兴趣,在酒馆里、在街头,到处都在谈论它。但是这些谈论几乎没有引起卢尼奥夫的兴趣,关于危险的恐惧,好像疮上的痂一样,从他心上脱落了,随之而来的仅仅是感觉到某种不自然罢了。他只想到一件事:现在怎么生活?

他感到自己像入伍之前的新兵,又像准备走上遥远而渺茫的路途的旅人。最近一段时间里亚科夫特别纠缠着他。他常常蓬着头,衣服穿得很随便,在酒店里和院子里无目的地钻来钻去,游移不定的眼睛心不在焉地望着一切东西,神气好像一个专心考虑着什么特别问题的人。他遇见伊利亚时,总是神秘地急忙用低声或咬耳朵问他:

"你有没有时间跟我谈谈?"

"等一等,没有工夫……"

"你呀!……事情倒是很重要的。"

"什么事呢?"伊利亚问道。

"书呀!老兄,它讲得真是了不得!"亚科夫惊惶地说。

"去你的那些书吧!你倒告诉我:你的父亲为什么像野兽似的瞧我?"

可是现实生活里发生的事并没有引起亚科夫的注意。对于朋友的问题他只是茫然瞪着眼睛答不上来,他问道:

"什么?我一点也不知道。只听见过一次,他是对你叔叔说的,类似这样的话,仿佛你在贩卖假钱……不过要知道他这种话是乱说……"

"你怎么知道是乱说?"伊利亚微笑着问道。

"唔,管它干吗?什么钱不钱的?都是扯淡!……"亚科夫挥了挥手沉思起来了。"你没有工夫谈谈吗?"过了一分钟,他用游移不定的眼睛望着朋友问道。

"谈谈书吗?"

"是的……那儿有一个地方我懂了,——呼,呼,呼,我的老兄……"

于是这个哲学家做了一个好像被什么东西烫痛了一般的鬼脸。

卢尼奥夫像看一个怪物、看一个傻子似的看着他。他有时觉得亚科夫是个瞎子,但更经常觉得他是不幸的、不适应生存的人。在这所房子里都在说,——整个街道也知道这件事——彼特鲁哈·菲利蒙诺夫想跟自己的姘头——城里一家高级妓院的老鸨——结婚,但是亚科夫对这件事毫不关心。当卢尼奥夫问他婚事是否快举行了时,亚科夫反问他道:

"谁的婚事?"

"你父亲的……"

"啊!谁知道他……这个不要脸的家伙!找了这样的老婆,呸!"

"你可知道她有个儿子,已经大了,在中学念书?"

"不,不知道,怎么样呢?"

"这样……他将是你父亲的继承人……"

"哈哈!"亚科夫漠不关心地说。但突然活跃了起来。"儿子吗?这大概对我有好处,嗯?最好我父亲能够让这个儿子去站柜台吧!让我去我想去的地方!……最好这样……"

亚科夫预想到自由的快乐,津津有味地咂了咂舌头。卢尼奥夫遗憾地看看他,又冷笑着说道:

"俗话说得对:傻孩子一心想吃胡萝卜,给他白面包却不要。唉你呀!我琢磨不出你往后怎么生活。"

亚科夫竖起了耳朵,鼓起了眼睛,他迅速地低声说道:

"这一点我已经想过了!首先应该把头脑整理清楚……应该了解上帝对你要求的是什么。现在我看到一件事:所有的人都像纱线似的纠缠在一起,他们都想往不同的方向拉,可是谁应该向哪儿发展,谁应该在什么事情上多花些力气,却不知道!人生下来了,却不知为了什么;人活着,不知为了什么;死到临头,一切都完结……这样看来,首先应该知道,我被规定的目的是什么……这就是我所想的!……"

"你给迷在你的这些议论里了,"卢尼奥夫紧张地说。"它们有什么用处呢?"

他感到现在亚科夫的糊涂的议论比从前更强烈地打动了他,这些议论唤醒他心里的某些思想。他仿佛觉得自己心里有个黑暗的人,他和他追求干净生活的简单明确的一切梦想一直发生矛盾,现在这个人特别贪馋地倾听着亚科夫的议论,并且像婴儿在母胎里一样地在他心里转动着。这对于伊利亚是不愉快的,这使他困惑,他觉得是不必要的,所以他避免同亚科夫谈话。可是要摆脱这个朋友却是不容易的。

"有什么用处?最简单不过了。没有它,就好像没有火。"

"你呀,亚科夫,好像老头儿,跟你在一起很无聊。俗话说:一头猪也要寻求幸运,一个人更不消说了。"

在这些谈话之后,他觉得自己好像吃了很多咸的东西似的:一种剧烈的渴望袭击着他,他想某种特别的东西。现在在他对于上帝的沉重的和阴暗的思想里又掺混着一种残酷的、苛刻的思想了。

"什么都看得见,可是却容忍着!……"他阴郁地想道,同时感到自己的脑筋纠缠在无法解决的矛盾里。他便到奥琳皮阿达那里,就在她的拥抱里逃避开自己的思想和烦恼。

有时候他也去拜访薇拉。欢乐的生活正在把这个姑娘逐步吸进它的深渊里去。她得意地向伊利亚讲述同有钱的商人、官吏和军官们的酒宴,讲三驾马车和大酒馆,她把崇拜她的人送的礼物:衣裳、上装和指环拿给他看。她长得丰腴、匀称、结实;她骄傲地夸耀着她的崇拜者为了占有她而怎样争风吃醋。卢尼奥夫欣赏着她的健康、美丽和快乐,可是不止一次谨慎地向她提醒说:

"薇罗奇卡,您在这种游戏里会晕头转向的……"

"那又怎么样呢?那儿就是我的道路……至少可以出出风头。我尽量享受了,然后——完蛋!"

"可是巴维尔呢?……"

她的眉毛颤抖起来,快乐也消失了。

"他还是离开我的好……他跟我一起很难受……他白白地受罪……我已经控制不了自己,苍蝇已经陷在蜜糖里了……"

"您不爱他吗?"伊利亚问道。

"不可能不爱他!"她十分严肃地反驳道。"他是很了不起的!"

"那么,还说什么呢?跟他同居好啦……"

"这不是要骑在他脖子上吗?要知道他给自己挣块面包都还很勉强,他怎么能养活我呢?不,我很可怜他……"

"当心,不要发生什么不幸的事……"卢尼奥夫有一次警告她说。

"啊,天哪!"薇拉惆怅地喊道。"怎么办呢?难道我只是为了一个人而生的吗?要知道每个人都想生活得快乐……每个人也照自己所喜欢的而生活……他如此,您如此,我也如此。"

"唔,这话不对!"伊利亚阴郁地、深思地说。"我们生活……不过不是为了自己……"

"那么为了谁呢?"

"像您,是为了商人,为了那些浪荡鬼……"

"我自己就是浪荡鬼!"薇拉说,接着快乐地哈哈大笑了。

卢尼奥夫郁郁不欢地离开了她。这段时间里他遇见巴维尔两三次,但都很仓促。在薇拉那里遇见他的朋友时,巴维尔总是皱起眉头发脾气。他当着卢尼奥夫一声不响地坐着,咬紧了牙齿,而在他瘦削的脸颊上泛起了一块块红斑。伊利亚知道他的朋友在妒忌他,这使他感到很惬意。但同时他明显地看到巴维尔钻进了套索,他很难不受损伤就能从中摆脱出来。他可怜巴维尔,更可怜薇拉,所以不再到她家去了。他同奥琳皮阿达重新度着蜜月的生活。但是就在这里也有时会有冷气冒出来,这使伊利亚的心发痛。有时在谈话中间他突然阴郁地沉思起来。于是奥琳皮阿达用撒娇的耳语对他说:

"亲爱的!你不要想啦……两手干净的人在世界上是少有的……"

"听我说,"卢尼奥夫冷淡而严肃地答复她说。"我请你别跟我谈起这个问题!我想的不是手的问题……你虽然聪明,可是我的思想你不能够了解……你来告诉我这个问题:为了能够正直地、于人无害地生活,应该怎么做?关于那个老头儿,你别再提他……"

可是她不能不谈到那老头儿,而且老是劝伊利亚忘掉他。卢尼奥夫生起气来,就离开了她。而当他再去时,她发疯似的向他叫嚷,说他因为害怕才爱她,说她不希望他这样的爱,所以要抛弃他,离开这个城市。她哭着,捏着伊利亚,咬他的肩膀,吻他的脚,到后来昏头昏脑地脱掉了自己身上的衣服,一丝不挂地站在他面前说道:

"难道我不漂亮吗?难道我的肉体不美吗?……我每条血管都爱你,我浑身的血都爱你,你宰了我,我也会欢笑……"

她的蔚蓝的眼睛阴暗了,嘴唇贪馋地颤动着,胸脯也高高地耸着,仿佛要争着迎接伊利亚。他拥抱她,拼命地吻她,但后来在回家的路上心里想道:"像她这样活泼和热情,她怎么能够忍受那老头儿的肮脏的抚爱呢?"于是他觉得奥琳皮阿达是讨厌的,他想起了她的亲吻便厌恶地吐口水。有一次,在她的情欲爆发之后,对温存感到厌倦了的他向她说道:

"自从我掐死了那老鬼以后,你倒更强烈地爱起我来了……"

"嗯,对呀,那又怎么样呢?"

"没有怎么样。我想想好笑……有这样一些人……他们觉得臭蛋比鲜蛋更好吃,而有些人喜欢吃烂苹果……真怪!……"

奥琳皮阿达用昏昏沉沉的眼睛看了他一眼,懒洋洋地微微一笑,却没有回答。

有一天,伊利亚从城里回来后正在脱衣服,捷连季悄悄地走进房里来了。他紧紧地关上了身后的门,但在门边站了好几秒钟,仿佛在偷听什么似的,然后抖了一下驼背,把门搭上了门钩。伊利亚注意到了这一切,冷笑着望了望他的脸。

"伊柳沙!"捷连季坐到椅子上低声说道。

"嗯?"

"这儿流传着有关你的各种谣言……说得很不好听……"

驼背低下了眼睛,沉重地叹了口气。

"什么谣言,举个例子说好吗?"伊利亚脱着皮靴问道。

"好……各人各说……有些人说,那件事仿佛有你的份儿……就是掐死那个商人的事……另有些人说,仿佛你在买卖假钱……"

"他们眼红了,是不是?"伊利亚问道。

"到这儿来过各式各样的人……好像都是秘密警察……类似那些密探……老是向彼特鲁哈打听你……"

"让他们去费心好了,"伊利亚毫不在乎地说。

"那当然啰。如果我们自己不犯什么罪,那跟我们有什么关系?"

伊利亚笑了笑就躺到床上。

"现在他们已经停止……不来了!不过彼特鲁哈自己却开始……"捷连季困惑和胆怯地说道。"伊柳沙,你最好搬走,给自己找一间屋子住不好吗?……不然的话,彼特鲁哈总说:'我呀,我受不了有嫌疑的人住在我的房子里,我是市议会的议员呀……'"

伊利亚把气得发青的脸转向叔叔,大声说道:

"如果他爱惜自己擦得发亮的嘴脸的话,就该闭起嘴来!你就这样告诉他……我要是听见一句对我不礼貌的话,我要把他的脑袋瓜打个粉碎。不论我是什么人,都不是他这个混蛋可以评判我的。我会从这儿搬走的……当我愿意的时候。我要同光明磊落和公平正直的人们住在一起……"

驼背被伊利亚的愤怒吓住了。他沉默了约莫一分钟,坐在椅子上轻轻地搔着驼背,恐惧地望着自己的侄儿。伊利亚紧闭着嘴唇,张大眼睛望着天花板。捷连季的目光仔细地打量着他的鬈发的脑袋,他的有小髭须和尖下巴的美丽而严肃的面孔,又望望他宽阔的胸脯,打量了整个强壮而匀称的身体,然后低声说道:

"你成了漂亮小伙子了!……如果在乡下,姑娘们会成群地跟在你后面……是的……你在那儿会生活得很好!我会给你弄些钱……你可以开个小铺子,娶个有钱的老婆!……你的生活就会像雪橇下山似的飞奔了。"

"可我要是想上山呢?"伊利亚阴沉地说道。

"当然喽,要上山!"捷连季赶紧接着说。"要知道我是这样说的:你的生活将是轻快的。唔,生活在向山上上升。"

"但到了山上又往哪儿去?"伊利亚问道。

驼背瞧了他一眼,格格地笑了起来。他又开始说些什么话,可是伊利亚已经不去听他,心里回想着过去经历过的事情,并想道:这一切在生活里一件搭一件安排得多么巧妙,不露痕迹,就好像网里的线似的。机会包围着人,并牵到它所希望的地方去,像警察牵着小偷一样。瞧,他正在想离开这所房子单独过日子,于是适当的机会马上就来了。他恐怖地和专注地望了叔叔一眼,但就在这时听见了敲门的声音,捷连季从座位上跳了起来。

"喂,开门呀,"伊利亚生气地大声说道。

当驼背拉开门上的钩子后,门口出现了亚科夫,两手拿着一本棕黄色的大书。

"伊利亚,到玛舒特卡那儿去!"他走近床边兴奋地说。

"她怎么啦?"伊利亚迅速地问道。

"她吗?我不知道……她不在家……"

"她每天晚上到底到什么地方游荡去了?"驼背用恶意的声调问道。

"她跟玛季察出去的,"亚科夫说。

"唔,跟她出去不会有好事儿,"捷连季慢吞吞地说道。

亚科夫抓住了伊利亚的袖子并拉着他。

"你怎么样,挣脱了锁链了吗?"伊利亚问道。

"告诉你,要知道它真正是妖术,不是什么别的东西!"亚科夫低声说。

"你说的是什么?"伊利亚穿起毡靴问道。

"就是这本书……真的!你就会看见的……走吧!老实对你说,真是奇迹!"亚科夫带着自己的朋友走过黑暗的穿堂时继续说道。"读起来甚至感到恐怖!……唔,只是它在拉你过去,像要拉进深渊去似的……"

伊利亚感到他朋友的激动,听见他的声音在发抖,而当他们走进鞋匠的房间并点着了房里的灯时,他看见亚科夫的脸是苍白的,眼睛也像醉汉似的浑浊和自得其乐。

"你喝了酒吗?"他怀疑地仔细瞧着亚科夫问道。

"我?没有,今天一滴也没有喝……要知道我现在不喝了……除非为了壮壮胆,当父亲在家的时候,我喝这么两三杯!我怕父亲……我只喝那种没有烧酒气味的……好,你听着吧!"

他"通"的一声坐到椅子上,打开了书,脑袋低低地俯在书上,手指指在旧得变黄了的厚纸上,用低沉而颤抖的声音念道:

"《第三章。人类的原始时代》①——你听!"

他叹了口气,左手向上伸起,右手的一个手指在书页上移动着,开始高声念道:

"'讲述人类的原始状态,据狄奥多尔证明,那些有德行的男人,'——你听见吗?那些有德行的!——'他们认为事物的本质是二重的。有些人以为世界不是被创造的和不灭的,人类在古代是没有任何起源的……'"

亚科夫从书上抬起头来,一只手在空中挥动着,低声说道:

"听见吗?没有起—源!……"

"往下念!"伊利亚怀疑地望着那本皮面精装的旧书说。于是重新响起了亚科夫低沉而热烈的声音:

"'抱这种意见的,据西塞罗②说,有萨莫斯的毕塔哥拉斯③、塔伦塔的阿尔希塔④、雅典的柏拉图⑤、克齐诺克拉底斯⑥,史塔奇里脱的亚

---

① 指波·维·乌尔宾斯基的《论事物发明家》中的一章。
② 西塞罗(前106—前43),古罗马演说家、作家和政治家。
③ 毕塔哥拉斯(前约580—前500),古希腊数学家和哲学家,生于萨莫斯岛。
④ 阿尔希塔(前4世纪),古希腊哲学家,属毕塔哥拉斯派,生于塔伦塔,是柏拉图的朋友。
⑤ 柏拉图(前427—前347),古希腊的唯心主义哲学家,居于雅典。
⑥ 克齐诺克拉底斯(前395—前344),古希腊唯心主义哲学家,柏拉图的学生。

里斯多德①,许多其他的逍遥学派②的人也说:世界上现在和将来存在的一切事物都是没有任何起源的,'你听见吗,又是没有起源的!'但产生着的和已被产生的事物有一种轮回,从这轮回里可以认识被产生的事物的起源和结局……'"

伊利亚伸过手去把书合上了,冷笑着说道:

"得了吧!见它的鬼……有些德国人卖弄聪明说——可以认识的!简直没有法子懂……"

"等一等!"亚科夫胆怯地向四周环视了一眼喊道,然后眼睛瞪着他朋友的脸,低声问他:"你知道你的起源吗?"

"什么起源?"伊利亚生气地喊道。

"不要喊……我们拿灵魂说吧。人生下来就有灵魂吗,嗯?"

"怎么样?"

"这么说,他就应该知道他是从哪儿来的、怎样来的?灵魂据说是不死的,它是永远存在的……是吗?应该知道的不是你怎样生下来的,而是你怎么知道你在活着?你生下来是活的,——那么,你从什么时候开始活着的?是从母亲胎里就开始的吗?好吧!但是你为什么不但不记得出生以前怎样活的,而且就是到后来直到五岁时也什么都不知道呢?而且如果有灵魂的话,那么它在哪儿进到你身体里的?嗯?"

亚科夫的眼睛燃烧着胜利的光辉,他的脸流露着满意的微笑,他快乐得直喊起来,这快乐使伊利亚感到奇怪:

"这就是灵魂呀!"

"傻瓜!"伊利亚严厉地看了他一眼说。"有什么可高兴的?"

"是呀,我并不高兴,我是随便……"

"对,就是随便!问题不在我为什么活着,而在我应该怎样生活?

---

① 亚里斯多德(前364—前322),古希腊哲学家,生于史塔奇里脱。
② 亚里斯多德学派,于公元前三七五年在雅典创立,因其在漫步时进行教学,因而得此名。

为了一切都干净,为了没有一个人来碰我,而我自己也不触犯任何人,应该怎样生活?你就给我找一本能说明这个的书吧……"

亚科夫低垂脑袋沉思地坐着。他的快乐的兴奋因为得不到反应而消失了。他沉默了一会儿,才开口回答他的朋友道:

"我望着你,就看出有什么我不喜欢的东西……你的那些思想我摸不透……我看见……你从几时开始有什么事使你骄傲起来,是不是……好像你是什么有道德的人……"

伊利亚笑了起来。

"你笑什么?真的。你严厉地批评所有的人……你好像不爱任何人……"

"我是不爱,"伊利亚坚决地说。"能爱谁呢?为什么爱?人们给了我什么?……每个人为了自己的一块面包而想骑在别人的脖子上,在脖子上却说:爱我呀,尊敬我呀!倒好像我是傻瓜似的!你们尊敬我,我也就尊敬你们。把我的一份给我,那时我也许会爱你!大家都一样想吃……"

"唔,我想人们追求的大概不止是吃喝,"亚科夫敌对地和不满意地反驳道。

"我知道!所有的人都用什么东西来装饰自己,但这是假面具!我看见:我的叔叔想跟上帝讲生意经,像伙计跟老板算账似的。你的爸爸捐献了一面旗给教堂,我从这件事断定他不是已经欺骗了什么人,便是打算欺骗个什么人……随便你往哪儿看,到处都是这样……拿去,给你半文钱,可是你得给我五文钱……大家都是这样互相欺骗,并且彼此向对方寻找辩解。在我看来,如果犯了罪,不管有心无心,就得伸出脖子去挨打……"

"这话你说得对,"亚科夫沉思地说。"关于我父亲的事你说得也对,关于驼背的事你说得也对……唉,我和你都生得不对头!你就是这样刻毒;你批判大家来安慰自己……而且你批判得越来越严厉了……可我连这个也办不到……我最好能够跑到什么地方去!"亚科夫愁苦地喊了起来。

"你跑到哪儿去呢?"伊利亚刻薄地冷笑着问道。

两个人都沉默了,靠着桌子面对面垂头丧气地坐着。桌子上摆着那本用铁环钉的棕黄色皮面的大书……

穿堂里有人走动,发出低沉的声音,后来有谁的手有好一阵摸索着门,在寻找把手。两个朋友一声不响地等待着。门慢慢地开了,不是突然开的,佩尔菲什卡闯进了地下室。他的脚绊住了门槛,他晃了晃就跪下去跌倒了,拿着手风琴的右手向上举着。

"得噜!"他喊道,同时醉醺醺地笑了起来。玛季察跟在他后面进来。她立刻向鞋匠弯下身去,搀住了他的胳肢窝,动手扶他起来,舌头沉重地说道:

"喔嘿,灌得多厉害……喂,醉鬼!"

"媒婆子!别碰我……我自己起来……自一己……"

他摇摇晃晃地站起来,走近两个朋友,向他们伸出了左手:

"你们好!我们向你们问候,你们向我们……"

玛季察低沉地傻笑起来。

"你们从哪儿来?"伊利亚问道。

亚科夫却带笑望着两个醉汉,没有作声。

"从哪儿来?孩子们!亲爱的,嘿哟哟!"佩尔菲什卡用脚在地上踏起拍子来,唱道:

嫩骨头呀,嫩娃娃!
等到骨头长好了,
便卖进小店家!

"媒婆子!我们还是唱你教给我的那一支歌吧……嗯……"

他背靠着炉子站在玛季察旁边,胳膊肘撞着那女人的腰部,手指摸索着手风琴的键子。

三　人

"玛舒特卡在哪儿?"伊利亚严厉地问道。

"喂!"亚科夫从椅子上跳起来喊道。"玛丽亚真的在哪儿?"

可是两个醉鬼不理睬他们的叫喊。玛季察脑袋歪在一边,开始唱道:

喂,干妈,干妈,白酒真不坏①……

佩尔菲什卡挥动了一下手风琴,用高音接着唱道:

干妈,让我们为星期一喝一杯……

伊利亚站起来揪住他的肩膀摇了摇,摇得佩尔菲什卡的后脑勺撞着了炉子。

"女儿在哪儿?"

"他的女—儿失—踪了,而且是半夜里失踪的,"佩尔菲什卡傻里傻气地嘟囔说,一只手抓住了脑袋。

亚科夫追问玛季察,可是她得意地笑着说:

"我不告诉你!我不告诉来我不告诉……"

"看来,他们把她卖了,这两个鬼,"伊利亚严厉地冷笑着对他的朋友说。亚科夫恐怖地向他看了一眼,用可怜巴巴的声音问鞋匠:

"佩尔菲尔,你听我说!玛舒特卡在哪儿?……"

"玛—舒—特卡!"玛季察嘲笑地拉长了调子说。"被你发现啦……"

"伊利亚!怎么样?该怎么办呀?"亚科夫焦虑地问道。

伊利亚没有作声,阴森森地望着两个醉鬼。

玛季察不祥地拉长着歌声,把自己的一对大眼睛从伊利亚转移到亚科夫身上,忽然滑稽地挥了挥双手嚷道:

---

① 乌克兰民歌。

269

"从我的屋子里滚出去！这是我的屋子！我们也要结婚了……"皮鞋匠捧着肚子哈哈笑。

"我们走吧,亚科夫,"伊利亚说。"魔鬼才知道他们……"

"等一等！"亚科夫慌张而害怕地说。"佩尔菲什卡……你说呀,玛莎哪儿去了？"

"玛季察！我的妻呀,抓住他们！啧—啧—啧……向他们号叫,咬他们……玛莎哪儿去了？"

佩尔菲什卡把嘴唇噘成了一个喇叭,想吹口哨,可是吹不出来,便向亚科夫伸了伸舌头,又哈哈大笑了。玛季察胸脯冲着伊利亚,激烈地嚷道：

"你是个什么人？难道我不知道吗？"

伊利亚推开她,出了地下室。在穿堂里亚科夫追上了他,捉住了他的肩膀,在黑暗里站住,说道：

"这难道可能吗？难道可以容许吗？她是小姑娘,伊利亚！难道他们把她给嫁了？"

"唔,不要哭！"伊利亚干脆地打断了他的话。"没有用。应该早些注意他们……你在寻找事物的起源,可是他们呢,你瞧,已经结束了……"

亚科夫沉默了,但过了一分钟,他跟在伊利亚后面走过院子时又说道：

"这可不是我的错……我知道她出去打零工,到哪儿给人家打扫屋子……"

"是不是你的错,那关我屁事！……"伊利亚在院子中央站住了,粗暴地说。"应该逃出这所房子……应该放火把它烧掉……"

"啊,天哪……天哪！"亚科夫低声说道,他站在伊利亚背后,双手无力地耷拉着,低着脑袋仿佛准备挨打似的。

"哭吧！"伊利亚讥笑地说完就走开了,把他的朋友留在院子中央的黑暗里。

第二天早上,他从佩尔菲什卡那里打听到,他们已经把玛舒特卡嫁给一家小店铺的老板赫列诺夫,是新近没有了老婆的五十来岁的鳏夫。

佩尔菲什卡躺在炉台上,一面晃着醉后作痛的脑袋,一面语无伦次地讲道:

"他呢,就对我说道:'我呀,有两个孩子……两个都是男孩子。据说,他们需要保姆,可保姆是人家的人……会偷东西和干诸如此类的事……所以你呀,劝劝你的女儿……'结果呢,我就劝了……玛季察也劝了……玛莎是个挺乖的孩子,她一下子就明白了!她没有地方可以去……只有更糟,决不会有更好的机会了!……她说:'反正一样,我嫁就是了……'于是就嫁了。三天之内一切都办好了……给了我和玛季察一人三卢布……不过我们俩昨天就把这钱拿去喝酒喝光了!……玛季察喝得可真凶,一匹马也喝不了这么些!……"

伊利亚听着一言不发。他知道玛莎现在这条出路比可能期望的还好些。但是他毕竟要为这小姑娘叹息。最近他几乎没有看见过她,也没有想到她,而现在他突然觉得这所房子因为没有玛莎而变得更肮脏了。

佩尔菲什卡的又黄又肿的嘴脸从炉台上直望着伊利亚,他的嗓子也像秋天树上的枯枝似的吱吱响着。

"赫列诺夫向我提出一个条件,不许我踏进他的家门!铺子里么,他说,可以偶然去去,可以给杯酒喝。家里呢,就像进天堂,你可别存这个心!……伊利亚·亚科夫列维奇!你这儿有没有五戈比让我喝杯酒解解宿醉?做做好事,给我吧……"

"唔,那么你现在——怎么样?"伊利亚说。

皮鞋匠向地上吐了口唾沫答道:

"我现在终于喝上了瘾了……在玛莎还没有人家时,我至少还有点顾忌……有时候还做做活……仿佛我对她还有点良心……唔,现在呢,我知道她吃得饱、穿得暖,而且好像……被锁在箱子里似的安稳!……那么一来,我可以自由地每天痛饮了……"

"你不能戒酒吗?"

"绝对不能!"皮鞋匠否定地晃着乱蓬蓬的脑袋答道。"再说,为什么要戒呢?一个人盼着什么事,命运就为这件事张罗。就是这么回事!如果有这样一个人,他里面什么也放不进去,那么命运和这个人有什么相干呢?我现在告诉你一件事:我曾想做一件事……我老婆那时还在世……我那时曾想从叶列梅老公公那儿偷一点儿……我是这样想的:'不是我,就是别人,反正总有人要抢劫这老头儿的……'唔,感谢上帝,这件事有人抢在先了……我并不懊丧……但那时我就明白:哪怕是希望吧,也得有能力……"

皮鞋匠笑了,他从炉台上爬下来,一面说道:

"那么,给我五戈比……我的五脏六腑烧得要死了!……"

"拿去,喝它一杯吧,"伊利亚说。

于是他微笑着看了看佩尔菲什卡,说道:

"你既是无赖,又是酒鬼……这可一点也不假!但有的时候我又觉得:我还没有见过比你更好的人呢。"

佩尔菲什卡不相信地望了望伊利亚严肃而又亲切的面孔。

"你在开玩笑吗?"

"信不信随你便……我这样说并不是恭维你,而是——那样……为的是责难人们……"

"玄妙得很!……不,可见这不是我这号脑袋瓜子所能闹得明白的……我不懂!我去喝酒,喝了以后也许会聪明一点儿……"

"等一等!"伊利亚抓住了他的衬衫袖子留住他。"你怕上帝吗?"

佩尔菲什卡不耐烦地踏着步,几乎抱怨地说道:

"我没有什么事要怕上帝的……我不欺侮人……"

"你祷告吗?"伊利亚放低了声音追问他。

"嗯……我祷告,但不消说……很难得!……"

伊利亚看出皮鞋匠不愿意说话,他一心一意想上酒馆去。

"去吧,去吧,"他沉思地说。"不过还有一句话:你死去时上帝会问你:'人呀,你怎样生活过来的?'"

"那我就说:'主呀!生下来时年纪小,死时喝醉了酒,所以什么也记不得了!'他便笑着饶恕我了……"

皮鞋匠幸福地微笑着走了。

伊利亚独自留在地下室里……他想到在这狭窄肮脏的地窖子里,玛莎已经永远不会再出现了,而佩尔菲什卡也很快就会从这儿被赶出去,他感到很奇怪。

四月的太阳在向窗里探望,照耀着好久不曾打扫的地板。地下室里一切都没有经过整理,既不好看又凄凉,仿佛是死了人以后的景象。

伊利亚直挺挺地坐在椅子上,凝视着面前斑剥的矮而粗的炉子,沉重的思想一个接一个涌上心头。

"难道应该去自首吗?"这个明确的念头突然在他脑子里闪过。

可是他立刻恨恨地把它从思想里推开了……

就在这天晚上,伊利亚不得不从彼特鲁哈·菲利蒙诺夫的房子里搬走了。事情的经过是这样的:当他从城里回来时,吓坏了的叔叔在院子里遇见他,把他拉到木柴堆后面的角落里,就在那儿对他说道:

"喂,伊柳沙,你应该离开……我们这儿出事了!"

驼背吓得闭起了眼,双手挥了一下,拍着自己的大腿说:

"亚什卡突然喝醉了,就当面骂了他父亲一句:贼!还说了许多其他难听的话:不要脸的淫棍呀,狠心的……疯狂地大闹起来!……彼特鲁哈就向他牙齿上打了一拳!又揪住了他的头发,还用脚踩,什么都来,直打到他浑身是血!现在亚什卡躺倒了,呻吟着……后来彼特鲁哈对着我,他喊得真凶!他说:'你……把伊尔卡赶走……'他说这是你挑拨亚什卡反对他的……他叫嚷得真可怕!……所以你要小心……"

伊利亚从肩头卸下皮带,把货箱交给叔叔说:

"拿好!……"

"等一等!你哪儿去?"

伊利亚因为怜悯亚科夫和痛恨他的父亲而双手激动得直发抖。

"对你说拿好,"他龇着牙齿说,就向酒店走去。他牙齿咬得那么紧,连颧骨和下巴都感到发痛,而脑袋里也突然嗡嗡响了。透过嗡嗡声他听见叔叔对他喊着什么警察呀、毁灭呀、监狱呀之类的话,他走路就像下山坡似的。

在酒店里的柜台旁边站着彼特鲁哈,他正在跟一个流氓样子的人说笑。灯光落在他的秃顶上,他的整个脑袋都好像在闪耀着满意的微笑。

"啊,商人!"他看见伊利亚,便嘲笑地喊道,他的眉毛也生气地皱了起来。"我正要找你……"

他站在自己屋子的门口,身体挡住了门。

伊利亚坚决而严峻地走近他跟前,大声说道:

"走开!……"

"什——么?"彼特鲁哈拉长了声调问道。

"让我去找亚科夫……"

"我给你个亚科夫……"

伊利亚一声不响地使足了劲向彼特鲁哈脸颊上打了一下。酒店老板呻吟着倒在地上。酒店里的伙计们从四面八方向他跑过来;有人喊道:

"捉住他!揍他!"

顾客们都慌乱起来,好像有开水浇到了他们身上,但伊利亚跨过了彼特鲁哈,走进门去并随手把门闩住了。

在满满地堆着酒箱和什么大箱子的小房间里,颤巍巍地亮着一盏洋铁皮的灯。在幽暗和塞满了东西的地方,伊利亚一下子看不见自己的朋友。亚科夫躺在地上,他的脑袋背着光,所以脸庞显得又黑又可怕。伊利亚把灯拿在手里,蹲下去照被打坏的人。青肿和擦伤像一副丑恶的黑色假面具似的掩盖着亚科夫的面孔,眼睛浮肿,他艰难地呼吸着,打着呼噜,而且可能什么也没有看见,因为他在呻吟着问道:

"谁？"

"我，"伊利亚站起身来悄悄地说。

"给我喝……"

伊利亚向四面看了一眼。外面正在使劲打门。有人喊道：

"从后门台阶进去……"

彼特鲁哈尖锐的吼声从许多嘈杂声中冒出来：

"我并没有碰他……"

伊利亚幸灾乐祸地冷笑了一声。他走近房门，平静地跟围攻的人们谈判道：

"喂，你们呀！先慢点叫喊……我如果打了他的嘴脸，他不会因此死掉的，我却因此要受审判。这么看来，你们用不着管闲事……你们不要挤门，我马上要开门了……"

他开了门，就站在门中间，好像站在一个框子里似的，紧握着一对拳头以防万一。那些人在他强壮的体格和从他脸上明白表示着的战斗决心面前退却了。但彼特鲁哈一面开始把大家推开，一面吼叫着：

"哈哈，你这个强盗！……"

"你们把他拉开，再到这儿来瞧瞧，请呀！"伊利亚从门口让到旁边，对大家邀请说。"你们来欣赏一下，他怎样把一个人打成残废的……"

有几个顾客斜睨着伊利亚，走进了房间，他们弯下身去看亚科夫。有一个人惊讶而恐怖地说道：

"已经—把他—熨平了！……"

"拿点水来。还应该叫警察来……"伊利亚说。

观众站在他这一边了，他看到和感觉到这一点，所以激烈地高声说道：

"你们都知道彼特鲁哈·菲利蒙诺夫，知道他是这条街上的头号骗子……但是有谁说他儿子坏话呢？可是瞧，这是他的儿子，被打坏了，躺下了，也许要落个终身残废。可是做父亲的对这件事却什么问题也不会有。我打了彼特鲁哈一下，因此要审判我……这说得过去吗？这公平吗？所以在一切事情里，有的人有完全的自由，有的人连眉毛都不敢动一动……"

有几个人同情地叹了口气，有的人一声不响地走开了，而彼特鲁哈却刺耳地叫喊着，开始把所有的人赶走。

"你们走！你们走！这是我的事，是我的儿子！走开……我不怕警察……我用不着打官司。用不着。我不用审判也能收拾你的……滚出去！"

伊利亚跪在地上给亚科夫喝水，他抱着沉重的怜悯心望着自己朋友被打坏的、浮肿的嘴唇。亚科夫咽着水，低声说道：

"呼吸很痛……把我带走吧……伊柳沙……亲爱的！"

从眼睛底下发肿的地方流出了眼泪……

"应该送他进医院……"伊利亚转过身来对彼特鲁哈阴郁地说道。

酒店老板眼睛望着儿子，嘴里含糊地叨唠着什么。他的一只眼睛张得很大，而另一只也像亚科夫的一样，挨了伊利亚的打后也差不多青肿了。

"你听见没有？"伊利亚喊道。

"不要叫喊吧！"彼特鲁哈突然和蔼地低声说。"不能进医院，这会传扬出去的！……这对我不合适……"

"你这卑鄙的家伙！"伊利亚说，又轻蔑地向菲利蒙诺夫脚下吐了口唾沫。"我对你说把他送到医院去！你如果不送去，我要把丑事闹得使你更糟糕……"

"得—得—得！别那样……别生气……我看他在装假……"

伊利亚跳起身来。但这时菲利蒙诺夫一跳跳到门边，喊道：

"伊凡！叫辆车子——到医院去，十五戈比……亚科夫，穿上衣服！用不着装假了……不是外人打的，是亲生的父亲……从前我挨打挨得还要厉害呢……"

他在房间里跑来跑去，从墙上取下衣服，把它抛给伊利亚，迅速而慌张地继续讲着自己年轻时被打的情形……

捷连季站在柜台后面。伊利亚耳朵里飘进了他那殷勤的、胆怯的声音：

"给您三戈比的还是五戈比的？……要鱼子酱吗？鱼子酱都卖完了……吃点青鱼吧……"

第二天伊利亚给自己找到了住所——贴着厨房的一间小房间。出租的是一个穿红色短外衣的小姐；她的脸孔是玫瑰红的，有尖尖的像鸟儿似的小鼻子，嘴巴也是小小的，在窄小的前额上美丽地堆着乌黑的头发，她常常用小巧纤细的手的迅速的动作拍着头发。

"这样好的房间租费五卢布真不贵！"她伶俐地说，同时看到自己的黑黝黝的活泼的眼睛惹得这个宽肩膀的年轻小伙子心慌意乱，因而微笑着。"糊壁纸完全是新的……窗子对着花园，——还有什么好说的？早晨我给您生茶炊，您自己把它搬进房间好了……"

"您是女仆吗？"伊利亚好奇地问道。

那小姐敛了笑容，她的眉毛颤动了一下，她挺起了身体大模大样地说道：

"我不是女仆，是这个住宅的女主人，我的丈夫……"

"您难道结了婚了？"伊利亚惊讶地喊道，他不相信地对这位主妇的瘦削匀称的身材打量了一眼。这一次她没有生气，而是清脆而快活地笑开了。

"您真好笑！一会儿说我是女仆，一会儿又不相信我是结了婚的……"

"如果您完全还是个姑娘，那怎么能相信呢！"伊利亚也笑着说。

"我已经结婚了两年多，我的丈夫是巡官……"

伊利亚向她脸上看了一眼，也悄悄地笑了起来，自己却不知道笑的原因。

"那才古怪呢！"女人好奇地仔细望着他，耸了耸肩喊道。"唔，没有关系，房间您租不租呢？"

"租定了！要付定金吗？"

"当然！"

"我过两三点钟以后就搬来……"

"行！这样的房客我很高兴，看样子您是很快活的……"

"不很快活……"伊利亚微笑着说。

他微笑着走到街上，心头带着愉快的感觉。他既喜欢那间糊着天蓝色壁纸的房间，也喜欢那娇小伶俐的少妇。然而他不知为什么更觉得特别喜欢的，是他将要住进去的寓所恰好是个巡官的住宅。这一点他感到有些滑稽、有些恶作剧，而且看来对于他有些危险。他应该去探望亚科夫；他叫了个马车夫，坐上了一辆敞篷马车，就开始考虑着他应该怎样处理那些钱，现在把它们藏到哪里去好？……

当他来到医院里，知道亚科夫才洗过澡，现在正在睡觉。伊利亚在走廊里靠窗站住了，不知道自己该怎么办，——走呢还是等候他朋友睡醒。穿着黄色睡衣的病人一个又一个拖着拖鞋轻轻地从旁走过，他们用令人烦闷的目光望着他，在他们低声的谈话里混进了从远处传来的什么人的呻吟声……嗡嗡的回声在走廊的长长的通道里扩散着……在医院的有着强烈的气味的空气里好像有什么人无形无声地飞翔着、喘息着和悲伤着……伊利亚心里想离开这些黄色的墙壁……可是有一个病人迈步走近伊利亚，向他伸出一只手来低声说道：

"你好！……"

伊利亚抬起眼睛来看他，惊愕得倒退了一步……

"巴维尔！……你也在这儿？"

"除了他还有谁呢？"巴维尔迅速地问道。

他的脸有点儿灰溜溜的，眼睛困惑地和惊慌地眨巴着……伊利亚简短地把亚科夫的事讲给他听了，然后喊道：

"你变得多厉害呀！"

巴维尔叹了口气；他的嘴唇颤抖起来；仿佛有什么亏心事似的低低地垂下了头，他用嘶哑的低语重复了一句：

"是变了……"

"你怎么了?"伊利亚关心地问道。

"唔……仿佛你不知道似的……"

巴维尔向朋友脸上飞快地瞟了一眼,又重新低下了头。

"传染上了?"

"当然喽……"

"难道从薇拉那儿传染的?"

"还能有哪个呢?"巴维尔阴郁地回答。

伊利亚摇了摇头。

"我说不定什么时候也会遭受到的……"

巴维尔相信地望着他的眼睛说道:

"我以为你现在会讨厌我了……我在这儿溜达溜达,忽然看见是你!我感到难为情……就转过身去,走开了……"

"你真聪明!"伊利亚责备他说。

"谁知道你怎样看呢?这病是丢人的……躺在这里已经是第二个礼拜了……真愁闷,真苦痛!……夜里好像在炭火上受着煎熬似的……时间过得真慢,像没有个完似的……又好像陷在泥潭里,也喊不到人来救援……"

他说话低得差不多像耳语,而他的脸哆嗦着,双手痉挛地揉着睡衣的前襟。

"薇拉在哪儿?"伊利亚沉思地问道。

"鬼知道她,"巴维尔苦笑着说。

"没有来瞧你吗?"

"来过一次,我把她赶走了……看见她我受不了!"巴维尔恨恨地低声说。

伊利亚不以为然地向他变了形的脸上看了一眼,然后说道:

"哼,你真是胡说八道!……你想得到公正,那你自己也应该公正。她有什么过错呢?"

"那我该怪谁呢?"巴维尔兴奋地低声喊道。"怪谁？我通夜思量着:我的生活为什么给搞糟了？是因为我爱上了薇拉,是吗？……讲到我对她的爱情,你即使用星星写在天上也写不清楚！……"

巴维尔的眼睛红了起来,从里面重甸甸地滚出了两颗大泪珠。他用睡衣的袖子把它们从脸颊上拂掉了。

"这些都是空话……"伊利亚说,心里觉得他对薇拉比对巴维尔更为同情。"你喝了蜜酒,你称赞说:真过瘾！你喝过了量,便骂道:它害我醉了！……关她什么事？要知道她也是人家传染的！"

"她也是！"巴维尔说,他声音颤抖着又问道,"你以为我不可怜她吗？我把她赶走了……但她一走……她一哭……哭得那么轻,那么苦,我心都碎了……我自己也会哭起来,但那时我心里有许多疙瘩……我那时琢磨着这一切事情……唉,伊利亚！我们不会有好的生活了……"

"是的！"伊利亚古怪地微笑着曼声应道。"发生着什么事情……很难理解的事情！大家吃苦又吃苦。亚科夫的老子不让他过日子,玛舒特卡被硬塞给一个老鬼做老婆,你又是这个样子……"

他突然轻轻地笑了起来,压低了嗓子说道:

"只有我一人走运！我一想到什么事,对不起,它就成功了！"

"你说的不好,"巴维尔目光炯炯地望着他说。"你是在取笑吗？"

"没有,别的人在取笑！有人在取笑我们大家……我观察着生活——生活里是没有公道的……"

"我也看到了这一点！"巴维尔轻轻地,但仿佛是用整个肺部的力气在叫喊。

在他脸上泛起了红色的斑痕,而他的眼睛也活泼而勇敢地闪耀着,像一个健康的人常有的那种神采。

他们在走廊的一个幽暗的角落里靠窗站着,窗上的玻璃涂着黄颜色,他们在这儿紧靠着墙壁,热烈地交谈着,彼此迅速地领会对方的思想。从远处什么地方传来了缓慢的呻吟声,它像什么人隔了一定的间歇拨动着弦索而发出的鸣声,而这弦索经人一拨动,就绝望地震颤着并发着声音,就仿佛知道哪儿都不会有一颗活泼的心能够安慰它病态的颤抖似的。巴维尔的心由于意识到生活的沉重的手所加于他的凌辱而燃烧着;他也像弦索一样激动得震颤着,便匆忙而不连贯地对自己的朋友唠叨着自己的怨诉和猜测。伊利亚却感觉到巴维尔的话好像是从他心里凿出来的火花,它们燃着了他胸中那常常使他不安的暧昧的和矛盾的东西。他觉得在他对生活大惑不解的地方,另外有一种东西已经发出了光辉,它眼看着就要照亮他心灵的幽暗并使它永远得到安宁了。

"如果你吃得饱,你就是圣人;如果你有学问,你就有理,这是什么缘故?"巴维尔站在伊利亚面前,低语着向他交心。他同时向四面张望着,仿佛感到那蹂躏了他生活的敌人就在附近似的。

"谁能理解我们的话呢?"伊利亚严峻地喊道。

"是呀!我们能跟谁说呢?"

巴维尔不作声了。伊利亚沉思地望着走廊深处。现在,当他们沉默下来时,呻吟声响得更清楚了。发出这呻吟来的胸膛一定是大而强的,而他的苦痛一定也是很大的……

"你仍然跟奥琳皮阿达在一起吗?"巴维尔问伊利亚。

"是的,跟她在一起生活!"伊利亚微笑着答道。"你可知道,"他笑着,大大压低了嗓门继续说道,"亚科夫读书读得怀疑起上帝来了……"

巴维尔向他看了一眼,用不确定的声调问道:

"什么?"

"他找到了这样一本书……你对这个问题有什么意见?"

"我,你瞧……"巴维尔沉思地低语道,"我就是这样……不上教堂了……"

"我想得很多……我也不明白为什么上帝能受得了?"

他们之间重新展开了活跃的谈话……谈得津津有味,直谈到一个工友走过来向伊利亚严厉地问道:

"你为什么躲在这儿,嗯?"

"我并没有躲起来……"伊利亚说。

"你没看见所有探病的都走了吗？"

"当然没有看见喽……再见，巴维尔。去看看亚科夫吧……"

"喂，走吧！"工友说。

"早一点来……"巴维尔恳求他说。

伊利亚在街上想着自己的朋友们的命运。他看到自己比大家生活得要好些。可是这种意识并没有引起他愉快的感觉。他只是冷笑了一声，又怀疑地向四面望了望……

在新寓所里他开始了平静的生活，房东夫妇也引起了他很大的兴趣。主妇的名字叫做塔季娅娜·弗拉西耶芙娜。她快活而且爱讲话，在伊利亚搬进蔚蓝色房间的几天之后，她就把自己生活的全部安排详细地对他讲了。

早晨当伊利亚在自己的房间里喝茶的时候，她围着围裙，袖子卷到臂弯上，在厨房里跳来跳去，有时向门里张望他，活泼地说道：

"我跟丈夫不是富有的人，然而是有文化的。我念过初中，他进过陆军学校，虽然没有毕业……不过我们希望能发财并且将……我们没有孩子，而孩子是最大的开支。我自己做饭，自己上菜市场，至于笨重的工作呢，我花一个半卢布一月的工钱雇了个小姑娘，不供她住宿。您猜猜看，我能省下多少钱？"

她站在门口，抖动着鬈发，扳着指头计算道：

"厨娘——工钱三个卢布，供她吃饭——七卢布，一共十卢布！……她一个月总要偷三卢布，那就要十三卢布！她的房间留下来出租给您——十八卢布！您看一个厨娘要花这么些钱！……其次，我什么东西都趸买：奶油一买就是半普特①，面粉——整袋买，糖——一堆一买，还有诸如此类的东西……所有这些我可以便宜十二卢布……

---

① 一普特等于 16.38 公斤。

总共三十卢布！如果到什么地方做工作——到警察局,到电报局——我赚的钱只够厨娘的工钱……而现在呢,我不用丈夫花什么钱,这一点我很得意！应该这样地生活,青年人！您学学吧……"

她的伶俐的眼睛狡黠地望着伊利亚的脸,他对她笑着。他很喜欢她,对她油然起敬。早晨当他醒来时,她已经在厨房里同一个不声不响的麻脸的小姑娘忙活着了,那小姑娘总是用胆怯的和无神的眼睛望着她和一切东西。晚上当他回来时,她打扮得既苗条又清洁,微笑着替他开门,从她身上散发着愉快的气息。要是她丈夫在家,他就弹着吉他,她用清脆的声音伴着他唱歌,或者是两个人坐下来玩纸牌——"抓王八",用接吻当输赢。伊利亚在自己房间里可以听见一切:也听得见琴弦忽儿快乐忽儿伤感的絮语,也听得见纸牌的拍拍声,也听得见嘴唇的喷喷声。他们的住所由两个房间组成——一间是卧室,另外一间跟伊利亚的房间相邻:夫妇俩把它作为餐室和晚上活动的休息室……早上这间房间里发出鸟儿清脆的叫声:山雀吱吱叫着,金丝雀和小黄雀像竞赛似的争先恐后地歌唱着,灰雀老气横秋地叽叽喳喳低啭着,有时候在这喧嚷的鸣声里夹杂着红雀沉思的低微的歌声。

塔季娅娜的丈夫基里克·尼科季莫维奇·阿夫托诺莫夫,是二十六岁左右的人,长得又高又胖,有一个大鼻子和一口黑牙齿。他的善良的脸上长满了粉刺,没有神采的眼睛带着无动于衷的平静看着所有的东西。修得很短的淡色头发像刷子似的耸立在他的脑袋上,在阿夫托诺莫夫整个笨重的体态上有某种拙笨的和滑稽的东西。他举动笨重,初次见面便莫名其妙地问伊利亚:

"你喜欢歌唱的鸟吗？"

"喜欢……"

"你逮吗？"

"不……"伊利亚惊讶地望着巡官答道。

那人皱着鼻子想了想又问道：

"过去逮不逮？"

"也没有逮过……"

"从来没有过吗?"

"从来没有过……"

于是基里克·阿夫托莫诺夫原谅地笑了笑,又说道:

"如果你没有逮过,可见你不喜欢它们……我是逮过的,而且甚至因此被陆军学校开除……到现在还想逮,不过我不愿意在长官面前丢面子。因为喜欢会叫的鸟儿虽然是种高尚的癖好,可是逮它们却是跟体面的人不相称的一种娱乐……假如我处在你的地位,那我就会去逮金翅雀,——一定会逮的!那是快乐的小鸟……正因为这样,所以大家叫它是'神的鸟儿'……"

阿夫托莫诺夫一面说,一面用想得出神的眼睛望着伊利亚的脸,而伊利亚听着他的话,心里感到很不自然。他觉得巡官谈论捕捉禽鸟是别有用意的,他在暗示什么事情。然而阿夫托莫诺夫像水一般平淡的眼睛使他的心安定了;他断定这个巡官不是狡猾的人,所以殷勤地笑了一下,对基里克的话保持着沉默。他呢,显然满意于他的房客的谦虚的沉默和他的严肃的面孔,所以也微笑着继续说道:

"晚上到我们这儿来喝茶……来吧,不要客气……我们一起玩玩牌,'抓王八'……到我们家来的客人很少。接待客人是愉快的,可是要款待他们,这却不愉快,因为要花钱。"

伊利亚越仔细观察自己房东安逸的生活,他就越喜欢他们。他们家里的一切都那么干净、稳当,一切都是安静的,而他们也显而易见是互相爱着的。那娇小活泼的女人像一只快活的金翅雀,她的丈夫却像一只笨头笨脑的灰雀,家里就像在鸟窝里一样舒适。每到晚上,伊利亚坐在自己房间里,听着房东夫妇的谈话,心里想道:

"就应该这样生活……"

他羡慕得直叹气,越来越强烈地幻想着自己能够开个店铺的日子,那时他将有一间小而干净的房间,他将养一些鸟儿,一个人幽静、安宁地,像在梦里一般生活着……隔壁塔季娅娜·弗拉西耶芙娜正在向丈夫讲述自己在市场上买的东西、花了多少钱和节省了多少钱，而她的丈夫低沉地笑着称赞她：

"啊，你真聪明！唔，让我吻一下……"

他对妻子谈着城里的新闻、自己写的报告和警察局局长或者别的长官对他讲的话……他们谈论着升官的可能性，讨论着升官后应不应该搬家的问题。

伊利亚听着，却忽然有一种莫名其妙的沉重的忧郁兜上心头。在蔚蓝色的小房间里变得气闷了，他不安地打量着房间，仿佛在寻找忧郁的原因，他感到再也不能忍受胸中的重压时，便去找奥琳皮阿达或者上街去溜达。

奥琳皮阿达对他的态度越来越吹毛求疵和更加嫉妒了，他同她争吵的时候也越来越多。在争吵时，她从不提起杀死波卢埃克托夫的事，而在和好的时候，却照例劝伊利亚忘掉这件事。伊利亚对于她的审慎很是惊讶，有一次在吵嘴以后问她：

"莉帕！当你骂我的时候，你为什么绝口不提起那老头儿呢？"

她不假思索地答道：

"因为这件事不是我的，也不是你的。既然人家没有发现你，可见他是应该如此的。你没有必要掐死他，这是你自己说的。可见他是借你的手受到惩罚的……"

伊利亚不相信地笑了起来。

"你怎么啦？"女人问道。

"没有什么……我心里想到如果一个人不是傻瓜，那他必然是个骗子……一切都可以说成是没有罪的……而一切又都可以构成罪状……"

"我不懂你的话，"奥琳皮阿达晃着脑袋说。

"有什么不能懂的？"伊利亚叹了口气，耸着肩膀问道。"很简单。我说：你给我摆出一件生活里永远不可动摇的东西来；给我找出一件不论怎样聪明的人都是既不能为它辩护也不能用它构成罪状的东西来……你给我找出这样的东西来呀！你是找不到的……生活里没有这样的东西……"

在一次吵架之后,伊利亚有三四天没有上奥琳皮阿达那儿去,他收到了她的一封信……她写道:

> 亲爱的伊柳沙,现在永别了,我跟你再也不会相见了。不要找寻我,——你是找不到的。我就要搭第一班轮船离开这该死的城市:在这城市里我永远地损害了我的心灵。我走得很远,永远不会再回来,你别思念我也别等待我。对你的好处,我全心全意感谢你,而对你的不好的地方我不会记在心里。还应该老实告诉你,我并不是无目的地离开的,而不过是跟年轻的阿纳宁相好了。他老早就缠住我,诉苦说,如果我不同意跟他同居,我就是毁灭了他。我同意了:反正一样。我们到海边的村庄去,阿纳宁家在那儿有一个渔场。他人很天真,他甚至提议结婚,这小傻瓜。永别了!我仿佛在梦里看见了你,等到醒来时却什么也没有了。我的心多么痛苦,如果你能知道的话!我吻你,我惟一的人儿。不要在人们面前逞能:我们都是不幸的人。你的莉帕现在变得老实起来了,而且小心翼翼,像在刀背底下行走似的,我受尽折磨的心灵痛得么厉害。奥琳皮阿达·什雷科娃。邮寄给你一样东西——一个指环作为纪念。请你戴着它。奥·什。

伊利亚看完了信,紧紧地咬着嘴唇,直咬到发痛。后来看了一遍又一遍。每看一次,他就越发喜欢这封信——,读着用不整齐的粗大的字母写成的简单的字句,他感到又痛苦又得意。以前伊利亚没有料到这个女人竟会这样认真地爱着他,而现在他觉得她是强烈地和坚决地爱他的,他读着她的信时,心里感到了骄傲的满足。然而这种满足慢慢地被失却了一个亲人的意识所占据,于是伊利亚悲哀地沉思起来了:现在在愁闷的时候到什么人那儿去呢?那女人的形象出现在他眼前,他回想起了她的疯狂的抚爱、她的聪明的谈吐和戏谑,于是惋惜的尖锐的感情越来越深刻地钻进了他的胸怀。他站立在窗前,皱紧了眉毛,眼望着花园,在那儿的薄暮里,接骨木的丛林静静地颤动着,而白桦树的细得像绳索一般的枝条也在空中摇曳。隔壁忧郁地响着吉他的弦声,塔季娅娜·弗拉西耶芙娜用高音唱着:

> 有谁想找寻华丽的琥珀,
> 就让他去找寻吧……①

伊利亚手里拿着信,感到自己对不起奥琳皮阿达,悲哀和惋惜紧挤着他的胸膛,掐住了他的喉咙。

> 可是要从那海底
> 给我找一个指环,

歌声从隔壁传来。后来巡官低沉地哈哈笑着,而唱歌的女人也清脆地笑着跑进厨房去了。可是一进厨房她立刻不作声了。伊利亚感到女房东就在离他很近的什么地方,但不愿转身去看她,虽然知道自己的房门是开着的。他细听着自己的思想,一动不动地站着,感到孤独之感控制了他。窗外的树依然摇曳着,但伊利亚仿佛觉得自己已经离开了地面而在寒冷的黑暗里向什么地方漂浮……

"伊利亚·亚科夫列维奇!您要喝茶吗?"女房东问他。

"不喝……"

窗外传来了有劲的钟声;沉闷的钟声柔和而有力地接触到了窗上的玻璃,玻璃便微微震颤起来……伊利亚画了个十字,想起自己已经好久不上教堂了,他因为想到可以离开住所而感到高兴……

"我要做夜礼拜去,"他转身对着房门,说了一声。女房东正好站在门口,两手扶着门框,好奇地望着他。伊利亚在她凝视的目光下感到局促不安,他好像向她抱歉似的说道:

"我好久没有上教堂去了……"

"好的!我九点钟给您生茶炊。"

---

① 由俄国诗人瓦·阿·茹科夫斯基的《歌》(1811)改编的歌曲《少女的指环……》(1816)。

伊利亚在上教堂去的路上，心里想着年轻的阿纳宁。他认识他：他是个富商，"阿纳宁兄弟渔业公司"最小的老板，是个瘦瘦的、脸色苍白的小伙子，长着一头金黄色头发和一对蔚蓝的眼睛。他在城里露面不久就马上开始花天酒地地放荡起来。

"人们就是这样生活，好像老鹰一样，"伊利亚痛苦地思量着。"等到羽毛一长好，便马上——嚓的一下把鸽子给叼走了……"

他被自己的思想所激恼，心烦意乱地走进教堂，站在黑暗的角落里，那里放着一张点挂灯用的梯子。

"主呀！垂怜我们，"左边的唱诗班唱道。一个男孩用讨厌的、刺耳的喊声跟着唱，他不会调整自己的嗓音来配合教堂执事的沙哑重浊的声音。不协调的歌声刺激了伊利亚，使他想去撕那男孩的耳朵。角落里因为生着炉子而感到很热，还闻到烧焦的破布的气味。一个穿大衣的老太婆向他走过来，抱怨着说：

"您站的不是自己的位置，我的先生……"

伊利亚向她饰着貂皮尾巴的贵重的大衣领子看了一眼，便一声不响地让开了，心里想道：

"连教堂里也有自己的位置……"

自从杀死波卢埃克托夫以后，他第一次进教堂，现在想到这件事不觉哆嗦了一下。

"主呀，垂怜我们……"他画着十字低语道。

现在唱诗班和谐地高声唱着。童高音的嗓子清晰地唱出了诗篇的歌词，像小铃铛的清澈悦耳的铃声在圆顶下面响着；中音像绷得很紧的弦线一般响亮地颤抖着；在它们像小溪似的连绵不断地流着的声音里，童高音像太阳在透明的溪流里的反光一样震颤着。低音部的低沉模糊的调子在空气里庄严地振荡着，衬托着儿童的歌声；有时候，美丽有力的男高音的歌声听得特别分明，于是儿童的声音又明朗地发着光彩，上升到教堂圆顶的朦胧里，而穿着白衣的天神庄严地伸出了双手，从那儿沉思地俯瞰着祈祷的人们。现在合唱的歌声融合成了一片,就像日落时分的彩云,玫瑰色的、鲜红的和绛红色的云彩一时在阳光里照耀得五彩缤纷,融化在自身美丽的奇景里了……

歌声沉寂了,伊利亚深长而轻松地叹了口气。他感到了舒畅:他已经没有进教堂时的激怒,而且也不能把思想集中在自己的罪孽上了。歌声使他的心灵感到了轻松,得到了净化。他感到自己这样突如其来的舒畅,反而有些莫名其妙,他不敢相信自己的感觉,他想从内心里找寻忏悔的思想,但是找不到它。

但突然有一个锐利的思想像针刺似的刺了他一下:

"如果女房东由于好奇而走进他房间,开始在那儿翻检,找到了那些钱,那怎么办?"

伊利亚迅速离开了原地,走出教堂,叫了马车回家。一路上他的思想固执地发展着,刺激着他。

"她如果找到了——哼,有什么关系?他们不会去告发,他们自己会干脆把钱偷走……"

然而他们不会去告发而只是把钱偷走的这个思想更激恼了他。他觉得如果发生了这样的事,他会立刻坐上这辆马车到警察局去说明是他杀死波卢埃克托夫的。不,他不愿继续折磨自己,胆战心惊地过日子,却让别人用他犯下巨大罪孽作代价而得到的钱去过安静、舒适和干净的生活。这个思想在他心里产生了一阵冰冷的狂怒。到了家门,他使劲拉了拉门铃,同时咬紧了牙关,捏紧了拳头,等待着人家来开门。

给他开门的是塔季娅娜·弗拉西耶芙娜。

"嘿,您铃拉得多响!……您出了什么事?您怎么啦?"她看了看他,吃惊地喊道。

他一言不发地推开了她,走进自己的房间,第一眼就看出了自己的一切恐怖都是多余的。钱是放在他的窗子顶上的窗框上的,而在窗框上他轻轻地贴上一小片绒毛,所以如果有人碰一下钱,那绒毛一定会飞掉。可是现在他分明看到在褐色的窗框上有着它白色的斑点。

"您病了吗?"女房东出现在门口,担心地问道。

"是的,有些不舒服……请您原谅,我方才推了您一下……"

"那算不了啥……等一等……要给马车夫多少钱?"

"劳驾,请您给吧……"

她跑走了,伊利亚马上跳上椅子,从窗框后面抓起了钱,把它们塞进口袋里,然后轻松地吐了口气……他为自己的惊惶感到惭愧。他觉得那绒毛是愚蠢的、可笑的,正像所有这一切……

"真叫见鬼!……"他心中冷笑着想道。门口重新出现了塔季娅娜·弗拉西耶芙娜。

"给了马车夫二十戈比,"她急急忙忙地说道。"您怎么,头晕吗?"

"是的……您知道,我站在教堂里……忽然这个……"

"您躺一会儿,"女人走进房间说道。"躺一会儿,不必客气……我伴您坐坐……我一个人在家,丈夫出去值班,到俱乐部去了……"

伊利亚在床上坐下,她就坐在房间里惟一的椅子上。

"我麻烦您了,"伊利亚不好意思地微笑着说道。

"没有关系,"塔季娅娜·弗拉西耶芙娜答道,同时探究地和毫不顾忌地端详着他的脸。两人都沉默了一阵子。伊利亚不知道该跟这个女人谈些什么,而她却老是仔细端详着他,突然奇怪地笑了起来。

"您笑什么?"伊利亚低着眼睛问道。

"要说出来吗?"她狡猾地问。

"说呀……"

"您装得不像——我笑您这一点!"

伊利亚哆嗦了一下,惊惶地望了望她。

"是的,您不会装。您哪儿是病?您根本没有病,您只是因为收到了一封不愉快的信,我看得出来,看得出来。"

"不错,我收到了……"伊利亚谨慎地低声说。

窗外发出了树枝的簌簌声。那女人警觉地隔着玻璃向窗外望了望,又转过脸来对着伊利亚。

"那是风声或者是鸟声。喂,我的好房客,您愿意听我的话吗?我虽然年轻,可是并不傻……"

"请您说吧,"伊利亚请求她,一面好奇地望着她。

"您要把这封信撕掉和抛开,"女房东认真地说道。"如果她拒绝了您,她这样做便是个聪明的小姑娘,是的!您结婚还太早,您是没有资产的人,而没有资产的人是不应该结婚的。您是健康的青年,可以做许多工作,您长得很漂亮,人家总是会爱您的……而您自己先慢点儿恋爱。您要工作,做买卖,积蓄钱,努力把一桩事业经营得大一些,设法开一个店铺,等到您有了什么稳固可靠的基础,那时再结婚。这个您一定会成功,因为您不喝酒,您很朴素,又是单身汉……"

伊利亚低着脑袋听着,暗自好笑。他想大声地和快乐地笑出声来。

"您不用垂头丧气,"塔季娅娜·弗拉西耶芙娜用过来人的声调继续说道。"这就会过去的!相思病是医得好的。我自己在结婚以前闹过三次恋爱,当时简直想跳河自杀,然而还是过去了!而当我一看到我到了真正应该出嫁的时候,没有任何爱情我就出嫁了……后来我爱上了丈夫……一个女人有时也可以爱上自己的丈夫的……"

"这话怎么讲?"伊利亚张大了眼睛问。塔季娅娜·弗拉西耶芙娜快乐地笑了起来。

"我是说着玩的……可是我也要一本正经地告诉您:可以没有爱情先结婚,然后再恋爱……"

接着她转动着眼睛又咕咕呱呱说个不休。伊利亚留心听着她的话,同时怀着兴趣和尊敬的心情望着她娇小匀称的身姿。她是那么娇小和那么柔软、可爱、聪慧……

"有这样的妻子是不会吃亏的。'"他心里想道。一个有教养的有夫之妇而不是一个姘头,一个纯洁、精明的真正的太太跟他坐在一起,而且在他这样一个普通人面前不摆什么架子,甚至还对他称呼"您"。这使他感到很愉快。这个思想在他心里引起了对女房东的感激之情,

所以当她站起来想走时,他也跳起身来站定了,向她行了个礼,说道:

"承您不弃……跟我谈话来安慰了我……我衷心感谢……"

"安慰了您?您瞧!"她轻轻地笑了起来,在她脸颊上泛起了红晕,她的眼睛也一动不动地望着伊利亚的脸有好几秒钟。

"唔,再见……"她异样地说了之后就踏着小姑娘式的轻快的步子走了……

伊利亚一天比一天更喜欢起阿夫托诺莫夫夫妇来了。他在一些警察那里看见过许多坏事,可是他觉得基里克是个善良的、不太聪明的公务人员。他是个躯壳,他的妻子是灵魂;他不常在家,就是在家里也不大起作用。塔季娅娜·弗拉西耶芙娜对伊利亚的态度越来越随便,她开始请他劈木柴、提水、倒污水。他高兴地执行她的请求,这些小小的帮忙不知不觉地成了他的义务。于是女房东辞退了麻脸的小姑娘,对她说要她只在每星期六来干活儿。

有时候阿夫托诺莫夫家有人来做客——警察局副局长科尔萨科夫,一个留着长长的小胡子的瘦子。他戴着墨晶眼镜,抽粗大的卷烟,最讨厌马车夫,说到他们时总是怒气冲冲的。

"再没有像赶马车的那样破坏秩序和市容的了,"他议论道。"他们都是不懂规矩的畜生!对于行人总是可以使他们遵守街道的秩序的,只消警察局局长发布一条规则:'下行者靠右侧,上行者靠左侧,'街道上的交通立刻秩序井然。然而任何规章都打动不了赶马车的,赶马车的那是——鬼知道是什么东西!"

提起马车夫他可以谈上整整一个晚上,伊利亚从来没有听到过他别的谈话。来客还有孤儿院监督格雷兹洛夫,一个留黑胡子的沉默的人。他喜欢用低音歌唱《宛如在蔚蓝的海上航行》[①],他的老婆长得又高大又肥胖,一口大板牙,每次来串门总要把塔季娅娜·弗拉西耶芙

[①] 俄罗斯民歌。

娜所有的糖果统统吃光,因此她走后阿夫托诺莫娃就骂她。

"她这样做是故意跟我捣蛋!"

再就是亚历山德拉·维克托罗芙娜·特拉弗金娜同她的丈夫,她又高又瘦,长着一头红发,常常要擤鼻涕,擤起来声如裂帛,十分奇怪。她的丈夫说话声音很低。他嗓子有毛病,但说个不停,好像他嘴里有麦秆沙沙地响着。他很有钱,在税务机关工作,又是某个慈善团体的理事会理事,他们夫妇俩经常骂穷人,责备他们说谎、贪婪和对于希望他们好的人没有礼貌……

伊利亚坐在自己房间里,仔细倾听他们这些人是怎样谈论生活的?他所听到的话是他不能理解的。好像他们这些人决定着一切,什么都知道,并且严厉地责备所有与他们生活不一样的人。

有的晚上房东夫妇邀请房客去喝茶。在喝茶的时候,塔季娅娜·弗拉西耶芙娜快活地开着玩笑,而她的丈夫梦想着怎样能够一下子发大财,然后买一所房子。

"我最好能养些鸡!……"他甜蜜地眯细了眼睛说。"养一切品种的鸡:恒河种、交趾种、采察洛种、火鸡……还有孔雀!穿着睡衣坐在窗口,抽着纸烟,看着你自己的孔雀开着屏在院子里走来走去,他妈的真有意思!它像警察局局长那么样地走着:勃尔吕、勃尔吕地叫着!"

塔季娅娜·弗拉西耶芙娜津津有味地轻声笑着,望着伊利亚,也说出自己的梦想来:

"夏天我便要到克里米亚和高加索去,冬天去出席保护穷人协会的会议。我要给自己缝一件黑呢的连衣裙,最朴素的,除了红宝石的胸针和珍珠耳环以外,不戴任何别的首饰。我在《田野》周刊[①]上读过一首诗,诗里说穷人的血和泪到来世会变成珍珠和红宝石。"于是她轻轻地叹了口气结束道:"红宝石对黑头发的人非常相称……"

伊利亚微笑着一言不发。房间里温暖而干净,散发着清香的茶叶

---

① 一八七〇至一九一八年在彼得堡出版的一种画刊。

和别的什么美妙的气息。鸟笼里的鸟儿缩成一个个绒球那样睡着,墙上挂着鲜艳的图画。在窗户之间靠墙的小书架上摆着一些好看的药匣子、瓷的鸡、糖和玻璃制的复活节彩蛋。这一切伊利亚看了都喜欢,引起了他轻微而愉快的愁思。

但有时,尤其在生意不顺利的日子,这种愁思在伊利亚的心里转变为气愤和不安的感情。瓷鸡、药匣和彩蛋刺激着他,他真想把它们摔在地上并用脚踩它们。当这种情绪支配了伊利亚时,他便沉默着,眼睛看定了一点,生怕说出得罪这些好人的话来。有一次,他同房东夫妇玩着纸牌,他眼睛盯住了基里克·阿夫托诺莫夫的面孔问道:

"怎么样,基里克·尼科季莫维奇,你们就没有找到掐死贵族街的那个商人的凶手吗?……"

他问了以后感到胸中有一阵愉快的火辣辣的奇痒。

"你说的是波卢埃克托夫吗?"巡官仔细瞧着自己手里的牌,沉思地说。他马上重复道:"你说的可是波卢埃克托夫—夫—夫—夫?……没有,没有找到波卢埃克托夫—夫—夫—夫……我说的不是波卢埃克托夫,是那个人……我没有找……我不需要他……我却需要知道:黑桃皇后在谁手里?黑桃—黑桃—黑桃!你,坦尼亚①,你对我出了一张三点——梅花皇后,方块皇后,还出了什么牌?"

"方块七……快点想吧……"

"这么说那个人就无影无踪了!"伊利亚冷笑着说。

可是巡官并没有注意他,一心想着出牌。

"就无影无踪了!"他重复说。"就这么杀死了波卢埃克托夫—夫—夫—夫……"

"基里亚②,别这么夫呀夫的,"他的妻子说。"快些出牌……"

"杀他的人一定是很机灵的!"伊利亚不肯放松。他的话没有引起注意,这更厉害地刺激了他谈论凶杀案的欲望。

---

① 塔季娅娜的爱称。
② 基里克的爱称。

"机灵吗?"巡官拉长了声音问。"不,我才机灵呢!瞧!"

于是他响亮把牌摊在桌上,给了伊利亚一张五点。伊利亚当了"王八"。夫妇俩都取笑他,这更激恼了他。他一面分牌,一面固执地说道:

"大白天在城里热闹的街上杀人,这样做一定要有很大的胆量……"

"是运气,不是胆量,"塔季娅娜·弗拉西耶芙娜纠正他的话。

伊利亚望了望她,又望望她的丈夫,轻轻地笑了起来,又问道:

"杀人是运气?"

"那是说杀人而没有落法网。"

"又给了我个方块爱司!"巡官说道。

"给我倒用得着!"伊利亚认真地说。

"您把商人杀了,人家就会给您方块爱司!①"塔季娅娜·弗拉西耶芙娜回答他,同时一心想着打牌。

"你杀了人,就会得到呢子的爱司,眼前却只能得到纸牌的爱司!"基里克抛给伊利亚两张九点和爱司后说,接着就哈哈大笑起来。

伊利亚重新望了望他们快活的面孔,他谈论凶杀案的兴致便消失了。

他跟这些人非常接近,跟那种干净和安宁的生活只隔着一层薄薄的墙壁,所以更常常感到难忍的苦闷。生活矛盾的思想以及上帝无所不知但不来惩罚的思想重新冒头了。他在等待什么呢?

伊利亚因为烦闷而重新看起书来了:女房东有几本《田野》和《绘画论坛》②周刊,还有几本破烂的书。

跟童年时代一样,他只喜欢那些描写他所不知道的和不是他那种生活的小说,关于写现实生活的和平民生活的小说,他读起来觉得是

---

① 俄文 бубновый туз,有两个意思,一个是扑克牌里的"方块爱司",一个是指帝俄时代被判处苦役的囚犯的号衣背上红色或黄色四角形的布片,它很像扑克牌的"方块爱司"。

② 一八七二年在彼得堡出版的一种图文并茂的周刊。

枯燥无味和不真实的。这些小说有时使他发笑,但他更常常觉得它们是那些想粉饰黑暗和沉重的生活的狡猾的人们写出来的。他知道这种生活,而且认识得越来越清楚。他在街头来回走着的时候,每天总要看见些可以引起他批评的事情。于是他到医院里讥讽地笑着对巴维尔说道:

"什么秩序!我刚才看到几个木匠和泥瓦匠在人行道上走。突然警察喝道:'嗨,你们这些鬼东西!'就把他们赶离了人行道。到马儿行走的地方去吧,否则你们肮脏的衣服会弄脏先生们的……你们给我盖房子,但你们自己蜷缩着身体过活吧……"

巴维尔也冒了火,因此更是火上浇油。他在医院里像在监牢里一样受罪,他的眼睛忧郁地和恼恨地燃烧着,他消瘦了,憔悴了。他不喜欢亚科夫·菲利蒙诺夫,他当他是个疯子。

亚科夫患的原来是肺病,躺在医院里享着清福。他跟邻床的病人——一个不久以前截去了一条腿的教堂里的更夫,交了朋友。那是个又胖又矮的人,有一个秃顶的大脑袋,黑胡须盖满胸前。他的眉毛浓得像胡子,他经常掀动着它,他的声音低沉,像从丹田里发出来似的。伊利亚每次到医院里,总看见亚科夫坐在更夫的病床上。更夫躺着并沉默地掀动着眉毛,而亚科夫低声念着一本像更夫一样又小又厚的圣经。

"对!一夜之间,摩押的亚珥将变为废墟,归于无有;对!一夜之间摩押的亚珥将变为废墟,归于无有!"①

亚科夫的声音变得很微弱,发出像锯木头的锯子的吱吱声。他念时左手向上举着,仿佛在请病房里的病人们听着以赛亚可怕的预言②。富于幻想的大眼睛使他蜡黄的面孔带有一种怕人的表情。他见了伊

---

① 出自《旧约·以赛亚书》第十五章第一节。这里大概是指摩押人(居住在死海东岸的闪族)的城市。
② 以赛亚是《圣经》传说里的先知。据说他生活在公元前八世纪。以他为名的《以赛亚书》认为"渎神行为"是一切民族灾难的原因。

利亚便把书抛下,不安地向他问着那个老问题:

"你没有看见玛舒特卡吗?"

伊利亚没有看见她。

"天呀!"亚科夫悲哀地说。"这一切是多么……像在故事里一样!她本来在这儿。可是魔法师突然把她摄走了,就再也没有她了……"

"你父亲来过吗?"伊利亚问道。

亚科夫的脸颤抖着,眼睛恐怖地眨巴着。

"来过,"亚科夫答道。"他说:'你躺得够了,出院吧!'我请求医生不要放我出去……这儿很好,又安静,又单纯……瞧这位尼基塔·叶戈罗维奇,我同他念圣经。他念圣经念了七年,里面的话都能背诵,他也能解释预言……我病好了以后,要跟尼基塔·叶戈罗维奇一起生活,我要脱离父亲!我可以在教堂里帮尼基塔·叶戈罗维奇的忙,在左边唱诗班里唱……"

更夫慢慢地掀起了眉毛;在眉毛下面深陷的眼窝里困难地转动着两只圆而黑的眼睛。它们用呆滞而阴暗的目光平静地黯然望着伊利亚的脸。

"圣经是多么好的书呀!"亚科夫咳得喘不过气地喊道。"你记着那个圣经学者在酒店里说的话:'强盗们的篷帐是安宁的'?这话也在圣经里。有的,我找到了!还有更坏的!"

他闭起眼睛,手向上举着,用庄严的声调背诵道:

"'恶人的灯何尝熄灭,患难何尝临到他们呢?神何尝发怒,向他们分散灾祸呢?'你听见没有?'你们说:神为恶人的儿女积蓄罪孽。我说:不如本人受报,好使他亲自知道'[①]……"

"难道是这样说的吗?"伊利亚不相信地问道。

"一字不错!……"

"在我看来,这是不好的,罪过的!"伊利亚说。

[①] 引自《旧约·约伯记》第二十一章第十七节和十九节。

更夫动了动眉毛,眉毛就掩盖了他的眼睛。他的胡子颤动着,他用低沉而奇特的声调说道:

"探寻真理的人的大胆不是罪过,因为那是遵照上界提示而发生的……"

伊利亚怔了一怔。更夫却深深地叹了口气,仍旧同样缓慢和清晰地说道:

"真理本身启发人说:寻求我吧!因为真理就是上帝……据说:'追随上帝是巨大的光荣'……"

更夫的长满了浓胡须的面孔引起了伊利亚敬畏的心情——在这张脸上有一种尊严的和严峻的神气。

现在更夫的眉毛扬起来了,他的眼睛凝视着天花板,他脸上的胡须又动了起来。

"亚沙,把《约伯记》第十章开头的话念给他听……"

亚科夫沉默地匆匆翻过了几页,然后用颤抖的声音低声念道:

"'我厌烦我的性命,我要说出我的忧愁,因心里苦恼我要说话。对神说:不要定我有罪,要指示我,你为何与我争辩?你亲手所造的,你又欺压又藐视,这事你以为美吗……'"①

伊利亚伸长了脖子,睐着眼睛向书上偷觑。

"你不相信吗?"亚科夫喊道。"真是怪人!"

"不是怪人,是胆小鬼,"更夫平静地说。

他迟钝地把自己暗淡的目光从天花板移到伊利亚的脸上,并严厉地,仿佛想用话来压死他似的继续说道:

"还有比刚才念的更沉重的话呢。第二十二章第三节直接对你说:'你为人公正,岂能叫全能者喜悦呢?你行为完善,岂能使他得利呢?'②……这几句话应该多多思量,才不至于误解……"

"那么您……懂得吗?"伊利亚悄悄地问道。

---

① 引自《旧约·约伯记》第十章第一至第三节,但不甚确切。
② 引自《旧约·约伯记》第二十二章第三节,但不甚确切。

"他?"亚科夫喊道。"尼基塔·叶戈罗维奇全都懂得!"

但更夫更压低了自己的嗓子说道:

"我已经迟了……我应该懂得的是死……我已经给截去了一条腿,但它更上面的部分在肿起来了……另一条腿也在肿……胸膛也……我因此不久就要死了……"

他的眼睛逼视着伊利亚的面孔,缓慢而平静地说道:

"可是我不愿意死……因为我生活得不好,总是在屈辱和愁苦里,说到欢乐——我一生不曾有过。我从小起就像亚沙一样在父亲手下过活。他是个酒鬼,是野兽……他有三次打破过我的脑袋,还有一次用开水烫我的脚。我没有母亲:她生了我就死了。我结过婚。老婆是被逼着嫁我的,她不爱我……结婚后第三天就上吊自尽了。我有个姊夫。他向我勒索;姐姐却对我说,是我逼老婆上吊的。大家也都这样说,虽然他们知道我没有碰过她,她原来是处女……死了也是处女……这以后我又过了九年。单个儿生活真可怕! ……老等待什么时候会有快乐。可是你瞧,死到临头了。再没有什么啦。"

他闭起眼睛,沉默了一会儿又问道:

"为什么要活着?"

伊利亚心里怀着恐惧听着他沉重的话。亚科夫的面孔变成了棕色,他的眼睛里闪烁着泪水。

"为什么要活着,我请问你……我这么躺着和思量着:为什么要活着?"

更夫的声音消失了。它一下子中断了,仿佛一股浑浊的溪水在地上流过,却忽然消失到地下去了。

"'与一切活人相连的,那人还有指望,因为活着的狗比死了的狮子更强'①。"更夫张开眼睛又开始说话了。他的胡须也重新抖动着。

"就在同一篇《传道书》里说:'遇亨通的日子,你当喜乐,遭患难

---

① 引自《旧约·传道书》第九章第四节。

的日子,你当思想:上帝使这二者并列,为的是叫人不能说任何反对他的话'①……"

伊利亚再也听不下去了。他悄悄地站起来,握了握亚科夫的手,又向更夫深深地鞠了一躬,一般向死人诀别就是这样鞠躬的。他这样做是出于偶然。

他从医院里出来时怀着某种新的沉重的感觉,这个人的阴沉的形象深深地印入了他的脑海里。受生活凌辱的人的数目又增加了一个。更夫的话他记得很清楚,他反复思量这些话,想了解它们的意义。它们扰乱他,搅动了他心灵的深处,那儿他原来是保藏着"上帝是公正的"的信念的。

他觉得不知从什么时候起,"上帝是公正的"这一信念在他心里发生了动摇,它不像从前那样牢靠了,有什么东西像铁锈侵蚀铁一样地侵蚀了他的信念。在他内心里有一种像水火一般不相容的东西。对于自己的过去,对于一切人们和对于生活方式的怨恨又以新的力量在他心里出现了。

阿夫托诺莫夫夫妇对他的态度越来越亲切了。基里克以保护者自居拍着他的肩头,跟他开玩笑,并大模大样地说道:

"你所干的是些鸡毛蒜皮的小事儿,老弟!像你这样朴实认真的小伙子应该有更大的发展才对。如果一个人有当区警察局局长的才干,他就不宜于当警官……"

塔季娅娜·弗拉西耶芙娜开始详细而注意地问起伊利亚关于他买卖进行的情况和他每月有多少纯利收入的问题。他很乐于跟她谈话,在他心里,对于这个能从无聊的琐事里安排出干净和可爱的生活来的女人的尊敬与日俱增了……

有一天晚上,他正闷得慌,坐在自己房间里的开着的窗子旁边,望着黑暗的花园,心里思念着奥琳皮阿达,塔季娅娜·弗拉西耶芙娜走

---

① 同上,第七章第十四节,但不甚确切。

进厨房来，叫他去喝茶。他勉强去了，因为觉得打断自己的思想有些可惜，同时也没有心思作任何谈话。他阴郁而沉默地坐在茶桌边，向房东夫妇看了一眼，看见他们脸色庄重，像有什么心事似的。茶炊逗人地咽咽响着，一只什么鸟睡醒后正在鸟笼里乱飞。闻得到烤洋葱的和香水的味儿。基里克在椅子里转了个身，几个手指在茶盘边上擂鼓似的敲了一阵，唱道：

嘭，嘭，特罗—嘟—嘟！特罗—嘟—嘟！……

"伊利亚·亚科夫列维奇，"女的郑重其事地开口了。"我跟丈夫商量好了一件事，我们想认真地同您谈谈……"

"嗨，嗨，嗨！"巡官使劲擦着自己两只通红的手，哈哈大笑了。伊利亚哆嗦了一下，惊讶地向他看了一眼。

"我们想出了个主意！"基里克笑逐颜开地大声嚷道，同时递眼色给伊利亚注意他的老婆，又加了一句："真是天才的脑瓜！"

"我们积了一点儿钱，伊利亚·亚科夫列维奇。"

"我们积了一点儿！嗨，嗨！我的亲爱的！……"

"别说了！"塔季娅娜·弗拉西耶芙娜严厉地说。她的脸变得干巴巴的并且更尖削了。

"我们积了千把个卢布，"她低声说，身体弯向伊利亚，尖锐的目光直盯着他的眼睛。"这些钱现在存在银行里，我们拿到四分利息……"

"但这点利息太少了！"基里克敲了敲桌子嚷道。"我们想……"

他的老婆用严厉的目光阻止他说下去。

"这种利息对我们当然完全足够了。但是我们想帮助您闯出一条路来……"

她对伊利亚说了几句恭维话之后继续说道：

"您曾经说过杂货铺子可以有二十分的利钱，或者更多些，要看你怎么来经营。那么好吧，我们准备把钱交给您，没有别的条件，只要您开一张见票即付的票据，然后您来开一个铺子。您要在我监督之下经营，赚的钱我们平分。货物您要用我的名义去保险，除此之外，您再给我一张货物的字据，那是张空洞的字据！但是形式上是必要的。就是这样，您考虑考虑，然后告诉我同意还是不同意。"

伊利亚听着她尖细乏味的声音，同时使劲擦着自己的前额。在她说话的时候，他向房间的角落里望了好几次，那里闪耀着圣像上的金饰和像旁的贡烛。他没有感到惊讶，只觉得有些不自然，甚至有些害怕。这个可以实现他夙愿的建议由于来得太突兀而使他发愣，又使他高兴。他茫茫然微笑着，望着娇小的女人心里想道：

"我要走运了……"

她却用母亲般的口气对他说道：

"您好好想想这件事；要从各个方面来考虑事情。您能不能干这件事？力量和本领够不够？想好了再告诉我们；除了劳力之外，您在这件事里还能投入些什么？我们的钱是不够的……是不是？"

"我可以，"伊利亚慢吞吞地说道，"加入千把卢布。叔叔会给我……可能还会更多……"

"乌—啦！"基里克·阿夫托诺莫夫喊道。

"这么说，您同意了？"塔季娅娜·弗拉西耶芙娜问道。

"那当然喽！"巡官喊道，他一只手塞进口袋，同时兴奋地大声说道："现在，我们来喝香槟酒！香槟酒，开开心吧！伊利亚，老弟，到酒铺去拿香槟酒来！我们请你客。你去买九十戈比一瓶的顿河香槟，你说是给我阿夫托诺莫夫买的，那么他们只要六十五戈比……快些！"

伊利亚微笑着望了望夫妇俩容光焕发的面孔便去了。

他心里想道：瞧，命运摧残和压迫过他，把他推进沉重的罪恶里去，使他的灵魂惊慌不安，而现在仿佛在请求他宽恕，在向他微笑，向他讨好了……现在在他面前展开了到生活的干净角落去的自由道路，在那儿他可以独立生活和安慰自己的灵魂了。各种思想快乐地跳着舞在他脑袋里旋转，把伊利亚从来没有体会过的信心注入到他的心中。

他从酒铺里拿来了真正的香槟酒,一瓶酒他花了七个卢布。

"喔唷唷!"阿夫托诺莫夫喊道。"这太阔气了,老弟!这有意思,是的!"

塔季娅娜·弗拉西耶芙娜的看法可不一样。她不以为然地摇着脑袋,又瞧了瞧酒瓶,责备地说道:

"五个来卢布?唉,这多么不切实际!"

伊利亚既幸福又感动,站在她面前微笑着。

"真正的香槟呀!"他充满了喜悦说道。"我生平第一次喝真货!我过去过的是什么生活?完全是虚假的……肮脏、粗暴、拥挤……对心灵的屈辱……一个人难道可以这样生活吗?"

他触到了自己心灵上的痛处,便继续说道:

"我从小就寻找真正的,但是生活得……好像小溪里的木片……把我抛到东又抛到西……我的周围都是混浊的、肮脏的、乱糟糟的。没有什么东西可以依靠……于是——我给抛到了你们这里。我看到了——生平第一次!——安静地、干净地、相亲相爱地生活着的人们……"

他带着明朗的微笑望望他们,向他们行礼。

"多谢你们!在你们家里我的心灵轻松了……真的!你们给我的帮助是一辈子都管用的!现在我要开步走了!现在我知道怎样生活了!"

塔季娅娜·弗拉西耶芙娜注视着他,她的目光像猫儿盯着歌唱得出了神的小鸟似的。她的眼睛里闪耀着绿色的光芒,嘴唇颤抖着。基里克一心弄着那瓶酒,用双膝夹住了它,身体向酒瓶弯着。他的脖子充血了,耳朵动着……

瓶塞啪的一声跳上了天花板,又落到桌上。被它碰着了的杯子叮当响了起来。

基里克咂着嘴唇,把酒斟到酒杯里,用命令口吻说道:

"拿好!"

当他的妻子和伊利亚拿起了酒杯时,他把自己的酒杯高高地举到脑袋顶上，喊道：

"祝'塔季娅娜·阿夫托诺莫娃和伊利亚·卢尼奥夫公司'繁荣昌盛——万——岁！"

卢尼奥夫跟塔季娅娜·弗拉西耶芙娜有好几天共同商议着准备开办的事业的细节。她一切都知道，对一切都谈得非常有把握，就好像她毕生经营杂货生意似的。伊利亚笑眯眯地听着她的话，自己一言不发，心里感到惊讶。他一心想赶快开业，所以他对于阿夫托诺莫娃的一切建议没有仔细研究就都赞成了。

原来塔季娅娜·弗拉西耶芙娜连房子也已经打好了主意。它正好是伊利亚梦想着的那一所：在一条干净的街上，一家小小的铺子，带一间店主住的房间。一切都成功了，连一切小事情都解决了，卢尼奥夫因此非常高兴。

他精神抖擞、满怀高兴地到医院去看他的两个朋友；巴维尔也快活地在那里迎接他。

"我明天出院了！"他在向伊利亚问候之前就兴奋地对他宣布说。"我接到了薇尔卡的信……她骂我……那小鬼！"

他的眼睛发着光彩，脸颊上透出了红晕，他不能平静地站定不动，便用拖鞋搓着地板，两手摆个不停。

"当心！"伊利亚对他说。"这回得注意呀……"

"我？当然！我要问她：薇拉小姐，您愿意结婚吗？那就请呀！不愿意吗？心口吃一刀！"

巴维尔的脸上和身上起了一阵痉挛。

"唔—唔！……"伊利亚冷笑着说。"也要—动刀子！……"

"不行！……我已经够了！我没有她不能生活……她招来的麻烦已经够多了……她应该满足了……我已经极端满足了！明天我们那里一切都会发生……不是这样就是那样……"

卢尼奥夫审视着朋友的脸孔，忽然他脑筋里闪过一个简单而明确的念头。他的脸发红了,但后来微笑了……

"巴舒特卡①!你可知道,我找到自己的幸福了!"

于是他对自己的朋友简短地说明了事情的经过。巴维尔听了他的话后叹了口气说道:

"对,你运气好……"

"那么走运,我当你的面甚至感到惭愧……真的!我凭良心说话。"

"因此要谢谢你!"巴维尔笑了起来。

"我告诉你,"伊利亚悄悄地说道。"要知道这不是想向你夸耀,我很认真地说,我感到惭愧……"

巴维尔沉默地朝他看了一眼,重新沉思地低下了脑袋。

"我也想对你说……我们一块儿在痛苦里生活过,现在也让我们分享快乐。"

"嗯……"巴维尔哼了一声。"我听说,快乐跟女人一样,是不能分享的……"

"可以的!你去打听清楚,办一个自来水作坊需要些什么,需要哪些器械、材料和别的东西……要花多少钱……我来给你钱……"

"嗯—嗯—嗯?"巴维尔不相信地拉长了声音问。卢尼奥夫热烈地、有力地捉住了他的手并紧握着它。

"你这个怪人!我一定给!"

然而要使巴维尔相信自己的心愿不是戏言,他不得不费了很多时间。那一个依然摇摇脑袋,哼着并说道:

"不可能这样……"

卢尼奥夫终于说得他相信了。于是轮到他拥抱起他来,用颤抖而喑哑的嗓子说道:

"谢谢你,兄弟!你把我从坑里拖出来……不过……告诉你吧:我

---

① 巴维尔的小称。

不想要作坊,什么作坊都去它们的吧!我知道这些东西……你给我一些钱,我带着薇尔卡离开这里。这样对你也容易些——我要的钱可以少些,对我也方便些。我到随便哪里去,自己进作坊干活儿……"

"这是胡说!"伊利亚说道。"不如当老板……"

"我能当什么老板?"巴维尔快活地喊道。"不,当老板和所有这一套……不合我的胃口……你不能把山羊打扮成为猪啊……"

卢尼奥夫不大明白巴维尔对当老板的态度,但他不知为什么喜欢他这一点。他亲切而快活地说道:

"可是的确,你很像山羊:同样那种干瘪的样子。你可知道,你很像皮鞋匠佩尔菲什卡,真的!那么,你明天来,把钱拿去,那是给你在没有找到位置以前先用的……我现在要去找亚科夫……你跟亚科夫怎么样?"

"总是——那么有点儿……合不来!……"格拉乔夫笑了。

"他是不幸的……"伊利亚沉思地说。

"嗯,这大家都够受了!……"巴维尔耸了耸肩答道。"我总认为他头脑不清……是一个不合时宜的笨蛋……"

当伊利亚离开他以后,他站在走廊中央向他喊道:

"谢谢你,兄弟!"

伊利亚微微一笑,向他点了点头。

他看见亚科夫的样子很忧郁和很颓丧。他正躺在病床上,脸向着天花板,眼睛瞪得大大的向上望着,没有注意到伊利亚向他走近。

"尼基塔·叶戈罗维奇给搬到别的病房去了。"他垂头丧气地告诉伊利亚。

"唔,这样也好!"卢尼奥夫赞成地说。"否则——他太可怕……"

亚科夫用责备的目光看了他一眼便咳嗽起来。

"病好些吗?"

"嗯!"亚科夫叹息着答道。"我连生病也生得不像我希望的那样……昨天父亲又来了。他说买下了一所房子。他想再开一爿酒店。

而这一切——都落在我头上……"

伊利亚想用自己的快乐来使朋友高兴,但有什么东西阻碍他开口。

春天快乐的太阳亲切地照进窗来,但医院的黄色墙壁却显得更黄了。在阳光下,墙上的泥灰露出了一些斑点和裂缝。两个病人坐在病床上打牌,一声不响地拍着纸牌。一个又高又瘦的男子静静地在病房里踱来踱去,缠着绷带的脑袋低垂着。一片寂静,虽然从什么地方有抑制着的咳嗽声传来,也有病人在走廊里趿着拖鞋行走时发出的噼啪声。亚科夫发黄的面孔一无生气,他的眼睛流露着悒郁的表情。

"唉,不如死了的好!"他尖着嗓子说。"我这样躺着和思量着:死是很有趣的!"他的声音接不上气了,变得更低了。"天使们是很亲切的……什么问题都能够答复你……一切都能解释清楚……"他眨眼睛沉默了,开始注视着天花板上由什么东西反射过来的暗淡的阳光的晃动。"你没有看见过玛舒特卡吗?……"

"没有。怎么老没有想到她……"

"你没有放在心上……"

卢尼奥夫不好意思地沉默了。

亚科夫叹了口气,在枕头上不安地转动了一下脑袋。

"那个尼基塔·叶戈罗维奇不愿意死,但是偏要死……副医师告诉我……他快死了!我想死——却死不了……我病好了以后,又得回酒店……对大家都没有益处……"

他的嘴唇慢慢地咧成一个苦笑的样子。他有些异样地瞅着他的朋友,重新说道:

"要过这种生活,必须有铁的腰板和铁的心肠……"

伊利亚感到在亚科夫的话里含有敌意和愤激的意味,便皱起了眉头。

"我好像夹在石头缝里的玻璃:我只要一转动,马上就碎……"

"你喜欢发牢骚!"卢尼奥夫含糊地说。

"你呢?"亚科夫问道。

伊利亚转过身体没有吭声。后来他感到亚科夫也不准备说话,便沉思地说道:

"大家都不好受。就拿巴维尔来说……"

"我不喜欢他,"亚科夫皱起了脸说。

"为什么?"

"就是……不喜欢……"

"唉!……我该走了……"

亚科夫默然伸手给他,忽然可怜地、用乞丐的声调请求道:

"你去打听一下玛舒特卡的消息,好吗?看在上帝面上!……"

"行!"伊利亚说。

他离开时如释重负地叹了口气。亚科夫要他打听玛莎的情况的这个请求,使他想起了他对佩尔菲什卡的女儿的态度,心里感到惭愧,于是他决定去找玛季察,因为她一定知道玛舒特卡的情况。

他向菲利蒙诺夫的酒店的方向走去,而在他心里却连绵不断地升起了关于未来的一些梦想。未来在向他微笑,他沉浸在这些思想里,所以不觉走过了酒店,但当他发觉了以后,已经不愿再回头走了。他走出了城厢;那儿辽阔地展开着一片田野,远处围着像黑黝黝的城墙似的树林。太阳正在西沉,在嫩绿的草地上涂着玫瑰色的晚霞。伊利亚昂起头走着,他望着天空,望着远方,那儿有淡红色的云霞一动不动地挂在地面上空,映着阳光好像着了火似的灿烂。他走着感到很愉快:他每跨一步,每吸一口空气,心里便产生一个新的梦想。他想象自己有财有势,能使彼特鲁哈·菲利蒙诺夫家破人亡。他已经使他破产了,现在彼特鲁哈正站在那里哭泣,而他,伊利亚·卢尼奥夫,正在对他说道:

"要可怜你吗?可是你可怜过什么人没有?你不是折磨过自己的儿子吗?不是把我的叔叔拉进罪恶里去了吗?不是捉弄过我吗?在你的该死的房子里没有一个人有过幸福,也没有一个人看到过快乐。

你的腐朽的房子是人们的监狱。"

彼特鲁哈在他面前吓得颤抖着和呻吟着,可怜得像个叫花子。而伊利亚对他喝道：

"我要烧掉你的房屋,因为它是大家的灾难。你去讨饭去,向被你欺侮过的人求乞；你要求乞求到死,像一只狗一样饿死！……"

暮霭笼罩了田野；远处的树林变得黑森森的像一座山。蝙蝠像小黑点般无声地在空中掠过,仿佛是它在散布着黑暗。在遥远的河上听得见轮船的轮子拍水的声音；仿佛在远处的什么地方有只巨大的鸟在飞翔,那声音是它的巨大翅膀拍击空气发出来的。卢尼奥夫想起了所有妨碍过他生活的人,他毫不容情地把他们统统惩罚了。他因此感到更愉快了……他独自伫立在到处被黑暗包围着的田野中间,他低声歌唱起来……

但现在空气里发出了霉臭和腐烂的畜粪的气息。伊利亚停止了歌唱：这种气息唤起了他美好的记忆。他来到了城里堆放垃圾的地方,来到了以前跟叶列梅老公公捡垃圾的山沟。捡垃圾的老头儿的形象出现在他记忆里。伊利亚向四周环视了一下,想在黑暗里辨认出老头儿喜欢同他休息的地方。但是这个地方没有了：大概它被垃圾填平了。伊利亚叹了口气,感到自己的心灵里也好像堆满了垃圾……

"如果我没有掐死那商人,那我现在生活得一定十分完满了……"他突然想道。但接着在他心里仿佛另有一个什么人应道："商人算什么？他是我的灾难,而不是罪恶……"

一个声音响了：一条不大的狗从伊利亚脚底下溜过,发出了一声低微的尖叫就不见了。他哆嗦了一下：夜的黑暗好像有一部分在他面前活跃起来,而且呻吟了一阵以后消失了。

"反正一样,"他心里想道,"就是没有商人的事,我的心也不会安宁的。我自己曾遭受过多少侮辱,也看到别的人遭受过多少！心上如果有了伤痕,那就会永远疼痛……"

他沿着山沟边缘慢慢地走着,他的脚陷进垃圾里,木片在脚下喀嚓响着，废纸也沙沙有声。现在他面前出现了一小块没有堆垃圾的土地，它像窄狭的山岬似的插进山沟；他走上这山岬，走到它的尖端，就在那里坐下，两腿从峭壁上挂下去。这里的空气比较新鲜，伊利亚顺着山沟望去，看见了远处河流像银灰色的痕迹。在静止得像结了冰的水面上，看不见的船只的灯火隐约地颤动着，其中有一个像红色的鸟儿在空中移动。还有一个是绿色的、阴惨惨的，一动不动地燃烧着，没有光芒……伊利亚脚边是山沟宽阔的深渊，它充满了浓重的黑暗，这山沟也像一条河流，其中无声地流着黑色的空气的波浪。忧愁笼罩了卢尼奥夫的心；他望着山沟心里想道："我方才感到很舒畅……微笑着，现在却没有了……"他想起了今天亚科夫含着敌意跟他谈话，因此更感到悲伤了……山沟里有什么东西开始响着；也许是土块崩落了。伊利亚伸出脖子向下面的黑暗里望去……夜的潮气拂着他的脸……他又望望天空。那儿怯生生地闪烁着星星，从树林背后慢慢地升起一轮大而淡红的月亮，好像一只巨大的眼睛。正像不久以前蝙蝠在暮霭里飞翔一样，在伊利亚的心灵里迅速地开始闪烁着一些阴暗的思想和回忆：它们出现了，又得不到解答而消失了，而心灵里的黑暗也变得越发浓重了。

他坐了很久，也思索了很久，一会儿望望山沟，一会儿望望天空。月光照进了山沟的黑暗里，照出了沟坡上深深的裂口和树丛。树丛的奇形怪状的影子落在地面上。天空中除了星星和月亮之外什么也没有。冷起来了；他站起身来，夜的凉气使他不住地颤抖，他慢慢地走过田野，向城市的灯火走去。他已经不愿再想任何问题了：他的胸腔里这时充满了寒冷的麻痹和愁闷的空虚，在天空中从前感到有上帝存在的地方他看到了这空虚。

他很迟才到家，犹豫着站在门前，不好意思拉铃。窗户里没有灯光，可见房东都已经睡了。他不好意思打扰塔季娅娜·弗拉西耶芙娜：她总是亲自开门的……但是他总得进屋里去。卢尼奥夫轻轻地拉了一下门铃的把手。门几乎立刻就开了，穿着白衣服的女房东的苗条的身姿站在伊利亚的面前。

"快些关门!"她用一种伊利亚听来陌生的声音说道。"冷得很……我衣服脱掉了……丈夫不在家……"

"对不起,"卢尼奥夫嘟囔道。

"您回来多么晚! 从哪儿来,嗯?"

伊利亚关好了门,转过身来准备回答她,却撞上了自己面前那女人的胸脯。她没有在他面前退缩,反而仿佛更紧地向他挤贴过来。他也不能够退缩:他背后是门。而她笑起来了……那么轻轻的、颤巍巍的笑声。卢尼奥夫举起了双手,小心地把手掌心放上了她肩头,他的手臂由于面对着这个女人而感到胆怯,同时又想拥抱她而颤抖着。这时她自己向上挺起身体,用纤细、炽热的手臂缠着抱住了他的脖子,用银铃般的声音说道:

"你每天夜里在哪儿游荡? 为什么? 这儿还有对你更接近的……亲爱的! ……漂亮的小伙子! ……强壮的小伙子! ……"

伊利亚像在梦境里一般,承受了她的猛烈的亲吻,由于她的柔软的身体的痉挛性的动作而站立不稳了。她呢,把身体挂在他的胸前,像猫一般,不停地吻着他。他用强壮的手臂抱住了她,把她抱进自己的房间,他抱着她走得很轻快,仿佛在空中飘浮……

第二天早晨伊利亚醒来时心里感到了害怕。

"我现在怎么能够正眼看基里克呢?"他心里想道。他除了对巡官感到恐惧之外,在他面前还感到于心有愧。

"如果我对这个人有恶感或者我不喜欢他,那还有话可说……可是那么简单地……我无缘无故欺侮了他。"他不安地想道,于是在他心里产生了对塔季娅娜·弗拉西耶芙娜某种反感。他认为基里克一定会看出妻子的不忠实。

"她为什么要像饿鬼似的委身于我呢?"他大惑不解地问自己,同时在他心里起了一阵自鸣得意的愉快的痒痒。一个真正的妇人——干净的、有文化的有夫之妇,居然会垂青于他。

"可见我的身上有什么与众不同之处,"他心里产生了自满的思想。"这是可耻的——可耻的……但我本来不是铁石心肠!……我也不能把她赶走呀……"

他是年轻的:他回味着这个女人的爱抚,一种特别的、他还不曾领略过的爱抚。他又是讲实际的:他不由自主地想到这种关系可以给他许多各种各样的方便。接着这些思想之后,另一些思想像一阵乌云在他心头涌起来:

"我又钻进牛角尖了……我愿意这样吗?我本来是尊敬这个女人的……我对她从来没有起过坏念头……现在却做出这件事情……"

但后来他心头的一切骚动和矛盾却被一种快乐的思想,那就是他现在将很快就要开始被一种真正的、干净的生活的思想所掩盖了。一个尖锐的思想又闯了进来:

"但最好还是没有这种事情……"

他在阿夫托诺莫夫去上班之前故意不起床,他听见巡官津津有味地咂着嘴唇对老婆说道:

"你午饭做些饺子,坦尼亚。多放些猪肉,把它们稍微煎一下,知道吗?小妈妈,让它们像粉红色的小猪那样从盆子里望着我……唔—唔!亲爱的,还要多放些胡椒面儿!"

"唔—唔,你去吧!倒像我不知道你的口味似的……"妻子亲切地对他说。

"亲爱的,塔季扬奇克[①],让我来接个小小的吻儿!"

听见了接吻的声音,卢尼奥夫颤抖了一下。他既感到不愉快,又觉得滑稽。

"喷!喷!喷!"阿夫托诺莫夫吻着妻子说。她却笑了起来。她在丈夫背后关了门以后,立刻跳进了伊利亚的房间,跳上了他的床,快活地喊道:

[①] 塔季亚娜的爱称。

"赶快吻我,我等不得了!"

伊利亚阴沉地对她说道:

"您不是刚才吻过丈夫了……"

"什——么?'您'?他吃醋!……"女人满意地嚷道,于是笑着从床上跳起来,把窗帘遮好,一面说道:"吃醋,那很好!吃醋的人会拼命地爱……"

"我这样不是因为吃醋。"

"不许说话!"她用手掩住他的嘴巴,淘气地命令他……

后来他们吻够了,伊利亚笑眯眯地望着她,忍不住说道:

"你可真勇敢,你真是个莽婆娘。就在丈夫鼻子底下干这样的玩意儿!……"

她的淡绿色的眼睛调皮地闪烁了一下,喊道:

"那简直太平常了,而且压根儿没有什么特别!你以为没有偷情的女人是很多的吗?只有那些相貌长得丑、有病的才……标致的女人总是爱风流的……"

整个早晨她启发着伊利亚,快活地对他讲着许多关于女人欺骗丈夫的故事。她穿着红色的短衫,系着围裙,袖子卷得高高的,敏捷轻快得像小鸟似的在厨房里飞来飞去,给她丈夫准备着饺子,同时她的清脆的声音几乎不断地流进伊利亚的房间里来。

"你以为——丈夫!一个女人有个丈夫就会足够了吗?就算你爱丈夫,你也可能很不喜欢他的。再说,要知道丈夫也是从来不怕对妻子不忠实的,只要找得到合适的对象的话……况且女人如果一辈子只记得——丈夫,丈夫,丈夫,那也是很无聊的!跟别的男人玩玩是很开心的,这样你可以知道世界上有哪些男人,知道他们之间不同的地方。就是酸梅汤也有许多种类:有普通的酸梅汤,有巴伐里亚的,有杜松子的,有蔓越橘的……老是喝普通的酸梅汤,那简直太傻了……"

伊利亚听着,同时喝着茶,他觉得今天的茶有点苦涩。在这个女人的话里有某种刺耳的、在他是新鲜的东西。他不觉想起了奥琳皮阿达,想起了她的低沉的声音、沉着的举动、她的热情的言语,在她的言语里有感动人心的力量。不消说,奥琳皮阿达是没有受过教育的平常的女人。也许因此在她的丑事里倒反而显得单纯些……伊利亚听着塔季娅娜的话,勉强地笑着。他心里感到不痛快,他笑是因为不知道跟这个女人谈些什么和怎样谈,可是他还是带着很大的兴趣听着她,到后来他沉思地说道:

"我想不到在你们的干净的生活里竟有这些花样……"

"花样嘛,我的亲爱的,到处都一样。花样是人们做的,而人们总是喜欢一样,那就是好好生活,生活得安宁、温饱和舒适,要这样就得有钱。钱是凭遗产或者靠运气得来的。谁有彩票,谁就可以希望幸福。漂亮的女人天生就有彩票,那便是自己的美丽。美可以占很多便宜——嘿!而那些没有阔亲戚、没有彩票、没有美貌的人,他们就得劳动。劳动一辈子,那是很倒霉的……你瞧我在劳动,虽然我有着两张彩票。可是我决定为你而把它们抵押一个铺子……两张彩票还不够!做饺子和吻脸上长满了粉刺的巡官是很无聊的!……所以我要吻你了……"

她看了伊利亚一眼,又淘气地问道:

"这你不觉得恶心吗?……你为什么那样生气地瞧着?"

她走到他跟前,把双手搁在他肩头,好奇地仔细瞧着他的脸上。

"我没有生气,"伊利亚说。

她哈哈大笑了,夹着笑声她喊道:

"是吗?啊……你真善良!……"

"我这样想的,"伊利亚慢慢地咬着字眼继续说道,"你说的好像也对……可是总有些不大好……"

"哈哈,真是……难说话的人!有什么不好?那么,你解释一下好吗?"

但是他什么也不能解释。他自己也不明白对她的话有什么不满意的地方。奥琳皮阿达说话还要粗野得多,可是她从来没有像这只娇小干净的鸟儿那样刺着他的心,使他感到如此难受过。他整天固执地思量着这种使他得意的关系在他心里所产生的奇怪的不满,而且总不明白这种不满是从哪儿来的……

当他回家时,基里克在厨房里迎接他,并快活地对他说道:

"喂,喂,今天塔妞莎①伙食做得真不赖!这样的饺子,吃起来真舍不得,也过意不去,心里就像吃活夜莺一样感到过意不去……老弟,我给你也留了一盘子。你把店铺从脖子上卸下来,坐下来吃吧,看看我们的本领!"

伊利亚内疚地看了看他,轻轻地笑着说道:

"谢谢!"

然后叹了口气补充道:

"您真是好人……真的!"

"哎,哪儿的话?"基里克不同意地摆着手嚷道。"一盘饺子真是小意思!不,老弟,我如果做了市警察局局长,哼!那时你可以对我说一声谢谢……对!但是我不会当市警察局局长……我要把警察局里的职务辞掉……我大概要做一个商人的代理人……这比较好些。代理人?这可了不起哪!"

他的老婆低声唱着,在炉边忙个不停。伊利亚看了看她,心里又感到一阵不自然和压力。但是他心里的这种感觉由于有其他的印象和别的心事袭来而逐渐消失了。这些日子他没有时间多想,因为他得为布置店铺和购买货物而大忙特忙。于是他日复一日不知不觉地对这个女人习惯了。像她这样的一个情妇越来越使他喜欢起来,虽然她的温存常常会引起他羞恶之心,甚至在她面前感到恐惧。她这些温存连同她的谈话慢慢地消除了他心里对她的尊敬。每天早晨送丈夫上班之后,或者晚上当他去值班时,她叫伊利亚到自己房间去,或者自己到他房里来,还对他讲各种各样的生活方面的趣闻。所有这些故事都

---

① 塔季娅娜的爱称。

好像特别粗野,都好像发生在充满着蝇营狗苟的男女的国度里,所有这些男女无赖都到处赤身裸体,而他们所醉心的享乐便是奸淫罪。

"难道这是真事吗?"伊利亚阴沉地问道。他不愿意相信她的话,但是他觉得自己没有力量反对这些话,不能够驳斥它们。她却哈哈笑着,一面吻着他,一面确信地证明道:

"我们先从上层谈起:省长同税务署长的老婆姘居,而税务署长不久以前把自己一个下属的老婆弄到手,为她在狗儿胡同租了一所房子,每星期完全公开地上她那儿去两次。我认识她:完全是个小姑娘,结婚还不到一年。她的丈夫被派到外县去当税务稽查员去了。我也认识他,他算什么稽查员?是个胸无点墨的傻瓜蛋,是个奴才……"

她对他讲到那些为了淫乐而买未成年的小姑娘的商人们,那些供养着姘夫的老板娘以及那些上流社会的小姐们怀孕打胎的许多事情。

伊利亚听了这些话,觉得生活简直像个污水坑,人们就像蛆虫一般在里面蠕动。

"呼—呼!"他厌倦地说。"哪儿才有干净的、真正的生活呢?你说吧!"

"什么叫真正的?"那女人惊讶地问道。"我说的就是真正的……看你这个怪人!这一切我哪能捏造得出来!"

"我不是指那个!总有什么地方,有什么真正的……干净的生活到底有没有呢?"

她不明白他的话,只是笑着。有时候她的谈话采取另一种方式。她用闪耀着可怕的光芒的绿眼睛盯在他脸上问道:

"告诉我,你第一次同女人接触是什么滋味?"

对这种事的回忆使伊利亚感到害臊了,他觉得讨厌。他避开了自己情妇的黏腻的目光,低沉而斥责地说道:

"这种脏话亏你问得出来……你应该害臊……"

可是她快活地笑着,重新跟他纠缠,有时候伊利亚在她身边感到她的脏话像柏油似的把自己涂了一身。当她看到伊利亚脸上对她不满的神色和他眼睛里流露着忧郁的表情时,她便大胆地挑逗起他的兽性,并且用自己的温存来平伏他对她的敌意……

有一天,伊利亚从木匠正在装置货架的店铺里回家来,惊讶地看见玛季察在厨房里。她坐在桌旁,把两只大手搁在桌上,一面跟站在炉子旁边的女房东交谈着。

"瞧,"塔季娅娜·弗拉西耶芙娜说,微笑着向玛季察点着头说。"这位太太等您……等了好久了!……"

"晚安!"那太太困难地从长凳上站起来说。

"呀!"伊利亚喊道。"你还活着?"

"烂木头连猪也不要吃的……"玛季察低沉地答道。

伊利亚好久没见到她了,所以现在带着愉快和怜悯交织的心情望着玛季察。她穿着破烂的绒布连衣裙,头上裹着旧得变黄的头巾,两只脚却光着。她双手扶着墙壁,两只脚勉强在地板上移动着,慢慢地走进伊利亚的房间,就一屁股坐到椅子上,用嘶哑的、木头般的嗓音说道:

"我快要死了……两条腿要截掉……等到截掉了,就不能找东西吃了……那时我就要死了……"

她的脸肿得怕人,上面盖满了黑色的斑点,两只大眼睛肿得像长了脓疮,因而变得细小了。

"你干吗望着我的面孔?"她问伊利亚。"你以为是挨了打吗?不,那是病在侵蚀我……"

"生活得怎么样?"伊利亚问道。

"在教堂门口讨几个小钱……"玛季察冷淡地、像喇叭似的呜呜地响着。"有事情来找你……从佩尔菲什卡那里打听到你住在官员家里,所以跑来了……"

"要给你茶喝吗?"卢尼奥夫提议说。听到玛季察的声音和看到她活生生地腐烂着的粗大而松软的身体,他感到很不愉快。

"让鬼拿你的茶去洗它们的尾巴吧……你给我五戈比……我为什

么到你这儿来,你不问吗?"

她说话很困难,呼吸急促,从她身上发出令人窒息的气息。

"为什么?"伊利亚避在一旁问她,同时回想起自己有一次曾经侮辱过她……

"你记得玛里利卡①吗?你忘记了!……你现在发了财了……"

"她怎么样……生活得好吗?"伊利亚赶紧问道。

玛季察慢慢地摇着头,简短地答道:

"还没有上吊……"

"你说话要痛快些!"伊利亚生气地喊道。"你干吗责备我?是你自己为三戈比把她卖了的……"

"我不是责备你,我在责备自己……"那女人平静地反驳道。她喘着气开始谈起玛莎来。

那老头儿丈夫吃玛莎的醋并折磨她。他哪儿也不让她去,甚至店铺里也不让她去;玛莎同孩子们呆在房间里,没有老头儿的允许连院子里也不能去。老头儿把两个孩子都给了人,单独跟玛莎过活。他捉弄她是因为第一个老婆欺骗了他……而两个孩子也不是他生的。玛莎已经从他那儿逃跑过两次,但是警察把她送回给丈夫,他因此揍她并让她挨饿来折磨她。

"嗯,是你和佩尔菲什卡干的好事!"伊利亚阴沉地说。

"我本来以为这样好些,"女人用木头般的嗓音说道。"应该做得更坏些……应该把她卖给有钱的人……他会给她房子和衣服以及一切东西……她以后可以把他赶走并生活得……许多人都是这样生活……从老头儿那儿……"

"唔,但是你为什么来的?"伊利亚问道。

"你住在警察家里……他们总是要捉她……请你告诉他不要去捉……让她跑掉吧!也许她会跑到什么地方去……难道一个人竟没

---

① 玛莎的卑称。

有地方可跑了吗?"

伊利亚沉思起来了。他能为玛莎做什么呢?……

玛季察从椅子上站起来,小心地移动着两条腿。

"再见!……我很快就要死了……"她嘟囔着说。"谢谢你……爱干净的家伙!阔人!……"

当她才走出厨房门,女房东便跑进伊利亚房间,她抱住了他,笑着问道:

"这是你初恋的对象,是吗?"

伊利亚扳开了自己情妇紧紧地搂着他脖子的两臂,阴郁地说道:

"腿都几乎拖不动了,但是……还为所爱的人奔走想办法……"

"她所爱的是谁呢?"那女人惊讶而好奇地望着伊利亚忧虑的面孔问道。

"等一等,塔季娅娜,"伊利亚说道,"等一等,不要开玩笑……"

他简短地把玛莎的事讲给她听了,然后问道:

"这件事有什么办法?"

"这件事没有什么办法!"塔季娅娜·弗拉西耶芙娜耸耸肩头答道。"按照法律,妻子是属于丈夫的,谁也没有权从他手里夺走……"

阿夫托诺莫娃以一个深通法律和深信法律的不可动摇性的人的神气,跟伊利亚谈了很久,说玛莎必须服从丈夫的一切要求。

"叫她等待着。他老了,很快就会死的,那时她就自由了,他的全部财产就归她了……于是你就可以同有钱的年轻寡妇结婚……是吗?"

她笑了起来,接着重新一本正经地继续教训伊利亚:

"但是如果你停止跟你的那些旧相识来往,那就更好。现在他们对你不相称了……而且甚至还会使你丢脸。他们都是肮脏的、粗野的……比如说,那个向你借过钱的人?那么瘦瘦的……眼睛很凶恶的那个……"

"叫格拉乔夫……"

"对……下等人都有一个多么滑稽的鸟儿的姓：格拉乔夫，卢尼奥夫，佩图霍夫，斯克沃尔措夫①！在我们的圈子里，就是姓也是好些、漂亮些，阿夫托诺莫夫！科尔萨科夫！我的父亲姓弗洛里阿诺夫！我还没有出嫁时，候补法官格洛里安托夫追求过我……有一天在溜冰场上，他把我腿上的吊袜带解了去，威胁说，如果我不是亲自到他家里去取吊袜带，他就宣扬出去使我丢脸……"

伊利亚听着她的故事，也回想起自己的过去，心里感到有无形的千丝万缕把他的心跟彼特鲁哈·菲利蒙诺夫的房屋紧紧地拴在一起。也觉得这所房屋将永远妨碍他安稳地生活……

伊利亚·卢尼奥夫的梦想终于实现了。

他充满了宁静的喜悦，从早到晚站在自己的商店的柜台后面，并欣赏着它。在四周的架子上整整齐齐地摆着一些木匣子和纸匣子，看起来很漂亮；在橱窗里他布置了一些陈列品，摆设着光亮的带扣、手提包、肥皂、钮扣，也挂着鲜艳的缎带、花边。这一切都是鲜明、轻巧的。他自己庄重而漂亮，殷勤地鞠着躬迎接顾客，把货物敏捷地放到他们面前的柜台上。在花边和缎带的窸窣声里他听到了动人的音乐；跑来向他买几戈比货物的裁缝小姑娘们，他也觉得她们很漂亮很可爱。生活变得愉快和轻松起来了，显出了一种单纯和明朗的意义，往事仿佛给蒙上了一层云雾。除了买卖、货物和顾客之外，他什么也不想了……伊利亚雇了一个男孩做自己的助手，给他穿一件灰色的上衣，并且注意地督促他清洗得尽可能的干净。

"加夫里克，我和你做的是精美货物的买卖，"他对孩子说道，"所以我们应该干净……"

加夫里克是个十二三岁的小孩，胖胖的，脸有点儿麻，长着一个狮

---

① 这些姓的原文都是从鸟名转成的。格拉乔夫原文是 Грачев，词干 грач 是白嘴鸟；卢尼奥夫原文是 Лунев，词干 лунь 是轮尾鸟；佩图霍夫原文是 Петухов，词干 петух 是公鸡；斯克沃尔措夫原文是 Скворцов，词干 скворец 是椋鸟。

子鼻和一对灰色的小眼睛,小脸蛋儿有活泼的表情。他刚刚在市立小学里毕业,就自认为是成年和了不起的人了。他对于这个干净的小铺子里的职务也感兴趣;他乐于为木匣子和纸匣子忙碌不息,并且对待顾客竭力要像老板一样殷勤。

伊利亚望着他,便想起自己在商人斯特罗加内的鱼铺子里的情形。他感到对这个孩子有一种特别的好感,所以当铺子里没有顾客的时候,他便跟他亲切地开玩笑和谈话。

"加夫里克,你呀,为了使自己不觉到无聊,有空的时候要看看书,"他劝告自己的助手说。"看起书来时间会不知不觉地过去,读书是愉快的……"

卢尼奥夫对所有的人的态度变得温和、关切了,脸上也挂着笑容,这笑容仿佛说道:

"我走运了,你们知道……不过你们要有耐心!你们不久一定也会走运的……"

他在早晨七点钟开门营业,九点钟关铺子。没有多少顾客,所以卢尼奥夫常常坐在门口椅子里,在春天的阳光下取暖和休息,什么也不想,什么也不希望。加夫里克也坐在门口,观察着过路的人,学着他们的姿态,逗引狗玩儿,用石子打鸽子和麻雀,或者津津有味地缩着鼻子看书。有时老板叫他读出声来,但是他对于所念的感不到兴趣,因为他在谛听自己内心的静穆和安宁。他舒适地谛听着这种静穆并陶醉于其中,他觉得这种宁静是新鲜的和非常愉快的。可是这颗甜蜜的充实的心有时却被什么东西破坏了。那是一种奇特的和难于捉摸的焦虑的预感;它并没有动摇他心灵的安宁,而只是像影子般轻轻地触动了一下。

这时伊利亚便跟孩子开始聊天了。

"加夫里克!你的父亲是干什么的?"

"邮差,给人家送信……"

"你们家里人口多吗?"

"很多！我们有很多人。有些是大人，有些还是小孩。"

"小孩有多少？"

"五个。大人有三个……大人都已经有了工作：我在您这儿，瓦西里在西伯利亚，在电报局工作，还有宋卡在教课。她真棒！每月可以拿到十二个卢布。还有米什卡……他可不怎么样……他年纪比我大……在中学念书……"

"这么说，大人不是三个，而是四个……"

"那是什么意思？"加夫里克喊道，又用教训的口气补充说："米什卡现在还不过在念书……大人却是已经在工作的。"

"你们穷吗？"

"当然啰！"加夫里克平静地回答，并用鼻子响亮地吸了一口气。接着他开始对伊利亚讲自己将来的计划。

"等我长大了，我要去当兵。那时将发生战争……我就投身到战争里去。我是勇敢的……我可以立刻第一个冲到敌人中间，夺下他们的军旗……我的叔叔夺到过这样的军旗，因此古尔科①将军奖给他十字章和五个银卢布……"

伊利亚笑眯眯地望着他的麻脸和宽大的、经常颤动着的鼻子。晚上关好店门后，伊利亚回到柜台后面的小房间里。那儿桌上已经沸腾着孩子预备好的茶炊，摆着面包和香肠。加夫里克喝了杯茶，吃了些面包，便到店堂里去睡觉。伊利亚却对着茶炊坐得很久，有时一连坐上两三个钟头。

两把椅子、一张桌子、一张床和一个碗橱构成了伊利亚新居的全部家具。房间是狭小的、低低的，有扇正方形的窗子，从窗子里看得见打旁边经过的人们的脚，也看得见街对面的屋顶和它上面的天空。他在窗上挂了一条薄纱的白窗帘。窗的靠街的一面钉着铁栅栏，伊利亚

---

① 伊·弗·古尔科(1828—1901)，俄国元帅，在一八七七——一八七八年俄土战争时出名。

很不喜欢它。床的上面他挂了一幅名叫《人生的阶段》[1]的图画。伊利亚很喜欢这幅画,他早就想买它,但不知为什么在开店以前没有买,虽然它只值十个戈比。

《人生的阶段》画成一个拱形,在拱形下面画着乐园。在乐园里,围着圆光和鲜花的救世主耶和华在跟亚当和夏娃谈话。阶段共有十七个。其中第一阶段上立着一个由母亲扶着的婴孩,上面用红色的字母写着:"初步"。在第二阶段上是一个小孩,他一面跳一面打着鼓,下面的题目写着:"五岁,玩耍"。七岁他"开始读书",十岁他"上学",二十一岁他手拿着枪,脸上带着微笑站在那一阶段上,下面写着:"服兵役"。在下一阶段他二十五岁:他穿着礼服,一只手里拿着折叠帽,另一只手里拿着鲜花束,——"新郎"。后来他长了胡子,他穿着长礼服,系着玫瑰色的领带,站在一个穿黄衣服的胖女人旁边,紧握着她的两只手。再上去这个人满了三十五岁:他穿着衬衫,卷着两只袖子,站在铁砧旁边打铁。在最高的一级,他坐在红色的圈手椅里读着报,他的妻和四个孩子在听着他说话。他本人和他全家都穿得很整齐干净,大家的脸色都是健康的和满意的。这时他是五十岁。现在阶段向下降了:这个人的胡子已经斑白了,他穿着长长的黄袍子,手里拿着一袋鱼和一罐什么东西。这一级下面写着:"家务劳动";下一级——这个人在照料自己的孙子;再下面是人家"带领"他了,因为他已经八十岁,而最后一级——九十五岁——他坐在圈手椅里,两只脚伸在棺材里,他的椅子后面站着手执镰刀的死神……

伊利亚坐在茶炊后面,眼睛望着画,看到人生被划分得那么准确和简单而觉得很高兴。画面上洋溢着宁静的气氛,它的鲜明的色彩在微笑,仿佛向人保证说:它所英明地画出来给人们示范的真正的人生,正是如它所应该经过的那样画的。卢尼奥夫一面观察着人生的这样一幅画,一面心里想着:他所希望的现在已经达到了,他以后的生活也

---

[1] 古老的民间木板画。

应该像画上那样正确地进行。生活将向高处上升,并且将达到顶点,当他积蓄了足够的钱,他就同一个朴素的和有教养的姑娘结婚……

茶炊没精打采地呜咽着、呼啸着。透过窗子的玻璃和窗帷的薄纱,天空朦胧地照着伊利亚的脸,天上的星星几乎看不见。在天上星星的微光里总好像有什么使人不安的东西……

茶炊呼啸得轻些了,但更刺耳了。这尖锐的响声讨厌地往耳朵里直钻,它像蚊子的尖叫声,扰乱着思想。然而伊利亚不愿用盖子闭住茶炊的烟筒,因为茶炊的啸声一停,屋子里会变得太沉静了……在卢尼奥夫的新的住所里,出现了他从前没有体会过的感觉。他以前总是与人们贴邻而居,跟他们只隔着薄薄的木板,现在却用石墙隔离着,所以感觉不到墙那边的人家。

"为什么要死?"卢尼奥夫突然向自己发问,眼睛望着从幸福的高峰降到坟墓去的那个人……于是他想起了常常想到死的亚科夫·菲利蒙诺夫和他的话:"死很有趣……"

伊利亚恨恨地把这些回忆从身边推开,竭力回避着它们而转向旁边去。

"巴维尔和薇拉现在怎样生活的?"他脑筋里产生了这个新的不相干的问题。

马车在街上经过。窗上的玻璃由于车轮滚过石头路面时的噪音而震颤着,灯火晃动着。后来店堂里发出了某种奇怪的声音……那是加夫里克在说梦话。房间角落的浓重的黑暗也好像在摇晃。伊利亚坐着,胳膊肘支着桌子,手掌捂着两鬓,眼睛瞅着那幅画。在耶和华旁边有一只美丽的狮子,地上爬着乌龟,一只獾在走,青蛙在跳,在鉴别善恶的树上点缀着红如鲜血的硕大的花朵。两脚伸进棺材的老头儿很像商人波卢埃克托夫,——同样秃头和瘦削,他的脖子也同样细……街上传来了低沉的脚步声,那是有人从容不迫地在铺子旁边人行道上走过。茶炊熄了,现在房间里静寂得仿佛室内的空气也凝固了,冻结成墙壁一样结实的东西……

三　人

　　关于商人的回忆没有使伊利亚感到惊慌,其他的一般的思想也没有引起他的不安,——它们轻微而谨慎地压迫着他的心,像白云掩月似的笼罩着它。《人生的阶段》画幅上的色彩也因而有些褪色了:画面上仿佛出现了斑点。每次想到掐死波卢埃克托夫那件事,卢尼奥夫总是平静地认为:在生活里毕竟是应该有公道的,因此一个人迟早总要因自己的罪过而受到惩罚。但这样想了之后,他目光炯炯地注视着房间里黑暗的角落,那儿特别显得幽静,黑暗也仿佛想采取某种确定的形式……后来伊利亚把衣服脱了,钻到被窝里并熄掉了灯。他不是一下子熄灭它的,而是先把转动灯芯的螺丝上下拧动。灯火一会儿几乎消失了,一会儿又重新出现,黑暗在床的周围跳跃,从四面八方向床上扑过来,接着又跳回到屋角里去。伊利亚注视着不可捉摸的黑色浪涛怎样企图淹没他,他这样玩弄了很久,张大了眼睛探索着黑暗,就好像等待机会用目光捕捉它里面的什么东西似的……到末了,灯火在最后一次颤动之后消失了,黑暗立刻泛滥了整个房间,但还没有来得及从与光明的搏斗里安静下来,所以仿佛还在动摇。从黑暗里,现在在伊利亚眼前出现了窗子的朦胧的浅蓝色的影子。如果遇到月夜,桌子和地板上便会有窗外铁栅的影子的黑线条出现。屋子里变得那么紧张地岑寂,只要有人使劲叹口气,屋子里的一切仿佛就会颤抖起来。卢尼奥夫把身体紧裹在被窝里,他特别小心地裹住了脖子,让脸孔露在外面,他看着房间的黑暗,一直看到睡眠制服了他。第二天早晨醒来时,他精神抖擞,心情安定,想到昨夜的胡闹,他几乎感到了羞惭。他跟加夫里克喝着茶,同时好像观察什么新鲜的东西似的观察着自己的铺子。有时候巴维尔在放工时顺便来看他,他满身油污,穿着烧焦了的工作服,脸给煤烟熏得黑黑的。他又在水管作坊里做工了,随身带着熔锡的提锅、铅管和焊铁。他总是急于要回家,如果伊利亚劝他坐一会儿,巴维尔便尴尬地微笑着说道:

　　"我不行!我呀,老弟,我总觉得好像家里有一只神鸟似的,它的笼子是不牢固的。她整天独自呆在那里……谁知道她在想些什么?

生活对她变得暗淡了……这一点我了解得很清楚……如果有个孩子就好了……"

说完,格拉乔夫沉重地叹息着……有一天他阴郁地对他的朋友说道:

"我把所有的水都引到自己的菜园里去了,我怕是要给水淹没了。"

又有一次伊利亚问他有没有作诗时,格拉乔夫冷笑着说道:

"乱弹琴……唉,让它们去见鬼吧!我们这种不学无术的哪儿行呀!……我呀,老弟,现在糟糕透了。头脑里一点火花也没有,——一个火星也没有!老是在想着她……我动手做焊锡活儿时,对她的幻想就像焊锡一样往我脑袋里直流……这就是你说的诗……哈—哈!……假如说,谁全心全意,谁就好,全部……不错,她很难过……"

"那么你呢?"伊利亚问道。

"我也一样——因此而难过……她是习惯于欢乐的……就是这个道理!她老是梦想着发财。她说:'如果什么地方搞到钱,一切马上可以变过来了……'她又说:'我真傻,我应该从随便哪个商人那里偷些钱来就好了……'总之,她在胡说八道。这都是因为可怜我……我明白……她很难过……"

巴维尔忽然不安起来,便转身跑了。

衣衫褴褛、身体半裸的皮鞋匠腋下挟着从不离身的手风琴常常来找伊利亚。他讲些菲利蒙诺夫的房子里的新闻和亚科夫的消息。佩尔菲什卡形容憔悴、满身肮脏、头发蓬乱,常常挤在铺子门口,满脸堆着笑,吐着他的俏皮话。

"彼特鲁哈结婚了,他的老婆活像棵甜菜,他的继子却像根胡萝卜!倒像整个菜园,的确如此!老婆又胖又矮,皮肤红红的,她的鬼脸有三层。一个人有三个下巴,可是嘴巴到底只有一张。一对小眼睛像名种猪的眼睛:小极了,向上看不见东西。她的儿子是黄脸皮,高个子,戴着眼镜。骄气十足!他的名字叫萨瓦,说话带鼻音,当母亲的面倒是'有福的人'①,可是背了母亲却'谋算虚妄的事'②……上流社会——真是天知道!雅舒特卡现在的样子好像要躲进洞里去似的,模样儿像吓怕了的蟑螂。这可怜虫在偷偷地喝酒,而且咳嗽得很厉害。很明显,老子一定把他的肝脏打伤得不轻!他们要吃掉他。他是温柔的小伙子,吃下去不会噎住的……你的叔叔从基辅捎信来……据我看来,他在白费劲,因为我想驼背是进不去天堂的!……玛季察的腿完全不中用了:她坐在车子里走。她从养育院里雇了个瞎子,把他套在车上并且像马一样驾着车,真好笑!到底还能养活自己。我说她是个好女人!所以,如果我从前没有那样出色的老婆,我一定会娶这个玛季察做老婆!我要直截了当地说:在整个地球上只有两个真正的女人,是有心肠的,那就是我的老婆和玛季察……当然,她爱喝酒,但好人总是酒鬼……"

"那么玛舒特卡呢?"伊利亚提醒他说。

一提到他的女儿,皮鞋匠的俏皮话和笑容便立刻消失,好像秋风刮掉树上的枯叶一般。他的黄脸变长了,他用羞愧的、低微的声音说道:

"她的消息我一点儿也不知道……赫列诺夫率直地对我说:'不要在门口走过,否则我要把她打个半死!……'伊利亚·亚科夫列维奇,请你赏几个钱修修我的酒囊吧!……"

"你要完蛋了,佩尔菲尔,"伊利亚惋惜地说。

"彻底完蛋,"皮鞋匠平静地表示同意。"我死了的话,好些人一定要惋惜我的!"他很有把握地继续说道。"因为我是快活的人,我喜欢逗人家笑!他们这些人全都嚷着:哎呀、啊呀、罪过呀、上帝呀,我却给他们唱歌,我心里好笑。你犯一个小钱的罪,你会死,犯一千卢布的罪,你也会死,魔鬼却使所有的人受同样的苦……所以地上也应该有

---

① 出自《新约·雅各书》第一章第十二节;原话是:"忍受试探的人是有福的。"
② 出自《旧约·诗篇》第二篇第一节,原话是:"外邦为什么争闹,万民为什么谋算虚妄的事。"

快活的人生存……"

他笑着说着俏皮话,雄赳赳地像一只给拔了羽毛的老金翅雀一般,他走了,伊利亚送他出去,笑眯眯地晃着脑袋。他觉得自己在惋惜佩尔菲什卡,又知道这种惋惜是不必要的,也看得出它妨碍着他。过去的事情离卢尼奥夫不远,所以一切使他回忆到过去的,都会引起他心中不安的感觉。他好像一个疲乏的人,正在甜蜜地打盹休息,可是秋天的苍蝇在他耳朵边讨厌地嗡嗡叫,妨碍他休息。伊利亚跟巴维尔谈着天,或者听着佩尔菲什卡的故事,他同情地微笑着,摇着头并等待着他们离开。有时他在听着巴维尔说话时感到忧郁和局促不安起来;这时他便急急忙忙硬塞给他一些钱,同时摆着双手说道:

"除此之外我还能帮什么忙呢?……我可以劝你:抛掉薇拉吧……"

"抛掉她我办不到,"巴维尔低声说。"不需要的东西可以抛掉。但她是我需要的……人家在把她从我手里夺走,问题就在这里……也许我心里并不爱她,我爱她是因为憋气,因为赌气。她在我的生活里是我小小的幸福的全部所在。难道可以把她拱手让人?那时我还剩下什么呢?……我决不让步,那是胡说!我可以杀死她,但决不拱手让人。"

格拉乔夫干枯的脸上布满了红斑,他紧紧地捏着拳头。

"难道你发现有人在吊她膀子吗?"伊利亚沉思地问道。

"这倒看不出……"

"你说人家要把她夺走,那是指谁?"

"有这么一种力量想把她从我手里夺走……唉,魔鬼!我的父亲因为女人而毁了,看来我也要落到这个下场……"

"怎么样也帮不了你忙!"卢尼奥夫说,同时心里感到某种满足。他对巴维尔比对佩尔菲什卡更感到惋惜,所以当格拉乔夫说得怨气冲天时,伊利亚胸中也沸腾起对于什么人的怨恨。但是欺侮人的敌人、蹂躏巴维尔生活的敌人却没有露面,他是无形的。于是卢尼奥夫又感到他的怨恨也像他的惋惜一样,也像他对于其他人们的几乎所有的感情一样,是不需要的。这一切都是多余的、毫无用处的感情。巴维尔却皱着眉头说道:

"我知道——没有法子帮助我……"

于是他望着朋友的脸孔,以坚定的和预料到凶兆的确信继续说道:

"现在你躲进了角落里而且安安静静地坐着……但是我告诉你:已经有人夜里睡不着觉,思量着怎样才能把你赶出来……把你撵走!……要不然,你自己会抛弃一切……"

"哪儿的话,我抛弃,你等着好啦!"伊利亚微笑说。

可是格拉乔夫坚持着自己的意见。他目光炯炯地注视着朋友的脸,固执地说服他道:

"我对你说:你会抛弃的。你不是那种一辈子能安安静静地坐在黑暗的洞里的性格。你一定不是酗酒,便是使自己破产……你一定会发生这类事情的……"

"那为什么呢?"卢尼奥夫惊讶地喊道。

"就是这样。平静的生活对于你是不相称的……你是个好小伙子,有热情……有这么一种人:一辈子生活得很稳当,从来不生病,却忽然一下子——啪哒!"

"什么——啪哒?"

"倒下了,跟着就死了……"

伊利亚笑了起来,他舒展了一下身体,伸直了强壮的肌肉,又挺起胸脯深深地嘘了口气。

"这些都是扯淡!"他说。

可是到了晚上对着茶炊坐着时,他不由得想起了格拉乔夫的话,因而思量起跟阿夫托诺莫娃的事务关系来了。他当时听了她开店的提议心花怒放,便同意了向他提出的一切条件。现在他忽然清清楚楚地看到,虽然他在这桩生意里投资比她多,然而他的身份与其说是合伙的股东,还不如说是管事的伙计。这个发现使他震惊和狂怒了。

"哈哈!你所以紧紧地拥抱我,原来是为了要偷偷地掏我的腰包吗?"他心里对塔季娅娜·弗拉西耶芙娜说。于是立刻决定要动用自己所有的钱向他的情妇赎回铺子,同她断绝关系。这个决定对他很容易。他以前就觉得塔季娅娜·弗拉西耶芙娜在他生活里是多余的,而在最近一段时间里她甚至成为他的重负了。他不能习惯于她的温存,有一次他直截了当地对她说道:

"坦卡①,你真是没羞没臊……"

她只是哈哈大笑作为回答。

她像从前一样老是对他讲些自己圈子里的人们的生活,有一次伊利亚发表了意见:

"要是你说的这一切都是真话,塔季娅娜,那么你们的上流社会的生活连一个屁也不值!"

"这是什么道理?那样的快乐!"阿夫托诺莫娃耸了耸肩膀说道。

"什么了不起的快乐!白天在钱上打小算盘,夜里荒淫无耻……"

"你真天真!"塔季娅娜·弗拉西耶芙娜笑着喊道。

于是她在他面前重新夸耀着那干净、繁文缛节和舒服的生活,这反而暴露了这种生活的残忍和龌龊。

"难道这是好的吗?"伊利亚问道。

"瞧你这个人真有趣!我没有说这是好的,但是如果没有这一套,那就会很无聊!"

她有时教训他说:

"你现在应该丢掉这些印花布衬衫了:上等人应该穿亚麻布内衣……你呀,请听我怎么用字眼的,你得学习。不可以说'一千儿',应当说'一千'!也不可以说'要是',应当说'如果'。'要是','这会儿','今儿个'——这些都是乡下佬的说法,可你已经不是乡下佬

---

① 塔季娅娜的小称。

了。"

她越来越多地向他指出他这个乡下佬和她这个受了教育的女人之间的区别,而这些指摘常常触恼了伊利亚。他同奥琳皮阿达同居时,有时感到那个女人好像朋友一样亲近。塔季娅娜·弗拉西耶芙娜却从来不曾引起他朋友似的感情;他看到她比奥琳皮阿达更有趣,但是完全失掉了对她的尊敬。住在阿夫托诺莫夫家里,他有时听见塔季娅娜·弗拉西耶芙娜临睡之前向上帝祷告道:

"我们在天上的父……"隔壁响起了她响亮而匆忙的低语。"'我们日用的饮食,今日赐给我们。饶恕我们的过犯……'①基里亚!起来把厨房里的门关好:风吹着我的腿呢……"

"你为什么要跪在光地板上?"基里克懒洋洋地问道。

"不要响,不要妨碍我!……"

于是伊利亚又听见了迅速而焦急的低语声:

"上帝,请赐你的奴隶弗拉斯、尼古拉、苦行僧玛尔达里安息吧……还有你的女奴叶芙多基亚,马丽亚,上帝,请赐予塔季娅娜、基里克·谢拉芬健康……"

伊利亚不喜欢她急急忙忙的祷告,他很清楚地知道她的祷告不是出于愿望,而是出于习惯。

"塔季娅娜,你相信上帝吗?"他有一次问她。

"瞧你问的!"她惊讶地喊道。"当然相信!你为什么要问我?"

"随便问问……你总是太着急地对他敷衍了事……"伊利亚微笑着说。

"第一:当可以说'很'的时候,你不应该说'太'!第二:我一天下来弄得那么累,所以上帝不会不原谅我的草率的……"

接着她若有所思地向上抬起眼睛,确信地补充道:

"他原谅一切。他是仁慈的……"

---

① 出自《新约·马太福音》第六章第九至十三节。

"你需要上帝,就是因为可以向他请求原谅罢了。"伊利亚心里恨恨地想道,他又想起了奥琳皮阿达的祷告总是很长久和沉默的。她是跪在圣像前面,低着脑袋,像化石似的跪着一动也不动……这时她的脸总是沉痛和严肃的。

当卢尼奥夫发觉塔季娅娜·弗拉西耶芙娜在商店的事务上巧妙地欺骗了他时,便对她感到某种类似厌恶的情绪。

"假如她对于我是个外人,那也就算了!"他心里想道。"所有的人都想尽办法互相欺骗……但要知道她呀,好比妻子一样……吻我,抚爱我……下贱的母猫!这种勾当只有婊子才干得出来……而且连婊子也不都是这样的……"他对她的态度变得冷淡和怀疑起来,并用种种借口拒绝同她会面。这时在他面前出现了另外一个女人——加夫里克的姐姐,她有时到铺子里来看看她的弟弟。她个儿高而细,身段很匀称,相貌并不美;虽然加夫里克告诉他说她十九岁,但伊利亚觉得她要老得多。她的脸又长又黄又憔悴;高高的前额上划满了细细的皱纹。鸭嘴似的鼻子的两个大鼻孔仿佛愤怒地翕张着,小嘴的嘴唇紧紧地闭着。她说话咬字清晰,但声音仿佛从齿缝里漏出来的,也不大愿意开口;她走道儿很快,高高地仰着脑袋,好像在夸耀着自己不美丽的面孔。但也可能是她一头乌黑的头发的又粗又长的辫子把她的脑袋拉向后倒的缘故……这个姑娘的一对又大又黑的眼睛看起来严厉而庄重,脸上的全部线条汇合在一起,使她颀长的体态带有某种率直的和刚毅的神气。卢尼奥夫在她面前感到有些畏缩;他觉得她很骄傲,并令人肃然起敬。每次她到铺子里来,他都殷勤地给她端椅子,招待她说:

"请坐!"

"谢谢!"她简短地说,向他点点头就坐下了。卢尼奥夫偷偷地端详着她那和他直到现在见过的所有的女人都截然不同的面孔、她的褐色的很破旧的连衣裙、她的打补丁的鞋子和黄色的草帽。她坐着同弟弟讲话,她右手的长长的指头总是在膝盖上迅速而不出声地拍着。她的左手却捏着捆着书的皮带悬空摇荡着。伊利亚看见那么傲慢的姑娘却穿得那么寒碜，觉得很奇怪。她在铺子里坐了两三分钟，便对弟弟说道：

"好吧，再见！别太淘气了……"

跟着又向铺子的老板点了点头，就跨着像一个上阵冲锋的兵士的雄赳赳的步子走了。

"你这个姐姐可真严厉！"卢尼奥夫有一次对加夫里克说。

加夫里克皱起了鼻子，古怪地瞪大了眼睛，噘起了嘴唇，因此他的脸上出现了一种果敢到滑稽的表情，跟他姐姐的脸非常地像。接着他微笑着向伊利亚解释说：

"她就是这样的……不过这种样子是装出来的……"

"她为什么要假装呢？"

"那是她喜欢这样！我也喜欢，我想装一个什么样的鬼脸，我就装得出这样的鬼脸……"

伊利亚对于那姑娘感到了强烈的兴趣，他像以前想念塔季娅娜·弗拉西耶芙娜一样想念起她来：

"应该娶这样的老婆……"

有一次她带来了一本厚书，对她弟弟说道：

"拿去看吧……"

"什么书，可以瞧一下吗？"伊利亚客气地问。

她从弟弟手里接过书来递给卢尼奥夫，同时说道：

"堂吉诃德……一个善良的骑士的故事……"

"啊！骑士的书我看过很多，"伊利亚带着亲切的笑容望望她的脸说。她的眉毛抖动了一下，她用冷淡的声调急忙说道：

"您看的是故事，而这是一本优美的有智慧的书。书里描写一个为保护那些不幸的、受不公平的压迫的人们而献身的人……这个人为了别人的幸福随时准备牺牲自己的生命，您懂不懂？这本书是用诙谐的笔调写的……但那是因为当时写它的条件要求这样……应该严肃而用心地读它……"

"我们就照您说的那样读好了,"伊利亚说。

姑娘是第一次跟他说话;他因此感到某种特别的满意,并且笑了。可是她望了望他的脸冷冷地说道:

"我不认为您会喜欢它的……"

她说完就走了。伊利亚仿佛觉得她说"您"这个词儿说得特别清楚。这触恼了他,所以他生气地对正在瞧着书里插图的加夫里克说道:

"喂,现在不是看书的时候……"

"不是没有顾客来吗?"加夫里克反驳说,他没有把书合上。伊利亚望了望他没有吭声。他脑筋里响着那姑娘谈论这本书的话。他心里不满地想到这姑娘:

"好大的……架子!"

时间在消逝。伊利亚站在柜台后面,一边捻着小胡子,一边做着买卖,可是他开始觉得日子过得很慢。他有时想关起铺子到什么地方去逛逛,但是他知道这样会影响营业,所以没有去。晚上离开铺子也不方便,因为加夫里克害怕一个人留在铺子里,而且把铺子交给他也危险,因为他可能无意中失火烧掉铺子,或者会让什么小偷进来。买卖做得不坏;伊利亚想到也许应该雇一个助手了。跟阿夫托诺莫娃的关系自然而然地淡下来了,塔季娅娜·弗拉西耶芙娜也仿佛不反对这一点。她快活地笑着,并十分仔细地检查每天的账目。当她坐在伊利亚的房间里打着算盘时,他感到这个长着鸟儿般面孔的女人很讨厌。但有时她来时很高兴,很活泼,她说笑话,热情地送着秋波,管伊利亚叫股东。他被迷住了,于是他在心里被称为"肮脏的玩意儿"的事又重演了。基里克也偶尔来,他向柜台旁的椅子上一躺,如果这时有女裁缝来碰着他,他就跟她们说说笑话。他已经脱下了警察制服,换上了丝绸的便服,炫耀着自己在商行里服务的成绩。

"六十卢布的薪金和同样多的油水,——不坏吧,嗯?我搞油水是很谨慎、很正当的……我们住的地方搬过了,——你听说了没有?现在我们住的房子小巧可爱。我们雇了个厨娘,——菜做得好—极—了,鬼东西!秋天开始我们要接待朋友,一块儿打打牌……他妈的真惬意!可以快快活活地消磨时间,还可以赢钱……我和我的老婆,我们两个人打牌,总有一个人会赢的!赢的钱拿来贴补招待客人的费用。嚯—嚯,我的心肝!这就是所谓又便宜又愉快的生活!……"

他懒洋洋地瘫在椅子里,点燃了一支卷烟,喷着烟,压低了嗓子继续说道:

"老弟,我最近到乡里去了一趟。你听说过没有?我来告诉你:那儿的姑娘——那么样的——嗨呀!告诉你,那种大自然的女儿……长得真结实,告诉你,简直捏不动,鬼东西……那些家伙他妈的都很便宜!只要一瓶果子酒,一磅饼干,就属于你的了!"

卢尼奥夫听着没有作声。他不知怎么总觉得基里克有点可怜,他可怜他,却不明白自己到底为什么要可怜这个又胖又傻的小伙子。但同时在他一看见阿夫托诺莫夫时,几乎总是想笑出来。他不相信基里克讲的关于他在乡下的艳遇:他觉得基里克在吹牛,他说的话是从别人那儿听来的。碰到情绪不好的时候,他一面听着他说,一面心里想道:

"没有出息的家伙!"

"对,老弟,像书上描写的那样,在大自然的怀抱里,在草棚遮阴底下干风流韵事,那真太妙了。"

"如果给塔季娅娜·弗拉西耶芙娜知道了呢?"伊利亚问。

"这种事情她是不愿意知道的,老弟,"基里克狡猾地向他睒着眼睛答道。"她明白,这种事情她不需要知道!男子的本性就好像公鸡一样……唔,你呢,老弟,怎么样,有没有中意的女人?"

"免不了!"伊利亚笑着说。

"女裁缝?是不是?那样的黑里俏?……"

"不,不是女裁缝……"

"是女厨子？女厨子也不错,她又暖和,又软绵绵的……"

伊利亚像发疯似的哈哈大笑,这一笑使基里克确信有个女厨子存在着了。

"你要把她们换得勤些,换得勤些。"他用老于此道的口气劝告伊利亚。

"您为什么以为是女厨子或者是女裁缝呢？难道别的什么人我就不配吗？"卢尼奥夫带着笑问他。

"因为她们对于你,老弟,比别的人更适合于你在社会上的地位……要知道你是不能跟上流社会的太太或者小姐闹恋爱的,你同意我的话吗？"

"那是为什么呢？"

"啊,那很明白……我不是有意得罪你,不过你啊,我的朋友,到底是,你知道……是普通人……可以说是个乡下佬……"

"但是……我却跟一个太太……"伊利亚笑得喘不过气来地说。

"你开玩笑！"基里克喊道,他也哈哈大笑了。

但在阿夫托诺莫夫走了以后,卢尼奥夫琢磨着他的话,却体会到了受辱的感情。他清清楚楚地知道,基里克虽然是个好心肠的小伙子,可是总认为自己是个跟他并不平等的特殊人物,要比伊利亚高,比伊利亚好。同时他跟他的老婆却大量地利用着他。佩尔菲什卡告诉他说,彼特鲁哈在嘲笑他的生意,并且叫他是坏蛋……亚科夫也对皮鞋匠说,从前他,伊利亚,要比现在好,比现在诚恳,没有现在骄傲。加夫里克的姐姐也经常让伊利亚相信她跟他不是一流人物。她虽然是邮差的女儿,穿得几乎破烂不堪,可是她看他的那种神气就好像因为跟他生活在同一块土地上而感到气愤似的。伊利亚自从开了铺子那时起,自尊心增强了,变得比从前更为敏感了。他对于这个长得不美但很特别的姑娘的兴趣越来越发展了；他想了解她这个穷姑娘的傲气是从哪儿来的,而他对这股傲气越来越感到胆怯了。她从来不肯先开

口跟他说话,这也刺伤了他。她的弟弟岂不是在当他的小伙计,就凭这一点她也应该对他这个老板客气些!他有一次对她说:

"我在读您那本讲堂吉诃德的书……"

"唔,怎么样?喜欢吗?"她问,眼睛没有望他。

"很喜欢!……真滑稽……真是个怪人。"

伊利亚仿佛觉得她的乌黑的、骄傲的眼睛的目光憎恨地直戳进了他的面孔。

"我就知道您一定会说这一类话的,"她缓慢而清楚地说。

伊利亚感到在这句话里有某种侮辱他的和敌视他的东西。

"我是个没有知识的人,"他耸耸肩膀说。

她一句话也没有回答,就好像没有听见似的。

于是一种已经很久没有控制他的情绪重新闯入了伊利亚的心灵,他重新怨恨起人们来,他用心而长久地思索着正义,思索着自己的罪孽和等待着他的前途。难道他将永远像这样地生活下去:从早到晚竖立在店铺里,然后一个人怀着自己的思虑坐在茶炊旁边,然后去睡觉,等到第二天睡醒了,又重新进店铺去吗?他知道许许多多的商人,可能是所有的商人,正是这样生活的。可是他,不论在外表的生活上,或者在内心的生活中,都有许多理由可以自认为是特殊的、与众不同的人。他想起了亚科夫的话:

"但愿上帝不让你走运……你很贪心……"

这些话在他看来是十分可气的。不,他不是贪心的,他不过是想生活得干净、安静,希望人家尊敬他,希望没有人每走一步都指点他说:

"我比你高,伊利亚·卢尼奥夫,我比你好……"

于是他又思量着:等着他的前途是什么?他的杀人罪会不会受到惩罚?有时候他想到他犯的罪如果会受到惩罚,那是不公道的。在城里有许多杀人犯、奸淫犯和抢劫犯;大家都知道他们都是甘心情愿做杀人犯、奸淫犯和抢劫犯的,然而请看:他们都生活着,享受着生活的幸福，他们至今没有受到惩罚。但是讲公道的话——一个人所受的一切侮辱，那侮辱人的人应该受到惩罚。圣经里也这样写着："让上帝报复他本人，好使他知道。"这些思想触动了他心上的旧伤痕，于是他心头汹涌地沸腾着想为自己被摧残的生活复仇的感情。有时在他脑筋里起了想再干一桩大胆的事情的念头：去放火烧毁彼特鲁哈·菲利蒙诺夫的房子，而当房子着了火，大家都跑来救火时，他就向他们喊道：

"是我放的火！是我掐死商人波卢埃克托夫的！"

人们会捉住他，审判他，并且把他流放到西伯利亚，像流放他的父亲一般……这激怒了他，他便把自己复仇的渴望缩小到只想对基里克公开说出自己同他老婆的关系，或者到老头儿赫列诺夫那儿去，因为他虐待玛莎而把他打一顿……

有的时候，在黑暗里躺在自己的床上，他向着深沉的静寂里谛听，他仿佛觉得他周围的一切马上就要震动起来，接着就要倒坍，并且在狂暴的旋风里稀里哗啦地飞舞起来。这股旋风也会用它的力量把他卷起，像从树上刮下来的一片落叶，卷起来然后毁灭掉……于是卢尼奥夫由于预感到某种不平常的事会发生而战栗了……

有一天晚上，卢尼奥夫已经打算关铺子了，巴维尔忽然来了，他没有打招呼就用平静的声音说道：

"薇尔卡跑掉了……"

他往椅子里一坐，胳膊肘支在柜台上，轻轻地吹着口哨，眼睛望着街上。他的脸像石头似的，但是淡黄色的小胡子却像猫的胡须一般颤动着。

"她单独一个人还是跟什么人跑的？"伊利亚问道。

"我不知道……她已经走了三天了……"

伊利亚望着他没有吭声。巴维尔平静的脸色和声音不让伊利亚了解他对自己的女友的逃跑抱什么态度。可是伊利亚感觉到在这种平静里有某种坚定不移的决心……

"那么你打算怎么办？"他看到巴维尔不准备开口，便低声问道。

格拉乔夫停止吹口哨,没有回过头来就简短地宣布说:

"我要杀死她……"

"唔,你那一套又来了!"伊利亚懊恼地挥了挥手喊道。

"我想她想得心都碎了,"巴维尔低声说道。"瞧这把刀子。"

他从怀里拿出一把小小的切面包用的刀子,在自己面前晃了几下。

"我要掐住她的脖子……"

可是伊利亚抢下了刀子,把它丢到柜台后面,生气地说道:

"简直是跟苍蝇开战……"

巴维尔从椅子上跳起来,面孔转向他。巴维尔的眼睛愤怒地闪着光,面孔也变形了,他全身颤抖着。但立刻又坐到椅子上轻蔑地说道:

"你这傻瓜……"

"你聪明!……"

"力量不在刀上,在手上……"

"说下去!……"

"如果我的手也掉了的话,就用牙齿咬破她的喉管……"

"瞧你多可怕!……"

"你可别跟我说,伊利亚……"巴维尔又平静地低声说。"信不信由你,可是别来刺激我……我给命运刺激得够了……"

"不过,古怪的家伙,你好好想一想吧,"伊利亚恳切而温和地说。

"已经全都仔细想过了……可是我要走了……跟你有什么好谈的你是吃饱了的……不是我的伙伴……"

"你可别发疯!"卢尼奥夫责备地说。

"我呢——精神和肉体都是饥饿的……"

"我真不懂人们是怎样想的!"伊利亚耸耸肩膀嘲笑地说道。"女人对于一个人好像是牲口……好像是马!你驮我走吗?好,使点劲,我就不打你。你不愿意驮我吗?就向它的头上揍!……是的,鬼东西,要知道女人也是人,她也有自己的性格……"

巴维尔向他看了一眼就嘶哑地笑了。

"那么我是什么？不是人吗？……"

"你应该做得公道还是不应该呢？"

"你跟你的这一套公道都去见鬼吧！"格拉乔夫从椅子上跳起来疯狂地嚷道。"你去公道好啦：这对于一个吃饱的人是不碍事的……听见没有？唔，再见……"

他迅速地从铺子里走了出去，走到门口不知为什么从脑袋上摘下了帽子。伊利亚从柜台后面跳出来追他，但是格拉乔夫已经到了街上，手里拿着帽子并激动地挥动着它。

"巴维尔！"卢尼奥夫喊道。"等一等……"

他没有停步，连头也没有回就踅进胡同不见了。伊利亚慢慢地走进柜台后面，感到自己的面孔由于朋友的话而发烫，仿佛他曾把头探进熊熊燃烧着的炉子里去张望过似的。

"好凶的人！"加夫里克说道。

伊利亚冷笑了一声。

"他想杀死谁呀？"加夫里克走近柜台问道。他的手反操在背后，脑袋向上仰着，粗糙的脸涨得通红。

"想杀自己的老婆，"伊利亚望着孩子说。

加夫里克沉默了一阵，后来仿佛使了使劲，沉思着悄悄地告诉老板说：

"我们邻居有个女人在圣诞节用砒霜把丈夫给毒死了……死的是个裁缝……"

"常常有这种事情……"卢尼奥夫慢吞吞地说，心里却想着巴维尔。

"这个人——他真要杀人吗？"

"别说了，加夫里克！……"

孩子转身向门口走去，一面嘟囔着：

"人们却还在结婚，真见鬼！"

暮霭已经笼罩了街道,卢尼奥夫铺子对面的房屋的窗户里已经点起了灯。

"该关门了!……"加夫里克悄悄地说。

伊利亚望着有灯光的窗户。窗户的下面被一些花遮住了,窗户上半截遮着白色的窗帷。透过那些花的叶子可以看见墙上金色的镜框。当窗子开着的时候,从窗里有六弦琴声、歌声和响亮的笑声流到街上。这所房子里差不多每天晚上都有人唱歌、弹琴和欢笑。卢尼奥夫知道那儿住着地方法院的法官格罗莫夫,一个肥胖的、皮肤红润的人,留着大而黑的髭须。他的老婆也是胖胖的,金发碧眼;她在街上走时大模大样,好像童话里的女王,说话的时候总是带着笑容。格罗莫夫还有一个待嫁的妹妹,是个颀长的、黑头发和黑皮肤的姑娘;在她周围围绕着许多青年官员;他们全都有说有笑,几乎每天晚上都要歌唱。

"真的该关门了,"加夫里克执拗地说道。

"关吧……"

孩子关好了门,铺子里变得黑暗了。然后铁锁响了一声。

"好像在监狱里一般,"伊利亚心里想。

他的朋友说他是饱汉,这样气人的话像一根刺似的刺进了他的心。他坐在茶炊旁边,心里怨恨地想着巴维尔,他不相信格拉乔夫真的会杀死薇拉。

"我为她辩护到底是多余的……去他们的吧!……他们自己不会过日子,还要妨碍人家……"他愤怒地想道。

加夫里克从茶碟子里大声地呷着茶,两只脚在桌子底下摆来摆去。

"杀死了没有?"他突然向老板问道。

卢尼奥夫阴沉地望望他,说道:

"你喝茶吧,喝了就去睡觉……"

茶炊的吱吱声和呜呜声响得好像要从桌上跳出去似的。

突然窗子外面出现了一个黑暗的人影,有一个胆怯的和颤抖的声音问道：

"伊利亚·亚科夫列维奇在这儿住吗？……"

"在这儿，"加夫里克喊道，接着从椅子里跳起来，伊利亚来不及对他说话，他就飞快地奔到通院子的门口去了。

门口出现了一个戴着头巾的女人的瘦削的影子。她一只手扶着门框，另一只手拉着脖子上的头巾的两端。她侧着身体站着，好像准备立刻就走似的。

"请进来，"卢尼奥夫不满意地说，眼睛望着她，却不认识是谁。

他的声音使她哆嗦了一下，她抬起头来，她的苍白而瘦小的脸微笑了……

"玛莎！"伊利亚从椅子里跳起来喊道。

她轻轻地笑了，向他跨近了一步。

"你不认得我了……您简直不认得我了……"她在房间中央站定了说。

"我的天！难道还能认得出来吗！你多么……"

伊利亚过分殷勤地捏住了她的手，引她到桌子旁边，低下头来望着她的面孔，不敢说出她变成了什么样子。她真的消瘦得难以想象，走起路来两条腿好像断了似的。

"你呀……成了什么样子！"他嘟哝说，小心翼翼地扶她坐到椅子上，目不转睛地望着她的面孔。

"瞧他把我……"她望了望伊利亚的眼睛说。

现在，当她对着灯坐定了，他才看清楚她的样子。她身体靠在椅子背上，两只纤细的手耷拉着，脑袋歪在一边，她的扁平的胸脯急促地起伏着。她好像是没有血肉的、仅仅是一些骨头构成的。印花布的衣裳描绘出了瘦骨嶙峋的肩膀、胳膊肘和膝盖，她的面孔瘦得怕人。淡青色的皮肤干巴巴地蒙在太阳穴、颧骨和下颚上，嘴巴病态地半开着，薄薄的嘴唇掩不住牙齿，在她小小的变长了的脸上凝固着迟钝的痛苦的表情。眼睛暗淡得和死人似的瞪着。

"你病了吗?"伊利亚低声问道。

"没有,"她答道。"我完全是健康的……是他把我搞成这个样子的……"

她的缓慢而低微的话语像呻吟似的响着,外露的牙齿使她的脸有一种鱼的表情……

站在玛莎旁边的加夫里克紧闭着嘴唇望着她,眼睛里流露出恐怖的神色。

"去,睡觉去!"卢尼奥夫对他说。

那孩子走到店堂里,在那儿折腾了一会儿,接着他的脑袋从门框后面探出来。

玛莎一动不动地坐着,只有她那在眼窝里困难地转动着的眼珠从一件东西移到另一件东西上。卢尼奥夫给她斟茶,眼睛望着她,却什么话也不敢问她。

"他太折磨我了……"她说。她的嘴唇颤抖了一下,眼睛也闭了一会儿。当她再睁开来时,在睫毛下面滚出了两颗大大的沉痛的泪珠。

"别哭……"伊利亚背过脸去说。"你还是先……喝点茶……再把一切讲给我听……便会轻松些……"

"我害怕——他会来……"玛莎摇了摇脑袋说。

"你从他那儿逃出来的?……"

"是的……我已经第四次……当我不能再忍受时……我就逃走……上一次我想跳井……可是给他捉住了……打得真厉害,折磨得……"

她的眼睛由于恐怖而变得大大的,下巴也颤抖着。

"他总是打坏我的腿……"

"唉!"伊利亚喊道。"可是你怎么的? 到警察局告去……说他虐待! 这样会叫他坐监牢的……"

"哼,他自己就是法官,"玛莎绝望地说。

"赫列诺夫吗? 他是什么法官,你说什么?"

"我知道的! 他不久以前在法庭上一连坐了两星期……一直在审

343

判……从那儿回来时又凶恶又饥饿……突然用茶炊的钳子夹住我的奶头转着和拧着……你瞧！"

她用颤抖的手指解开了衣服，把一对又小又干瘪的乳房指给伊利亚看。乳房上满是黑色的斑痕，好像给咬烂了一般。

"把衣服扣好，"伊利亚阴沉地说。他看到这被打伤的可怜的身体感到不舒服，不相信坐在他面前的是他童年时代的朋友和可爱的小姑娘玛莎。而她呢，袒露着肩头，用平静的声音说道：

"肩膀给打得这个样子！周身都……肚皮全都给抓破了，胳肢窝的毛也给拔掉……"

"可是为什么呢？"卢尼奥夫问道。

"他说，'你不爱我吗？'就拧我……"

"也许你嫁给他时……已经不是处女了？"

"哼，哪儿的话？我跟你和亚科夫从前呆在一起……从来没有人碰过我……就是现在我……这种事也干不来……我感到痛苦和讨厌……老是恶心……"

"别说了，玛莎，"伊利亚轻轻地要求她。

她不作声了，袒露着胸脯坐在椅子里，重新像石头似的一动也不动了。

伊利亚从茶炊后面望了望她消瘦的和被打坏的身体，重复说道：

"把衣服扣好……"

"在你面前我不觉得害臊，"她几乎无声地答道，同时用颤抖的手指扣着上衣的扣子。

房间里变得沉寂了。后来从店堂里传来了响亮的啜泣声。伊利亚站起身来，走近门口把门关上，阴郁地说道：

"别哭了，加夫留什卡①……"

"那是那个孩子吗？"玛莎问道。"他—怎么了？"

---

① 加夫里克的爱称。

344

"在哭呢……"

"他害怕了吗?"

"不……大概是因为觉得可怜。"

"可怜谁?"

"可怜你……"

"竟是这样的,"玛莎冷淡地说,她的死气沉沉的面孔依然是呆板的。后来她开始喝茶,但她的手哆嗦着,茶碟磕碰着她的牙齿。伊利亚从茶炊后面望着她,自己不知道心里是否在怜悯玛莎。

"你预备怎么办呢?"在长时间的沉默以后他问道。

"我不知道,"她回答,并叹了口气。"我该怎么办呢?……"

"应该起诉,"卢尼奥夫坚决地说。

"他对以前的妻子也是这样……"玛莎说。"把辫子缚在床架上再来拧……老是那样……有一次我睡着了,忽然觉得痛得很……我醒了便嚷起来。原来他划了根火柴,把它放在我的肚皮上……"

卢尼奥夫从椅子上直跳起来,发疯似的高声说,她明天就应该到警察局去,把自己所有的伤痕都给那儿的人看,要求他们审判她的丈夫,她一面听着他的话,一面不安地在椅子上转动着,恐怖地转动着眼睛说道:

"请你不要嚷嚷!人家会听见的……"

他的话只有使她害怕。他明白这一点。

"那么好吧,"他重新坐到椅子上说。"我自己来办这件事……你嘛,玛舒特卡,就在我这儿歇夜。你睡在我床上……我睡到店堂里去……"

"我是该躺一下……我累了……"

他沉默地移开了床边的桌子;玛莎就倒在床上,想把自己的身体裹在被窝里,但是办不到,便轻轻地笑着说:

"我真可笑……好像喝醉了似的……"

伊利亚把被子盖在她身上,整了整她脑袋下面的枕头,便想回到

店堂里去,可是她不安地说道:

"陪我坐一会儿!我一个人害怕……我眼前恍恍惚惚有什么东西……"

他坐在她旁边的椅子上,向她遮满了鬓发的苍白的脸上看了一眼就转过头去。他看到她半死不活的模样心里感到羞愧。他想起了亚科夫的请求和玛季察告诉过他关于玛莎的生活的情形,于是低低地垂下了脑袋。

对面的房子里有两个声音在歌唱,歌词从开着的窗子飞进伊利亚的房间。有力的低音激昂地唱着:

一个—绝望的人—不—懂得……①

"瞧我已经要睡着了,"玛莎嘟囔着说。"你这儿真好……他们唱……他们唱得好听。"

"嗯,他们总是在唱……"卢尼奥夫苦笑说。"有的在剥人家的皮,有的却在吼叫……"

我—不能—再—沉湎于……

"既然呀……"在夜阑人静中,响起了一个优美的高音,它轻快而自由地飘向太空……

卢尼奥夫站起来,怀着懊恼的心情,把窗子关上了。他觉得那个歌儿很不对头,因为使他感到不好受。窗框的响声使玛莎哆嗦了一下。她睁开眼睛,很吃惊地微微抬起头来,问道:

"是谁?"

"是我……关窗户……"

---

① 穆·伊·格林卡的抒情曲《断念》(《非必要时休得诱惑我》,1825)中的歌词。原词作者为叶·阿·巴拉滕斯基(1821)。

三　人

"我的天！……你要走吗？"

"不走,你别害怕……"

她在枕头上扭了一下头,又打起盹儿来了。伊利亚稍微一动,街道上一有脚步声,都会打扰她,她会马上睁开眼睛,睡梦中迷迷糊糊地喊叫起来:

"马上……哎哟！……马上……"

卢尼奥夫又把窗子打开了。他竭力一动不动地坐着,眼睛盯着窗外。他在思索怎样来帮助玛莎。他闷闷不乐地下了这样的决心:在警察过问这件事情以前,他不能让她离开自己……

"必须通过基里克来办这件事……"

"欢迎,欢迎！"从格罗莫夫住宅的窗子里冲出了很热烈的喊声。有个人鼓起掌来。玛莎开始呻吟。格罗莫夫家的人们又唱起来。

　　刚刚黎—明,两—匹枣骝马驾—着车……①

卢尼奥夫几乎绝望地摇着头……这种歌声、欢呼和嬉笑都扰乱他的心绪。他把胳膊肘支在窗台上,恶狠狠地、十分不满地望着对面的几扇被灯火照得通亮的窗子。他心里想,最好是跑上街去,往一扇窗子里扔一块石头。要不然,就向那些快活的人们射出一发霰弹。那霰弹会打到里边的。他一想象到惊慌失措的、流着鲜血的嘴脸,狼狈的模样儿和尖锐的叫声,自己不禁心花怒放地微笑了。但是歌词不由他自主地钻进他的耳朵。他的心里重复着歌词,于是他很惊奇地了解到:那些快活的人们在歌唱着怎样埋葬一个淫荡的女人。这使他感到惊讶。他开始更注意地倾听。他一边听,一边想道:

"他们为什么唱这种歌呢？这种歌里有什么乐趣可言呢？糊涂虫

---

① 阿·伊·阿普赫京的《一对枣骝马》(1870 年代),法国抒情歌曲《可怜的马儿》(法文歌词和作曲者为作曲家斯·伊·多纳乌罗夫)的自由译文。这支歌当时甚为流行,被编入《通俗歌曲集》。

们,那都是瞎编出来的!而在离他们只有五俄丈远的地方,就躺着一个真正受尽折磨的活人……竟没有一个人知道她的苦痛……"

"好极啦!好—极—啦!"外面飘荡着欢呼的声音。

卢尼奥夫含着笑,一会儿看看玛莎,一会儿望望窗外。他对于那些人兴高采烈地歌唱埋葬淫妇的歌儿,已经觉得很可笑了。

"瓦西里……瓦西里奇……"玛莎嘟哝说。

她好像被烫伤了似的在床上乱滚起来,把被子抛到地板上了。她大张着两只胳臂,挺直身子不动了。她的嘴半张半合,嗓子发出呼噜呼噜的响声。卢尼奥夫赶忙俯到她身子上观察,害怕她会死了。后来,听到她的呼吸声,他才安心。他给她盖上被子。他两腿爬上了窗台,把脸贴在铁格子上,张望格罗莫夫家的窗子。那里老是在歌唱,有时用一个声部,有时二部合唱。乐器奏着曲子,人们发出笑声。窗前闪过一些女人,有的穿着雪白的衣服,有的穿着粉红的衣服,有的穿着浅蓝的衣服。伊利亚倾听着歌声,心里感到困惑不解地想:他们这班人怎么能够唱关于伏尔加河、送殡、荒地的冗长而愁闷的歌儿①,并且在每一首歌唱完之后,他们又怎么能够若无其事地笑起来,好像并不是他们唱的似的呢?……他们果真是用悲哀来作乐吗?

每当玛莎引起他注意她的时候,他就呆呆地望着她,心里想对她该怎么办。万一塔季娅娜来了,看到她……他怎样安置玛莎才好呢?他感到自己好像发疯了似的。当他困倦欲睡的时候,他就从窗台上爬下来,靠着床,横躺到地板上,把大衣卷起来枕着。他梦见玛莎死了,在一个大棚子里,躺在地上,她的身边围了一圈穿着雪白的、浅蓝的、粉红的衣服的太太们,为她歌唱着。当她们唱哀歌的时候,她们跟歌词完全不和谐地哈哈大笑着;而当她们唱喜歌的时候,她们竟痛哭起

---

① 可能指以尼·阿·涅克拉索夫的诗谱的歌曲:《大门前的沉思》一诗的片断("走上伏尔加河畔,那回响着的是谁的呻吟?……"1858)《送殡》("我们的荒村隐在青纱帐里……"1861),《一块未收割的田地》(1854)。无名氏作曲,二十世纪初始编入歌曲集。

来,一边伤感地点着头,一边用小白手帕擦眼泪;棚子里阴暗而潮湿,铁匠萨韦尔正站在棚子的一角打铁栅栏,用锤子大声地敲打着烧红的铁棒。棚子顶上有个人一边走,一边喊叫:

"伊—利亚!伊—利亚!……"

而伊利亚呢,他就躺在棚子里,被什么东西捆得很紧,连翻身都不容易。他也不能说话……

"伊利亚!请你起来……"

他睁开眼睛,认出是巴维尔·格拉乔夫。巴维尔坐在椅子上,用脚踢他的大腿。灿烂的阳光射入室内,照亮了在桌上沸腾着的茶炊。卢尼奥夫的眼睛花了,只好眯缝起来。

"喂!伊利亚!……"

巴维尔好像经过长醉之后,嗓子已经哑了。他的脸色发黄,头发乱蓬蓬的。卢尼奥夫瞧了他一眼,从地板上跳起来,低声喊道:

"什么事?"

"她被捉去啦!……"巴维尔摇摇头说。

"怎么回事?她在哪儿?"卢尼奥夫问,俯到巴维尔身前,抓住了他的肩膀。格拉乔夫的身子摇晃了一下,茫然若失地说:

"被送进监狱啦……"

"犯了什么罪?"伊利亚用响亮的耳语问。

玛莎醒了,她见到巴维尔,身子吓得直哆嗦。她的一对惊慌的眼睛凝视着他的面孔。加夫里克不以为然地歪着嘴唇从店堂门口观望着。

"据说……她偷了一个商人的……钱包……"

伊利亚推了一下朋友的肩膀,一声没吭就走开了。

"她打了……副警察局局长的耳光……"

"嗯,那是当然的事,"伊利亚严厉地冷笑说。"如果一定要送去坐牢,那就该用两只脚踢……"

玛莎了解到这些事完全与她无关,她嫣然一笑,轻声地说:

"但愿把我也送进牢房……"

巴维尔瞧瞧她,然后又瞧瞧伊利亚。

"你不认得了吗?"伊利亚问。"你记不记得佩尔菲什卡的女儿玛莎?"

"啊—啊,"巴维尔冷冷地拖长声音说。虽然玛莎认出了他,对他微笑,但是他掉过头去,不看玛莎。

"伊利亚!"格拉乔夫忧郁地说。"如果说她是为了我而干的这种事,那该怎么办呢?"

卢尼奥夫脸没有洗,头发蓬松,靠玛莎的脚边坐到床上。他瞧瞧玛莎,又瞧瞧巴维尔,充满茫然若失的感觉。

"我早就知道,"他慢慢地说。"这件事的结局是不会好的。"

"她不听我的话嘛,"巴维尔用很悲痛的声音说。

"吓!"卢尼奥夫带着讥笑的口吻喊道。"原来都是因为她不听你的话!可是你能够对她说出什么来呢?"

"我爱她……"

"她要你的爱有屁用?"

卢尼奥夫动气了。所有这些故事——巴维尔的、玛莎的——都引起他内心的愤恨。他不知道怎样来排遣这种感情,便向自己的朋友发泄出来了……

"任何人都想过干净而快乐的生活……她也是一样……可是你却对她说:我爱你,所以,你跟我一起生活吧,忍受一切艰难困苦吧……你以为这是应该的吗?"

"那么,我应该怎么办呢?"巴维尔很温和地、很平静地问。这个问题使卢尼奥夫稍微冷静了些。他不由自主地沉思起来。

加夫里克从店堂里探进头来。

"开店门吗?"

"去它的吧!"卢尼奥夫激怒地喊道。"现在还做什么买卖?"

"我妨碍你了吧?"巴维尔说。

他在椅子上坐着,向前弯下身子,把胳膊肘架在膝头上,眼睛望着地板。他的太阳穴上有一条充满了血的血管紧张地跳动着。

"你吗?"卢尼奥夫向他瞧了一眼,扬声说道。"你并不妨碍我……玛莎也不妨碍……可是现在,有一种东西在妨碍我们大家……妨碍你、我、玛莎……这是不是糊涂想法,我不知道……不过我们就没有一点儿可能过像人的生活!我不愿意看见任何的惨事,任何的丑恶……我不愿意看见罪恶和一切肮脏的事情!可我自己……"

他不出声了,脸色变得很苍白。

"你老是想自己……"巴维尔说。

"可是你想谁呢?"伊利亚嘲笑地问道。"不论什么人,总是感到自己的创伤疼,总是用自己的声音呻吟……我不是想自己,是想所有的人……因为所有的人都使我得不到安宁……"

"我要走啦,"格拉乔夫说,很费力地从椅子上抬起身来。

"唉!"伊利亚喊道。"请你原谅我,不要怪罪我……"

"老弟,我的脑袋好像挨砖头打了似的……薇尔卡真可怜……怎么办呢?"

"没有办法!"伊利亚斩钉截铁地说。"对于她已经毫无办法了!他们一定会判她的罪……"

格拉乔夫又坐到椅子上了。

"如果我声明说,她是为了我才做出这种事情呢?"他问道。

"你难道是个王子吗?你一说出来,那就连你也要被送进牢房里去……事情就是这样……我们应该给自己安排好才是。玛莎,我们现在到店堂里去。你起来吧,收拾收拾……给我们沏茶……"

玛莎哆嗦了一下,从枕头上微微抬起头来,向伊利亚问道:

"我该回家吗?……"

"一个人的家是一处……至少不会受人折磨的地方……"

当他们走进店堂的时候,巴维尔很忧郁地问道:

"她为什么在你家里?瘦成那个样子……"

卢尼奥夫三言两语地把情况向他讲了一遍。卢尼奥夫感到惊讶的是,玛莎的遭遇仿佛使格拉乔夫兴奋起来了。

"瞧,这老家伙!"他骂商店老板,甚至浮现出笑容来。

伊利亚站在他旁边,向自己的店铺打量了一番,说:

"你前几天不是说过,这一切玩意儿都不能够使我得到安慰……"

他的手朝店铺里挥了一下,带着苦笑,点了点头。

"对!不能使我得到安慰……我老站在一个地方卖东西,这对我有什么好处呢?我完全没有了自由。我不能随便出去。从前,我满街闲荡,愿意到哪里去就到哪里去……我可以找一个优雅的、舒适的地方,在那里坐坐,玩玩……可是现在呢,我天天在这儿站柜台,别的什么也不能做……"

"你可以用薇拉当店员啊,"巴维尔说。

伊利亚瞧了他一眼,没有出声。

"来吧!"玛莎招呼他们。

在喝茶的时候,他们三个人几乎都没有谈话。街上照耀着明亮的阳光,小孩子光着脚在人行道上啪哒啪哒地跑着,一些卖菜的小贩从窗前走过。

门外春意正浓,一切都表明日丽风和的日子已经到来。但是斗室里却散发着潮湿的气味,偶尔有人用颓丧的语调低声说一句什么。茶炊反射着灿烂的阳光,吱吱地叫着……

"我们好像坐在这儿开追悼会似的,"伊利亚说。

"追悼薇尔卡,"格拉乔夫补充说。"我坐在这儿想:唉,我怎么把她逼进监狱里去了呢?"

"很可能是你逼她进去的,"伊利亚毫不留情地肯定说。

格拉乔夫带着责难的神情瞧了瞧他的朋友。

"你真凶恶……"

"我善良又有什么用处?"伊利亚喊道。"谁给过我甜头呢?……也许有一个人爱过我……不过,那也是个淫荡的女人!"

由于怒火的燃烧,他的脸涨得通红,眼睛里充满了血丝。他狠狠地从椅子上跳起来,恨不得吵上几句,骂上两声,用拳头去敲桌子和墙壁。

但是玛莎被他吓坏了,像小孩子一样,放开嗓子哀哭起来。

"我要走了……放我出去吧,"她带着眼泪,用颤抖的声音说。她摇晃着脑袋,好像要把它藏到什么地方去似的。

卢尼奥夫不出声了。他看到巴维尔也用含着敌意的目光望着他。

"哎,为什么哭呀?"他怒气冲冲地说。"要知道,我并不是对你叫嚷啊……而且,你也没有地方可去呀……我马上就要走……我必须……巴维尔可以陪你坐一会儿……加夫里克!如果塔季娅娜·弗拉西耶芙娜来了……这又是什么人呢?"

外边有人在敲门。加夫里克带着疑问的神情望了主人一眼。

"去开门!"伊利亚说。

加夫里克的姐姐在门口出现了。她在门槛那里一动不动地站了有几秒钟。她身子笔直,高高地扬着头,眯缝着眼睛把大家扫视一番。然后,在她那不漂亮的、干巴巴的脸上显露出一种表示嫌恶的怪相。伊利亚向她行礼。她也没有还礼。她对弟弟说:

"加夫里克,你到我这儿来一下……"

伊利亚发火了。他由于感到受了侮辱,热血向脸上猛冲,连眼睛都烧红了。

"您呀,小姐,当别人向您鞠躬的时候,请您也回个礼吧,"他勉强忍住气,很庄重地说。

她把头抬得更高了,她的眉毛挤到了一起。她紧紧地闭着嘴唇,用眼光打量着伊利亚,连一句话也没有说。加夫里克也怒气冲冲地望着主人。

"您来拜访的并不是醉鬼,也不是骗子手,"卢尼奥夫继续说,由于紧张而直打哆嗦。"别人恭恭敬敬地接待您,……您是个知书识礼的小姐,也应该用同样的态度来对答……"

"宋卡,不要倔强吧,"加夫里克突然用调停的口吻说,他向她的面前走去,在她的身旁站住了,拉住她的一只手。

一阵难堪的沉默。伊利亚和姑娘都带着挑衅的神情相互对望着,等待着什么事。玛莎悄悄地躲到屋角里去。巴维尔傻里傻气地眨着眼睛。

"喂,宋卡,你说说,"加夫里克急不可耐地说。"你以为他们想要欺侮你吗?"他问。接着,又忽然笑着补充说:"他们是一些怪人!"

姐姐拉住他的手,冷淡而尖刻地询问卢尼奥夫:

"您对我有什么吩咐?"

"什么也没有,只不过……"

但是在这时候,他的心里忽然产生一个良好的、聪明的主意。他向姑娘走近一步,尽可能客气地说:

"请容许我向您提出……您瞧见了吧,我们这儿有三个人……都是愚昧无知的人……您呢,是有文化的人。"

他急于要说出自己的想法,可是不能一下子说出来。她那直射的、严峻的眼光使他感到很窘。那两只眼睛大有拒人于千里之外的神情。伊利亚低下眼睛,又为难又懊恼地嘟哝说:

"我没有能力一下子把它说出来……您如果有时间的话……请进来坐一下……"

说罢,就从她的面前退回来。

"那你在这儿等一等,加夫里克,"姑娘说。她把弟弟留在门边,径直地走进了屋子。卢尼奥夫给她搬了一个方凳。她坐下了。巴维尔走到店堂里去。玛莎怯生生地蜷缩在屋子的一角,躲到暖炉旁边。卢尼奥夫一动不动地站在姑娘面前两步远的地方,还没有能够开口。

"说呀!"她说。

"是……是这么回事,"伊利亚深深叹了一口气,才开始说。"您瞧,这个姑娘,——不是姑娘,是有夫之妇……嫁给了一个老头子……丈夫虐待她……打得她遍体鳞伤,她没办法,只好逃出来了……逃到我这里来……您也许以为她干了什么坏事吧？不，完全没有……"

他言语错乱，前言不搭后语，一方面想要讲述玛莎的遭遇，一方面想要向那姑娘说出他对于这件事情的看法。他特别想要向那姑娘述说的正是自己的想法。她望着他，她的眼光变得柔和了一些。

"我明白啦，"她打断了他的话。"您不知道怎么办才好，对不对？首先应该去看医生……让医生诊察一下……我有一个熟识的医生，我领她去好不好？加夫里克，你瞧瞧，是什么时候啦！十点多钟了吗？好的，这正是门诊的时间……加夫里克，叫辆马车来……您么，给我们俩介绍一下吧……"

可是伊利亚站着没动。他没有料到这个庄重而严厉的姑娘竟会用如此柔和的声调说话。她的面孔也使他感到惊讶，因为它一向充满傲气，而现在却完全表现出对人同情的样子。她的鼻孔虽然张得更大了，可是在她那张脸上却存在着伊利亚从前不曾见过的一种非常美好、纯朴、真诚的东西。他凝视着姑娘，一声不响，难为情地笑了。

这时她已经转过了脸，向着玛莎走去，轻声对她说：

"您不要哭，亲爱的，您不要害怕……医生是一个很好的人，他给您诊察，开一个诊断书……这就完事！我再带您回到这儿来……喂，亲爱的，您可不要哭了……"

她把自己的两只手搭在玛莎的双肩上，想把玛莎拉到自己的身边来。

"哎哟……痛得很，"玛莎低声呻吟起来。

"您这是怎么啦？"

卢尼奥夫听着她讲话，始终微笑着。

"这个……天晓得是怎么回事！"姑娘在离开玛莎时愤恨地喊道。她的脸色苍白了，眼睛里闪耀着吃惊和愤懑的神情。

"她竟被毒打到这种程度！……唉！"

"我们的生活就是这样！"卢尼奥夫喊道，他的脸又涨得通红。"您看见了吗？我可以请您再看看另一个人——这个人就站在那儿！让我来介绍一下:这是我的朋友巴维尔·萨韦利奇·格拉乔夫……"

巴维尔把手伸给那姑娘,但眼睛没有看她。

"梅德韦杰娃,索菲娅·尼科诺芙娜,"她把巴维尔那懊丧的面孔打量一番,说。"您的名字是叫伊利亚·亚科夫列维奇,对吧?"她又回过头来向卢尼奥夫问。

"是,"伊利亚兴奋地肯定说,他紧紧捏着她的手,没有放开,又继续说:"事情就是这样……如果您是这样的……也就是说,如果您管了这一件,那就不要不管另一件事!那件事也有麻烦。"

她注意而严肃地盯着他那漂亮的、兴奋的面孔,悄悄地试图把自己的手从他的指头中间抽出来。但他滔滔不断地向她讲述薇拉和巴维尔的事情,讲得很热情,很兴奋。他有力地摇晃着她的手,说:

"他作了不少诗,而且作的诗多么好啊!但是对于这件事情,却干着急,没有一点办法……她也是一样……您想想看,如果她……是那样一个女人,这就毫无办法了吗?不,您千万不要这样想!不论在什么时候,一个人不会全是善,也不会全是恶!"

"怎么?"姑娘追问他。

"这就是说,如果一个人很坏,他也有自己的优点;如果一个人很好,他也会有自己的缺点的……我们大家的灵魂都是很复杂的……大家的灵魂都是这样!"

"您这话讲得很对!"姑娘夸奖他说,带着很庄严的神情点了点头。"不过,请您放开我的手吧!好疼!"

伊利亚开始向她道歉。这时,她已经不再听他讲话了,而是很坚决地教导巴维尔说:

"太可耻啦,这样可不行!一定要想办法!一定要给她找个辩护人,找个律师,您明白吗?我给您找一个好不好?决不会把她怎么样,因为有人替她辩护……我敢向您保证!"

她脸色绯红,鬓角上的头发蓬松着,眼睛闪着明亮的光辉。

玛莎站在她的身旁,以孩子般的轻信和好奇的神情望着她。卢尼奥夫则带着得意的、矜持的眼光望着玛莎和巴维尔,由于这个姑娘是出现在他的屋子里,他怀着骄傲的感觉。

"如果您当真能够帮助的话,"巴维尔用颤抖的声音开始说:"那就请您帮帮忙吧!"

"您七点钟的时候到我家来,好吗?加夫里克会告诉您是在哪儿……"

"我一定来……我真是感激得不知说什么好……"

"算了吧。人们是应该互相帮助的。"

"人们会帮助!"伊利亚用讥讽的口吻喊道。

姑娘猛然向他转过身来。但是加夫里克显然感到自己在这场混乱之中是惟一态度稳重和思想健全的人,他拉住姐姐的手,说道:

"你该坐车走啦!"

"玛莎,请您换上衣服!"

"我没有可换的衣服。"玛莎怯生生地说。

"哎哟……不过,没什么关系!我们走吧……格拉乔夫,您到时候来,好吗?再会,伊利亚·亚科夫列维奇!"

两个朋友恭恭敬敬地、默默地跟她握手,她就拉着玛莎的一只手走了。但是走到门口,她又转过身子,高高地扬着头,对伊利亚说:

"我忘记了……我还没有向您问好呐……这是一种不礼貌的行为,我向您道歉,行不行?"

她的脸上罩上了一层红晕,很难为情地低下了眼睛。伊利亚望着她,心里好像在奏乐似的。

"对不起……当时我以为你们是在……饮酒作乐呢……"

她停住了,好像把某一个词儿吞下去了似的。

"当您……指责我的时候,我还以为您是在摆主人的架子呢……不过,我弄错了!我很高兴!因为这是表明一个人的自尊心。"

她忽然满面春风地笑了起来。她好像在品尝着每一个词儿,热情地、愉快地、慢吞吞地说:

357

"事情得到这样的结果,我很高兴……好极啦!好极啦!"

她好像沐浴在朝霞的光辉中的一小朵灰云似的,微笑着,一转身就不见了。两个朋友望着她的背影。他们的脸上虽然有一点儿可笑的样子,但是也带着得意的表情。接着,卢尼奥夫向屋里扫视一番,他推了推巴什卡说:

"干净利落吧?"

那一个轻声地笑起来了。

"嗯……真是个了不起的人物!"卢尼奥夫轻快地叹了一口气,继续说。"她怎么样……啊?"

"她像秋风扫落叶一样扫荡着一切!……"

"喂,你瞧见了吗?"伊利亚用一只手把他那弯曲的头发弄得蓬蓬松松的,扬扬得意地说。"她赔了不是,对不对?这就表明她是一个真正有文化的人。她对任何人都能够尊重……但是她自己决不先向任何人鞠躬行礼!你明白吗?"

"这人很不错,"格拉乔夫微笑着肯定说。

"她聪明极啦!"

"一点也不错。谁是谁,谁怎么样,她马上就明白了……"

卢尼奥夫兴奋地笑了。他高兴的是,这个高傲的姑娘原来是那么纯朴而活泼,自己能够在她面前保持住尊严,他对这一点也感到很满意。

加夫里克在他们俩的身边转动,心里感到很无聊。

"加夫里克!"伊利亚抓住他的肩膀说。"你姐姐真了不起!"

"她是个善良的人!"小伙计很温和地说。"今天咱们做买卖不做?要不然,咱们今天就算过节……那么我就到野外玩去!"

"今天不做买卖啦!巴维尔,走!老弟,咱们俩溜达去!"

"我到警察局去,"格拉乔夫说,又皱起眉毛来。"也许让我会见……"

"我去溜达溜达!"

他精神饱满,心里很高兴,不慌不忙地在街上走着,想着那个姑娘,他把同她相逢以前所遇到的人们拿来跟她作比较。她对他道歉的那几句话在他的脑海里回响。他想象出她的面孔,她的每根线条都表现出朝着某个目的奋进的刚毅不屈的神情……

　　"她起初为什么不理我呢?"他带着笑容回想着,并深深地思索起来:她既然不认识我,没有跟我倾心地谈过一句话,为什么开始对我表现那么高傲自大,那么气咻咻呢?

　　生活在他周围沸腾。有些学生一边走一边笑;一些拉货的马车和四轮轻便马车来来往往;有一个乞丐瘸着腿,用一只木脚响亮地敲着人行道的石头。有一个警察押着两个囚犯,囚犯抬着一只里面装着什么东西的木桶。一只小狗伸出舌头,懒洋洋地走着……轰隆声、噼啪声、叫喊声、脚步声——这一切混合到一起,形成活泼的、激动的嘈杂声。温暖的灰尘在空中飞扬,使人鼻孔发痒。在清澈的、深邃的天空中,太阳用灼热的光辉照耀着大地上的一切。卢尼奥夫满意地观看着一切。他已经很久没有体会到这样的愉快心情了。一切都好像很特别,很有趣。这时,有一个美貌的姑娘快步向着什么地方走,她那绯红的面孔显出活泼的神情,她那么明朗地、那么美好地望着伊利亚,就好像想对他说:

　　"你多么可爱呀!……"

　　卢尼奥夫对她笑了一笑。

　　一个小伙计从商店里跑出来,手里捧着一个铜茶壶,从壶嘴往外洒凉水,把水洒到迎面来的行人的脚上,茶壶盖发出快活的响声。天气闷热,街头一片喧嚣声。城市公墓那里有不少老菩提树,它们吸引人们到浓绿的树荫下去纳凉。在古老墓地的大树周围围着一道雪白的石墙,绿荫参天,好像澎湃汹涌的碧浪一般;树顶的簇叶宛如浪头的水花,在那高高的树巅,在晴空的衬托下,每张叶子都显示出很鲜明的轮廓,它轻轻抖动着,仿佛就要溶化似的……

　　卢尼奥夫走进墓地的围墙,在宽阔的林荫道上缓步走着,深深吸入菩提树的芳香。在树与树之间,在树枝的影子下面,有一些大理石和花岗石的墓碑;在笨重的墓碑的两旁生满了霉斑。在半明半暗的幽静地方,镀金的十字架和因时间过久而磨损的铭文上的字母发出黯淡的光辉。围墙里面有许多忍冬、合欢、山楂和接骨木的树丛,它们的枝叶掩盖着坟墓。在浓密的绿荫里隐约露出一个灰色的木制十字架,纤细的树枝从四面拥抱着它。小桦树的白色树干从树叶织成的密网中闪耀着温柔的光辉。它们好像小家碧玉一样,为了更显眼些而故意躲到树荫里去。在围墙的栏杆外边,在绿色的山岗上,开着五彩缤纷的花朵,在万籁无声中,只有一只黄蜂嗡嗡地鸣着;两只白蝴蝶在空中飞舞,一些小虫悄悄地奔跑……到处都有青草和灌木旺盛地从地下冲出来,它们的繁茂的枝叶掩盖住阴郁的坟墓,墓地里的一切草木都怀着一种强烈的愿望,它们要长大,要发展,要吸收阳光和空气,要使肥沃土地的汁液变成色彩和香气,变成娱人心目的美景。生命无往而不胜,生命总是战胜一切!……

卢尼奥夫在寂静的环境中闲步,饱吸菩提树和各种鲜花的芳香,真是心旷神怡。他的内心也是同样地平静,他使灵魂松弛一下,脑子里什么也不想,享受着早已体会不到的闲居独处的快乐。

他从林荫道向左拐入一条狭窄的小径,在那小径上一边走,一边读十字架和墓碑上的铭文。他的周围有很多坟墓的围栏,围栏有的是锻造的,有的是铸造的,都很富丽堂皇。

"在此十字架下长眠者为上帝之仆人沃尼凡季亚"。他读完这些字以后,微微地笑了,因为他觉得那个人名很滑稽。沃尼凡季亚的墓上压着一块灰色花岗岩的大石头。和他相邻的是彼得·巴布什金,卒年二十八岁,这个坟墓被圈在另一个围栏里……

"年纪很轻啊,"伊利亚心里想。

在朴素的白大理石柱上,他读到这样的词句:

地上失掉了一朵花……

天上增添了一颗星!

卢尼奥夫对这一联诗思索了一下,觉得其中有些感动人的成分。但他忽然感到好像有什么东西直刺心中,他摇晃了一下,紧紧地闭上了眼睛。眼睛虽然是闭上了,然而他还是很清楚地看到一个使他大吃一惊的碑文。闪闪发光的金字仿佛从棕色石头上直钻进他的脑子里:

二等商人瓦西里·加弗里洛维奇·波卢埃克托夫之墓

过了几秒钟,他对自己的恐惧状态就已经感到可怕了,他很快地睁开眼睛,带着狐疑的心情开始凝望自己周围的灌木丛……没有一个人影,只是在远处有一些人正在吊祭。在寂静中飘荡着神父念念有词的祈祷声:

"请—众—同—祷……"

一个低沉的、好像有些不满的声音回答说:

"主啊,请饶恕他吧!"

依稀传来了手提香炉的碰击声。

卢尼奥夫把背靠到一棵枫树干上,望着被他杀死的那个人的坟墓。他用后脑勺把自己的制帽紧压在树干上,因此,他的制帽就从额头向上张开。他皱着眉头,上嘴唇哆嗦着,露出了牙齿。他把两只手插进上衣袋里,两脚使劲支在地上。

波卢埃克托夫的墓碑上雕刻着坟墓的图样,坟墓顶盖上雕刻着一本打开的书,一个头盖骨,两根交叉成十字形的胫骨。在同一个围栏里,旁边还有一个较小的坟墓;碑文刻着:

上帝之仆人叶·波卢埃克托娃长眠于此,终年廿二岁

"这是他的头一个老婆,"卢尼奥夫心里想。他的脑子被紧张的回

忆活动占满了,只用余下的一小部分来思索这件事。他整个心思都被对波卢埃克托夫的回想吸引住了:他怎样同波卢埃克托夫第一次相会,怎样把那老头子掐死,而老头子的涎水又怎样沾湿他的手。不过,卢尼奥夫想起这种种情景以后,他并没有感到害怕,也没有觉得后悔。他在望着那个坟墓时,怀着憎恶、委屈和苦痛的心情。他心头充满了激烈的愤怒,并确信自己的话是正当的,他默默地对商人说:

"该死的东西,由于你,我把自己的整个生命都断送啦!就是由于你!……你这个老魔鬼!我可怎样生活下去呢?……我永远被你玷污了……"

他恨不得放开嗓子大叫几声。他好容易才抑制住自己心里的这种强烈的愿望。他的眼前浮现出波卢埃克托夫的阴险的小脸,斯特罗加内气呼呼的秃脑袋和红眉毛,彼特鲁哈的扬扬得意的嘴脸,愚蠢的基里克,白发苍苍、翻鼻孔、小眼睛的赫列诺夫,他仿佛看见了一连串的熟人。他的耳朵嗡嗡作响,他觉得所有这些人都在包围他,挤压他,死乞白赖地纠缠他。

他的身子离开了那棵树,制帽从头上掉了下来。他哈腰去捡帽子的时候,眼睛也未能离开兑换金钱和收买赃物的商人的墓碑。他感到闷热,心里很不舒服,脸上充满了血,眼睛瞪得发疼。他费了很大的力气才使自己的眼睛跟石碑分开。他向着坟墓的围栏走去,用手抓住铁条,恨得浑身发抖,于是就对着坟墓唾了一口唾沫……他走开时,用脚狠狠地跺着地,好像要使大地感到疼痛似的!……

他不想回家,因为他心头沉重,病态的愁闷压迫着他。他慢慢地走着,对谁也不看一眼,什么事物也引不起他的兴趣,他也不思索什么东西。他走完了一条街,机械地转过了街角,又向前走了一段路,才明白这里距离彼特鲁哈·菲利蒙诺夫的酒店不远,他想起了亚科夫。当他走到彼特鲁哈家的门前时,他觉得非进去看看不可,虽然他心里并不愿意进去。他在走上后门的台阶的石板时,听到佩尔菲什卡的声音：

"哎哟，好心的人们呀，请爱惜你们的尊手，不要打折了我的肋骨……"

卢尼奥夫站在开着的门前；他透过一片尘埃和酒店的烟雾，看见亚科夫站在卖酒的柜台后边。他的头发梳得很平整，身上穿着短尾短袖的礼服。他忙碌着，正在往茶壶里放茶叶，数砂糖块，倒烧酒，猛烈地开关账桌的抽屉。侍者们跑到他的身边，把牌子往柜台上一扔，喊道：

"来半瓶！来两瓶啤酒！来十戈比的烤肉！"

"很熟练啦！"卢尼奥夫看见自己朋友的两只红手怎样在空中飞舞，他带着几分幸灾乐祸的心情想道。

"哎呀！"当卢尼奥夫走到卖酒的柜台旁边的时候，亚科夫很高兴地喊道，同时他马上不安地回过头去向自己身后的那扇门瞧了一眼。他的额头冒出汗珠，焦黄的面颊上出现了两块红色的斑点。他抓住伊利亚的手，一边干咳着，一边摇晃着它。

"你好吗？"卢尼奥夫勉强笑了笑，问道。"给套上笼头了吗？"

"有什么法子呢？"

亚科夫两肩掸下了，他的身子好像缩短了些似的。

"咱们好久不见啦！"他用善良和忧郁的眼光望着伊利亚的脸说。"咱们该畅谈一番才好……巧得很，我父亲现在出去了……这样吧，你跟我来……我请继母给我照顾一会儿买卖……"

他把父亲居室的门轻轻开了一条缝，很恭敬地叫了一声：

"妈！……请您出来一会儿……"

伊利亚走进他从前跟叔叔一起住过的那间房子，很仔细地向四面打量了一番。这间屋里只是糊墙纸有些发黑了；从前是两张床，现在是一张床，在床的上方吊着一个放着书的书架板。在伊利亚原来睡觉的地方，放着一个很粗笨的大箱子。

"唔，这回我可以闲散一会儿啦！"亚科夫走进屋子，一边扣上门钩,一边很高兴地说。"你想喝茶吗?好……伊—凡!拿茶来!"他喊道,然后又咳嗽起来。他咳嗽的时间很长。他一手扶着墙,歪着脑袋,把背低低地弯下去,好像要从自己的胸膛里吐出什么东西来似的。

"你咳嗽得很厉害呀!"卢尼奥夫说。

"我瘦啦……不过,我又能看见你,真高兴……你简直成了一个……重要人物了……怎么样,你好吗?"

"我有什么呢?"卢尼奥夫没有马上回答。"只是活着罢了……我倒想知道你的情况……"

卢尼奥夫不但没有讲述自己生活的愿望,而且他根本就不想张嘴说话。他仔细地打量着亚科夫,看到朋友那样憔悴,觉得很可怜。不过,这是一种冰冷的怜悯,一种缺乏内容的感情。

"我,老弟……勉勉强强地混生活……"亚科夫低声说。

"你父亲把你的血吸干啦……"

佩尔菲什卡隔墙奏着手风琴,有板有眼地唱道:

给你金钱有什么用?
你无偿地抚爱我吧!

"这是什么箱子?"伊利亚问。

"这个吗?这是簧风琴。是我父亲用二十五个卢布给我买的……他说:'你学一学。等将来我给你买个好的。'他又说,'咱们把它放在酒店里,你可以给客人弹奏……要不然,你什么用处也不会有的……'这是他的如意算盘,因为现在每一个酒店里都有风琴,只是我们酒店里没有。我倒很喜欢弹奏……"

"他真是一个卑鄙无耻的家伙!"卢尼奥夫冷笑着说。

"不不,哪儿的话呢?别谈他啦……你要知道,在实际上,我对于他来说也的确是一个没有用处的人……"

伊利亚向他的朋友很严厉地看了一眼,恶狠狠地说:

"你可以向他提出这样一个建议,告诉他说:'亲爱的爸爸,等我将来要死的时候,您可以把我拖到酒店里去,叫大家来参观我怎样死,对那些想参观的每个人收取五个戈比……'这样一来,你就会给他带来好处啦……"

亚科夫很难为情地笑起来了。他又开始咳嗽,一会儿用手抓胸脯,一会儿用手抓喉咙。

这时,佩尔菲什卡用活泼的快板讲述着某一个人:

他严格遵守斋戒,
每天没有饱饭吃。
肚子空空肠子疼,
可是它们很干净……

"哎哟,真有你的……算得上一个圣徒了!"接着,他那响亮的手风琴用一连串激昂的颤音为活泼的歌词伴奏。

"你跟挂名的兄弟相处得怎么样?"当亚科夫咳嗽过一阵之后,伊利亚问道。亚科夫一边喘息着,一边抬起涨得发青的面孔,回答说:

"他不跟我们住在一起。上司可不准许他……上司说了,酒店……他……生活倒很阔绰……"

亚科夫压低声音,忧郁地继续说:

"你还记得那本书吗?就是那一本……他从我手里抢去了……据他说,那是一本很珍贵的书,说是值很多钱。他拿走了……我向他央求说:给我留下吧!可是他不答应……"

伊利亚哈哈大笑起来了。接着,两个朋友开始喝茶。屋子里的糊墙纸发出坼裂的声音。酒店里的声响和气味通过隔板的缝隙自由自在地流淌到这个屋子里来。在酒店里,有一个人的响亮的、兴奋的声音压倒了一切声音:

"米特里·尼古拉伊奇!你不要错把我的老实话当成骗人的

把戏！"

"老弟，我现在正读一部历史，"亚科夫说。"书名叫《尤利，又名马志尼城堡的地下室》①……很有趣！……你这方面的观感怎么样？"

"我讨厌这种地下室！我自己就住在离地面不高的地方……"卢尼奥夫阴郁地回答说。

亚科夫带着同情的目光望了他一眼，问道：

"也许你也有什么地方不称心吧？"

卢尼奥夫心里盘算：应不应该向亚科夫讲讲玛莎的事情？但在这时，亚科夫自己用温和的声音开始说话了：

"伊利亚，你总是……发脾气，生闷气……依我看，这才犯不着呐。因为你瞧，谁也没有惹着你呀！"

卢尼奥夫喝着茶，一声不响。

"'要照各人的行为报应各人'②，这话一点儿也不错！拿我父亲来说吧……直截了当地说，他是专门折磨人的恶魔！可是，偏偏来了个菲奥克拉·季莫费耶芙娜，这只雌老虎完全把他镇住了！现在他过的是那么难受的日子！愁闷得喝起酒来啦……他们结婚才有几天工夫呀？让人人都替他……一个人为非作歹，总有一个菲奥克拉·季莫费耶芙娜这样的人在等着来惩罚他……"

伊利亚听得不耐烦了，很焦躁地移动着托盘上的茶碗。他突然向朋友询问，这种询问甚至出乎他本人的意料之外：

"你现在指望什么呢？"

"指望哪方面的事儿？"亚科夫瞪大了眼睛，小声说。

"就是从……从……对将来，你指望什么呢？"伊利亚尖锐地重复着自己的问题。

亚科夫默默地低下头，沉思起来。

"你说呀！"伊利亚低声说。他心里感到十分不宁，想要赶快离开

---

① 莫斯科一八〇二年出版的一部无名作家的长篇小说。
② 引自《新约·马太福音》第十六章第二十七节。

酒店。

"我指望什么呢?"亚科夫眼睛不瞧他,轻声地开始说。"没有什么……可指望的! 我快死了……就是这么回事。"

他抬起头来,在困倦的面孔上浮现一丝平静而满意的微笑,然后继续说:

"我做了一些淡蓝色的梦……这就是说,一切东西都好像是淡蓝色的……不但天空如此,就连土地、树木、花草,一切的一切全都这样!那么静悄悄的……一切都纹丝不动,就好像什么东西都不存在似的……一切都是淡蓝色的。我好像是在向什么地方走着,一点也不累地走着,路很远,没有尽头……我简直弄不清楚,我这个人到底是存在还是不存在? 因为太轻飘飘的了……淡蓝色的梦,这表明快要死啦。"

"我走啦!"卢尼奥夫从椅子上站起来说。

"你上哪儿去? 再坐一会儿吧!"

"不,再见吧!"

亚科夫也站起来了。

"好……你走吧! ……"

卢尼奥夫紧紧握了握他那只滚烫的手,默默地凝视着他的面孔,不知道向朋友说句怎样道别的话才好。他很想说一句这类的话,由于怀着如此迫切的愿望,连他的心都隐隐作痛了。

"玛舒特卡怎样? 看起来,她的生活也很不好……"亚科夫忧郁地说。

"是的……"

"看起来,我们这些人都是同样的命运……你也很苦,是不是?"

亚科夫说罢,淡淡地一笑。不论他的声音也好,不论他的言语也好,他身上的一切都是没有血色,苍白无力的……卢尼奥夫松开自己的手,亚科夫那只手便无力地垂了下去。

"噢,亚沙,请宽恕吧……"

"上帝才宽恕呐! 你还来吗?"

伊利亚没有回答,就走出去了。

走到外边,他感到轻松一些了。他很清楚地了解到,亚科夫不久就要死了。这使他产生了一种对某个人非常愤恨的感情。他并不替亚科夫惋惜,因为他想象不出这个老实的小伙子怎样在人海里生活。他老早就认为这位朋友是注定要灭亡的。但是有一种思想在刺激着他:人们为什么要折磨一个与人无害的人呢?人们为什么害死他、使他夭折呢?他一想到这一点,心里对于生活的仇恨便增加和巩固起来,现在这种仇恨已经变成他的精神的基础了。

夜里,他睡不着觉。窗子虽然开着,屋子里却很闷。他走了出去,躺在篱笆旁边的一棵榆树下面的土地上。他仰卧着,观看明朗的天空;他越仔细观看,见到空中的星宿就越多。银河好像一条玉带,从天空的一边横铺到另一边。从树枝中间观看银河,心里有几分快乐,也有几分忧郁。在没有人迹的天空里闪烁着繁星,而大地……是用什么来装饰的呢?伊利亚眯缝起眼睛来——这时候,他觉得树枝越来越高。在撒满了明亮的星星的天鹅绒般的蓝色天空里,树叶组成的黑色花纹好像某个人的手似的,它向天空伸去,企图摸到高高的穹顶。伊利亚想起他的朋友所说的淡蓝色的梦,他的眼前浮现出亚科夫的形象,这个形象也完全是淡蓝色的,轻飘而透明,闪烁着好像星星似的明亮而善良的眼睛……情况就是这样:有一个人曾经活在世上,然而由于他为人忠厚,竟被人折磨死了……而折磨他的人却为所欲为地生活着……

加夫里克的姐姐几乎每天都到卢尼奥夫的铺子里来。她来的时候,总是带着惦念什么事情的神情;她向伊利亚寒暄,用力握住他的手摇晃一阵子,跟他交谈三言两语,然后不见了。她走后在伊利亚的思想里留下了一些新的东西。有一回,她问他:

"你喜欢做买卖吗?"

"并不那么—太喜欢,"卢尼奥夫耸了耸肩膀,回答说。"但是,人总该有个生活之道呀……"

她用自己严肃的眼光,很注意地望了望他的脸,她的脸好像更向前突出了似的。

"您不曾打算靠一种劳动生活吗?"姑娘问。

伊利亚不明白她的问题:

"您说什么?"

"您从前干过工作吗?"

"一向在干工作呀。一辈子都在干呀。您瞧,我在做买卖……"卢尼奥夫莫名其妙地回答说。

她笑了。在她的笑容里含着几分嗔怒的神情。

"您以为做买卖算得上劳动吗?您以为这也跟劳动一样吗?"她迅速地问道。

"怎么不是呢?"

卢尼奥夫望着她的脸,感到她的话是严肃的,并不是开玩笑。

"那并不是,"姑娘很宽厚地笑了笑,继续说:"所谓劳动,就是一个人花费自己的力气创造出某种东西……比方说,他制作……绦带、缎带、椅子、橱柜……明白了吗?"

卢尼奥夫默默地点了点头,脸有些红了,他不好意思直接说他不理解。

"可是做买卖,这算得什么劳动呢?它不能够给人们生产出任何东西来!"姑娘肯定地说,她用探寻的眼光打量着伊利亚的面孔。

"当然啦,"他慢吞吞地,很小心地说。"您这话很对……做买卖没有什么大困难……只是习惯了就成……不过有一点,就是做买卖也会产生……如果不生利,谁还做买卖呀?"

她不出声了,转过身去开始同弟弟谈话,然后,只对伊利亚点个头,就很快走了。她的脸仍像听到玛莎的遭遇以前那样冰冷和骄傲。伊利亚心里想:他是不是由于出言不慎,惹恼了她?他回想自己对她所说的一切,没有找到一句惹人不高兴的话。后来,他又思索她所说的话,那些话使他很感兴趣。她认为做买卖跟劳动究竟有什么区别呢?

他感到不可理解的是:她既然心地善良,不但能够同情别人,而且还能帮助别人,那么她脸上为什么会出现这样的愤激和怒气呢?巴维尔常到她家去,因而常常兴高采烈地向伊利亚夸奖她,说她家里一切都井井有条。

"我到她家去,总是受到殷勤的接待。遇到吃饭,就留下吃饭;遇到喝茶,就让我喝茶。随便极啦!她家的人很多,干什么的都有。大家都很快活,有的唱歌,有的大声说话,有的讨论某一本书。书多得好像开书店似的。屋子虽然狭窄,互相撞到一起,总是笑着。那些人都是受了教育的——那里有一位律师,另有一位不久就可以当医生,还有些中学生和其他有文化的人物。你在那里,就会完全忘掉自己是什么人,也随着他们一起哈哈大笑,抽烟,以及干别的种种事情。真是一群好人!愉快的,但是严肃的人们……"

"看来恐怕不会邀请我……"卢尼奥夫忧郁地说。"骄傲的女人……"

"她吗?"巴维尔喊道。"我告诉你,她随便极啦!你用不着等人来请,直接找上门去吧……去就得啦!在她家就像在酒店一样,真的!随便得很……我跟你说,我从前不是反对过他们吗?可是到她家去上一两次,就变成自己人啦……真有意思!他们像游戏似的过愉快的生活……"

"可是,玛舒特卡到底怎么样啦?"伊利亚问。

"不坏,她总算喘过一点儿气来啦……她坐在那里笑着。他们给她吃了什么药……让她喝牛奶……赫列诺夫虐待她,一定会受到惩处!……据律师说:对这个老魔鬼一定会判重罪的……他们要带玛莎去见检察官……关于我的那个,他们也在奔走,为了法院早日处理……真的,在她家里痛快极啦!……房间很小,但是人们却像暖炉里的木柴一样,不住地热烈燃烧着……"

"她本人怎么样呢?"卢尼奥夫追问道。

巴维尔在谈她的时候,就像童年时代谈论那些被捕的启蒙老师一样。他全身紧张起来，很庄重地讲着，在话里夹杂了一些惊叹号：

"老弟，说起她来，哎呀呀！她指挥着所有的人，如果有人稍微说错一句话，她就啐儿一声……像只母猫似的……"

"这我知道……"伊利亚说着，笑了起来。

他羡慕巴维尔。他心里很想去拜访那位严厉的女中学生，但是由于自尊心的驱使，他没有能够直接采取行动。

他站在柜台后面，顽固地想道：

"世界上的人是很多的，每一个人都企图从别人手中得到一些什么东西。但她保护玛舒特卡和薇拉，究竟会得到什么好处呢？……她是贫穷的。她家大概连一小块面包都得打打算盘……这样看起来，她一定是非常善良的……可是跟我说起话来却那么……我哪一点儿不如巴维尔？"

这些思想紧紧纠缠着他，使他对于别的一切几乎都抱着漠不关心的态度。在他漆黑一团的生活中好像裂开了一道缝，通过这条缝，他与其说是看到，毋宁说是感觉到：在遥远的地方，有个他还从来没有遇到过的东西在闪着光。

"我的朋友，"塔季娅娜·弗拉西耶芙娜冷淡而庄严地说。"该办一些窄毛线带子啦。花边也快卖完啦……五十号黑线也剩不多了……有一家公司向我们推销螺钿钮扣，推销员找过我……我打发他到这里来。他来过没有？"

"没有，"伊利亚简短地回答。他已经讨厌这个女人了。他怀疑塔季娅娜·弗拉西耶芙娜跟刚刚升任警察局局长的科尔萨科夫私通。她约他幽会的次数越来越少了，虽然在幽会时，她还和从前一样对他百般温柔，有说有笑。可是，就连这种幽会，卢尼奥夫也借种种的口实来回绝了。他见到她并不因为他的回绝而恼怒，不禁暗自骂道：

"淫妇……下贱胚子……"

当她来铺子里检查货物的时候，他觉得她特别丑恶。她像一只陀螺似的，在铺子里不住地乱转。她一纵身跳上柜台，去拿货架

371

上层的硬纸盒子,被尘土呛得直打喷嚏。她一边摇晃脑袋,一边责骂加夫里克:

"在商店里当小伙计,应当灵巧、殷勤。人家给他饭吃,不是为了让他整天坐在门前,闲得抠鼻子眼。当女主人说话的时候,他应该仔细听,不要显出无精打采的样子……"

但是加夫里克有他自己的脾气。他听到女店东喋喋不休,完全显出漠不关心的神情。他跟她讲话时口气粗暴,对她那女店东身份丝毫没有敬重的表示。等她走了以后,他对主人说:

"瘦猴跳走啦……"

"不能这样讲女店东,"伊利亚竭力忍住笑,教训他说。

"她算什么女店东呀?"加夫里克表示不服。"她总是来到这里喋喋不休地说一阵,然后就跳走啦……您才是东家呐。"

"她也是的……"伊利亚很喜欢这个认真的和正直的男孩子,所以他只轻轻地反驳说。

"她是只瘦猴……"加夫里克一点也不让步。

"您没有管教那孩子,"阿夫托诺莫娃对伊利亚说。"总而言之……我应当说,在最近一个时期,我们这里的每一个人,不知是怎么回事,对于事业都缺乏兴趣,都不热爱它……"

卢尼奥夫默不作声。他对她怀着满腔的憎恨,这样想道:

"你这坏蛋,但愿你一跳把腿跳折了才好……"

他收到叔叔一封信,知道捷连季不但到了基辅[①],而且到了谢尔吉[②]。捷连季差一点儿没到索洛夫基[③]去,现在正在瓦拉姆岛[④],很快

[①] 指基辅山洞修道院,俄罗斯最大的古寺院之一,建于十一世纪中叶。
[②] 指谢尔吉圣三位一体修道院,十四世纪中叶为僧人谢尔吉创建,距莫斯科不远,在现在的扎科尔斯克城。
[③] 指索洛维茨修道院,在白海的索洛维茨群岛上,建于十五世纪二十年代和三十年代之间。
[④] 指瓦拉姆耶稣基督变容男修道院,在拉多加湖北部瓦拉姆群岛中的一个岛上,建于十至十二世纪之间。

就会回来了。

"这又是桩伤脑筋的事，"伊利亚惆怅地想道。"他一定是想跟我住在一起……"

来了几个顾客。当他同顾客周旋的时候，加夫里克的姐姐走进来了。她很疲倦，上气不接下气地喘着。她跟伊利亚打过招呼，就用头指指通里屋的门，问道：

"那里面有水吗？"

"我马上就给您取来！"伊利亚说。

"我自己去……"

她走进里屋去了。直到卢尼奥夫打发走主顾，进屋来找她，她始终留在那里。他看见她正站在那幅题为《人生的阶段》的图画的前面。姑娘向伊利亚转过头来，用眼睛指着图画说：

"真是俗不可耐……"

卢尼奥夫听到她的批评，感到很难为情。他好像犯了什么过错似的，微微一笑。但是，不等他要求她加以说明，她已经走了……

过了几天，她给弟弟送来内衣，并且对他批评了一番，说他对衣服太不爱惜，不是撕破，就是弄脏。

"得，得，"加夫里克倔强地说。"你又来啦。女店东总责骂我，现在又加上一个你！……"

"他是不是很淘气？"女学生向伊利亚问道。

"只要能淘气，他总要淘气，不过也知道分寸……"卢尼奥夫殷勤地回答说。

"我是完全老实的，"小伙计自己表白说。

"只是嘴厉害一些，"伊利亚说。

"你听见了吗？"姐姐皱着眉头，问加夫里克。

"嗯，听见啦，"加夫里克怒气冲冲地回答。

"这并没有什么……"伊利亚宽容地说。"一个人如果能够反驳别人，他在同别人作斗争时，毕竟是会占上风的……如果人家在打别时,他一声不吭,便会把他这个沉默寡言的人钉进棺材……"

姑娘听到他的话以后,脸上出现一种似乎满意的神情。伊利亚觉察到了这一点。

"我有一点儿事想问问您,"他带着几分惶惑的神情说道。

"什么事?"

她向他走过来,几乎贴近他的身旁,并且直接望着他的眼睛。他受不住她的注视,只好低下头,继续说道:

"照我看,您不喜欢商人,是不是?"

"是的!……"

"为什么?"

"他们是依靠别人的劳动生活的……"姑娘很明确地解释说。

伊利亚高高地扬起头,把眉毛向上一抬。这些话不仅使他感到惊奇,而且已经直接刺伤了他。但她在说这些话时却是那么简单,那么干脆……

"这话可不对,"卢尼奥夫沉默了一会儿之后,大声说。

这时,她的脸抖动了一下,蒙上一层红晕。

"您买那个缎带花多少钱?"她冷冷地、严肃地问道。

"这个吗?……十七个戈比一俄尺……"

"您卖多少钱呢?"

"二十戈比……"

"好啦,您瞧吧……您所赚的三个戈比并不属于您自己,而是制作带子的工人的。您明白了吗?"

"不明白!"卢尼奥夫老实坦白地说。

这时候,姑娘的眼睛里闪耀着一种敌视他的光辉。他清楚地见到了这一点,因而对她害怕起来。但他由于自己这样胆小而马上对自己生起气来。

"是的,我看,您很不容易理解这样平易的道理,"她从柜台退到门口,说。"不过,您可以设身处地想一下,如果您是工人,这些东西全是您制造的……"

她的手抬起来,画了一个大圈,指着整个商店,继续对他讲述:劳动怎样使所有的人都富有起来,只有劳动者是例外。她在开始谈时,还跟平常一样,音调干脆,字句清楚,那张不漂亮的脸上毫无表情;但是到了后来,她的眉毛抖动了一下,紧皱起来,鼻孔鼓起,高高地扬着头,非常坦率地对伊利亚说出一些充满青春热情的、坚强有力的话,她的声调表示着她绝对相信这些话的正确性。

"商人站在工人和顾客之间……他什么也不做,但是抬高物品的价格……商业是一种合法化的盗窃。"

伊利亚感到自己受了侮辱,但是他找不出一句话来反驳这位当面说他是懒汉和盗贼的大胆姑娘。他咬紧牙齿倾听着,他不相信她的话,而且也不可能相信。他一方面想找出一句话来,把她的所有议论一概推翻,使她哑口无言,但在另一方面,他又很欣赏她的大胆精神……姑娘的一番无礼的话使他感到惊奇,在内心引起了一个焦心的问题:"为什么呢?"

"您说的这些都不对!"他终于大声打断了她的话,因为他感到自己已经不能再默不作声地听她讲下去了。"不对……我不同意!"

他的心里燃烧着熊熊的怒火,他的脸上罩满了红晕。

"请反驳吧!"姑娘很平静地说,坐到方凳上,将长长的发辫拉到自己的膝头,开始抚弄着它。

卢尼奥夫扭过头,避免去看她那不和善的眼光。

"那么,我就反驳!"他再也忍耐不住了,这样喊道。"我……豁出命来反驳!!我……在达到这一点之前,也许犯了很大的罪过……"

"那就更糟糕……但是这算不得反驳……"姑娘说,好像把一瓢冷水泼到伊利亚的脸上。他用两只手支着柜台,将身子往前弯,仿佛想从柜台上跳过去似的。他摇晃着一头的鬈发,对姑娘很生气。姑娘的泰然自若又使他感到很惊奇。他一声不响地望了她几秒钟。她那眼光,她那不动声色的、表现出坚强信心的面孔,把他的怒火压了下去,使他感到很难为情。他体会到在她的身上有一种坚韧的、大无畏的精神。要反驳的话却无法从嘴里吐出来。

"喂,您怎么啦?"她冷冷地招呼他,问道。接着,她笑了笑,带着胜利的神情说:"您反驳不了我,因为我说的是真话!"

"反驳不了?"卢尼奥夫用低沉的声音反问道。

"是的,反驳不了!您有什么可反对的呢?"

她又很温和地笑了。

"再见!"

她说完就走了,把头扬得比平常还高。

"那都是胡说八道!完全不对!"卢尼奥夫对着她的背影喊道。但是她听到他的喊叫以后,并没有掉过头来。

伊利亚一屁股坐到方凳上。加夫里克站在门口,望着他。他对于姐姐的言语行动一定十分满意,因为他的脸上表现出一种庄严的、得胜的神情。

"你瞧什么?"卢尼奥夫怒喝道,他觉得小伙计的眼光是敌视他的。

"没瞧什么!"小伙计回答说。

"这才是!……"卢尼奥夫用威胁的声音说。他沉默了一下,又补充说:"你出去……玩儿吧!"

但是,他就是剩下一个人,也未能把思想集中起来。他没有仔细思索姑娘对他所说的话的意义,她的话首先使他感到了侮辱。

"我有什么事对不起她?……她到这儿来,把我训一顿,然后就走啦……哼,看你还来不?等你再来,我一定报复你……"

他一边在心里威胁着她,一边寻找她所以侮辱他的原因。他回想着巴维尔怎样讲述她的聪明和纯朴。

"她大概没有欺侮巴什卡……"

他微微抬起头来,在镜子里看到了他自己。黑色的短须在他的嘴唇上边颤动着,两只大眼睛显出疲倦的神态,在颧骨上有两块红晕。他的脸上即使现在还笼罩着一副焦虑的愁容,不过,就是在这种情况下,也仍然具有一种粗犷的美,比起巴维尔·格拉乔夫那张好像生病的、瘦骨嶙峋的黄脸也强得多呀。

"拿我跟巴什卡比较,她果真更喜欢巴什卡吗?"他心里想道。接着,马上又自己反驳自己:"她哪儿会考虑我的长相?又不是找对象……"

他走进里屋,喝了一大杯水,然后回头一看,那张图画的鲜明色彩又映入了他的眼帘。他目不转睛地盯着那划分得很均匀的"人生的阶段",想道:

"这是骗人的……人们难道是这样生活的吗?"

接着,他突然以绝望的声调补充了一句:

"就算是像图画上那样,也很无聊呀!……"

他慢慢地向墙边走去,扯下墙上的那幅画,把它带到店堂里去。在那里,他把画铺到柜台上,又开始仔细观看人生的演变情况。这时,他感到图画上的一切令人眼花缭乱,他在观看时就带着一种嘲笑的神情。于是他把它揉作一团,扔到柜台下边;但是这个纸团又从那里滚到他的脚边来。他因此发起火来,又把它拾起,揉得更紧一些,丢到门外去了……

外边很热闹。在马路对面,有一个人挂着手杖在人行道上走着。手杖敲着石头发出响声,但是由于它跟走路者的腿并不协调,所以走路者好像有三条腿似的。鸽子在咕咕地叫着。在什么地方听到洋铁唿隆唿隆地响——这一定是打扫烟囱的工人在房顶上走着。有一辆马车从店铺门前驶过去。赶车的在打盹,他的脑袋前仰后合。伊利亚觉得周围的一切都在摇晃着。他拿起算盘,瞧了瞧,打上二十个戈比。又瞧了瞧,然后去掉了十七个戈比。算盘上剩下三戈比。他用手指甲弹着算盘珠,算盘珠发出轻微的响声,在细铁条上滴溜溜地转动,它们分散开了,又停下了。

伊利亚叹了一口气,他把算盘推开,把前胸俯到柜台上,屏着呼吸,倾听自己心跳的声音。

第二天,加夫里克的姐姐又来了。她和往常一样:仍然穿着那件半旧的衣服,面孔上仍然是那一副表情。

"瞧你那个样子!"卢尼奥夫从里屋望着她,怀着敌意想道。

姑娘给他行礼时,他不情愿地向她点了个头。她突然很和蔼地笑了,用温柔的声调问他:

"您的脸色怎么那么苍白?不舒服了吗?"

"我没病,"伊利亚很简短地回答说,竭力掩饰由于她的关心而引起的感情。而他这时的感情是美好的和愉快的,因为姑娘的言语和笑容那样柔和地、暖洋洋地吹拂着他的心。但是他故意要向她表示一种受委屈的样子,暗暗希望姑娘会对他更多说几句亲切的话,更多地用笑脸相迎。他打定主意之后,就绷着脸等待着,连看都不看她一眼。

"您好像在生我的气吧?"她发出斩钉截铁似的声音。这种声音与她开头的那几句话的声音大大不同。因此伊利亚很惊慌地看了她一眼。她已经又恢复平常的老样子了,她那深色的眼珠里闪耀着一种骄傲的、挑衅的神情。

"我受欺负受惯啦,"卢尼奥夫说。他对她冷冷一笑,带着挑衅的神情。他心里感到绝望的寒气。

"哼,你在耍弄我!"他心里想。"先抚摩一下,然后打一巴掌?我可不受这个……"

"我并没想欺负您……"

"您要欺负我也没那么容易!"他壮着胆子大声说。"您那一套我全知道,小姐,您没有什么了不起!"

她听到这几句话以后,挺直腰板,惊讶地张大了眼睛。但是伊利亚这时已经不顾一切,一心想要对她进行报复,这种冲动竟像烈火一般凶猛,他故意不慌不忙地向她使用很粗鄙的言语:

"您那小姐派头,您那自高自大的样子,值不了几文钱;谁上了中学,都能学会那一套……如果不上学校,您也不过是当个女裁缝,或者打扫屋子的女工……您家里没钱,就不可能不干这一类的事情。

对不对?"

"您说什么?"她轻声喊道。

伊利亚直盯着她的脸,当他见到她的鼻孔张大、两颊绯红的时候,他心里非常高兴。

"我心里有什么,就说什么! 我想的就是:您那小姐派头很便宜,值不了几文钱!"

"我根本没有什么小姐派头!"姑娘用银铃般的声音喊道。这时弟弟跑到她跟前,抓住她的一只手,怒目瞪着店主,也喊了起来:

"咱们走吧,宋卡!"

卢尼奥夫扫视了他们一眼,然后带着仇恨的神情和冰冷的口吻说道:

"好啊,你们走吧! 我不需要你们,你们……也用不着我。"

姊弟二人仿佛在他眼前很神奇地一晃,就走出去了。他面对着他们的背影笑了起来。然后,他一个人在店铺里纹丝不动地站了几分钟,觉得大耻已雪,痛快至极。姑娘那张愤怒的、惶惑的、并且有几分吃惊的面孔,清清楚楚地印在他的脑海里。

"那个小伙计……多么……"他的头脑里萦绕着乱七八糟的思想:加夫里克的行动有些妨碍了他,破坏了他的情绪。

"看你还骄傲自大不! ……"他心里冷笑着,想道:"塔涅奇卡[①]现在来就好啦……我对她……顺便也骂一顿……"

他心里产生一种愿望,就是想把所有的人都从自己身边推开,把他们粗暴地、侮辱性地、毫不留情地推开……

但是塔涅奇卡并没有来,他整天都是一个人待着,而这一天又显得特别长。伊利亚在上床就寝时,感到自己太孤独了。他觉得这种孤独比姑娘的话更令人难受。他闭上眼睛,向夜的寂静里谛听,希望听到一些声音。但当声音出现的时候,伊利亚打了个哆嗦,他惊慌地从

---

① 塔季娅娜的小称。

枕头上微微抬起头来,睁大了眼睛向黑暗中张望。他一直到第二天早晨都未能睡着,心里有所期待。他感到自己好像被关到了地窖里,由于闷热,由于脑子里胡思乱想,憋得喘不过气来。他昏头昏脑地起了床,想要生茶炊。但是他并没有生起它来,洗过脸后,喝了一勺冷水,就打开了店门。

快到中午时巴维尔来了。巴维尔一脸怒气,紧锁着眉头。他对朋友连招呼都没打,就开门见山地问道:

"你为什么要这样耍威风呢?"

伊利亚明白他指的是什么事情,他无可奈何地摇摇头,沉默了一会儿,心里想道:

"这一个也在反对我……"

"你为什么要侮辱索菲娅·尼科诺芙娜?"巴维尔站在他的面前,很严厉地逼问着。伊利亚从格拉乔夫绷着的脸上和责备他的眼光中,看出了朋友对自己的责难。但他对于巴维尔是满不在乎的。

他用有气无力的声音,慢吞吞地说:

"你应该先问一声好才对……而且应该把帽子摘下来,因为这里有圣像……"

然而,巴维尔抓住了帽子的帽檐,把它往脑袋上拉得更紧一些,故意撇起嘴唇,用颤动的声音,匆促地、激昂地开始说道:

"你摆臭架子!这是因为你发了大财!因为你酒足饭饱啦!你想想,你从前怎么说来的?你说:天下没有为我们的人!现在这样的人来了,你却把她赶跑……唉,你这个臭商人!"

卢尼奥夫的某种懒汉的迟钝感妨碍了他对朋友的责骂当场作出答复。他冷冷地望着巴维尔的那张充满愤怒和讥笑的面孔,感到朋友的指斥并没有触到自己的心灵。格拉乔夫胡子里和下巴上的黄毛就好像是生在那张瘦脸上的霉斑一样,卢尼奥夫看着它,满不在乎地想道:

"难道我对她侮辱得很厉害吗?我本来还能对她更厉害一些呢……"

"她什么事情都懂得,对于一切都能够加以说明……而你竟这样对待她……唉!"巴维尔说道,他跟平常一样,话里夹杂着许多惊叹号。

"别再说下去啦,"卢尼奥夫说。"你教训我什么?我愿意怎么做就怎么做……我愿意怎样生活就怎样生活……你们那一套我都听腻啦……你们愿意说就去说吧……"

卢尼奥夫苦恼地靠到货架子上,他若有所思地,好像在询问自己似的说道:

"你们能说出些什么来呢?"

"她什么都能讲!"巴维尔深信不疑地喊道,他甚至向上举起一只手,仿佛准备宣誓似的。"他们什么都知道!"

"那么,好啦,你就跟他们一道去吧!"伊利亚冷冷地对他建议说。他对于巴维尔的话和激昂的神情感到很不愉快,但是他并不想对朋友加以反驳。烦恼,深沉而执着的烦恼缠住他,使他无法说话和思索。

"那么,我就走啦!"巴维尔威胁着说。"我所以走,是因为我了解到:我只有依靠他们才能够活下去……我只有依靠他们才能得到我所需求的一切,就是这样!"

"不要大喊大叫!"卢尼奥夫有气无力地、小声对他说。

有一个女孩子走进来,要买一打衬衣钮扣。伊利亚不慌不忙地把她要的东西递给她,从她手里接过一个二十戈比的钱币。他把钱币放在手指之间擦了擦,然后又退给女顾客说:

"没有零钱找,等以后你再带来吧……"

零钱就在账桌里,但是因为钥匙搁在里屋,卢尼奥夫不想去取。那女孩子走了以后,巴维尔并没有重新恢复谈话。他站在柜台旁边,摘下便帽,把它向膝盖上拍着,眼睛望着朋友,好像等待着卢尼奥夫有什么表示似的。但是卢尼奥夫把头扭向一旁,轻轻地吹着口哨。

"喂,你倒是怎么回事?"巴维尔以挑衅的口气问道。

"没什么,"卢尼奥夫过了一会儿才回答说。

"果真没什么吗?"

"看基督的面子,你住嘴吧!"卢尼奥夫很不耐烦地喊道。

格拉乔夫戴上便帽,走出去了。伊利亚目送着他,又开始吹起口哨来。

一只红毛大狗向门内窥望,摇摇尾巴又走了。接着,门口来了一个鼻子很大的讨饭老太婆。她深深行个礼,小声说:

"老爷,请赏给点儿什么吧!……"

卢尼奥夫默默地向她摇头,拒绝给钱。在炎热的空气中,街头飘荡着劳动日的喧嚣声。这时仿佛点起了一个巨大的火炉,燃烧起来的木柴噼噼啪啪地响着,喷吐出炽烈的火焰。只听得,铁器的嗵隆隆响,这是载货马车在走着,车上装着的长铁条耷拉到地面上,擦着石头马路,好像由于病痛而发出尖叫声、哀号声和嗡嗡的声音。磨刀工在磨着刀子,猛烈的霍霍声划破长空……

每分钟都产生一种新的、意想不到的东西,现实生活用多种多样的喊声,用川流不息的活动,用不断创造的力量来惊扰人们的听觉。但卢尼奥夫的内心却好像一潭死水,完全停止不动了——既没有思想,也没有愿望,只有沉甸甸的疲倦感。他在这种状态中过了一整天,然后又过了充满噩梦的一夜……接着又过了同样的许多昼夜。人们来了,购买他们所需要的东西,买完又走了。他抱着冷冰冰的思想送走他们:

"他们不需要我,我也不需要他们……我要单独一个人过生活……"

房东的厨娘代替加夫里克给他生茶炊,端饭菜;这个厨娘是一个愁眉不展、身子干瘦、脸色发红的女人。她的眼睛既没有光彩,也不灵活。卢尼奥夫偶尔瞧她一眼,在内心深处产生了一种愤怒的感情:

"难道我就算看不见任何美好的东西了吗?"

他对于各种不同的印象已经很习惯了,虽然这些印象刺激他,使他心里发生波动,但他跟这些印象毕竟相处得还不错。印象是人们带来的,可是现在呢,人们都不知跑到哪儿去了。他所接触的只剩下一些顾客。后来孤独的感觉和对更好生活的怀念又一变而为对于一切事物的漠不关心了。于是日子又过得很慢,而且沉闷得使人难受极了。

有一天清早,伊利亚刚刚睡醒,在床上坐起来,他心里想:现在一天又开始了,必须把它打发走……

外边有细碎的、频繁的敲门声。

伊利亚下了床,心想这一定是厨娘来取茶炊。他打开门,却跟驼背打了个照面。

"哎呀!"捷连季摇晃着脑袋,笑着说。"都八点多钟了,你这个买卖人还没有开店门!"

伊利亚挡在他的面前,使他走不进门来,所以也笑了。捷连季的面孔虽然晒黑了,却仿佛充满新的气象,眼睛闪着快乐活泼的光辉。他的身边放着几个口袋和包裹,他本人在这些东西之间,也好像是个包裹。

"喂,让我进屋呀!"

伊利亚一声不响,开始往里搬包裹。捷连季却用眼睛寻找到了圣像,给自己画个十字,又行了个礼,说道:

"主呀,光荣归于你。我总算到家啦!你好,伊利亚!"

卢尼奥夫拥抱着叔叔,感到驼子的身体更坚强有力了。

"我得洗洗脸,"捷连季向全屋打量一番说。他背着背囊的这番游历好像把他的驼背向下拉了下去似的。

"你近来怎么样?"他把一捧捧水泼到自己脸上时问侄子说。

伊利亚看到叔叔的精神这样矍铄,心里很快乐。他在桌子周围不住张罗,准备着茶。但是对于驼背所提出的问题却含蓄而小心翼翼地回答。

"您怎么样?"

"我吗?很好啊!"捷连季闭上眼睛,带着得意的笑容,点了点头。"我出这一趟门,真是再好也没有了。总而言之,我仿佛喝了圣水……"

他坐到桌子旁边,把胡子绕到手指上,头歪向一边,开始叙述说:

"我朝拜了隐修士阿法纳西①、佩列雅斯拉夫尔的一些圣徒②、沃龙涅什的米特罗法尼③、扎顿斯克隐修士季洪④……我还去过瓦拉姆岛……我漫游了许多地方。我向许多圣徒做过祈祷,在我回来以前,我曾经到穆罗姆朝拜过彼得-法弗罗尼娅⑤……"

看起来,他感到十分满意。当他列举圣徒和城市的名字时,他满脸甜滋滋的,眼睛骄傲地看人。他的语调是那么娓娓动听,就像能说会道的讲故事人在讲神话传说或圣徒故事一样。

"在神圣的修道院的地洞里,一点儿声音都没有,黑得怕人。在黑暗中,有几盏小灯像孩子的眼睛一样闪着光,充满了神圣世界的气氛……"

忽然下起倾盆大雨来了,窗外发出悲鸣和尖叫的声音。房顶的铁皮哗啦哗啦地响着。雨水从房顶呜呜咽咽地往下流,好像有一个用粗钢丝织成的密网在空气中振荡着。

"是—的,"伊利亚慢慢地拖长声音说。"你怎么样?感到轻松了吗?"

捷连季沉默了一会儿,然后向伊利亚俯下身去,低声对他说:

"我打个比方来说吧,那桩罪孽压迫我的心,就像靴子挤脚一样。那桩罪孽不是出于我的本心……不得不干,因为当时我如果不听彼特鲁哈的话,他一定会把我撵出去!一定会把我撵走……对不对?"

"对!"伊利亚同意说。

"你瞧!……我一去,心里就变得这样痛快了……我到那里去说:

---

① 指一六一五年在雅罗斯拉夫城建立的阿法纳西男修道院的圣徒。捷连季朝拜的是圣徒的遗骸,并非圣徒本人。
② 大概是指弗拉季米尔省佩列雅斯拉夫尔-扎列斯基县里的一些修道院和教堂的圣徒。
③ 沃龙涅什的米特罗法尼是沃龙涅什的第一个主教(1623—1703),于一八三二年被尊为圣徒。
④ 扎顿斯克隐修士季洪(1724—1783),沃龙涅什和叶列茨基的主教,一七六九年定居扎顿斯克修道院,一八六一年被尊为圣徒。
⑤ 在穆罗姆大教堂里保存着穆罗姆公爵彼得及其妻法弗罗尼娅的遗骸(二人都死于一二二八年),他们都被尊为圣徒。

'主啊,你看见了吗? 我来朝拜你的圣徒……'"

"这就是说,得到清偿了吗?"卢尼奥夫笑着问。

"他究竟怎样对待我的祈祷,我哪里知道!"驼背向上抬起眼睛说。

"可是,良心感到怎么样? 安宁了吗?"

捷连季思索了好一阵子,好像在倾听什么声音似的,然后他说道:

"不要出声……"

伊利亚站起来,向窗前走去。人行道周围奔流着很宽的污浊水流;马路上的石头之间有许多小水洼;暴雨落到水洼上,把它们打得乱颤,就好像整个马路都在打哆嗦似的。伊利亚店铺对面的房屋显出阴沉沉的样子,全都被淋湿了,窗户上的玻璃模模糊糊,已经看不清窗子里边摆着的鲜花了。街头没有人影,静悄悄的,只有闹雨长喧,浊流淙淙。有一只孤零零的鸽子躲到檐板底下,栖息在窗框上边。街上到处都充满着阴郁和凄凉的气氛。

"秋天已经开始啦,"卢尼奥夫忽然想道。

"如果不用忏悔的方式,还有其他的什么方法可以赎罪呢?"捷连季解着自己的口袋说。

"那十分简单,"伊利亚没有向叔叔转过身去,阴郁地说。"你先犯下罪,然后一忏悔,良心就清洁啦! 然后,赶快再去犯罪……"

"为什么呢? 人生在世,不可胡闹……"

"那又为什么?"

"请问,你良心清洁吗?"

"良心清洁又有什么用处?"

"唉……"捷连季很不满意地唉了一声。"你怎么能这样说……"

"我就是这样说,"伊利亚背向着叔叔站在那里,坚决地继续说。

"那有罪……"

"有罪就有罪……"

"将来要受惩罚!"

"不会……"

现在他才从窗前转过身来,望着捷连季的脸,驼背吧哒着嘴唇,思索了半天想反驳他的话,想出以后,就用教训的口气说道:

"是会受惩罚的!……比方我犯了罪,就已经受了惩罚……"

"是怎样惩罚的?"伊利亚无精打采地问道。

"用恐惧惩罚的!我一辈子老是害怕,总想:忽然给人家知道了可怎么办?"

"可是我犯了罪,心里却并不害怕,"伊利亚笑着声明。

"你在装糊涂,"捷连季厉声说。

"我不害怕!不过我活得很困难……"

"对啦!"捷连季扬扬得意地喊道。"这不就是惩罚吗!"

"为了什么呢?"伊利亚几乎疯狂地喊道。他的颚骨颤动着。捷连季惊慌不安地望着他,在空中挥动着一根小绳子。

"不要叫嚷,不要叫嚷!"他低声说。

但是伊利亚叫嚷着。他已经很久没有跟人们交谈了。在最近孤居独处的日子里,他的心里堆积了许多东西,现在他把所有的胸中块垒全都倾吐出来了。

"不但可以抢劫,而且可以杀人!什么勾当都可以干!谁也不会给予惩罚……他们只惩罚那些作恶作得不大灵活的人,至于那些灵活的家伙,他们什么坏事都可以做,什么勾当都可以干!"

忽听得门外咕咚一声,有个东西滚动着,喀嚓喀嚓地发响,滚到很近的地方,就在门边停下了。他们俩哆嗦一下,不出声了。

"那是什么?"驼背很胆怯地小声说。

伊利亚走到门前,打开门向外观看。轻轻的口哨声、干咳声、低语声、一阵乱七八糟的声音冲进屋里来。

"箱子倒了,"卢尼奥夫说,他关上门,又向窗前走去。

捷连季坐到地板上,一边解开自己的口袋,一边说道:

"不成,你要仔细想一想!唉,我的孩子,你竟说出那样的话来!你的无神论并不能触犯上帝,而是要毁掉你自己的……话倒是聪明的,我在旅行时就听见一个人讲过……我听到过多少聪明的话啊!"

他又开始讲述自己的旅途见闻,斜眼望着伊利亚。伊利亚听着他的话,就好像听着暴雨的喧嚣一样,一边听,一边想今后怎样同叔叔在一起过活……

他们的生活开始过得还不算坏,捷连季用箱子给自己搭了一个床铺,放在暖炉和门之间的一个角落里,每到夜里,这个角落比屋内其他各处更黑暗一些。他仔细观察卢尼奥夫的生活以后,就代替了加夫里克的职务:生茶炊,打扫店堂和屋子,到小饭馆去取饭;他总是用鼻子哼哼着赞美歌①。每天傍晚,他向侄子讲述阿利路亚的妻子怎样把自己的孩子扔到灶火里,而把基督抱在怀里,这样拯救了基督,使他免遭敌人的毒手②。他讲述一个修道士怎样听了三百年的鸟鸣③;他讲述基里克和乌利特④以及其他许多人的故事。卢尼奥夫一边听他的话,一边想自己的心事……每天傍晚他都出去散步,而且总是喜欢到城外去。在城外的野地里,夜间是寂静、黑暗而荒凉的,跟他的心境没有两样。

捷连季回家一个星期之后,到彼特鲁哈·菲利蒙诺夫那里去了一趟。从菲利蒙诺夫那里回来时,他显出垂头丧气、受了侮辱的样子。但是当伊利亚询问他"怎么样"的时候,他连忙回答说:

"没什么,没什么!我去过了,这就是说,全都见到了,而且……我们也谈过了……"

"亚科夫怎么样?"伊利亚问道。

"他,亚科夫,是那么样……想要死……面色焦黄……总是咳嗽……"

捷连季带着阴郁和惋惜的神情,望着房屋的一角,默不作声了。

---

① акафисты 源于希腊词 akaphistos,意为"不能坐着的",是基督教会赞美上帝的歌的一种,按教堂规矩,这种歌不准坐着唱。
② 这个故事出自俄国分裂教派编写的宗教诗《阿利路亚之妻颂》。
③ 出自十七世纪译自波兰的中短篇小说集《伟大的护心镜》中的一篇神话传说:《天籁歌曲,一个修道士欣赏鸟鸣三百年》。
④ 两位殉教的圣徒。

生活过得平稳而单调。日子一天又一天地过去,就像同一个年份所铸造的五戈比铜币一样,没有什么差别。卢尼奥夫满腔悲愤,这种悲愤好像一条大蛇似的,吞没了这些天来的一切印象。老朋友没有一个人来看他。很显然,巴维尔和玛莎在生活中找到了另一条道路;玛季察被马撞倒,死在医院里了;佩尔菲什卡就好像钻入了地缝似的,不见踪影了。卢尼奥夫总想去看亚科夫,但是没有下定决心,因为他感到自己跟垂死的朋友没有什么话可谈。他早上读读报纸,白天坐在店铺里,观看秋风怎样在马路上追逐从树上落下的黄叶。偶尔还有一片黄叶飞到店铺里来……

"圣季洪神甫,请您恳求上帝保佑我们……"捷连季在屋子里乱转,用枯叶似的破碎的声音哼唧着。

有个星期日,伊利亚打开报纸,在第一版上看到一首诗。题目是《从前和现在。献给索·尼·梅——娃》,署名"巴·格拉乔夫"。

  我在沉疴和呓语中,
  度过了青春时代。
  "瞎子呀,我往哪儿走?"
  这个问题没有惊动我的心怀。
    黑暗遮蔽了我的灵魂,
    使我头脑愚昧眼睛瞎,
    但是不论是白天还是夜晚,
    我永远把光明的东西思念!……
  你的灵魂充满灿烂的光辉,
  你傲然在我的面前出现——
  黑暗的帘幕动弹了,掉下去了,
  从此再也不把我的心和眼遮掩!
    这种黑暗真该痛恨!
    我从它的枷锁下边解放出来,

心里就感到:我得到了朋友!

清清楚楚看到:谁是我的敌人!……

卢尼奥夫看过以后,怒气冲冲地把报纸推开了。

"你胡编吧!你乱造吧!朋友……敌人!……谁是糊涂虫,谁就觉得别人全是敌人……一点儿也不错!"他歪着嘴笑了。接着,他忽然好像用另一个心想道:

"我到那里走一趟怎么样?到了那儿我就说……你看,我来了!请你们原谅……"

"为了什么呢?"他马上又问自己说。他用一句果断和幽愤的话结束了上面的一切想法:

"他会把我赶走的……"

然后,他心里又恼恨又羡慕,重新把那首诗读了一遍,重新思念起那个姑娘来……

"骄傲的姑娘……看人是那样的眼神……使你只好从原路回去了……"

就在这张报纸的通告栏里,他看到这样一条:九月二十三日,区法院开庭审理薇拉·卡皮塔诺娃被控盗窃的案件。他心中冒出一种幸灾乐祸的感情,心里对巴维尔说道:

"你不是作诗吗?可是她还在坐牢呀……"

"我的主!你宽恕我这有罪的人吧,"捷连季叹了一口气低声说。他很悲愁地摇着脑袋。侄子把报纸弄得哗啦啦响。这时他向伊利亚看了一眼,喊道:"伊利亚……"

"什么?"

"那个彼特鲁哈……"

驼背苦笑一下,不出声了。

"笑什么?"卢尼奥夫问道。

"他抢劫过我,"捷连季小声地,带着抱歉似的声音说,接着凄然吃

吃地笑了起来。伊利亚冷冷地望着叔叔的面孔,问道:

"你们盗窃了多少?"

叔叔连椅子一块儿往桌子后面挪动,然后垂下头,把两只手搭在膝盖上,活动着手指头,一会儿把它们弯过来,一会儿把它们伸直。

"有一万卢布吧?"卢尼奥夫又问道。

驼背扬起头,惊奇地拉长声音说:

"一——万?我的主?你说的是哪里话!总共不过三千六百挂点零,你竟说是一万!算了吧!……"

"那老头儿有一万多卢布呀,"伊利亚冷冷一笑,说。

"你胡说吧?"

"得了吧……是他亲自说的……"

"他会算账吗?"

"不比你和彼特鲁哈差……"

捷连季沉思着,又把他的头低垂下来。

"彼特鲁哈少给您多少钱?"伊利亚问道。

"七百来个卢布……"捷连季叹了一口气说。"有一万多卢布,是真的吗?他把这么多的钱藏到哪儿去了呢?我们还觉得都弄到手了呢……也许,彼特鲁哈那时候就欺骗了我吧,是不是?"

"您别说下去啦!"卢尼奥夫严厉地说。

"再说,现在说也没有什么用处啦!"捷连季表示同意,长叹了一声。

这时,卢尼奥夫想到人的贪婪性,想到人们为了金钱做出多少的坏事。但是他马上又这样想象着:如果他有几万或者几十万卢布的话,他在一般人面前该多么威风呀!他会让人们在自己的眼前用四条腿爬,他会……卢尼奥夫充满了复仇的感情,把拳头向桌子上一敲。由于这一敲,他身上哆嗦了一下。他望了望叔叔,看到驼背正在瞧他,半张着嘴,眼睛里露出惊恐的神情。

"我是在思索,"他从桌子旁边站起来,愁眉不展地说。

"常有这样的事,"驼背半信半疑地表示同意。

当伊利亚走进店堂的时候,驼背以好奇的眼光望着他的背影,叔叔的嘴唇无声地颤动着……伊利亚虽然没有看到,但是他感觉到了射在自己背上的怀疑的眼光,因为他老早就看出来,叔叔在监视他,想要了解和盘问一些事情。这就使得卢尼奥夫尽力避免同叔叔谈话。他一天比一天更清楚地感觉到驼背在妨碍他的生活,他越来越频繁地向自己提出这样的问题:

"这种状况会拖得很久吗?"

在卢尼奥夫的心里好像有个疱灌满了脓;他的日子过得越来越难受了。最糟糕的是,他什么都不想干了。他哪儿也不想去。但有时候他觉得自己在慢慢地、越来越深地走下一个黑黝黝的深坑。

捷连季回家以后不久,到城外什么地方去了一趟的塔季娅娜·弗拉西耶芙娜到店里来了。她一看见穿着褐色绒布衬衣的驼背男人,就带着厌恶的神情把嘴一噘,向伊利亚问道:

"这是您的叔叔?"

"是的,"卢尼奥夫简短地回答说。

"将来跟您住在一起吗?"

"当然啦……"

塔季娅娜·弗拉西耶芙娜听出合伙股东的答话里有一种挑衅的口气,就不再理会驼背了。而捷连季站在门旁,就是加夫里克从前站的那个地方,他轻轻地捻着胡须,瞪着好奇的眼睛观看那个穿着灰色衣服的、身材苗条的女人。卢尼奥夫也观看她怎样像只小麻雀似的在店铺里到处乱蹦。他默默地等待着,如果她再问长问短,就狠狠地顶撞她几句。但是她斜眼看了看他那张凶神似的面孔,什么都没有问。她站在账桌后面,一边翻着流水账,一边讲述在乡村里过活是多么愉快,花费是怎么少,而且大大有益于健康。

"那里有一条小河,它是多么平静啊!那群同伴又是多么快活……有一个电报员拉提琴拉得太好了……我学会了划船……不过,乡下孩子可叫人讨厌死啦！这简直是上帝给的惩罚！他们好像蚊子一样,嗡嗡嗡……他们哀告着:给两个钱吧,给两个钱吧！这是他们的父母教给他们的……"

"没有人教给他们,"伊利亚冷冷地说。"他们的父母都在干活。孩子们无人照管……您的话说的不对……"

塔季娅娜·弗拉西耶芙娜惊奇地望了他一眼,张开嘴想要说什么,但是正在这当儿,捷连季陪下殷勤的笑脸道:

"现在地主在乡下少见了……从前,每个乡村的地主都在本乡生活一辈子,现在呢,他们只是偶尔去呆一呆……"

阿夫托诺莫娃先看了看他,然后又看了看伊利亚,她一句话也没说,又注意地看起账簿来。捷连季感到很难为情,开始拉平自己的衬衣。在一瞬间,店铺内鸦雀无声,只听到账簿的纸页哗啦哗啦地响,还有捷连季用他的驼背蹭着门框的沙沙声……

"你呢,"伊利亚突然发出冰冷的、平静的声音。"在同地主们谈话之前,你得先问:'劳您驾,请您容许我说几句话……'然后就跪下……"

流水账从塔季娅娜·弗拉西耶芙娜的手里掉下去了,顺着斜面账桌往下出溜,但是她一把捉住了它,用手在它上面大声一拍,哈哈笑起来了。捷连季耷拉着脑袋,开门走出去了……这时,塔季娅娜·弗拉西耶芙娜皱着眉头,又笑了笑,望着卢尼奥夫那张忧郁的面孔,小声问道:

"你在生气吗？为什么呢？"

她的脸上显出调皮和温柔的神情,眼睛里闪耀着热情的光辉……卢尼奥夫伸出一只手,抓住她的肩膀……他心里对她十分痛恨,带有一种兽性的欲望,想要拥抱她,紧紧把她搂在怀里,倾听她那纤细的骨头发出折裂的响声。他龇牙咧嘴地把她拖到自己的身边。她抓住他的手,极力把它从自己的肩膀上扳开。她低声说道:

"喔唷……放开！好疼！……你发疯了？这不是拥抱的地方……再说……喂！你叔叔在场很不方便,他是个驼背,大家会害怕他……

打发他走吧！应该给他安插个地方,你听见了吗?"

但是他不容分说,已经抱住她,把头慢慢垂到她的脸上,瞪大了两只眼睛。

"你是怎么回事?在这里不行……快放开!"

她猛地往下一蹲,灵活得像条鱼似的从他的手里滑了出来。卢尼奥夫通过眼里的一层热雾,看见她已经站在临街的门边了。她一边用两只发颤的手整理着短上衣,一边说道:

"唉,你真粗鲁!难道你就等不得了吗?"

他的脑袋里嗡嗡作响,好像有几条小溪在那儿奔流着似的。他把两只手的手指紧紧扣在一起,一动不动地站在柜台后边,用那样一种眼神望着她,就好像他的一切灾难,生活中的一切困苦全都是由她带来的。

"你有热情,这是很好的。不过,亲爱的,应该节制一些……"

"你走开!"伊利亚说。

"我就走……今天我不能招待你……可是后天——二十三号是我的生日……你来不来?"

她说话时,用手指摸着胸针,没有瞧伊利亚。

"你走开!"他又说了一遍。由于想捉住她,折磨她一顿,因而身上直发抖。

她走了。捷连季马上就出现了,带着恭敬的神情问道:

"这位就是——女东家吗?"

卢尼奥夫点了点头,如释重负似的叹一口气。

"多么好的姑娘……你瞧!娇小玲珑……"

"那婆娘可恶极啦!"伊利亚用低沉的声音说。

"嗯……"捷连季半信半疑地哼了一声。伊利亚感到叔叔侦察、猜疑的眼光直射到自己的面孔上,他怒气冲冲地问道:

"喂,你瞧什么?"

"我吗?主啊,请宽恕我吧!没什么……"

393

"我知道我说的是什么话……我说她可恶极啦,就是这么回事!如果我使用更坏的字眼,那也是切合实际的……"

"是这么回事……"驼背用哭丧的声调,拉长声音说。

"什么?"伊利亚厉声喊道。

"可见……"

"什么叫'可见'?"

捷连季站在他的面前,不住地倒换着脚,他听伊利亚这样怒喝,不免吃了一惊,而且感到受了侮辱。他的脸上显出很可怜的样子,眼睛眨个不停。

"可见,你知道得更清楚……"他沉默了一会儿说。

外面阴沉沉的,一连下了好几天雨。马路的灰色石块被雨洗干净了,好像人的面孔似的,寂寞地仰望着灰色的天空。在石块与石块之间的洼处是稀泥,它们使石块显得更加清洁和冰冷……树上的黄叶在作辞枝前的颤抖。不知什么地方频频用棍子敲打地毯或皮衣上的尘土,空气里飘荡着细碎的声音。在街道的尽头,有一团团浓密的灰云和白云从栉比的屋顶后面升上天空。云块又大又重,它们一个接一个升起,越升越高,形状不断地变换,有时好像大火灾的浓烟,有时好像几座山,也有时好像江河的滚滚的浊流。看起来,它们之所以升到高高的灰色天空,只不过是为了可以从那儿更有力地跌落到房屋、树木和土地上面罢了。卢尼奥夫看它们好像摆在眼前的一道活动的墙似的,他由于烦闷和寒冷,身上直打哆嗦。

"我应该抛弃……这个店铺和一切东西……让叔叔同坦卡一块儿经营去吧……我可要走啦……"

这时,他想象着一大片潮湿的田野、布满灰云的天空、两旁栽种白桦的宽阔道路。他肩上背着一个背囊走着,他的脚深陷到泥里粘住了,冷雨打着面孔。在田野间,在道路上,没有一个人影……甚至在树上连一只寒鸦都没有。淡蓝色的浓云在头顶上默默地飘动着……

"我上吊自尽吧,"他漠然地想着。

隔一天的早晨睡醒时,他看到撕页的日历上印着两个黑色的数字——23……他想起来,今天是薇拉受审的日子。他由于有机会离开店铺,心里十分欢喜。他对那姑娘的命运感到极大的兴趣。他赶忙喝过了茶,几乎跑着向法院走去。法院的楼房还不能进去,台阶前面挤着一群人,等待着开门的时间到来。卢尼奥夫也站到门边,把背靠在墙上。法院前面有一个宽阔的广场,广场中间矗立着一座巨大的教堂。太阳显出苍白和疲倦的样子,时而露面,时而隐入云间。几乎每一分钟都有一个阴影落到广场的远处,它在石头上爬行,它爬到树木上,它显得那么沉重,当它一爬到树上时,树枝都被压得摇晃起来;后来它把整个教堂从下面的台座起一直笼罩到顶尖的十字架;接着,它越过教堂,悄悄地向着更远些的法院楼房和楼房门边的人们身上移动……

人们有点儿灰蒙蒙的,带着饥饿的面容;他们用疲倦的眼神互相注视着,悠然地谈着话。他们之中有一个长头发的人,穿着夹大衣,钮扣一直扣到下巴底下,戴着一顶揉皱的帽子。他用通红的、冻僵的手指头捻着红色的尖胡子,用穿着破鞋的两只脚不耐烦地跺着地。另一个人穿着补缀的窄腰身的外衣,戴着便帽,帽子一直拉到了眼皮上。他站在那里,把头垂到胸前,将一只手放在怀里,另一只手插在口袋里。他仿佛在打盹。一个穿着上衣和高统皮靴的黑不溜秋的人,活像一只甲虫,显出很不安的样子:他向上扬起尖尖的、苍白的小脸盘,张望天空,吹口哨,皱眉头,用舌头舐胡子,说话比所有的人都多。

"他们就会开门吗?"他高声说,把头向旁边一歪,倾听着,"没有……哼!……已经过了许多时候……老兄,您不到图书馆去了吗?"

"不,还早呐……"长头发的人用同一的声调,顿了两顿回答说。

"他妈的……您瞧,这么冷!"

长头发的发出同情的咯咯声,接着若有所思地说:

"如果没有法院和图书馆,我们到哪儿去取暖呢?"

黑不溜秋的人一声没响,耸了耸肩膀。伊利亚仔细观望这些人,倾听他们的谈话。他看出这是一些"二流子"和"讨饭的",他们全靠干黑暗的勾当过活。他们欺骗不识字的乡下人,替他们写呈文和其他各种文据,或者拿着一些请求救济的信去沿门乞讨。

一对白鸽飞落到离台阶不远的马路上。肥肥的公鸽垂着嗉囊,两只脚摇摇摆摆,开始绕着母鸽走,大声咕咕地叫着。

"嘘——!"黑不溜秋的人吹起尖利的口哨。穿紧身外衣的人哆嗦一下,抬起了头。他的脸又青又肿,眼睛呆滞无光。

"我讨厌鸽子!"黑不溜秋的人瞧着飞走的鸽子,扬声说。"很肥……好像有钱的商店老板……咕咕地叫着……真腻死人!您是来打官司吗?"他突然向伊利亚问道。

"不是……"

黑不溜秋的人从头到脚把卢尼奥夫打量一番,自言自语地说:

"奇怪……"

"有什么可奇怪的?"伊利亚冷冷一笑,问道。

"您有着一张被告的面孔,"那人说得很快。"啊,开门啦……"

法院的门敞开后,他第一个冲了进去。伊利亚被他的话触怒,随在他身后走进去,在门口用肩膀撞了长头发一下。

"野蛮人,别乱撞,"长头发很平静地说,而他也把伊利亚一推,赶到他前面去。

但是这一推并没有触怒伊利亚,只是使伊利亚感到惊奇。

"怪极啦!"他心里想。"看他推人的神气,活像个老爷,不论到哪儿,他都得走在前头。可是看他本人像个什么样子……"

法院的大厅阴暗而寂静。长桌上蒙着绿呢台布,桌子后边摆着高背扶手椅;巨大的沙皇像有一人来高,镶着金色的框子,另外有给陪审员预备的紫红色椅子,在栏杆外有一张很长的木凳。这一切东西都具有笨重的特点,使人望而生畏。窗户深深嵌到灰色的墙壁里;窗帘带有很大的皱褶,挂在窗上,窗户玻璃是浑浊不清的。沉重的门毫无声响地打开了,穿着制服的人们悄悄地、迅速地走来走去。卢尼奥夫向周围打量一下,觉得胆战心惊;而当一个官员宣布"开庭"的时候,伊利亚浑身打哆嗦,他一跃而起,比所有的人都先站起来,虽然他并不知道应该站起来。在进入大厅的四个人中,有一个是格罗莫夫,就是住在伊利亚店铺对面的房子里的那个人。他坐到正中间的圈椅上,用两只手抚摩着头发,使它们蓬乱起来。他整理了一下满镶着金饰的衣领。伊利亚见到他的面孔之后,有几分安心了,因为那张脸像平常一样红润和温和,只是格罗莫夫把胡子尖向上卷了。他的右边坐着一个很漂亮的小老头,长着小白胡子,翘鼻子,戴着眼镜。他的左边是一个秃顶的家伙,火红的胡子向两边分开,面色焦黄,十分呆板。在斜面高写字台旁边站着一个年轻的法官,圆脑袋,剃光头,黑眼睛向外凸出。这些人全都沉默了一些时候,翻阅桌子上的文件。卢尼奥夫带着尊敬的神情观看他们,等待他们之中的某个人马上就会站起来,并大声地、庄严地说出什么话来……

但伊利亚把头向左一转,突然看见了他所熟悉的彼特鲁哈·菲利蒙诺夫的肥胖的、好像用油漆漆过一样的光亮的面孔。彼特鲁哈坐在第一排紫红椅子上,后脑勺靠着椅背,静静地瞧着群众。他的眼睛在伊利亚的脸上滑过两三次。卢尼奥夫有两次感到自己想站起来,向彼特鲁哈,或者向格罗莫夫,或者向法院的一切人说几句话。

"贼!……他殴打了儿子!……"他的脑袋直冒火,他感到自己的喉咙灼热难当……

"你被控诉的事实是……"格罗莫夫用温和的声音说,但伊利亚没有见到格罗莫夫说话的对象。他观看彼特鲁哈的面孔,他对于菲利蒙诺夫是个陪审员这件事,总感到无法容忍,因此满腔疑惑像沉重的石块似的压在心头……

"喂,被告人,"检察官擦着自己的额头,用懒洋洋的声调问道,"你对……小铺老板阿尼西莫夫说过:'等着瞧吧!我一定要对你报复!'……"

有一个通风小窗转动了,发出尖锐的声音:

"幽……幽……幽……"

在陪审员中间,伊利亚又看见两个相识的面孔。在彼特鲁哈的上后方坐着的是泥瓦匠——包工头西拉切夫,这是一个虎形大汉,长胳臂,脸盘很小,带有杀气;他是菲利蒙诺夫的朋友,经常同他一起下跳棋。据大家传说,有一次在工作中,西拉切夫同工长发生争吵,他把工长从脚手架上推下去,工长病了几天,就一命呜呼了。在第一排里,与彼特鲁哈相隔一个人的位置上,坐着多多诺夫,他是一家规模很大的服饰百货商店的老板。伊利亚曾经从他那里批发货物,知道这是一个冷酷、悭吝、说大话花小钱的家伙……

"证人,你是什么时候看到阿尼西莫夫的房屋起火的……"

"幽……幽——幽——幽,"通风小窗发出悲泣的声音,卢尼奥夫的心里也在哀鸣着。

"笨蛋!"他身旁发出一个很轻的声音。他转头一看,原来他身旁坐着那个黑不溜秋的人,正在很轻蔑地撇着嘴唇。

"是谁?"伊利亚呆呆地向他看了一眼,低声问。

"犯人……他有很好的机会来推翻证人的话,可是他把机会放过去了,唉!如果是我的话……"

伊利亚向犯人看了一眼。这是一个高身材的乡下人,颧骨凸出。他的脸色发黑,带着惊慌失措的神情。他龇着牙,正像一只挨了毒打的、疲倦不堪的狗那样露着牙一样,它蜷缩在一个角落里,被敌人所包围,自己无力自卫。而彼特鲁哈、西拉切夫、多多诺夫和其他一些人却用平静的、饱汉的眼光望着他。卢尼奥夫觉得,他们对于乡下人全都抱着这样的想法:

"既然落网,就是有罪……"

"无聊!"邻座的人向他耳语道。"这个案子没有趣味……被告是个傻瓜,检察官是个婆婆妈妈的家伙,证人照例是些糊涂虫……如果我是检察官的话,我在十分钟内就把他吃掉了……"

"有罪吗?"卢尼奥夫打了一个寒战,低声问道。

"不见得有罪……不过是可以给他定罪的……他不会辩护。一般来说,乡下人是不会辩护的……真是没用的家伙!他们只长了骨头和肉,至于聪明才智,连一点一滴都没有!"

"这话很对……"

"您有二十戈比的钱币吗?"那人忽然问道。

"有……"

"给我……"

伊利亚掏出钱包,不等仔细思索一下"是不是应该给",就把钱币递了过去。递出以后,他斜眼望着邻座的那人,不禁怀着钦佩的心情想道:

"这家伙真巧妙……"

"各位陪审员!"检察官柔和而庄严地说道。"请你们看看这个人的面孔,它比那些肯定被告的罪行的证人的供词更有说服力……它不能不使你们相信,在你们面前站着的是一个典型的罪犯,是法制的敌人,是社会的公敌……"

"社会的公敌"坐着,但是,当别人谈到他是"站着"的时候,他大概觉得坐着很难为情,于是就慢吞吞地站起来,把头低垂着。他的两只胳臂有气无力地耷拉在身旁,整个灰色的长身子向前弓着,好像准备跳进法律裁判的虎口中去一般……

当格罗莫夫宣布暂停审判的时候,伊利亚同黑不溜秋的人一齐走到走廊上。那人从上衣口袋里掏出一支揉皱的纸烟,把它用手指将平,说道:

"那个傻瓜发誓说,他没有放火烧房子。在这种情况下不必发誓,应该直截了当,把裤子脱掉躺下来……什么了不起的案子!小铺老板受了侮辱……"

"依您看,那个乡下人有罪吗?"伊利亚若有所思地问道。

"他大概有罪,因为他愚蠢。聪明人是不会有罪的……"那人很神气地抽着卷烟,沉着、迅速而且大胆地说。

"在陪审席上,"伊利亚很紧张地低声说。"坐着的人们……"

"多半都是做买卖的,"黑不溜秋的人很平静地补充他的话说。伊利亚向他望了一眼,又说:

"我认识几个……"

"噢!……"

"说老实话……那都是一些坏蛋……"

"是一些贼,"跟他谈话的那人提示说。

黑不溜秋的人说话时声音很大。他扔掉香烟头,把嘴唇噘成一个喇叭,吹着很响的口哨。他毫不在乎地望着所有的人。他的身上的一切,他的每一根骨头,都由于饿得心慌而颤抖着。

"这是常有的事。一般说来,所谓司法审判大多是一出轻松喜剧,是一出滑稽戏,"他耸了耸肩膀说。"饱汉们练习着去纠正饿汉们的罪恶倾向。我经常到法院来,可是我从来没有看到饿汉审判饱汉的……如果是饱汉们审判某个饱汉的话,那只是由于他们认为他贪得无厌。他们说:你不要一下子都拿去啊,得给我们留点儿呀!"

"俗语说得好:饱汉不知饿汉饥,"伊利亚说。

"瞎说!"跟他谈话的那人反驳说。"正因为了解得太透彻了,所以就非常严厉……"

"如果一个饱汉是正直的,那还没有什么。"伊利亚低声说。"如果一个饱汉是卑鄙无耻的,他怎么能够审判别人呢?"

"卑鄙无耻的家伙是最严厉的法官,"黑不溜秋的人很平静地说。"好啦,咱们去听听盗窃案子吧。"

"那个女人我认识……"卢尼奥夫低声说。

"啊!"那人向他瞥了一眼,扬声说道。"让我们瞧一瞧您的相好吧……"

伊利亚的脑子里非常混乱,他本来很想向这个十分灵活的、说话像炒爆豆一样干脆的人多打听一些事情,但是这人使卢尼奥夫发生一种不快之感,而且使他害怕。同时,他对于陪审员彼特鲁哈的固定的想法压倒了他内心的一切。这想法像一个铁环紧紧箍住他的心,因此他心中的其他一切东西都被挤得紧紧的……

当他走近大厅门口的时候,他从门前的群众中间看到了巴维尔·格拉乔夫的凸出的后脑勺和两只小耳朵。他高兴起来,拉了拉巴维尔的大衣袖子,满脸堆下笑容。巴维尔也笑了,不过看样子笑得很勉强,显然是装出来的。

他们默默相对站了几秒钟,大概两个人在这几秒钟内都感到有一种东西在催促他们同时开始谈话。

"你来旁听吗?"巴维尔撇嘴笑问道。

"那一位来了吗?"伊利亚很不好意思地问。

"哪一位?"

"你的索菲娅……"

"她不是我的,"巴维尔打断他的话,冷冷地回答说。

他们走进了大厅。

"一块儿坐吧?"卢尼奥夫提议说。

巴维尔踌躇了一会儿,回答说:

"你瞧……我是跟别人一起来的……"

"嗯……好吧……"

"再见!"

格拉乔夫快步走开了。伊利亚望着他的背影,产生了这样一种感觉:好像巴维尔在用手狠狠地揉搓他身上的伤痕。他感到火辣辣地疼痛。同时,他看到巴维尔穿着一件很结实的新大衣,他看到朋友的面色在最近几个月间变得健康和干净了些,心里很不愉快。加夫里克的姐姐同巴维尔坐在一张长凳上。巴维尔向她说了句什么,她马上掉过头来看卢尼奥夫。他看到她那张瞬息变化的、向前倾的面孔之后,就把头扭向一旁,他的内心就更充满了深切的委屈和愤怒的感情……

法警把薇拉带上来了,她穿着一件长及脚踵的灰袍,包着一块白头巾,靠栏杆站住了。一绺金发垂在左鬓角上。她面颊苍白,嘴唇紧闭。她的左眼睁得特别大,一动不动地、很严肃地望着格罗莫夫。

"对……对……不对,"在伊利亚听起来,她的声音好像十分模糊。

格罗莫夫亲切地望着她,对她小声地、柔和地讲话,就好像公猫在打呼噜似的。

"卡皮塔诺娃,你是否承认自己犯罪,在夜里……"他的温柔而甜蜜的声音在向薇拉爬过去。

卢尼奥夫瞧了瞧巴维尔。巴维尔弯着腰坐在那里,脑袋低垂着,两只手揉搓着帽子。他的女伴挺着腰板,眼睛显示出这样的神情:仿佛她本人在审讯所有的人——薇拉、法官和群众。她的脑袋时而转向这边,时而转向那边;嘴唇噘着,显出鄙夷的神情,在紧皱着的眉头下,骄傲的眼睛闪着冰冷的、严峻的光辉……

"我承认,"薇拉说,她的声音好像用东西敲击带有裂纹的薄碗一样,发出叽叽嘎嘎的音调。

两个陪审员——多多诺夫和在他旁边坐着的那个红头发的、脸刮得很干净的人,把头向一块儿凑着,嘴唇无声地颤动着,他们的眼睛盯着姑娘,微笑着。彼特鲁哈·菲利蒙诺夫把整个身体向前伸出,他的脸更红了,胡子微微颤动着。另一些陪审员望着薇拉,他们都显得特别注意,卢尼奥夫了解这一点,他觉得很讨厌。

"他们做审判工作,自己却用眼睛瞟女人,"他紧紧地咬着牙,心里想道。他很想向彼特鲁哈喊道:"你这个骗子!你在想什么心事?"

有一种闷人的东西滚到他喉咙里,好像一个沉重的圆球堵塞住了呼吸……

"对我说……喂,卡皮塔诺娃,"检察官懒懒地转动着舌头,好像热得受不了的公羊一样滚动着眼珠,说道:"你是老早就当妓女了吗?"

薇拉用手抚摩着脸,仿佛这个问题贴到了她的绯红的两颊上一样。

"很久了。"

她很坚决地回答说。群众中发出低语声,好像一些蛇开始爬起来一样。格拉乔夫把身子弯得更低,好像要躲藏起来似的,他老是揉搓着便帽。

"到底有多久呢?"

薇拉不作声,她张大眼睛,严肃而认真地盯着格罗莫夫的面孔……

"一年?两年?五年?"检察官死气白赖地逼问着。

她依然不出声。这个穿着一身灰衣服的姑娘,好像石雕泥塑一样,站在那里一动也不动,只有头巾的两个角在她的胸前抖动着。

"如果你不愿意回答的话,你有权利这样做,"格罗莫夫抚摩着胡须说。

这时律师一跃而起,他是一个干瘦的人,下巴上的胡须尖尖的,眼睛是椭圆形的。他的鼻子细而长,后脑勺很宽,因此他的脸好像一把斧头。

"我问您,卡皮塔诺娃,是什么迫使您干这种生意的呢?"他很响亮地、尖声地问。

"没有什么迫使我,"薇拉望着法官回答说。

"嗯……不完全是这样!……您瞧……我知道……您告诉过我……"

"您什么也不知道,"薇拉说。她向他转过头去,很严厉地望了他一眼,怒气冲冲地继续说:"我没有向您讲过任何事情……"她的声调里表示出她的不满。

她很迅速地向群众瞥了一眼,然后她转向法官,把头向辩护人一指,问道:

"可以不同他讲话吗?"

大厅里的蛇又爬行起来,这一次声音更大了,听起来更清楚了。

伊利亚由于紧张而颤抖着,他望着格拉乔夫。

他对格拉乔夫有所期待,而且很有信心地期待着。但巴维尔从一个坐在他前面的人身背后向前望着,一声不响,一动也不动。格罗莫夫微笑着,油腔滑调地讲述着什么……然后,薇拉低声但是坚决地开始说话了……

"理由很简单,因为我曾经想发一笔财……我拿了东西,就是这样……另外再没有做别的事……我从来就是这样……"

陪审员们开始互相低声交谈起来。他们的脸紧皱着,法官的脸上也出现了一种不满的神情。大厅里变得沉静了。从街上传来了在石块上走路的缓慢而均匀的脚步声,这是兵士们在走着。

"根据被告的供词,可以认为……"检察官说。

伊利亚感觉到他不能再坐在这儿了。他站起来,跨出步子去……

"肃静!"庭丁大声说。

于是,伊利亚又坐下了,他像巴维尔一样,把头也低垂下来。他不会看见彼特鲁哈的红脸了,现在这张脸好像受了什么委屈似的,紧紧地绷着。格罗莫夫始终表现出和蔼的神情。伊利亚从法官的这种温和态度中感觉到:这个快活的人对于审判人的工作已经成为习惯了,就像细木匠习惯于刨木块一样。于是在伊利亚的心里产生了一种惊慌的、可怕的想法:

"我如果承认了,他们也一定会这样处置我……彼特鲁哈一定要来审判……他一定会判处我服苦役,而他自己却依然……"

他坐在那里,一直盘算着这些事情;他眼睛不看任何人,耳朵不听任何事情。

"我不……不希望大家谈这件事情!"薇拉发出含冤受屈的、战栗的喊声。她用双手抓着自己的胸脯,撕脑袋上的头巾,哀号起来。

大厅里一片混乱的喧哗声。群众听到姑娘的呐喊,全都骚乱起来了。她好像被火烧着了似的在栏杆后面反复折腾着,哭得非常伤心。

伊利亚跳了起来,向前奔去。但是群众迎着他的面涌来了,他不知不觉地到了走廊里。

"揭露了内心的秘密,"他听到黑不溜秋的人说话的声音。

巴维尔·格拉乔夫面色苍白,头发蓬松,靠墙站着。他的颚骨颤动着。伊利亚走到他跟前,愁眉不展,用恶狠狠的眼光盯着朋友的脸。

"什么?是怎么回事?"他问道。

巴维尔瞧了他一眼,张开嘴,但是连一句话也没有说。

"把一个人断送了吗?"卢尼奥夫继续问。这时巴维尔好像被鞭子抽了似的哆嗦了一下。他扬起一只手,把它搭在卢尼奥夫的肩头上,激动地说:

"难道是我吗?我们还要上诉……"

伊利亚从肩头上抖掉他的手,心里想对他说:"你呀!大概不会嚷叫说,她是为你而偷窃的吧?"但是他没有说出这话,只是说:

"彼特鲁哈·菲利蒙诺夫来当审判……这对吗?"他说罢,冷冷一笑。

巴维尔挺直腰板,脸色通红,急急忙忙开始讲一些什么话,但是卢尼奥夫没有听下去,就走开了。他带着那一脸冷笑,走到外面,像一只丧家犬似的,迈着缓慢的脚步,从这条街溜到那条街,一直到傍晚他感到肚子饿得难受为止。

这时,万家灯火齐明。宽阔的黄色光带从窗户里射到街上,光带里映出窗台上的花影。卢尼奥夫站住了,他观看着这些花影,不禁回想起格罗莫夫住宅里的鲜花、格罗莫夫那好像童话中的王后一样的妻子、一边唱着哀歌一边嬉笑的情景……有一只母猫抖动着爪子,用小心谨慎的步子穿过街道。

"我要到饭馆去,"伊利亚心里决定,就向马路中间走去。

"留神!"人们向他喊了一声,一匹马的黑脑袋在他脸旁闪过,把热气喷了他一脸……他向旁边跳开,一边听着车夫的骂声,一边从小饭馆那儿走开了。

"轻便马车压不死人,"他平静地想道。"必须吃点儿东西……薇拉现在要彻底完蛋了……她也那么骄傲……不愿意说出关于巴什卡的事情……看起来,对谁也不会说出来的……她比所有的女人都强……奥琳皮阿达也许会……不,奥琳皮阿达也不错……假如是坦卡……"

他想起来了,塔季娅娜恰好是今天过生日。起初,想要到她家去的这个念头他觉得是讨厌的,但他心里几乎马上产生了一种热辣辣的、像刀割一样的感觉……

他叫了一辆马车,坐上走了。几分钟以后,他已经站在阿夫托诺莫夫家饭厅的门前。由于屋里灯光的照射,他眯缝着眼睛。他站在门口傻笑着,望着在一个宽敞的房间中紧紧围桌而坐的人们。

"啊!你来啦!……"基里克喊道。"你带糖果来了吗?有祝寿礼吗?你怎么啦,我的老弟?"

"您从哪儿来?"女主人问道。

基里克拉住他的袖子,领他顺着桌子绕了一圈,把他介绍给客人们。卢尼奥夫不知道握的是谁的温暖的手,在他的眼睛里,客人们的脸好像融合到一起,形成一个长长的、巨齿獠牙的笑脸。炸肉的香味使鼻孔发生愉快的感觉。女人的唧唧呱呱的谈话声在他耳朵里响着。眼睛发热,被一种五光十色的迷雾遮住了。当他坐下的时候,他感觉到自己已经累得腰疼腿酸,肚子里饿得隐隐作痛。他默默地取了块面包,开始吃起来了。有一位客人嗤之以鼻,塔季娅娜·弗拉西耶芙娜批评他说:

"你不愿意祝贺我的生日吗?好啊!你来了以后,连一句话也不说,坐下就吃……"

她在桌子底下用力踢他的脚,并且把头俯到茶壶顶上,给他倒满一杯茶。

这时他把面包片放到桌子上,用力搓着自己的手,大声说:

"我在法院里待了一整天……"

他的声音压住了嘈杂的说话声。[客人们都安静下来了。]①卢尼奥夫感到他们的眼光射到自己的脸上,因而很难为情。他也皱起眉头向客人们扫视了一番。人人都用怀疑的眼光望着他,很显然,他们每个人都在猜想这个膀粗腰圆、头发鬈曲的小伙子会说出什么有趣的话来。室内一片难堪的寂静。伊利亚一脑子杂乱的思想在打转,这些思

---

① 这句话作者在把这部作品收入文集时已删去。因删后文气不顺,《三十卷集》的编者重新予以恢复,并加了方括号,以资区别。

想灰溜溜的,丝毫没有联系,仿佛突然向什么地方飞去,消失在他的灵魂的黑暗中了。

"法院里有时很有趣,"费利察塔·格雷兹洛娃用不满的声音说。她取了一小盒果冻,用小匙挖着吃。

塔季娅娜·弗拉西耶芙娜的两颊上出现了红晕。基里克大声地擤着鼻涕,说道:

"怎么,老弟?你只是扬起手而不打人吗?嗯,你到法院里去了……"

"我使他们感到别扭了,"伊利亚心里想,他的嘴唇慢慢张开,形成一个笑容。几个客人又七嘴八舌地一同说起话来。

"有一次,我在法院旁听一件杀人案,"年轻的电报员说,他面色苍白,眼珠乌黑,蓄着两撇小胡子。

"我非常喜欢读和听别人讲杀人的故事!"特拉夫金娜扬声说道。

她的丈夫望着大家说道:

"公开审判是一个非常好的制度……"

"我的朋友叶夫根尼耶夫受过审讯……您猜是怎么回事?他在看守钱柜的时候,同一个男孩子开玩笑,突然对小孩子开了枪……"

"哎哟,多么可怕!"塔季娅娜·弗拉西耶芙娜喊道。

"一枪就打死啦!"电报员带着一种满意的神情补充说。

"我有一次为一个案件出庭作证。"特拉夫金用自己的喧闹的、干巴的嗓音说。"另一回是审讯一个偷了二十三次东西的人!不坏吧?"

基里克哈哈大笑起来。这时,在座的人们分成两摊,一些人去听电报员讲述杀死小孩子的故事,另一些人去听特拉夫金讲述那个盗窃二十三次东西的人的枯燥无味的故事。伊利亚留神观看女主人。他感到自己心里悄悄地燃起一点星火,这点星火还没有照亮任何东西,但是它正在一股劲儿把心烤炙。自从卢尼奥夫看出阿夫托诺莫夫两口子都害怕他在客人面前给他们出丑那一瞬间起,他的想法就更加坚决了。

塔季娅娜·弗拉西耶芙娜在另一间屋子里,围绕着一个摆上了不少酒瓶的餐桌来回张罗。在白色糊墙纸的背景上,鲜红的短绸上衣映出一个鲜明的影子。这个娇小玲珑的女人好像蝴蝶似的在房间里飞来飞去,她的脸上闪耀着一个善于操持家务、事事如意的女主人的骄傲神情。伊利亚有两三次看到她很灵巧地、用几乎察觉不到的手势招呼他到她跟前去,但他并没有向她走去,由于感到她为此而不安,心里十分满意。

"老弟,你怎么像呆子似的坐着呀?"基里克突然对他说。"你倒是讲点儿什么呀……不要拘束……这里的客人都是文明人,万一你说错了,他们也不会怪罪你。"

"今天,"伊利亚马上大声开始说道,"他们审判我认识的一个姑娘……她虽然是个妓女,却是一个很好的姑娘……"

他又引起了大家的注意,所有的客人又都把视线集中到他的身上。费利察塔·叶戈罗芙娜浮现出一脸讥讽的笑容,连牙齿都露了出来;电报员用一只手掩住嘴巴,开始轻轻地捻着他的小胡子;几乎所有的人都竭力装出很严肃的、注意倾听的样子。塔季娅娜·弗拉西耶芙娜突然掉落刀叉的声音,在伊利亚听来仿佛是一种响亮的、战斗的乐曲声……他睁大眼睛,平静地向客人的面孔扫视一番,继续说道:

"你们笑什么?妓女当中也有非常好的人……"

"有是有,"基里克打断他的话说。"不过你可不大……不大坦白啊……"

"你们都是文明人,"伊利亚说。"如果我说错了,你们不要见怪!"

他的头脑里好像突然冒出一大股灿烂的火花。他很机敏地笑了笑,灵机一动,想出了许多俏皮话,他的心高兴得几乎要停止跳动了。

"这个姑娘偷了一个商人的金钱……"

"越说越不像话啦,"基里克扬声说,他很滑稽地紧皱着面孔,无精打采地摇摇头。

"你们大家都会了解,她是在什么时候偷的,是怎样能够偷的……

而且也许并不是偷,而是受了一份礼……"

"坦卡!"基里克喊道。"到这儿来!伊利亚现在要讲好听的故事啦……"

其实,塔季娅娜·弗拉西耶芙娜已经站在伊利亚的身边了。她勉强地微笑着,耸了耸肩膀说道:

"什么故事?反正是那老一套……这种故事你知道有几百个……这里可没有千金小姐……不过,还是等一会儿再说吧……现在呢,诸位请先吃饭吧!"

"请入席吧!"基里克喊道。"我陪诸位一起吃,嘿嘿!我说俏皮话虽然不高明,可是挺逗的……"

"会引起食欲……"特拉夫金抚摩了一下自己的喉咙说。

大家都离开了伊利亚。他了解到这是由于主人不希望他讲下去,客人也都不愿意再听他的故事。这更惹起了他的反感。他从椅子上站起来,面对着大家继续说道:

"审判这个姑娘的那些人,可能不止一次地玩过她……其中有几个人我是认识的……管他们叫做骗子,这是不够的……"

"别说啦!"特拉夫金向上举起一个手指头,严厉地说。"不许这样胡说!你说的那些人是陪审员呀……我自己也是……"

"这算什么陪审员!"伊利亚喊道。"他们怎么能够公正呢,如果他们……"

"别瞎说啦!法院的陪审制[①],这可以说是亚历山大二世皇帝为了公共福利而实行的一项重大改革!你怎么能随意诋毁国家制度呢?"

他对着伊利亚的面孔发出呼噜呼噜的声音,他那肥胖的、刮得很光的两颊颤抖着,眼珠从右边滚到左边,又从左边滚到右边。其他的人全都站在门边,把他们俩团团围住,这班人高兴地预料一定会发生一场风波。女主人的脸吓白了,她慌忙拉着客人们的衣袖,喊道:

---

① 陪审制是沙皇亚历山大二世在一八六四年进行司法改革时推行的,但政治的和宗教的以及后来关于渎职的案件则不属于陪审的范围之内。

"诸位,我们先不谈这个!真的,这没有意思!基里克,你倒是请大家入席呀……"

基里克茫然闪着眼睛,邀请大家说:

"请入席吧!……什么改良啦,革新啦,这一套哲学都滚它的蛋吧……"

"这不是哲学,是政—治!"特拉夫金嘶哑着嗓子说。"凡是发这种议论的人,就叫做政—治—危—险—分子!"

伊利亚感到自己的周身好像涌上一阵热潮。他站在一个把脸刮得很光的、嘴唇湿湿的小胖子面前,看到小胖子发火的样子,心里十分痛快。他一想到阿夫托诺莫夫夫妇在客人面前狼狈不堪,真是高兴极了。他越来越镇静了。他很想同这些人顶撞一番,向他们说一些鲁莽话,把他们激怒到发疯的地步。这种意图像钢弹簧一样在他的内心里伸展开了,使他上升到一种既愉快又骇人的高度。他的声音越来越平静,越来越坚定了。

"您愿意管我叫做什么,就叫做什么好了,您是个有文化的人。不过我决不放弃自己的主张!……饱汉能够了解饿汉饥吗?……就算饿汉做了贼,但饱汉也是窃盗呀……"

"基里克·尼科季莫维奇呢?"特拉夫金嘶哑着嗓子说。"这是怎么回事?这……"

这时,塔季娅娜·弗拉西耶芙娜伸出手去,挽着那个发怒的人的胳臂,一边向前走,一边大声对他说:

"我做了您喜欢吃的夹馅面包——有鲱鱼、熟鸡蛋和奶油拌绿葱花……"

"嗯!这我知道!"特拉夫金大声吧嗒着嘴唇,很委屈地喊道。他的老婆狠狠地瞪了伊利亚一眼,挽住她的丈夫的另一只胳膊,对他说:

"安东,你不要生闲气呀……"

塔季娅娜·弗拉西耶芙娜继续安慰着这位贵宾:

"还有醋渍鲟鱼带番茄……"

三　人

"你这个年轻人可不好!"特拉夫金忽然向伊利亚掉过头来,站稳脚步,带着责备和仁慈的口吻说。"你应当认识清楚……你应当了解,一点也不错!"

"可是我不了解!"伊利亚喊道。"所以我才说……为什么彼特鲁哈·菲利蒙诺夫是生活的主人呢……"

客人们从卢尼奥夫的身旁走过去,竭力不碰到他的身体,但基里克却直冲着他走去,恼怒而且粗暴地说:

"真是活见鬼,你是个木头人——只是个木头人罢了。"

伊利亚打了一个寒战。好像什么东西敲在头上似的,他的眼睛发黑了。他攥紧拳头,冲着阿夫托诺莫夫走去。但基里克很迅速地转过身去,没注意到他的举动,就向着摆满冷盘的饭桌走去了。伊利亚长吁了一口气……

他站在门口,看见那些紧靠在桌边站着的人们的背影,听见他们嘴巴嚼东西的声音。女主人的鲜红色短上衣使伊利亚周围的一切都染上了扑朔迷离的色彩。

"哞!"特拉夫金像老牛似的叫了一声。"这真太香啦……真太香啦……"

"您要胡椒吗?"女主人娇声娇气地问道。

"等我给你胡椒尝尝!"①卢尼奥夫冷冰冰地、怒气冲冲地想道。他高高地扬起了头,三脚两步走到桌子旁边。他拿起别人的一杯葡萄酒,把它伸向塔季娅娜·弗拉西耶芙娜,好像想用话来打击人似的,对她吐字清楚地说道:

"咱们干杯,坦卡!……"

这话对在座的人发生了很大的作用:就好像有什么东西爆炸,发出震耳欲聋的声音;又好像屋子里的电灯忽然灭了,大家马上陷入了漆黑的境界,而人们就好像在这一团漆黑中,站在原地一动也不动。

---

① 意谓:"等我来收拾你!"

他们的脸上显出惊慌失措的、莫名其妙的神情,他们张着嘴,嘴里含着食物,就好像在这些受惊的人们的脸上长着脓疮似的。

"喂,咱们干杯!基里克·尼科季莫维奇,你告诉我妍头,叫她跟我饮合欢酒!是怎么回事?……干吗老是偷偷摸摸地干呀?咱们干脆明里干得啦!我已经下决心了,咱们公开地搞……"

"流氓!"女人发出尖叫声。

伊利亚看到她怎样挥起手来,扔出一个盘子,他拿拳头一迎,把那盘子打落到旁边去了。盘子破碎的声音好像将客人的耳朵更加震聋了。他们慢慢地、悄悄地向一旁退去,只留下伊利亚一个人同阿夫托诺莫夫夫妇唱对台戏。基里克手里捏着一条小鱼的尾巴,眨巴着眼睛,面如土色,显出一副愚蠢而可怜的样子。塔季娅娜·弗拉西耶芙娜浑身直哆嗦,用拳头威胁伊利亚;她的脸已经变成跟短上衣同样的颜色,舌头笨得说不出整句话来:

"你……胡说……胡说……"她向伊利亚伸出脖子,发出嘶哑的声音。

"你是想叫我讲一讲你光屁股的情况吗?"伊利亚泰然自若地说。"你亲自把你浑身的胎记都给我看啦……你丈夫会知道我是不是撒谎……"

有一个人憋不住笑了。阿夫托诺莫娃挥了挥双手,抱住自己的脖子,无声地跌倒在椅子上了。

"叫警察来!"电报员喊道。

基里克向他转过身来,然后突然低下脑袋,像一只公牛似的冲着卢尼奥夫顶去。

伊利亚伸出一只手,推了推他的额头,严厉地说道:

"往哪儿撞?你差得远哪……我打你一拳,你马上就得倒下……你给我听着!……你们这些人也都给我听着!……你们哪儿也听不到真话的。"

但是基里克急忙躲闪开伊利亚之后,又低下了头,向着伊利亚冲去。客人们鸦雀无声地观看着,谁都站着不动。只有特拉夫金用靴子尖走路,悄悄地向屋角退去,在暖炉旁边的火炕上坐下,把两手一合,夹到膝盖中间。

"小心我揍你!"伊利亚阴森森地警告基里克说。"我没有欺负你的必要!你是个傻瓜……于人无害……我没有看到你做坏事……给我走开!"

他又把基里克推开了,这一回使的劲大一些,然后他自己也靠墙走去,他背靠着墙,一边望着大家,一边继续说道:

"是你老婆自己投到我怀里来的。她很乖呀……世界上没有比她再下贱的女人!不过,你们大家也都是卑鄙无耻的东西。我到法院旁听过……我学会了审判……"

他想说的话太多了,所以无法把自己的思想整理得井井有条,便像扔石块似的把这些思想乱扔出来了。

"我本来并不想揭露坦卡的隐私……这是不由自主的……事情就这样发生了……我一辈子的事情都是自然发生的!……我甚至在无意之中掐死过人……我并不想这样做,可是把人掐死了。坦卡!咱们俩做买卖的本钱,就是从那个被掐死的人的手里抢来的……"

"他是疯子!"基里克兴高采烈地喊道。他在屋子里乱窜,从这个人面前跑到那个人面前。他又惊慌又高兴地喊道:

"你们瞧见了吗?他疯啦!……唉,伊利亚!……唉,你呀!唉,老弟!"

伊利亚哈哈大笑起来。他说出谋杀的事情以后,心里感到更加轻松和平静了。他站在那里,没有感到脚下有地板,好像站在空中一般,他觉得自己仿佛悄悄地越来越往上升。他那么结实,那么强壮,他把胸脯向前挺出,高高地扬着头,鬈曲的头发披散到宽大的、苍白的前额和两鬓上,他的眼睛露出嘲笑和愤怒的神情……

塔季娅娜站起来,摇摇晃晃地走到费利察塔·叶戈罗芙娜的身旁,用哆哆嗦嗦的声音对她说道:

"我早就看出……他老早就……野蛮的眼睛……可怕的人……"

"如果他疯了,就必须去叫警察,"费利察塔凝视着卢尼奥夫的面孔,煞有介事地说。

"是疯啦,是疯啦!"基里克喊道。

"他还会杀死咱们大家的……"格雷兹洛夫不安地向四面环顾着小声说。他们都不敢从屋子里往外走。

卢尼奥夫站在门旁,要走出屋子,就必须经过他的身边。他不住地笑着。他看到这班人畏惧他,心里十分愉快。他看出客人们对阿夫托诺莫夫夫妇并不表示同情,如果他们不是害怕他的话,他们一定会高兴地整夜听他对阿夫托诺莫夫夫妇的挖苦话。

"我没有疯,"他冷冷地耸着眉毛,说。"不过,你们要等一等,要待一会儿!我不放你们出去……如果你们敢向我扑过来,我一定揍你们……揍个死去活来……我力气大得很呢……"

他伸出一只长胳臂,大拳头攥得紧紧的,他把拳头在空中晃了晃,将手臂放下了。

"你们对我说说看,你们到底是些什么人?你们为什么活着?你们是一些吝啬鬼……多么卑鄙呀……"

"你!"基里克喊道。"住嘴!……"

"你自己住嘴吧!我要再说几句……我来观察一下你们。你们贪吃,你们好喝,你们互相欺骗……你们谁也不爱……你们需要什么呢?我曾经寻求正派的、纯洁的生活……哪儿都没有这种生活!只是使自己堕落了……好人是不能够同你们在一起生活的。你们会把好人活活打死……我本来是一个勇猛有力的人,可是在你们中间,就好像在黑暗的地窖里,一只软弱的猫被一群老鼠团团围住一样……你们到处都有……你们审判别人,维持秩序,制定法律……可是你们是一群坏蛋……"

这时电报员像个皮球似的从墙边跳开,溜过卢尼奥夫的身旁,由房间里窜了出去。

"嘿！放走了一个！"伊利亚冷笑说。

"我叫警察去！"电报员喊道。

"好，你去叫吧！没什么关系……"伊利亚说。

塔季娅娜·弗拉西耶芙娜从他身旁走过去，她好像在梦中一般，身子摇摇晃晃，眼睛并不瞧他。

"击中要害啦！"卢尼奥夫用头指着她，继续说。"她活该……臭婆娘……"

"住嘴！"阿夫托诺莫夫在屋角里喊道。他跪在那儿，乱翻着衣柜抽屉。

"不要喊叫，小傻瓜！"伊利亚回答他说，他坐到椅子上，把双手交叉到胸前。"你喊叫什么？我跟她同居过，所以我了解她……我杀过一个人……商人波卢埃克托夫……你记得吧，我不是跟你谈过许多次关于波卢埃克托夫的事情吗？这就是因为我把他掐死了……真的，那店铺是用他的钱开的……"

伊利亚向全屋环顾一番。那些吓得狼狈不堪的人们鸦雀无声地站在墙边。他怀着一肚子鄙夷他们的感情。同时，由于向他们讲出杀人的事情，心里觉得很窝囊。他喊道：

"你们以为我会向你们忏悔吗？你们等着吧。我只是要取笑你们，就是这么回事。"

基里克从屋角跳了出来，脸色通红，头发蓬乱着。他抢起手枪，异样地转动着眼睛，喊道：

"这回你跑不了啦！哈哈！是你杀死的吗？"

女人们啊呀了一声。特拉夫金坐在暖炕上，摆动着两条腿，用嘶哑的声音说道：

"诸位！我再也忍受不下去了！放我走吧……这是你们的家务事……"

但是阿夫托诺莫夫没有听见他的话。他在伊利亚的面前跳跃着，用手枪对准伊利亚，叫嚷道：

"判你服苦役！我们要叫你瞧瞧！……"

"喂，那手枪大概还没装子弹吧？"伊利亚用疲倦的眼睛瞧着他，满不在乎地问道。"你发什么疯？我不走……我没地方可去……你用苦役威胁我吗？得……判苦役就判苦役吧……"

"安东，安东！"特拉夫金的老婆用力地低声说。"走吧……"

"我的亲娘，我走不动了……"

她挽住他的胳臂。他们垂着头，并肩从伊利亚身旁走过。塔季娅娜·弗拉西耶芙娜在隔壁屋里上气不接下气地在尖声哀号。

卢尼奥夫的心里突然充满了一种黑暗和清冷的空虚感，并且产生了一个好像秋夜的天空中的朦胧的月亮一样清冷的问题："今后可怎么办呢？"

"我这一辈子算全完蛋了！"他沉思地小声说。

阿夫托诺莫夫站在他面前，扬扬得意地喊道：

"不要求人怜悯吧！"

"我根本就不想叫人怜悯……你们这些东西统统见鬼去吧！我自己宁可怜惜一条狗，也决不怜惜你们……如果我能够的话……我要消灭你们……一个也不留！基里克，你赶快给我滚开，要不然，我一看到你就恶心……"

客人们惊慌失措地望着伊利亚，悄悄地溜出了房间。他只看见一些灰色的斑点在他的眼前飘过去，这些斑点既不能激发他的思想，也不能引起他的感觉。他的心里的空虚增长起来并吞噬着一切。他沉默了一会儿，倾听着阿夫托诺莫夫的喊叫，然后，忽然用讥笑的口吻，向阿夫托诺莫夫提议说：

"基里克，咱们较量一下力气好不好？"

"我要用子弹打进你的脑袋！"基里克吼叫道。

"你根本没有子弹！"卢尼奥夫讥讽地反驳说，并且信心十足地补充道："我一定会把你打死！"

接着，他向大家扫视了一眼，用平稳的声音，天真地说道：

"如果我知道用什么力量可以压扁你们就好了!可惜我不知道!……"

说完这话以后,他就一动不动地坐在那里,什么也不再说了。

最后,来了两名警察和一个巡官。

塔季娅娜·弗拉西耶芙娜从他们的身后出现了,她伸手指着伊利亚,上气不接不气地说道:

"他向我们坦白说……他杀死了银钱兑换商波卢埃克托夫……在那个时候,你们还记得吗?"

"您可以证实吗?"巡官连忙问道。

"那有什么?我可以证实……"卢尼奥夫平静地、很疲倦地回答说。

巡官坐到桌子旁边,开始写些什么,两个警察站在卢尼奥夫的两旁;他看了他们一眼,长叹了一声,就把头低下了。室内静悄悄的。钢笔在纸上沙沙地响着。窗外夜已经拉上了不透光的黑色帷幕。基里克站在一扇窗户旁边,向黑暗中观望着,他突然把手枪扔到房间的角落里,对巡官说道:

"萨韦利耶夫!揍他一顿,就放了他吧,他是个疯子。"

巡官看了基里克一眼,又思索了一下,才回答说:

"不—行……这样的招认!"

"唉……"阿夫托诺莫夫叹了口气。

"基里克·尼科季莫维奇,你倒是个好人啊!"伊利亚轻蔑地冷笑着说。"狗里边有这样的狗,当人们打它的时候,它偏偏媚态百出……不过,你也许不是怜惜我,而是害怕我在法庭上讲你老婆的事吧?不要怕……我不会这样的!我一想到她都感到很可耻,更不用说去讲她了……"

阿夫托诺莫夫迅速地走进隔壁房间,在那里轰然坐到了椅子上。

"嗯,瞧,"巡官对伊利亚说。"你可以在这张纸上画押吗?"

"可以……"

他拿起笔来,对那张纸连看都没有看,就在上面写了几个大字:伊利亚·卢尼奥夫。他抬起头来的时候,看见巡官正很惊奇地望着他。他们默默地互相凝视了几秒钟,一个带着很有兴趣而且相当满意的神情,另一个显出泰然自若、满不在乎的样子。

"良心上不安吗?"巡官低声问道。

"我没有良心,"伊利亚倔强地回答说。

两人沉默了一阵。然后,从邻室传来基里克的声音:

"他疯啦……"

"咱们走吧!"巡官耸了耸肩膀,提议说。"我不把您的手铐起来……不过,您可不要……不要逃跑!"

"能往哪儿跑?"伊利亚简短地问道。

"您起个誓,说您决不逃跑……真的!"

卢尼奥夫望了望巡官的那张紧皱在一起的、带有惋惜神情的面孔,阴郁地回答说:

"我不信上帝……"

巡官挥了挥手。

"弟兄们,走!……"

当卢尼奥夫感到夜色的黑暗和潮湿的时候,他深深叹了一口气,然后站住脚步,望了望天空。天空几乎是黑色的,低低地压向地面,就好像那闷人的斗室的被熏黑的天花板一样。

"走!"一个警察对他说。

他迈开步子……街道两旁的房屋看起来好像巨大的石块一样。稀泥在脚下呱唧呱唧地响着。路是向下坡走的,下边的夜色显得更浓……伊利亚绊到石头上,几乎栽了一个跟斗。在他的空虚的心灵中颤动着一个讨厌的思想:

"今后怎么样呢?要受彼特鲁哈的审判吗?"

于是他的眼前马上浮现出法院审判的情景——温和的格罗莫夫,彼特鲁哈·菲利蒙诺夫的红脸……

由于撞到石头上,他的脚趾疼起来了。他走得更慢了。他的耳边仿佛又听到黑不溜秋的人在口尖舌快地讲述有关饱汉的话:

"正因为他们对于饿汉了解得太透彻了,所以就非常严厉……"

接着他又回想起格罗莫夫的温和的声调:

"您是否承认自己犯罪……"

检察官拖长声音说:

"被告,告诉我们!……"

彼特鲁哈的红脸皱了起来,脸上的两片厚嘴唇在活动着……

非言语所能形容的烦恼,像一把尖刀一样扎进伊利亚的心窝。

他猛地将身子向前一纵,便用尽所有的力量奔跑起来,用脚把石子踢开。空气在他的耳边呼啸着。他喘息着,挥动着手,使自己的身体越来越向前方的黑暗中投奔过去。警察在他的身后踏着沉重的脚步追赶,空气中震荡着尖利的、报警的口笛声,一个人粗声粗气地吼叫着:

"抓—住!"

伊利亚周围的一切东西——房屋、马路、天空,都在颤抖和跳动着,好像一个漆黑的、沉重的庞然大物在向他扑来。他丝毫没有感到疲劳,被不愿看见彼特鲁哈的那股情绪所激荡,一直向前冲去。在他的眼前,从黑暗中出现了一个灰色的、平整的东西,这东西使他感到绝望。他想起来了,这条街向右转,差不多成直角,就进入本市主要的大街……那里人多,到那里一定会被人抓住……

"嘿,你们,来抓呀!"他鼓足力气喊道,接着,把头往前倾着,更迅速地向前跑去……一堵冰冷的、灰色的石墙竖立在他跟前。在漆黑的夜色里,忽然发出一个有如江涛拍岸的撞击声,这个响声沉闷而短促,接着就平息了……

随后又有两个黑影向着墙边跑来。他们向那倒在墙脚下的第三者扑去,但这两个人马上就站起来了……从山上又跑下来一些人,他们的脚步声、叫喊声和尖锐的口笛声混成一片……

419

"撞死了吗？"一个警察上气不接下气地问道。

另一个警察擦燃一根火柴，蹲了下去。他的脚边横着一只手，手指原先紧紧地攥成拳头，这时轻轻地松开了。

"大概完全死了……脑袋裂开了……"

"你瞧，脑浆……"

有些人影从黑暗中跳了出来……

"啊，是个怪物……"站着的那个警察小声说。他的同伴从地面上立起来，画了个十字，疲倦地喘息着说道：

"主啊，请赐给安息吧……他毕竟……"